U0923973

世界著名男间谍

二十世纪世界著名男间谍传奇

国家利益战争中无孔不入的秘密武器，黑暗战场上勾心斗角的无名英雄。

他们攻于心计、胆识过人；他们神出鬼没、无所不能。窃听、破坏、离间、反间……

他们是敢于付出的战士，他们是最容易被忽略的敌人！

贾小平★编著

时事出版社

图书在版编目（CIP）数据

世界著名男间谍/贾小平著．—北京：时事出版社，2012.2
ISBN 978-7-80009-648-8

Ⅰ.①世… Ⅱ.①贾… Ⅲ.①男性—间谍—生平事迹—世界 Ⅳ.①K817

中国版本图书馆 CIP 数据核字（2011）第 272916 号

出版发行：时事出版社
地　　址：北京市海淀区万寿寺甲 2 号
邮　　编：100081
发行热线：（010）88547590　88547591
读者服务部：（010）88547595
传　　真：（010）68418647
电子邮箱：shishichubanshe@ sina. com
网　　址：www. shishishe. com
印　　刷：北京百善印刷厂

开本：787×1092　1/16　印张：20.25　字数：264 千字
2012 年 3 月第 2 版　2012 年 4 月第 2 次印刷
定价：35.00 元

目 录

前言 …………………………………………………… (1)

蒋介石的特工王

——戴笠 ……………………………………………… (1)

神秘间谍

——西德尼·赖利 ………………………………… (13)

纳粹魔王

——希姆莱 …………………………………………… (21)

拯救了苏联的间谍大师

——佐尔格 …………………………………………… (28)

反法西斯战争的谍报英雄

——拉多·山多尔 ………………………………… (37)

“红色乐队”的指挥

——特雷伯 …………………………………………… (47)

双面间谍大师

——富特 ……………………………………………… (58)

007 的原型

——波波夫 …………………………………… (65)

侦察纳粹炼油厂的间谍

——艾理库森 ………………………………… (78)

侵华急先锋

——土肥原贤二 ……………………………… (90)

袭击珍珠港的指引者

——吉川猛夫 ………………………………… (99)

著名间谍大师

——阿贝尔 ………………………………… (106)

钻到政府总理身边的间谍

——纪尧姆 ………………………………… (114)

隐面谍首

——沃尔夫 ………………………………… (122)

神奇鼹鼠

——菲尔比 ………………………………… (127)

间谍隧道的泄密者

——布莱克 ………………………………… (134)

多重间谍

——温纳斯特洛姆 ………………………… (140)

暴露叛变的苏联著名间谍

——赫尔曼 ………………………………… (146)

与苏联决裂的联合国副秘书长

——谢夫钦科 ……………………………… (156)

对克格勃失望的背叛者

——列夫钦科 ……………………………… (163)

有间谍癖者

——汉布尔顿 ……………………………… (174)

南非军中的鼹鼠

——格哈特 ……………………………… (183)

主动投靠苏联的美国特工

——霍华德 ……………………………… (188)

给中情局造成最大损失的内奸

——埃姆斯 ……………………………… (200)

职务最高的中情局叛徒

——尼科尔森 ……………………………… (207)

投靠美国的波兰谍报官

——戈列涅夫斯基 ……………………………… (211)

获得中情局奖章的波兰叛逃者

——库克林斯基 ……………………………… (216)

以色列谍报神话的创造者

——哈雷尔 ……………………………… (224)

"专偷飞机的间谍首脑"

——阿米特 ……………………………… (232)

交换人员最多的以色列间谍

——洛茨 ……………………………… (238)

被绞死的以色列间谍

——伊利·科恩 ……………………………… (247)

主动为以色列效劳的美国情报人员

——波拉德 …………………………………… (257)

杰出的埃及间谍

——拉法特 …………………………………… (266)

愚弄中情局的古巴间谍

——阿科斯塔 ………………………………… (276)

同美国间谍机关斗智的古巴间谍

——加西尔 …………………………………… (281)

美国中央情报局之父

——杜勒斯 …………………………………… (285)

苏俄国家情报保卫工作的创始人

——捷尔任斯基 ……………………………… (291)

间谍鸳鸯

——科切夫妇 ………………………………… (295)

贪色大使

——克罗特可夫 ……………………………… (301)

前　言

人类社会充满着竞争。不同国家之间，不同政治集团之间，甚至公司企业之间等等，都处在相互竞争之中。各方都想尽一切办法争取在竞争中处于优势和主动的地位，都想以最小的代价换取最大的胜利。因而，谍报活动便逐渐成了人们无奈而理性的选择之一。

《孙子兵法》上说："明君贤将所以动而胜人，成功出于众者，先知也。""先知"就是预先获得情报掌握情况。这说明人们早在数千年前就已认识到间谍情报的重要意义。有人说，一个优秀间谍抵得上几十万兵马。有人说，一条重要情报可以拯救一个国家和民族。还有人说，一条情报可以救活一个企业。诸如此类的说法很多，其实质无非是强调间谍情报工作何等重要。

谍报活动由来已久，它是人类社会竞争的产物。早在中国夏朝就有了关于谍报活动的记载。差不多同一时期的古埃及和古希腊的史籍中，也出现了类似记载。随着社会生产力的发展和分工的增加，竞争的领域不断拓展，竞争的激烈程度不断增强，谍报活动也越来越频繁。到了20世纪，世界各国，特别是主要国家之间的间谍活动愈演愈烈。二战期间的谍报战已经发展成为一条相对独立的重要战线，涌现出了许多杰出的间谍人物。冷战期间以美国为首的西方北约国家与以苏联为首的华约国家之间的谍报战，更是成了双方较量的主要手段。

间谍是一种特殊的竞争工具和手段。不同的间谍为不同的政治目的服务，在社会历史的发展进程中发挥着不同的作用。为进步的政治目的服务的间谍，对加速历史发展前进起着推动作用；为反动的政治目的服务的间谍，则对社会历史发展进步起着阻碍作用。

谍报活动是一种特殊的社会矛盾运动。一般来说，从事各种职业的人，大都喜欢“干什么吆喝什么”；而干间谍这个行当的人不但不能吆喝，而且需要想尽一切办法来掩盖自己的真实身份和活动。因为间谍是一种秘而不宣的侵入，隐蔽自己，保障安全和获取秘密情报，构成了贯穿谍报活动始终的基本矛盾。隐蔽自己，保障安全是手段，是前提；开展间谍活动搞到所需要的重要情报才是目的。因此，隐蔽不等于消极的隐蔽，而是以公开合法的身份和活动作掩护，把非法的发展间谍组织、搜集以及传递情报资料等谍报活动寓于其中。因此，谍报活动是一种高度智慧和高度谋略性的工作。

当然，间谍这个特殊的群体，成份是极其复杂的，三教九流各色人等都有。他们充当间谍的动机、目的也是各种各样：有的是出于政治信仰，有的是出于国家民族情感，有的是出于挑战冒险的心理，有的是因为贪权贪色等欲望经不住诱惑堕入谍海，有的是因受恐吓胁迫走上了间谍之路……不论是怎样成为间谍的，只要进入间谍这个圈子，就不得不按照谍报活动的基本规律或规矩行事，不得不施展浑身解数，发挥其特殊的智慧谋略。否则将安全难保，很快便会落网被捉。幸运的话会以被驱逐或被交换的形式获救，但更多的是被判刑监禁，有的还被处死。

本书所编选的间谍人物是 20 世纪特别是第二次世界大战和冷战时期，在国际政治军事领域的斗争中发挥了重要作用的著名间谍，他们的谍报活动很具典型性，相信读者通过他们的谍报生涯，可以认识到谍报活动的一些规律和特点，并能够得到某些启迪。

本书编写过程中参阅了大量书刊资料，并得到有关人士的大力帮助，特在此致谢。

编著者

2012 年 1 月于北京

蒋介石的特工王——戴笠

作为蒋介石最为宠信的特务头子，戴笠在维护蒋家王朝的法西斯统治方面发挥了非同寻常的作用。蒋把国民党最重要的特工机构——初为复兴社特务处、后为军统局——交由戴笠掌管，可谓“知人善任”；戴笠也不负蒋介石所望，特务机构在他手中迅速扩大，组织眼线遍布全国，甚至延伸至海外，情报、策反、暗杀搞得热火朝天，20 世纪 30—40 年代，中国政坛许多重大事件都留下了他的阴影，中外人士称之为“蒋介石的佩剑”、“中国的希姆莱”。

一

戴笠，字雨农，小名春风，1897 年生于浙江省江山县硖口镇。幼年丧父，母亲是一个勤劳朴实的农村妇女。戴笠自幼生性顽劣，经常与人打架斗殴，喜好探人隐私，背后打小报告。读私塾时就偷听小同学私下议论老师，向老师报告。1914 年戴笠考入杭州市浙江省立第一中学，因违反校纪逛窑子嫖妓被学校开除。1917 年，他投身浙军一师当了兵，在军阀之间的作战中死里逃生当了俘虏，接着又沦为乞丐。后向亲戚处借钱到上海做生意，结果血本全赔，成了流浪汉。此间，他认识了黑帮头子杜月笙，又在杜的指点下，找机会结识了戴季陶和蒋介石。但他瘪三的身份无法与那些“人上之人”为伍，因此总想寻找发迹的机会。后听到王亚樵为安徽军阀卢永祥招兵买马，他便投奔而去，并当了个小头目。1924 年 9 月，卢军在与别的军阀作战中失败，戴笠又逃回老家。后得知蒋介石在广州，已是黄埔军校校长，手中握有兵权，有可能继孙中山之任，遂于 1926 年到广州，报考黄埔第六期，未中，后找到戴季陶，戴季陶带他向蒋介石说情，当黄埔第六期第二批招生的时候，蒋把他收为黄埔第六期第二批学员。

在这里，他发挥其密探天才，搜集学员主要是共产党员和国民党左派学员活动的情报，向蒋的亲信、黄埔军校学生会监察干部胡靖安报告，并极力与蒋介石接近。蒋介石发动反革命政变后，胡靖安去了南京，不久戴笠也投到胡的手下。此时蒋介石“下野”，胡主要为蒋做搜集各方面情报的事情，戴笠便终日为胡打探情报。

1928 年蒋介石“复出”后，经胡向蒋举荐，任命戴笠为“国民革命军总司令部上尉联络参谋”，从此戴笠正式成为蒋手下的亲信特务。蒋把戴笠安插到何应钦任军长的第一军，调查第一军内部情况。戴很快摸清了第一军各将领的立场，报告给蒋。不久，蒋解除了何应钦的总指挥职务，自己兼任集团军总司令。接着，蒋又令戴去华中、华北各地，搜集张作霖、冯玉祥、李宗仁、阎锡山等各派军阀的军事部署情况。布置完任务后，蒋介石大笔一挥，给戴笠写下了“艰苦卓绝”四字赠言，并告诉侍卫长，今后戴笠来见，不必通报，更不许阻拦。足见蒋对戴笠的宠信。戴到了湖北，以失业军人投靠的名义深入到唐生智部的各兵营活动，搜集到不少情报。后唐生智对戴的间谍渗透活动有所察觉，张贴通缉布告，悬赏10万大洋捉拿戴笠。戴笠找到唐的宪兵营营长周伟龙。周是黄埔四期生，戴与周在黄埔时相识。这次戴不但没有被抓，还凭三寸不烂之舌将周策反。不久，周投奔南京，戴将其收在自己手下予以重用，成了专业特务。

1930年，阎锡山、冯玉祥、张学良等几路地方军阀秘密结成反蒋联盟，准备共同对付蒋介石。蒋令戴对反蒋各派内部进行收买策反。戴以蒋的代表的身份来到北平与张学良接触，与张学良及其亲信部下吴泰勋结拜为把兄弟。此后戴笠凭此身份及与张学良、吴泰勋的特殊关系，为蒋介石搞到了东北军许多情报，进一步加强了戴在蒋心目中的地位。

二

1932年3月，蒋介石为了加强自己的统治地位，成立了一个专门从事特务活动的组织——复兴社。蒋亲任“社长”，下设四个处，组织处处长周复，宣传处处长康泽，训练处处长桂永清，特务处处长戴笠，另一个大特务郑介民为副处长。

戴笠执掌特务处处长大权后，借鉴德、意法西斯秘密警察的做法，在“公开掩护秘密，秘密领导公开”的方针指导下，大量控制掌握公开机关，为蒋建立严密的特务统治体系。南京的警厅调查科、杭州市警察局和浙江警校、浙江省保密处调查署、京（指南京）沪杭甬铁路警察总署、上海警备司令部侦察大队和上海警察局侦缉大队、私立上海肇和中学、无线电传习所、上海警士教练所等一大批公开机构和单位，都先后被戴笠的特务处所控制。1934年，戴笠又在蒋的支持下将原由邓文仪掌握的南昌行营调查科接管，其特务势力由地方扩张到了军队系统。戴笠看到缉私禁烟部门油水大，于是与他的特务们施张神通，取得蒋的支持，很快掌握了全国的禁烟督察大权。

作为特务处处长，戴笠深知特务工作的复杂和危险，极易失控被特务欺骗。为了对特务进行监视控制，戴笠总是设法让特务们互相监视。比如他布置工作时分别谈话，令文书监视区、站长，令译电员监视文书，令报务员监视译电员，这样连环监视。他还从浙江江山老家招来大批人员，以配备助手之名安插到那些重要特务身边，并特意将自己老婆的族弟、小学时的同学毛人凤招到自己身边协助处理特务处的工作。戴笠对那些对自己不忠诚、另有所图的特务，一旦发现，就坚决干掉。

戴笠联想到蒋办黄埔军校，使其当上了北伐军总司令，深知培养嫡系力量的重要，于是也决定办特务学校，培养亲信，发展自己的势力。经蒋介石同意，戴笠先在南京办了 3 期特训班，每期 50 来人。特训班除进行思想灌输外，主要是学习一般特务活动常识，如情报搜集、整理、分析的方法等。学员结业后全部集体办理加入特务处的手续，后大都成了特务处的骨干，受到戴的重用。

1933 年秋，戴笠向蒋介石汇报了特务培训班的成果，以这种小型训练班不适应业务发展需要为由，在蒋的支持下将浙江警校接管，将其办成一所公开向社会招生的特务教育基地。抗战时期，戴笠的特务处在许多地方办班培训特工。戴笠手下的许多特工，大都是经过特工学校或特训班培养后加入特务组织的。

三

戴笠的特务王国是直接为维护蒋介石的独裁反动统治服务的，所以，凡是反蒋势力的代表人物，都是戴的特务打击的目标。杨杏佛早年追随孙中山革命，1929 年加入了宋庆龄、蔡元培等人创立的中国民权保障同盟。1933 年，杨在北京公开发表演讲，反对蒋对外妥协投降、对内压迫屠杀的反动政策。蒋闻知大怒，要戴将其干掉。戴即赴上海进行布置。几天之后便将杨暗杀了。

进步民主人士、上海报业大王史量才办的报纸，经常对时局进行客观报道，对蒋的反动统治发表批评文字，因而触怒了蒋。于是蒋对史量才起了杀心。戴笠布置特务进行了周密策划，于 1942 年 11 月 14 日将其在杭州暗杀。戴笠还打算令手下的特务沈醉以制造车祸的方法将同蒋作对的宋庆龄致残，只因怕分寸把握不好得罪宋美龄，最后取消了这一计划。

王亚樵痛恨蒋介石不思抗日却大打内战，认为蒋是中华民族的头号奸贼、大敌，多次组织策划对蒋的谋杀活动。1935 年 11 月 1 日，王派的杀手以记者身份混进国民党四届六中全会的召开地点，准备伺机对蒋行刺。不料蒋不肯在记者面前露面。杀手不愿无功而返，结果把给蒋准备的子弹射向汪精卫。戴笠很快查出这次谋杀的主谋又是王亚樵。蒋早就让戴干掉王，无奈王行踪不定，多次行刺都未成功。这次蒋又发火，戴也横下心，一定要除掉王亚樵。戴的特务从上海追到香港，又从香港追到广西。他们采取收买办法，将王的铁杆兄弟余立奎（余在香港在与戴的特务交火中丧生）之妻余婉君收买为内线，1936 年 10 月，余将王从李济深为其安置的藏身处诱出，被早已埋伏好的戴的特务堵在房间里，乱枪打死。

淞沪抗战不久，南京失守。国民党政府西撤，准备迁到四川。四川省主席刘湘担心中央政府到了四川，自己的势力会被蒋吃掉，于是与山东军阀、山东省主席韩复榘密商联手反蒋。戴笠的特务搞到了刘湘的密码，通过破译韩刘之间的密电，获悉了这一阴谋。蒋得知后大惊，要戴笠采取行动。戴设计将韩逮捕，后秘密处死。韩被捕时，刘湘正在武汉住院。戴去医院见到刘，将其阴谋当面揭穿。第二天刘湘就死在了医院。刘湘死后，川军群龙无首，戴笠的特务出马将他们分化瓦解，又依次拉拢收买，为蒋入川扫清了道路。

1938 年 12 月，国民党投降派代表人物汪精卫因与蒋吵翻，自觉重庆已不是可留之地，遂与老婆秘密经云南逃到越南河内，发表了臭名昭著的“艳电”，开始了公开卖国投降活动。蒋令戴采取暗杀措施处决汪逆。戴领命立即行动，将指挥部设到香港，并亲往河内布置。特务们想出几套办法，第一次以“调包”手法将送给汪住处的面包换成下了毒的面包，但那天汪没有吃面包，几个仆人中毒死亡。此事引起了汪的警惕。后来收买人装做修管道工人，将一个可挥发毒气的铁罐放进汪住处的浴室。结果也没能索到汪的命。1939 年 3 月 21 日，一伙特务夜间硬闯汪宅，对准汪平日所住房间的一个人打了三枪，以为大功告成，不料第二天得到消息：汪逆安然无恙，其副手郭仲鸣遭枪击受伤。后来汪在日本的扶持下公然在南京成立了汉奸政府，戴笠多次派特务暗杀，结果总是损兵折将，几名高级特务先后落在汪伪特务机关手中丧命。后来戴的特务从汪伪政权高层策反两名高官——“外交部次长”高宗武和“宣传部长”陶希圣投蒋，才稍解戴心头之恨。

除了追杀大汉奸代表人物汪精卫外，戴的特务还对投靠日本当了汉奸的原北洋政府总理唐绍仪、伪上海市长傅筱庵、上海黑社会头子张啸林、北平伪行政院院长王克敏等民族败类实施了暗杀行动。连汪伪政权的大特务头子李士群也被戴通过与周佛海配合，设计将其毒死。李至死也不知道杀他的是谁，还以为是日本人。

四

1936 年冬，全国要求抗日的呼声越来越高，蒋的内战政策越来越不得人心。在中共全民抗日主张的感召和舆论的压力下，张学良、杨虎城为了逼蒋抗日，毅然发动西安事变，对蒋实施兵谏。此前戴通过安插在东北军和西北军内部的特务已获知张、杨的兵谏打算，并报告蒋，劝正准备赴西安亲督“剿共”的蒋暂时不要去西安。但蒋以为这是谣言，没有采纳。

蒋被张、杨扣后，戴笠随宋美龄等冒险到西安。因戴与张有结拜弟兄的特殊关系，所以尽管张、杨部下许多人要求杀掉戴，但重义气的张学良还是放了他一马。戴因此行表现出了对蒋家王朝的忠心，倒令蒋介石和宋美龄很感动，从此更受蒋的宠信。

戴笠权欲野心很大，并不满足于当个特务头子，还希望掌握一支自己指挥的部队，只是苦无机会。抗战爆发后，戴笠感到机会来了。他取得蒋的首肯，在杜月笙的大力配合下，迅速在上海建立了一支由地痞流氓、帮会分子、特务分子、失散军人和工人、学生组成的1万多人的“苏浙别动队”。这支没有受过正规训练的部队，在松沪战争期间参加同日军作战，表现非常英勇。当正规军撤退时，这支部队5000人奉命负责掩护大部队撤出南市区，他们死守死拼，坚守了五天五夜，付出了惨重牺牲，胜利完成任务后，这支部队撤到租界区。后来这支部队打起了“忠义救国军”的旗号，与日军、汪伪部队明里暗里勾结在一起，进攻新四军，制造磨擦。“皖南事变”时这支部队也曾参与其中。日本投降后，戴笠的这支部队又成了“受降”接收的先头部队，在特务的指挥下进入南京、上海等大城市抢夺胜利果实。

五

20世纪30—40年代的国民党特务组织主要有两大系统，一是陈立夫、陈果夫控制的CC系的中央组织部党务调查科，具体由陈的表弟徐恩曾主持；一是蒋介石控制的复兴社，以戴笠的特务处为代表。1938年这两个系统都在原有基础上作了调整，升格为局——戴笠任局长的军事委员会调查统计局即“军统”，和徐恩曾任局长的中央党部调查统计局即“中统”。

国民党这两大特务组织一直在明争暗斗。从时间上来说，“中统”成立在先，1927年蒋下野期间，陈立夫就在调查科下设立了专门破坏共产党组织的最高机密机构——特务组。但戴笠领导的特务处在蒋的大力支持下发展很快，到1932年，调查科只在南京、上海、九江、汉口有所行动，而特务处的行动已经遍及全国，调查科的破案率只及特务处的1/10。戴的目标是要把调查科的特务力量吞并，因此除在工作方面与调查科竞争外，还极力向CC系渗透。戴曾施美人计，派一名女特务混到二陈身边，设法勾引其中任何一个上钩，取得信任，以便刺探他们的情报。不料女特务的身份露馅，二陈自此对戴小心戒备起来。这两个机构都想打击、抑制对方的势力，结果互相暗杀或借故处死对方特务的事情时有发生。对本系统的特务中有投靠对方迹象的，也往往被处死。

调查科在侦破共产党地下组织方面比特务处建树多。20 世纪 30 年代初破获“顾顺章案”后，又相继逮捕了中共一些重要领导人，其中有共青团中央、上海临时中央等重要机关的负责人，如中共上海局书记李竹声、中国临时中央负责人卢福坦、中共中央组织部部长盛忠亮等人。戴笠不甘落后，派出特务对有共产党嫌疑的人大肆逮捕、绑架、暗杀，却没有取得多少确切的证据和有价值的线索。CC 系对戴的那一套很瞧不起，讥之为“土匪”。1935 年戴笠的特务处终于破了一起值得夸耀的“大案”，在上海公开逮捕了共产国际中国情报总支部的负责人约瑟夫·华尔登。

1935 年，蒋介石整合情报机构，成立了“军事委员会调查统计局”，由陈立夫任局长。下设三个处，原来中央党部调查科为一处（党务处）、戴笠的特务处为二处（军警处），新增设三处（邮检处）。开始第三处由陈立夫控制，徐恩曾的一处可先看到邮检得到的情报，而戴笠总是过后才知道。后来戴施展阴谋诡计，并借蒋的力量，终于将 CC 系从邮检部门挤出。

1938 年以后，戴笠和徐恩曾主持的特务组织升格为两个独立的局级单位，善玩权术的蒋介石有意让这两个单位互相竞争、互相制约。从特务活动能量来说，戴在徐之上，但从政治地位来说，徐又在戴之上。1941 年，蒋已任命徐为交通部政务次长，同时仍是中统局局长，还是国民党中央执行委员，并被授中将军衔。而戴除军统局长一职与徐“平等”外，只兼了比较低级的军委运输统制局监察处长、财政部缉私署署长，军衔为少将，也低一个档次。戴对此心里很是不平，总想把对方整倒。徐也一直想找机会杀戴的威风。

1942 年，徐手下的特务抓到了戴手下的特务在河南走私海洛因的证据，于是徐令中统局河南省调查室主任、洛阳地区行政督察专员韦孝儒调查审理，处决了数十名走私毒品的军统特务，对军统在河南的力量打击很大。不久，戴手下的骨干特务赵理君进行报复，将韦孝儒等 6 人秘密绑架，扔进一口枯井活埋了。事情败露后，赵理君制造谣言，欲嫁祸共产党，未能得逞。这正好为徐恩曾整戴笠提供了大好机会。尽管戴极力想救赵，但此案造成的影响极为恶劣，在徐的催促下，蒋还是下令将赵等人处决了。

军统气焰受到一次重大打击，戴对徐更加恨之入骨。后来戴暗中搜集徐的情报，几次抓住徐的把柄，向蒋报告，终于将徐整倒。一次是查获徐从武汉向重庆偷运蒋政府西撤重庆时注明销毁的一批钞票，戴以“中统局偷运假钞案”呈蒋；一次是中统在上海购买假币，欲运到重庆做投机生意。这两件事虽经二陈说情，没有治徐的罪，但已使蒋对中统产生了厌恶之心。还有一次是戴抓住徐前妻打着徐的旗号大做非法投机生意的把柄，使徐完全失去了蒋的信任。1945 年 5 月国民党六大时，徐的中执委员及其他所有官衔全被抹掉，只留了一个“中国电机工程师学会会长”的民间团体头衔。戴从此完全控制了国民党特务系统。

戴笠的特务系统在抗战爆发以后得到迅猛发展，除处决汉奸外，对日情报和反间谍方面也有出色表现。

1937 年 8 月 5 日，蒋介石亲自召开秘密军事会议，决定在日本发动上海战役前主动向日军进攻，歼灭在上海的日海军陆战队，封锁江阴要塞拦截江阴上游日本军舰和商船。但还没等作好部署，日本的舰船在两天之内都冲过江阴逃走了，显然日本人获知了最高军事会议的秘密。8 月 25 日，最高军事会议又制定了一项绝密计划，并决定蒋介石亲往上海作抗战军事部署。白崇禧在会上建议蒋的车随英国大使汗阁森的车去上海，大使的车有英国国旗，日军不致对使馆的车采取行动。岂料第二天日本飞机竟专对大使的车发动攻击，汗阁森大使身负重伤。蒋因临时有事未能成行而躲过一劫！8 月 30 日，蒋准备去中央军校“总理纪念周”上发表讲话，仪式尚未开始，就在校园里发现了两名可疑人员。蒋闻知后，意识到接二连三发生的事情是内部机密泄露给日本人所致，严令戴笠限期破案。戴布置特务经过排查监控，很快挖出了渗透到内部重要部位的日本间谍——政治机要秘书兼最高军事会议记录员黄浚及其儿子，接着设圈套将与此案有联系的所有日本间谍全部骗到黄家一网打尽。

太平洋战争爆发之前，戴笠的间谍探知日本欲以橡胶换苏联木材的贸易计划。而日本不产橡胶，戴的特务分析日本有侵略南洋之计划。这一情报通报英国方面后，英国方面根本瞧不起蒋政府的情报能力，未予理会。不久后日本果然向新加坡、菲律宾等国发动进攻，英国在东南亚的势力受到极大打击，始信戴笠的特务组织情报正确，但已后悔莫及。无独有偶，日军偷袭珍珠港前几个月，戴笠的军统局就获得了日本计划袭击珍珠港的情报，并经中国驻美大使馆提供给美国人。美国方面不以为然，还以为是中国想挑拨美日两国的关系。珍珠港遭到袭击后，美国海军部方想起中国大使馆提供的那份情报，然而已经悔之晚矣。惨痛教训之下，英国人、美国人都不得不对军统刮目相看。英国人主动向蒋政府提出与军统合作，在印度设立了对日无线电监听破译机构。美国海军部情报署则与戴进行情报合作，成立了恶名昭著的“中美合作所”。戴借与美国合作之机，从美国人手里得到许多特务器材和美制武器，扩充自己的特务武装“忠义救国军”和特种部队。戴笠的特务及各种武装到抗战结束前夕竟达二三十万人，连蒋介石内心对这种情况都有几分害怕。

七

戴笠基于长期搞特务活动的实践经验，结合各国特工机构的做法，在1939年居然编写出了《政治侦探》一书。此书从理论的高度论述了特务工作的性质和职能，指出特务活动是“以绝对秘密之身份，受独立组织之指挥”，其组织、身份、工作都十分机密，“视上级命令所指派，分驻各处，严密注意当地一切党、军、政、学、工、商人民之动态”。把特务工作的任务规定为“保卫领袖安全”、打击内部不法贪污行为、扑灭一切政治反对势力、掌握监视国民经济各部门的情况、防止国际间谍与铲除汉奸等五大方面。指出特务工作的方式分为“情报”、“煽动破坏”和“行动破坏”三种。对各种方式以及特务工作方法、手段以及技术等，皆进行了全面系统的阐述。此书被称为是一部搞国民党独裁统治的“特工大全”。

戴笠其人以好色著称。上高小时就逛窑子嫖妓，上中学后就是因为夜里越墙出校嫖妓被学校开除。后来混迹江湖，当了特务，以致当了特务头子以后，玩女人取乐更是家常便饭，有一段时间还染上了性病。后来戴的特务处招收人员举办训练班，以及以后办警校，那些姿色美艳的女学员自然就成了他的性伴。浙江警校第二期生毕业后适值该校被戴笠的特务处接管，这批学员又被全部收人参加特务培训。这批学员中有两个容貌漂亮、身段性感的女子，一个叫姜毅英，一个叫叶霞娣，他们都成了戴的性伴。结业后戴把她们安排在自己身边工作，随时享用。后来警官大学女学生赵蔼兰被戴看中，也成了戴的情人。1938 年戴到临澧特训班视察，这是抗战开始后办的第一个特务训练班。有一名叫周志英的女学员颇有姿色，被戴叫去谈心，遂将其搞上床。训练班结束后戴将周安排到身边当“秘书”。一段时间后，周以担心怀孕出丑为由提出要与戴正式结婚，戴对周称安排秘密结婚，让人将周送到息峰监狱关了起来，从此不闻不问。

在重庆办的另一个特训班，班上有一名叫余淑衡的女学员，是中央政治大学外语系毕业生，在大学期间就是“校花”，这回又被戴采到手中，白天当随从秘书，晚上当秘密太太。戴甚至想将其娶到手，为讨余及其家人欢心，给自己取了个化名“余化龙”，意为余家的乘龙快婿。但余提出要出国留学，学成回来后完婚，戴果然为其办了赴美留学。但余出国后一拖再拖不回来，戴也又搞上了新的女人。

1944 年，当时著名的电影明星胡蝶到了山城重庆。早在 20 世纪 30 年代中期，戴在上海时就流露过对胡蝶的垂涎之心，这次戴笠施展种种手段，把这个落难的绝代佳人搞到手，霸占了 2 年之久，直到戴死后胡蝶才获自由。

日本投降后，戴笠控制的特务力量及其收买的汉奸部队，首先在沦陷区大城市抢夺胜利果实方面为蒋介石占了先机之利。但戴的特务在接收中大肆抢财产抢女人，戴笠更是到处抓女人尽其淫兴，搞得声名狼藉。陈立夫在蒋介石面前也说戴笠“抓女人不择手段”，比如凡他部下的老婆他都要“尝鲜”。

抗战胜利后，国共进行谈判，共产党提出要国民党取消特务机构，全国人民也极力呼吁取消特务组织。一方面迫于压力，一方面蒋介石也想借机削弱戴已具威胁性的特务势力，指示戴的特务组织“化整为零”。1946 年 2、3 月间，戴笠为其特务势力的出路问题不停地在各地奔走。3 月 17 日，戴乘飞机从青岛飞往上海，适遇上海大雨无法降落，遂转飞南京机场，结果飞机在南京市郊的江宁县板桥镇附近坠毁，戴与机上所有人员全部丧生，无一生还。也许是命运的安排：戴笠姓戴，飞机所坠之山包叫“戴山”，坠机处还有一座戴家庙；戴笠字雨农，戴的飞机在雨天失事，其尸体掉落的地方正好叫“困雨沟”；戴特别忌讳“13”这个数字，这天同机飞行的正好是 13 个人。

神秘间谍——西德尼·赖利

西德尼·赖利的一生充满神秘传奇色彩。他出生于一个俄国军官家庭，却是一个犹太医生的私生子。他出生于一个俄国军官家庭，却是一个犹太医生的私生子。他是一个放荡不羁的无赖，同时又是一个天才间谍。他胆大、狂妄，而又机智、善变。他年轻时是一个自由间谍，向英、俄、日等国都提供过情报。1917 年后成为英国秘密情报局正式成员，主要任务是对苏俄进行颠覆活动。后来他神秘地从人们的视线中消失了。

一

西德尼·赖利，1874 年 3 月出生于俄国南部敖德萨附近的一个小镇上，母亲是一个具有波兰血统的俄国人，父亲是一名沙俄军队的上校军官。赖利虽然是这个沙俄军官结婚 5 年好不容易才得到的第一个儿子，但实际上并不是他的亲生儿子，而是老婆与一个行医的犹太人偷情暗结的珠胎。赖利的童年是在无忧无虑中度过的。父亲很爱他，他非常机灵，稍长大后，常常跟父亲去打猎。父亲军人的勇敢对他的性格影响很大。赖利厌恶读书，经常逃学，生性好斗，常常在教室里将别的男孩打得鼻青脸肿。而女孩却都喜欢他。尽管他讨厌读书，但却富有语言方面的天赋，对学语言也特别感兴趣。中学毕业时，他已经学会了英、法、德、俄四种语言。

19 岁的时候，父亲将他送到一个神学院去学习法律，希望他将来能出人头地当一个受人尊重的法官。神学院管教特别严厉，不允许学生有女朋友。赖利无视学校禁令，暗地里与女孩厮混。几个月后一个晚上他突然回到家里，说他不想继续待在那个让人透不过气来的鬼学校里了，他要与一个女孩结婚。并表示如果父母不答应的话，他宁愿从此再也不待在这个家了。

威严的父亲听了后只说了一句："你必须立即回到学校。"然后就怒容满面地上楼去了。母亲双眼闪动着泪花，嘴唇哆嗦着没说出话来。一向不太喜欢赖利的叔叔又大骂赖利是"犹太小杂种"。赖利也曾听到一些传闻，说自己不是他父亲的亲生儿子，而是母亲和一个维也纳犹太医生的私生子。他懊丧地坐在桌前，脑中一片空白。这天深夜，母亲终于含泪告诉赖利说，他真正的父亲的确是维也纳的一位医生，名叫西格蒙德·乔治维奇·罗森布拉姆。20 多年前，她和丈夫前往维也纳一所医院求医，因为他们结婚都快六年了，她一直未能怀孕。为他诊治的医生是一个 30 来岁的犹太男子，他很仔细地给她进行检查后，告诉她问题可能出在她丈夫身上。几天后临出院，她主动要求同医生发生了性关系。回俄罗斯两个月后他们发现她怀孕了。于是后来就生下了赖利。赖利静静地坐在椅子上，但他的心却翻江倒海般难受。他从小信奉天主教，而她母亲却告诉他，他是犹太人。犹太人正受到沙俄政权的仇视。他不愿相信自己是犹太人这个事实，他决定离开这个家，到外面陌生的世界寻找自己新的生活天地。

二

赖利到了彼得堡，在一条商船上找到了一份差事。后来随着那条船到了南美洲。那时正在兴起开发南美热，乘船去南美洲淘金的欧洲人很多，赖利也想去碰碰运气，于是他便滞留在美洲。但南美并不像人们想象的那样遍地黄金，赖利发财的希望破灭了。为了生计，他先后干过码头工、修路工和种植园工。一天，他正在一个港口小镇闲逛，遇见一个身材结实，满脸络腮胡子，约摸30多岁的男人。那人用英语同他搭讪，自称是英国探险队队长福瑟吉尔少校，赖利则谎称自己是爱尔兰人。福瑟吉尔问赖利愿不愿意跟他一起去探险，赖利欣然同意。于是赖利成了福瑟吉尔少校率领的英国探险队的厨师。有一次，探险队迷了路，遭到当地人袭击，赖利显示了他小时候跟父亲一块打猎时学会的神枪手的功夫。他越来越成为探险队中重要的成员。

一天晚上，福瑟吉尔少校来到赖利身边，突然问道："也许你是一个俄国人，对吗?""哦，是的，福瑟吉尔少校，我出生在俄国南部一个靠近敖德萨的地方。但是我真正的父亲是一位爱尔兰人。"福瑟吉尔发现赖利是一个天才的间谍，就让他从事情报活动。赖利很快掌握了侦察、绘图、伪装、联络等一般特工人员必备的知识。随后他以一个衣衫褴褛的平民的模样，在巴西观察刺探情报，几天后，西德尼·赖利详细地向福瑟吉尔少校报告了他对巴西边境的侦察情况，并交给了少校一些他亲手描绘的地形图。有一次，福瑟吉尔少校交给他一个任务，要他弄清巴西一边境要塞火力分布情况。他化装成一个昆虫学家。在正式行动前，他弄到一大堆有关昆虫学的书籍研究一番，并学会了用网罩捕捉蝴蝶和收集昆虫标本。一天，他拿出一个大画夹，对着眼前的景物画起来，一个边防军军官走了过来。这位军官曾经当过警察，他相信自己的眼力，并且凭着自己的眼力，破获了几起大案。他从看到赖利第一眼起，就怀疑赖利是一个欧洲谍报人员。他暗暗地监视赖利，但几天下来一无所获。一天清早，赖利来到要塞附近一个偏僻处打开画夹聚精会神地画了起来。在他的前方，刚好是边防军一个较大的火力分布点。那位边防军少校轻轻地靠近赖利，抽出手枪，把枪口对准了正在埋头作画的赖利，得意地说："欧洲人，我想你可以恢复原形了。"他喝令赖利举起手来，一群士兵也闻讯赶来。然而他们失望地发现，画夹上不过是一幅刚刚画成的水彩山水画，红红的朝阳、薄薄的雾、墨绿的群山，根本就没有什么军事设施。其实，赖利已经把防御工事的火力分布情况巧妙地标在了昆虫标本的翅膀上，以及那幅彩色山水画上了。

19 世纪 80 年代，英国情报机构负责人对谍报工作进行了大胆的改革，开始雇佣一些外籍难民。由于赖利在南美洲的杰出表现，他也成了被雇佣者之一。

三

1897 年，赖利回到俄国，不久，在一个小镇得到一个警察的差事。在那里，他遇上了休·托马斯夫妇。托马斯是一个传播新教的小教堂的牧师，60 多岁，老是穿着一身黑教服，阴沉沉的，令人生畏。而他的妻子年仅 23 岁，活泼开朗，娇媚风骚。好色而又勇敢的赖利和托马斯夫人从相互认识的第一天起，两人就在谋划着如何抛开牧师而寻欢作乐。赖利和托马斯夫妇回伦敦途中，牧师不幸染病，到达伦敦后，托马斯夫人请了几个医生为老丈夫治病，但病未见好转。这天，赖利前来拜访。他说自己曾经学过医，并且开过一家医院，表示可以为牧师治病。第二天，赖利送药上门，并支走了正为牧师治病的医生。果然，牧师的病日见好转起来，并准备着到欧洲大陆旅行。赖利继续照顾着牧师，也几乎同托马斯夫人形影不离。过了几天，牧师的病情突然恶化。当邻居们去探望他时，他已经咽气了，全身乌紫。不到一年，赖利和玛格丽特·托马斯在霍尔本登记结婚了。自从托马斯牧师死后，毒药成为赖利进行间谍活动的好“助手”。

婚后不久，赖利离开英国到了远东，在中国旅顺港成立了一家“格伦伯格一赖利”木材公司。后来，他成为东亚公司的董事，源源不断地获得俄国的防务计划和海军装备情况。他雇佣了一个商业顾问。一天晚上，他在这个人的办公桌里发现了密电码和一份尚未写完的信件。他意识到，他的顾问是俄国反间谍部门的人，他已经被俄国反间谍机关盯上了。赖利觉得必须找一个借口，不致引起怀疑，这样才能顺利离开旅顺港。在旅顺他与一女人保持暧昧关系。于是他立即向那女人求爱，用花言巧语打动那女人的心，两人在第二天就私奔去了日本。赖利带去的情报使他得到了日本政府给他的一大笔钱。

1904 年日俄战争爆发前夕，赖利到了中国，在陕西省一个喇嘛庙里，成了一个“佛教徒”。他在返回伦敦前，秘密去了俄国，会见了俄国情报机构西藏问题专家亚历山大罗维奇·巴德米耶夫。经巴德米耶夫介绍，他成为彼得堡最难加入的“商人赌博俱乐部”的成员。他在赌桌上运气很好，又善于赢得女人的心。巴德米耶夫劝赖利重点搞德国情报，这样他就可以轻而易举地既为俄国人，又为英国人工作。

关于赖利搞情报的神奇传说很多。据说他为了窃取埃森的克虏伯兵工厂的计划，巧妙地化装成德国人，化名卡尔·哈恩，在该厂当焊接工。据说，窃取情报后，为了逃出去，他打死了工厂两名警卫人员。他杀人时不露蛛丝马迹，而且放毒、刺杀、枪杀、扼杀，样样在行。英国情报机构的人也称他为“不要命的赖利”。在一战前的彼得堡，赖利很快结识了许多社会名流。他是这个首都最时髦的库贝契斯基俱乐部的重要成员，并以赌博技术高超和吉星高照而闻名，他与大多数间谍不同，从不担心引人注意。他利用自己开放的性格来打消别人的疑虑，靠寻欢作乐来消除他人的戒心。有时他还驾着驯鹿拉的雪橇去参加在冰山上举行的晚会。在彼得堡，赖利组织举办了“飞行周”，从而获得了德国飞机工业发展的情报。赖利是德国汉堡布洛姆和福斯军舰制造公司驻俄国的唯一代理商，他设法搞到了有关德国军舰制造的全部最新图纸和计划以及军舰的规格，并报回英国。在间谍工作中，这确实是令人难以置信的巨大收获，对此，德国人和英国人都感到疑惑不解。德国人并不知道赖利是个英国间谍，但是对他的名字有怀疑，因此日夜监视着他的行动。即使如此，赖利还是窃得了德国海军的计划。与此同时，他还让俄国向一家德国公司订货，从德国人那里获得了一大笔佣金。1917 年初，赖利返回伦敦，此后便奉命去敌后执行一连串的任务。据说赖利是首批自愿跳伞去德国人后方进行危险侦察工作的人员之一。有一次，他空降在曼海姆城附近，化装成一名德国工匠，并携有证明他因病退役的证件。他在那里逗留了三周，搜集到有关德国人计划中的 1918 年春季攻势的重要情报。如果英方事先没有得到这份情报，或许德国人能通过春季攻势赢得这场战争。赖利因出色完成了上述任务，被英国授予十字勋章。

有关赖利的传奇故事还有很多。据说有一次搜集德国某军事设施的情报时，他把白兰地酒洒在衣服上，在泥坑里打了一个滚，佯装醉汉，跌跌撞撞地朝德国秘密军事设施走去，他很快被发现。两个德国哨兵大喊“站住”，他哼着一两句下流的歌词继续往里走去。一个小军官见他醉得神志不清，让哨兵把他拖出了营地，打算待他清醒后审问。结果赖利获得了他所想要的情报。有人说赖利还曾一度参加了德军，当了列兵，没过几天便晋升为军官。罗宾·布鲁斯·洛克哈特说，赖利也曾去过东普鲁士，他扮装成德国军官，在哥尼斯堡和德国军官一块儿吃饭。他德语和俄语非常地道，能够不露破绽地扮装成德国人或俄国人。还有传说赖利曾在德国统帅部遇见过德皇。赖利杀死了一名德军上校，剥去其衣服，将尸体投入沟中，然后穿上他的衣服，冒名顶替参加了一次会议，得知德军用潜艇对协约国发起新攻击的计划……

四

1918 年，英国情报机构负责人巴兹尔·汤姆森怂恿乔治首相利用英国情报机构破坏苏俄。此时赖利企图在俄国发动反布尔什维克的政变，这正是英国政府所希望的。于是赖利携带乔治首相给李维诺夫的一封信去了俄国。1918 年 4 月底，他以公开身份来到俄国，博得了苏俄波罗埃维奇将军的好感。通过波罗埃维奇将军的帮助，赖利获得了一张通行证。这样，赖利得以在莫斯科自由走动了。他相信勇敢率直的行动会奏效，于是他径直去克里姆林宫求见列宁，但被拒之门外。

赖利一生都热衷于伪装，时常虚构自己的经历，所以在危机时刻他常常像演戏般从容。有一次，正当他参加俄共一次特别会议时，信使递进来一张条子，指责赖利是间谍，这是伦敦一名俄国情报人员报告的。赖利毫不犹豫反诬信使是间谍，而且说这张条子是伪造的，目的在于搞垮忠实地为布尔什维克事业服务的人，赖利的表演太令人信服了，以至于那个信使遭到怀疑被关了起来。他对苏俄其他领导人说，英国政府不满意从布鲁斯·洛克哈特处获得的关于苏俄情况的报告，希望能得到一份有独特见解的报告。但是这些狂妄的策略在苏维埃俄国又宣告失败了。其实，苏俄情报机构已经掌握赖利的档案材料，怀疑赖利不是英国首相劳合·乔治的特使，而是一名间谍。赖利被迫转入地下，不时地变换身份。有时他装做从地中海东部来的希腊人，有时又扮成土耳其人。赖利野心勃勃地策划成立反革命政府，他的助手中有些是对他极为效忠、胆大的白俄罗斯人，有些是小资产阶级投机分子。赖利策划的推翻苏维埃政权的阴谋，除得到英国间谍机关的支持外，还得到一些白俄反动贵族的赞助，据说他们为此提供了二百多万卢布。

赖利准备在 8 月底举行的苏维埃中央委员会会议上劫持列宁、托洛茨基等共产党领导人，发动政变。在原定的会议召开日期的前一天，赖利已经布置好了他的力量。在主席台上就有不少他的帮凶。然而，苏俄当局察觉到了这个阴谋，当晚全国各主要电台及政府机关均收到推迟数周举行中央委员会会议的通知。政变阴谋未能得逞，赖利又策划暗杀活动。几天后列宁不幸遇刺，就是赖利一伙人干的。苏俄保卫机关进行了大规模的逮捕，搜查出了一些文件。这些文件表明存在着一个反苏的阴谋。英国代表机构只得撤离莫斯科，该机构负责人洛卡哈特被捕，后被驱逐出境，赖利在俄国最亲密的同僚乔治·希尔上尉失踪。赖利的同伙、一名女间谍被捕，契卡工作人员从她的皮包里不仅发现内有布尔什维克的秘密文件，还发现了赖利及其同谋的秘密总部的地址。赖利闻风而动，从最近的火车站乘火车逃跑。赖利持有一张契卡签发的通行证，负责签发证件的奥尔洛夫是被赖利收买的关系人之一。当火车站关卡上的卫兵检查赖利的通行证时，发现是契卡的同伙，不敢询问赖利的去向。赖利辗转两个多月终于逃出苏俄。

在以后几年里，赖利多次化名进出苏联，继续企图推翻苏维埃政权。1925 年，赖利又化名重返苏联。这次的背景是，在苏联国内外出现了一个神秘组织，叫“信任”。它宣称反对布尔什维克，致力于推翻苏维埃联盟政权。事实上，这是苏联安全部门的一个反间谍组织，它主要是为了发现苏维埃政权的敌人，并诱使他们钻入圈套。英国情报机构对“信任”是怀疑的。但赖利说他相信“信任”，他说他此次重返苏联，尽管有危险，但“信任”会保护他的。赖利这一去就再也没回来。对于赖利的下落众说纷纭。有人说，赖利在芬兰与俄罗斯边界被边防部队逮捕，枪决了。有一个叫作 M. 波鲁诺夫斯基的拉脱维亚人听说有一名可能是叫作赖利的英国间谍躲在布梯尔斯基监狱的医院里。一个从苏联逃出来的白俄说，赖利还关在狱中，已经疯了。一名在中东的英国军官说，一个自称赖利的人说是从苏联逃出来的，并向他讨钱，但后来又不知去向了。其实，赖利 1925 年被苏联保卫部门诱调入境后即被逮捕，随后就秘密处决了。

纳粹魔王——希姆莱

希姆莱阴险毒辣。作为希特勒的得力帮凶，他疯狂镇压无产阶级革命运动和反纳粹力量，残酷迫害和屠杀犹太人。他还不择手段地排斥异己，要弄各种手腕除掉一个又一个竞争对手，成为纳粹德国仅次于希特勒的实权人物。他靠党卫军起家，使之成为仅次于军队的武装部队。他所控制的情报机构成为无孔不入、无恶不作的怪兽，累累血债，罪恶滔天。1945 年 5 月，他被美军俘获后服毒自杀，结束了罪恶的一生。

一

海因里希·希姆莱1900年出生于德国慕尼黑。他的父亲曾当过巴伐利亚皇族教师，教过巴伐利亚海因里希亲王，亲王担任小希姆莱的教父。希姆莱年轻时勤奋、稳重、温顺而谦恭。他虽不是才华横溢的学生，但比起希特勒来不知要强多少倍，至少要勤奋得多。希姆莱习惯于遵守纪律，照章办事，他自认不是当领袖的料，而甘心当一个奴才。但他认为，为了达到既定目标可以不择手段，不需要考虑可能产生的副作用。他特别喜欢军队一切按条例规章来办事的作风。他曾学习钢琴，但没有任何音乐天赋，只好作罢。他想跻身于行伍谋求发迹，无奈身体虚弱。为了强健肌骨，他常常练习举重，可是徒劳无益。此外，他还学习过速记，还爱好集邮，喜欢欣赏大自然的美景。1917年底到1918年12月，希姆莱终于参军了，他表现出极大的战争狂热。可惜停战来得太早了，他没有机会提升为正式军官。希姆莱退伍以后，决定转向农业。1919年至1923年，他在慕尼黑技术大学学习农业，后在该校取得农艺师文凭。

希姆莱在军队服役时当过一段时间的连队文书，那时就已经表现出他在谍报工作方面的“天赋”——他对同伴们的个人档案非常感兴趣，表明他对别人隐私有着特殊兴趣和险恶用心。从1919年11月起，希姆莱开始参加各种右翼政治运动，1922年1月在慕尼黑的一次集会上，他结识了罗姆中尉。希姆莱崇拜罗姆，不久，他加入罗姆所领导的“德国战旗队”，又叫“冲锋队”。这是当时无数准军事性质的志愿军组织之一。1923年8月，在罗姆的影响下，希姆莱又加入了纳粹党。他狂热地崇拜希特勒。1923年11月，希特勒在慕尼黑发动“啤酒馆政变”，罗姆和他的冲锋队攻占了巴伐利亚州的战争部大楼。但随即被州警察团团围住，并且架起了机枪。希姆莱面对警察的机枪，紧握着罗姆交给他的德国战旗队的队旗，始终站在罗姆身边，直到罗姆最后体面地向州警察缴械投降。由于这次暴动，希特勒被判刑5年，纳粹党的活动也遭禁止。希姆莱虽未被捕，但被他的公司解聘了。对此他毫不在乎，开始一门心思地搞起政治活动，甚至拒绝找工作。1925 年，希姆莱与戈培尔共事，并于同年加入了希特勒刚组建的党卫军，登记号是 168 号。

二

1929 年 1 月，希特勒任命海因里希·希姆莱为帝国党卫军总监，住所在慕尼黑。希特勒从监狱出来后，发现党组织已分裂成争权夺利的若干派别。他当时决定建立一支贴身警卫队，警卫队人数严格控制，必须由敢于大义灭亲的男子汉组成，名称叫党卫军。党卫军除了戴和冲锋队一样的帽子、穿褐色衬衫和裤子以外，还要自己掏腰包买黑夹克、筒靴，交纳党费和党卫军的军费。因此，党卫军又被称作“黑衫党”。当时，罗姆领导的冲锋队不断扩大，犯罪、诈骗、抢劫、同性恋的丑事日益增多。并且，冲锋队不断反对希特勒。希特勒希望借助于党卫军来抑制冲锋队，曾说：“党卫军，忠诚是你的荣誉！”希姆莱在其副手海德里希的帮助下，把党卫军发展成了纳粹党内的“国中之国”，先后同冲锋队、德国军事情报局、德国国防军等展开了一系列激烈的明争暗斗。最后基本上挤垮了对手，达到了自己的目的。

1933 年 1 月希特勒上台后，希姆莱、海德里希联合戈林等人反对罗姆的冲锋队。海德里希设下圈套，广泛收集冲锋队阴谋反对希特勒的“证据”。并不断散布谣言，伪造有关罗姆及其党羽的材料。于是冲锋队“准备政变”的消息开始在军队中流传开来。然后经过精心策划，这一消息终于传到了希特勒的耳朵里。在这样的气氛下，戈林向希特勒呈送了一份拼凑的关于全国冲锋队精神状况的材料。这份材料包括许多被查获的信件，冲锋队领袖之间电话交谈的窃听记录，各种各样的匿名揭发信……这份报告使希特勒深感不快和担忧，他下定决心，先发制人，采取彻底行动，粉碎这场酝酿中的反叛，全面改造冲锋队。他这样做，同时也可以取悦当时与冲锋队有极大矛盾冲突的德国国防军，巩固自己独裁者的地位。1934 年 6

月30日晚，希姆莱的党卫军对冲锋队发动了突然袭击，冲锋队近千人遭到杀害，罗姆等人被除掉了。这就是臭名昭著的“长刀之夜”。

三

希姆莱在受到希特勒沙文主义思想的熏陶后，把阅读《我的奋斗》和种族学专著作为必修课，并付诸行动，掀起了迫害犹太人和其他“劣等民族”的狂潮。他对党卫军进行整编，辞退了血统不纯的队员，制定了所谓党卫军队员结婚细则。他想在血统纯而又纯的党卫军队员里塑造出“理想人种”。他们都应该是金发碧眼的超级大力士，把农民当作标本。为了建立一个主管“种族问题”的机构，希姆莱设立了党卫军种族和移民总局，其任务是：为优秀的德意志民族奴役欧洲其他民族制定种族标准；对德国及其他国家中由于种族出身受到怀疑的人需要进行鉴定的问题作出决定。

希特勒提出，为了扩大“优秀人种”的生存空间，法西斯德国要剥夺“劣等民族”的生存权利。希姆莱忠实地执行这一思想，想出各种办法迫害犹太人。他在全国设立集中营，1937年被关押在集中营的人数达800万人。集中营岗哨林立，阻止犯人逃跑的探照灯、电网和瞭望塔比比皆是。电压高达7.5万伏，人稍碰电线就会立即死亡。二战期间，希姆莱领导的纳粹警察及特务机关对犹太人的屠杀更是到了丧心病狂的地步，被纳粹杀害的犹太人达600万之多。

1935年，希姆莱创立了一个叫做“遗传研究基金会”的组织。基金会听起来无特别之处，实际上这一普通的名称却掩盖着纳粹分子神秘而可怕的罪恶活动。无数犹太人在那里被迫接受残酷的医学试验，包括高空压力试验、冷水浸泡试验、男女绝育试验等。纳粹的医生道德沦丧、心狠手辣，以种种非人的手段残酷折磨接受试验的犹太人，让他们求生不得，求死不能，而这群变态的刽子手却还一本正经地认为自己正在做着“伟大的”科学试验。

希姆莱的盖世太保搞得全国上下人心惶惶。往往在半夜，急促的敲门声把嫌疑分子从梦中惊醒，密探以盖世太保这一让人心惊肉跳的名字出现。嫌疑犯被抓走后，往往遭到百般折磨，受尽人间之苦。无数平民丧生于盖世太保手中。欧洲在纳粹、在希姆莱的盖世太保手下被蹂躏了 14 年，颤栗了 14 年。

四

希姆莱的阴谋“杰作”之一，是为希特勒入侵波兰制造借口的“希姆莱方案”。这是一次极端无耻、狡猾的残酷行动。1939 年 6 月，戈林就如何进行战争准备同希姆莱进行谈话，确切地说，是讨论采取什么方式向德国的敌人挑衅，迫使对方迈出向第三帝国宣战的第一步。希特勒的如意算盘是不希望世人把他当作开第一枪的人。戈林要求这次行动必须组织得当、绝对保密，避免引起怀疑。希姆莱当即从公事包里拿出了一份文件，这是在希特勒侵占捷克斯洛伐克以前就制定出的一份文件。希姆莱要求以他的名字命名这次行动。在场人虽然并不乐意，但为了顾全面子还是同意了希姆莱的要求。希特勒对希姆莱提出的行动方案大为赞赏并批准执行。党卫军二级突击队大队长阿尔弗雷德·瑙约克斯少校受命执行这项任务。

1939 年 8 月 5 日，海德里希召见了瑙约克斯，向他交待了全部计划，说：“制造波兰人袭击我们的证据对外国新闻报道和德国的宣传是非常必要的。这次行动只能成功。如果失败，那将使整个计划和数千人几年来的努力化为乌有。此外，那将是德国的耻辱。”

瑙约克斯开始了紧张的筹备工作。8 月 10 日，瑙约克斯到德波边境进行实地考察，随后，他去拜访了盖世太保头子海因里希·缪勒，缪勒答应向他提供一具身穿波兰军服的犹太人尸体，伪装是波兰人在进攻格莱维电台时被打死的。尸体的代号是“罐头食品”。8 月 31 日中午，海德里希在电话里用暗语指示瑙约克斯在当晚 3 点整发起袭击，瑙约克斯按照指令要求缪勒在广播大楼附近把那个死囚转交给他，领到的那个人虽还未死，但已失去了知觉，瑙约克斯把他扔在电台入口处的楼梯台阶上。他们准时向电台发动了袭击。瑙约克斯放了一通枪后，匆匆撤离了大楼。

然而在按照预定计划向全德国播送一篇“波兰人挑衅”的稿子时，发生了一点技术故障——播音员找不到接通布雷斯劳电台的操纵手柄。万般无奈，他们只好向本地区小范围内作了广播。尽管如此，纳粹的所有宣传机器还是按原定计划纷纷开动了起来。戈培尔操纵的德国新闻界利用这一事端严厉指责波兰人入侵德国。

1939 年 9 月 1 日晨，早已准备就绪的德国军队越过波兰国界，从西、北、南三面向华沙进军，戈林的轰炸机迅速升空，抢占波兰空域，把成千上万吨炸药倾泻在波兰的土地上。波兰人措手不及，溃不成军。9 月 1 日上午，希特勒在议会宣布：“我们从 5 点 45 分开始还击，从现在起要以弹还弹进行报复!”希姆莱策划的阴谋实现了。此后德军很快占领了波兰，不久又横扫西欧，占领了法国，并向英国发动进攻。1941 年 6 月又向苏联发动突然袭击，苏军一时间难以招架，丧师失地，希特勒大有吞并天下之势。

五

在第二次世界大战中，虽然法西斯德国在开战之初取得一些优势，但战争持续到后来，德国节节失利，进入 1945 年就是进行垂死挣扎了。1945 年 1 月 12 日，苏联军队对德军展开了强大攻势，300 万苏军向德军阵地猛扑过来，柯尼斯堡和但泽受到威胁。希姆莱“临危受命”，担任“维斯拉杜河集团军”总指挥。希姆莱高高兴兴离开西线，把各处的党卫军武装部队调到东线，幻想着一举扭转战局，击退苏军的进攻。然而，事与愿违，虽然开始两天希姆莱打得很顺利，但自 2 月 28 日起，驻守在维斯拉杜河西岸的德国集团军被苏军一截两断。随后，朱可夫又全军出击，直打到奥德河。党卫军第六装甲军在巴拉顿湖被包抄，由于撤退（尽管希特勒不允许这样做）迅速，才没有全军覆没。希特勒得悉后，大发雷霆，责令希姆莱收回这个军所有军官佩戴的勋章，禁止党卫军成员继续佩戴他们团或他们师的臂章。希姆莱对此大为不满。

到战争末期，希姆莱对希特勒完全失去了信心，他决心和西方盟军进行谈判。他保证，如果盟军接受单独和谈建议，他就废黜希特勒，取消国家社会主义。然而希姆莱摇摆不定，等到他第二次要求重开谈判时，西方盟军拒绝了他，坚持要德国无条件投降。希姆莱的愿望落空了。他又不想为希特勒殉葬，于是选择逃命这一出路。

1945 年 5 月 21 日，希姆莱一行 7 人化装成难民模样，混在难民群中，来到不来梅港。这里有英国人设立的检查站，对过往人员进行严格检查。因为法西斯德国已经崩溃，希特勒及一批死党自杀身亡，盟军已经知道还有一些纳粹分子准备逃脱盟军的控制区，逃脱历史对他们罪行的审判。希姆莱这个第三帝国的第二号人物、令人闻之色变的杀人魔王、德国所有警察部队和情报组织的最高领导、德国党卫军的头子和内务部长、后备军司令，在接受检查时，难民伪装被识破。希姆莱被命令脱去衣服接受检查，穿上英国人送给他的衬衣、衬裤、短统袜。有人对希姆莱的衣服进行认真的检查，从他上衣的衬里发现了一瓶毒药，此外别无所获。蒙哥马利元帅的情报部门负责人墨菲上校命令检查希姆莱的嘴巴。刹那间，只不过一秒钟的工夫，希姆莱的身子僵直了。他上下颌抖动着，过了片刻，重重地摔在了地上。医生立即用力把他的牙齿掰开，把手指伸进去欲将氰化钾胶囊的残物从牙龈上取下来。另一个医生跑过来，给已经失去知觉的希姆莱灌大剂量的呕吐剂，随后又给他洗胃……然而这一切都无济于事。希姆莱已经死了。

拯救了苏联的间谍大师
——佐尔格

佐尔格是一位出生在俄国的德国人，20世纪20年代初，成为红军总参谋部军事情报总局的情报员。1933年获得法兰克福报社特派记者及纳粹党员身份后，被苏联派遣到东京。佐尔格在东京组织了“拉姆赛”情报小组，搜集了日、德两国的大量重要机密情报。特别是由于他向苏联提供的德国准备向苏联发动进攻的具体时间，和日本不会向苏联东部边境发动进攻而是要南进的情报，对苏联正确做出战略决策发挥了重要作重用，被誉为“拯救了苏联的间谍大师”。

一

佐尔格于1895年10月4日生于俄国的南高加索。父亲阿尔弗雷德·佐尔格是巴库一家德国石油公司的工程师。在佐尔格家，德语和俄语具有同等地位，因此，他从小就掌握了这两种语言。后来他跟随父母回到德国，先后在柏林上小学和中学。1914年8月，德皇政府对沙俄宣战，第一次世界大战爆发。德皇向全国发出了征战的号召，普鲁士的每所学校都争着献出更多的志愿兵。早已厌倦读书的少年佐尔格未征得父母的同意，就报名当了兵。

1915年夏，佐尔格在德国同比利时的交战中负伤。他死里逃生，并开始对这场掠夺性战争进行严肃的思考。不久，他被提升为一等兵，伤未痊愈，就又奔赴前线。这次他所在的部队是增援正在与沙俄军队作战的奥皇军队。他上前线不到三个星期，就又被弹片击伤，住进了柏林的医院。住院期间，他原来就读的那所理科中学给他颁发了毕业证书。他由于上前线而未能学完中学最后一年的课程，可他的中学毕业证上各科成绩优良，这为他以后进高等院校学习铺平了道路。同时，他被提升为第43炮兵预备团的军士，被授予二级勇士铁十字勋章。这期间，有一件事对佐尔格的人生道路产生了决定性影响：他收到一份斯巴达克斯小组的传单，这些传单是德国社会民主党成员卡尔·李卜克内西等人撰写的，内容是号召人民起来反对帝国主义战争。1916年初，德国发动了凡尔登战役，佐尔格在一次炮战中执行侦察任务时，双腿负了重伤。第三次负伤，使他内心发生了根本的变化。

1918年1月，理查德·佐尔格从皇家军队退役。离开军队以后，他进入柏林的一所大学攻读哲学。1918年夏，他加入了德国独立社会民主党，并立即接受任务，组织一个社会主义大学生小组，并担任小组负责人。由于遭到德国军警追捕，他暂停公开的政治活动，继续攻读自己的专业，并获得博士学位。1919年10月15日，佐尔格加入德国共产党。1921年与一名叫克里斯蒂安的女子结婚，3 年后又离了婚。

二

1925 年初，佐尔格到达莫斯科，3 月，他加入苏联共产党并加入苏联国籍。1928 年的一天，佐尔格被出乎意料地叫到苏联红军总参谋部情报部部长杨·卡尔诺维奇·别尔津那里。别尔津认为佐尔格有侦察员天才，是一个认真细致的评论员和可信赖的有预见的人。他问佐尔格是否愿意放弃现在的工作转入秘密战线。佐尔格表示愿意。于是他接受了秘密情报工作的训练。当时，中国是各国利害冲突的焦点，各种势力都在这里进行着角逐和较量。所以别尔津决定派佐尔格前往中国。佐尔格通过老同事、德国汉学家和德中协会会员卡尔·奥古斯特·维特福格尔的关系，拿到一份在社会上享有盛誉的德中协会计划研究多项专题的委托书。这对他的工作很有利。

1930 年 1 月 10 日，佐尔格和另一名德国人持德国当局签发的旅行护照，搭乘一艘日本船到达上海。他很快以记者的身份作掩护站稳脚跟，着手建立组织。他首先登门拜访了德国驻上海的总领事馆，向他们出示了德国外事厅的推荐信。总领事对佐尔格与德中协会签订的“中国银行法的起源和发展”课题的研究合同很感兴趣，介绍佐尔格认识了德国驻南京公使馆的参赞、北京公使馆的副领事、广州的总领事等。佐尔格真是好运气，一下子撞开了几扇大门。他选择了新闻和研究工作掩护他的真实身份对他的工作非常有利。1931 年 9 月 18 日，日本发动了侵华战争。佐尔格立即冒着生命危险前往中国的东北地区，并就此问题在《德意志粮食报》上发表文章。在《法兰克福日报》驻远东记者、著名美国左翼人士史沫特莱女士的帮助下，佐尔格认识了日本记者尾崎穗吉博士和日本通讯员川合定吉、中共党员和德共党员露特·维尔纳。为了与莫斯科中央总部建立联系，佐尔格将较长的调查报告用照相机一页一页地拍摄在微型胶卷上，然后通过上海一哈尔滨交通线定期传送出去。一些特别重要的简短急讯则必须使用无线电传送。不久，莫斯科总部派波兰共产党员约翰接替了费时的由佐尔格本人亲自操作的发报工作。为了加强无线电通讯工作，总部又派马克斯·克劳森担任无线电秘密电台报务员，他的妻子安娜则是上海一家医院的护理员。1932 年莫斯科又派克尔曼和妻子里姆来上海担任无线电报译码员。佐尔格的谍报网不断扩大，形成了一个国际性的秘密情报组织，它的核心成员有四名苏联人，一名波兰人，一名中国人，两名德国人和一名日本人。

佐尔格的主要工作对象是德国的军事顾问。由于他在德国总领事的社交圈子里非常闻名，并赢得了他们的好感，他常被军事顾问们邀请去南京访问，他们常常向佐尔格提供大量的有关南京政府的内部情况，以及他们制定政策的原则。1932 年在上海发生“一·二八”事变时，佐尔格从他们那里获得了有关日本的军事计划和部队兵力的精确数字。佐尔格通过南京的德国军事顾问获取了许多战略情报和军事情报，其中许多是正在实施或正处于准备阶段的军事战略计划。

1932 年发生日本进攻上海的“一·二八”事变后，日本夺取满洲并企图征服中国的野心完全暴露。佐尔格设法了解日本的意图、策略、作战方式和英、美的态度及国民党政府的动向等，为共产国际制定对华政策提供了有效的情报。1932 年夏，在桂林的一次秘密会议上，德国顾问魏策尔同蒋介石的军事顾问们拟定了对鄂豫皖的红军发动围剿的战略计划。佐尔格立即将他了解到的有关这次围剿的进攻方向、兵力、部队的集结日期以及魏策尔想用来消灭红军的“掩体战略”的中心内容，向莫斯科总部作了报告。红军从共产国际那里得到这一情报后，立即转移。佐尔格及其谍报小组对中国革命给予了很大帮助。

三

1932 年 11 月 12 日，佐尔格经海参崴回到了莫斯科。1933 年初，佐尔格见到了别尔津将军。别尔津决定让佐尔格去日本，借德国之手打入日本，再从日本收集德国法西斯的情报，并建立代号为“拉姆赛”的情报小组。

1933 年 5 月，佐尔格离开莫斯科，前往德国柏林。经过两个多月的奔波，他成功地与《法兰克福日报》编辑部达成协议，根据协议，他可以作为这家有名望的报社的工作人员在日本工作。他还与几家德国月刊编缉部就合作问题进行了商讨。他弄到了一张德国人的出国护照和介绍信及一些有用的信件。他带着这些证件，取道美国和加拿大到日本去求职。在华盛顿，他拜访了日本驻美国大使出渊克二，佐尔格向这位高级外交官递交了致敬信和介绍信。这些信是哲学教授卡尔·豪斯霍费尔在他上路前交给他的。豪斯霍费尔教授和出渊克二非常熟。出渊克二给日本外交部写了介绍信，加盖公章后交给佐尔格。这封信为佐尔格今后在日本的工作提供了方便。

1933 年 9 月 6 日，佐尔格到达日本。他先来到德国驻日本大使馆报到，并把他从柏林带来的介绍信交给了使馆。接着他拜访了日本外交部，向新闻司领导人天羽英二递交了日本驻美大使的引荐信。佐尔格同其他记者一样，参加外务省每周举行的 3 次记者招待会，他还与联合社（后来的同盟社）、日本陆军军部和海军部定期联系。他参加京滨（东京一横滨）德国俱乐部，充分利用它的图书馆和酒吧间。又通过一定途径，加入了东京俱乐部，那里面收藏着有关日本的世界上最精致的外文书籍。他经常离开东京外出旅行，又特别对农村感兴趣。那时日本的农村经济落后，因粮食欠收，加上美国生丝市场倒闭，许多地区一蹶不振。他借旅行之机尽快了解日本。他是德驻日大使馆的常客，在档案室和事务参赞办公室里与使馆官员互通消息，交换意见。

四

1935 年，根据莫斯科的指示，佐尔格集中精力赢得德国驻东京使馆的信任，并获准向他们提供一定的情报。佐尔格开始接近德国大使馆武官尤金·奥特。凭借他们过去同在一个师内服役的旧情，两人关系十分融洽。佐尔格刚到日本时，奥特还在名古屋，那时佐尔格就给他提供过关于日本军事方面的有用情报或有关日本形势的新见解，这充实了奥特给德驻东京武官的汇报内容，增加了他在上级心目中的份量。由于佐尔格的帮助，奥特升为武官，后来还当上了大使。1936 年，佐尔格获得“武官奥特上校非官方秘书”这一职位，德国使馆内设有他的办公室。奥特让佐尔格看机密文件时，他不便拿到自己的办公室去照相或抄录，只是死记硬背其中的要点，然后追记摘要。但当使馆其他人向他讨教时，他往往要求对方让他把有关文件带到自己的办公室去。他老是说：“我希望能够慢慢地仔细地读一遍。”他一回到自己的屋里，便把材料中重要的部分拍摄下来。

1939 年 9 月初欧战爆发后，佐尔格与德国使馆第一次正式发生工作关系，他负责把柏林发来的官方电讯稿编成新闻简报。他的一小间办公室在使馆旧楼的第二层，紧挨着德国新闻社的监听室。他的第一件事是把来电分门别类地加以整理，挑选较重要的新闻给使馆高级人员过目，然后编写新闻摘要，发给侨居日本的德国人。此外，他还编新闻通报，分发给日本报刊。佐尔格因干这份差事而获得报酬，但他不在使馆编制之内，他拒绝成为使馆人员。柏林外事局敦促奥特给他安排一个相当高的职务，负责情报和宣传工作，但他还是拒绝了。奥特感到很恼火，最后佐尔格只好答应继续给奥特当私人顾问。佐尔格避免正式从属使馆的原因是，他不仅认为正式职务会影响他为莫斯科工作，他还担心，他的详细经历经过必不可少的安全审查就会暴露。佐尔格与大使以及使馆高级官员之间的关系特殊，使馆的高级官员遇事经常征求他的意见。比如，他们时常告诉他，他们听到这样或那样的消息，问他是否也听到了，有何看法？有时大使拿出一份电报稿给佐尔格看，请他提出修改意见。他从中了解到重要电报、信件的内容。有时他的意见引起一番争论，这样便能得到更多的情报。经过长期的精心准备，佐尔格已经成功地全面渗入了德国使馆。

五

莫斯科指派给佐尔格两个助手，一个是日本人，另一个是无线电报务员。1933 年初，佐尔格首先联系了小组的报务员“伯恩哈特”。他先期到达日本，和妻子住在横滨郊区，以商人身份为掩护。佐尔格告诉他，要立即着手在他寓所内架设无线电台。他接着去联系小组的第二位成员，南斯拉夫籍的勃兰科·伏开利克。初次见面，佐尔格发现伏开利克身体欠佳，又缺经费，便在经济上资助了他，并引导伏开利克结识了许多外国新闻团体和英、法使馆高级官员，帮伏开利克打开了局面。那位日本助手，名叫宫木佑德，年纪与伏开利克相仿。他来自美国加利福尼亚，住在一个朋友家里，坚持天天读英文日报《日本广告》。1940 年 2 月的一个早晨，他见到了自己长期寻找的东西，那是“征求”栏中的一个告示：“老东家征求浮土绘，并急需有关该问题的英文书籍。东京《日本广告》423 号信箱。”这是伏开利克根据佐尔格的指示办的。宫木给该报寄了一封回信，于是他和伏开利克在《日本广告》社见了面。宫木和伏开利克各自在皮夹中带了一张一美元的钞票。这两张钞票号码连着，两个人便接上了头。几天后，就在除夕之前，佐尔格使用事先安排的接头暗号在上野画廊会见了宫木。宫木跟伏开利克一样也是个“业余爱好者”，缺乏秘密情报工作经验。他见过佐尔格四五次后才明白是让他当间谍的，因为佐尔格要求他提供日本的政治、军事情报。

佐尔格小组除了用无线电发报与莫斯科联系外，还通过交通员来往于上海和香港与莫斯科保持联系，篇幅长的报告拍在胶卷上，由交通员转交给苏联特工人员。克劳森便这样旅行过两次。1936 年 7 月，佐尔格告诉他，根据莫斯科的命令，要把某些拍摄了德国使馆机密文件的胶卷交给上海的一家书店。这个秘密地点是苏联特工在远东地区的一个信箱和接头地点，佐尔格在上海执行任务期间曾充分利用过。1939 年 6 月，克劳森第二次前往上海，在汇中饭店一层的咖啡馆与一名苏联交通员接头。

六

1940 年，佐尔格终于以著名作家和记者的身份加人了纳粹党记者协会。

在此之前，他已是德国《法兰克福日报》驻东京的特派记者。他被任命为纳粹党日本地区的负责人。

1940 年底，德国最高统帅部正在酝酿着对苏联开战的问题。各种零星的消息不断传来：出征法国的士兵回德国休假，莱比锡新编组了一支由 40 个师组成的后备军团；参加征讨法国的 20 个师实际上仍处于战斗状态；一些军用列车从德国向波兰移动等。佐尔格又巧妙地从柏林来的一位信使口中得知："元首已在 7 月会议上确定了消灭苏联有生力量的计划!"

佐尔格经过冷静的分析和反复核实后，从日本向莫斯科发出最初的警报：德国开始准备对苏战争。密码报告的日期是 1940 年 11 月 18 日。这是克劳森抱病在床发出的。1940 年 12 月 30 日，佐尔格又发出密电："在苏联边境地区已集结了 80 个德国师。"1941 年 3 月 5 日，佐尔格向莫斯科紧急发电，"德国已集中 9 个集团军共 150 个师，以进攻苏联"。5 月 30 日，佐尔格向莫斯科发出警报："战争将于 1941 年 6 月 22 日爆发!"

佐尔格事先就德国准备对苏作战提出警告的报告，是该小组的最大贡献。他们所提供的情报非常准确。1941 年 6 月 22 日，德国法西斯果然不宣而战，发动了侵苏战争。

德国进攻苏联后，苏联急切地想知道日本是否会遵守两国的中立条约，是否会进攻苏联。佐尔格小组不断地向总部报告日本政府的举动，1941 年 9 月 14 日，佐尔格草拟了一份重要电报："日本政府决定暂不进攻苏联，日本着意向南挺进。"1941 年 10 月 4 日，佐尔格又向苏联发出一封最重要的电报："日本不可能发动对苏战争，相反，日本将在下几周内向美国开战。"在苏联卫国战争最困难的时候，这些重要情报使斯大林下定决心把苏军远东部队调往西线，从而夺取了苏军在苏德战场上的战略主动权，并为以后苏军实施战略反攻做了准备。

七

佐尔格的东京谍报组不断壮大，已经发展到 40 人，其中 32 名日本人，

4 名德国人，2 名南斯拉夫人，1 名英国人，以及佐尔格本人。日本警察局特高课也已注意到这个在东京的间谍网，并加紧准备开展抓捕行动。1941 年 10 月，日本秘密警察倾巢出动，“拉姆赛”小组的全体成员先后都遭到了逮捕。日本当局是通过混进日本共产主义组织的一个外围人员得到有关“拉姆赛”小组的情况的。

日本警察对佐尔格进行法西斯式的审讯，他遭到严刑拷打和残酷的折磨，但佐尔格没有屈服。1944 年 11 月 7 日，佐尔格坦然地走向绞刑架，举起拳头，庄严行礼，高呼：“苏联万岁！红军万岁！”然后英勇就义。

佐尔格是二战中传奇式的反法西斯战士，他机智灵活，胆识过人，善于分析研究，团结同伴，活动能力极强。他向苏联提供了大量重要情报，尤其是德国将对苏不宣而战和日本不会对苏采取行动的准确判断，起到了挽救莫斯科、挽救苏联的作用，足以作为谍报活动的典范载入史册。

佐尔格是苏联人民心中的英雄，他当之无愧地被誉为世界间谍史上杰出的间谍大师。在他牺牲 20 年以后，1964 年，苏联公开了他的事迹，追认他为苏联英雄，授予列宁勋章。

反法西斯战争的谍报英雄
——拉多·山多尔

拉多是二战期间最著名的苏联间谍之一。他利用自己地图学专业知识，以经营新闻地图社为掩护，在瑞士领导和发展间谍网，其谍报工作之卓越高效，表现出了拉多高超的谍报斗争艺术。在德国会不会进攻苏联、进攻的时间以及日本会不会从远东向苏联进攻的问题上，拉多情报组都有准确的情报报告苏联红军情报局总部。

一

拉多·山多尔1899年出生在匈牙利。早年在布达佩斯求学，专攻法律。1919年匈牙利苏维埃共和国期间，在红军中做政治工作。匈牙利苏维埃共和国失败后，流亡国外，先后在奥地利和德国读书，主要学习地理。1921年至1922年在维也纳任“俄罗斯通讯社”社长，1923年在德国活动，1924年至1926年在苏联工作。1927年始先后在柏林、巴黎及日内瓦开设新闻社并自任社长。

1934年10月，南斯拉夫的法西斯分子在马塞暗杀南斯拉夫国王和德国外长的事件发生后，拉多在巴黎经营的“独立新闻社”也随之发生了严重困难，原来的支持者——法国当局和法国亲希特勒的大资本家以及有影响的犹太人士都后退了。他们不仅停止了经济上的捐助，甚至还对他的业务加以限制。拉多不得不结束他的“独立新闻社”的业务。他在侨居巴黎期间一直没有间断对地理学的研究，现在业务难以开展，倒使他有时间转而专门从事地理和地图学的研究了。在此期间，他以渊博的地理学专业知识在巴黎地理学会的专业刊物编辑部担任职务，并经常为德国报刊绘制形势地图，同时还参加绘制《苏联世界大地图》的一部分工作。还为苏联大百科全书撰写过几个词条，如“匈牙利”就是出自他的手笔。

1935年10月，拉多因《苏联世界大地图》绘编工作的事情从巴黎前往莫斯科。他本人同情苏联，同情苏维埃事业。过去他曾多次去过莫斯科，第一次是1921年参加共产国际第三次代表大会，还有幸聆听过列宁激动人心的讲话。列宁还和他有过一次单独接触，这使他感到非常荣幸。这次他到达莫斯科后，通过一名匈牙利记者介绍认识了苏联红军情报部的一个名叫阿尔图佐夫的负责人。接着，苏军情报部部长谢苗·彼得罗维奇·乌里茨基接见了他，并与他做了一次深谈。从此，拉多·山多尔成了一名苏联间谍。

二

1936年5月，拉多获得了允许在日内瓦居住三年的许可证。他向瑞士政府申请开办新闻地图社亦获批准。这成为他以后开展间谍活动的掩护职业。1936年夏，拉多·山多尔全家由巴黎迁往日内瓦。拉多在日内瓦市郊的蒙巴勒公园附近租了一处住宅。这里建筑物少，视野宽阔，又是公共游玩的场所，便于进行秘密活动，不易受到监视，即使有监视也很容易发现。从这里步行几分钟即可到国联大厦，距国际劳动局和国际红十字中心也不远。这里的居民除当地一些小手工业者、工人和商人外，大多是这些国际组织的职员，而他所住的公寓住户都是这些人，他们全都享有外交豁免权，对这座城市里与己无关的事概不过问。

新闻地图社从1936年8月开业后，业务经营得很顺利。不久就在国际上有了声誉。当时像新闻地图社这样的机构全世界还没有第二家，所以生意很好。它的业务范围包括绘制出版有关政治、经济的形势地图，情况变迁图，也搞自然资源和地形图。不久他又出版了套色的分类绘编地图集。订单纷至沓来，订户包括世界有名的报刊杂志、图书馆、大学的地理系、政府部门、部队的参谋机关、使馆等。连德皇威廉二世也订购该社的地图。开业时正值西班牙内战爆发，各国报纸为配合战况报道，需要插图以形象说明。

由于业务的开展和秘密工作的需要，拉多和国联新闻处保持着密切的联系，并在那里设了一个信箱。国联图书馆还有他一个专用座位。他可以获得国联散发的正式文件，并经常被邀请参加各类招待会。在国联的招待会上他曾见到过世界政治舞台上的重要角色，如英国大臣、世界男子时装之王安东尼·艾登，苏联外交人民委员李维诺夫，罗马外交大臣、名演说家蒂杜莱斯库等。他还同国联一些要人建立了良好的交情，其中包括国联高级官员、波兰前部长拉依契曼、西班牙共和国外长阿尔瓦雷斯·德尔·巴约以及蒋介石的顾问。拉多在日内瓦通过各种渠道搜集到不少情报和按莫斯科总部意图绘制了各类地图，包括根据德国和意大利公开出版的报刊、杂志及经济和地理等专业刊物上的材料加工而成的军事工业布局图。这些地图一部分是用“多拉”或“艾伯特”的名字直接寄到莫斯科的，还有一部分则由他本人送到巴黎交给苏联情报总部的秘密联络员。

三

1937年6月，拉多收到一张从巴黎寄来的明信片，这是通知他去巴黎和总部代表见面的。他按指令动身赶往巴黎，与他接头的是总部代表“柯里亚”。此人身材高大，衣着讲究，年约45岁。柯里亚告诉拉多，根据总部指示，拉多将由他直接领导，他们之间采取单线联系的方式。这次交给拉多的任务是要其到意大利去一趟，了解派到西班牙支持佛朗哥的意大利部队的情况。拉多因业务上的事曾去过意大利数次，与意大利航空部也有业务关系，曾为他们编纂过欧洲航空手册和航空路线图。他们把他视为交通线路方面的专家，并因此受到意大利航空国务部长泰鲁齐将军的邀请，出席过墨索里尼主持的招待会。

拉多·山多尔接受任务后以旅游为名进入意大利，在意各地搜集军事情报，足迹遍及拉斯佩齐亚、那不勒斯港、卡普里岛、西西里的巴勒斯及佛罗伦萨等地。他在旅游途中不仅搜集军事、政治情报，而且注意物色、发展间谍人员。他从那不勒斯乘船到卡普里岛途中，在船上小吃部结识了一个德国姑娘，交谈中得知姑娘的父亲是德国有名的将军，因与希特勒政见不合而于1933年遭杀害。她母亲因此精神上受到严重打击，医生建议其隔一段时间最好到海上消磨几天时光，以调节情绪。这次她正是陪母亲出来散心的。拉多利用这个机会冒险一试，问可不可以帮他搜集德国希特勒集团的情报，不料姑娘竟欣然同意，并给了他地址。为了安全起见，拉多并未暴露自己的真实身份，而是把她的情况报给总部。在佛罗伦萨开往罗马的火车头等车厢里，他与同包间的一位老先生一路交谈得很投机。老者的衣领上虽然别着法西斯党徽，却不断大骂墨索里尼和他的政府，并轻蔑地说，今天身佩法西斯党徽的人不下1000万，但真正信仰法西斯主义的却寥寥无几。原来这位老先生是意大利王储翁伯托亲王的法律顾问。拉多打算时机成熟时将其发展，不料刚结交不久，便因战争爆发中断了联系。

拉多·山多尔数次进出意大利搜集到的情报，按照规定在巴黎交给了柯利亚。这期间约有半年。

四

1938年4月，柯利亚只身来到日内瓦拉多的工作室里，向他宣布说总部任命他为瑞士组的组长，以后他将独立工作。从此，拉多·山多尔成了苏军情报组织日内瓦情报组的负责人。在日后的谍报活动中，拉多以其卓越的组织领导才能和谍报活动艺术，出色地完成了莫斯科总部赋予他的情报任务。这个情报组后来发展为重要的间谍网，即二战时期为苏联反法西斯战争做出杰出贡献的著名的“多拉情报组”。

拉多·山多尔领导的第一个组员是柯利亚交给他的，名叫奥托·平特尔，化名“派克博”。平特尔是一名记者，在瑞士有社会民主党观点倾向的“国际社会主义新闻社”任社长，此人在瑞士社交界和新闻界交友甚广，甚至在瑞士政府部门也有不少熟人。他文笔犀利，对德国和反对共和西班牙的倒行逆施之举大加抨击。他是社会民主党的左翼，认为能和苏联情报组织合作是对瑞士的一种爱国行为，是社会民主党党性的表现。“国际社会主义新闻社”的社址设在伯尔尼。平特尔有时不够谨慎，但他也不以为然，总认为自己是记者，向别人打听消息是职业份内的事，别人抓不到什么把柄。然而他还是引起了警方的注意。瑞士警察局已经检查他的邮件，偷听他的电话，甚至派人监视他的行动。他的一个幼时的朋友此时在日本驻瑞士使馆当秘书，也在打听他的底细。可见盖世太保已经把他列入黑名单了。不过平特尔自有他的优势，他擅长交际，容易取信于人，学识渊博，精通好几门外语，他意志坚强，不怕风险，工作卓有成效。他有好几个消息来源，一个是南斯拉夫的外交官，此人曾是飞行员，代号是“加贝尔”；另一个是过去在国联驻德国萨尔区重要产煤地区的机构中工作，后来流亡到了瑞士，并取得了瑞士国籍，代号为“波依森”。

拉多·山多尔在巴黎有不少熟人，其中一个就是当年的匈牙利总统卡洛伊·米尔伊伯爵，失政后举家迁到了巴黎，过起了侨居生活。他在经济上相当困难，但他的社会关系圈子还是很好的情报资源。

1939 年 9 月 30 日，英法对德宣战后，急剧发展的局势一度使拉多·山多尔瑞士情报组的工作陷于瘫痪，因为和巴黎邮电不通了，他们与总部的联系中断了好几个月。其实这是莫斯科有意中断的，暂时不给他们任务，以便他们潜伏。

1939 年 12 月，总部派了一名代号“索尼亚”的妇女到日内瓦与拉多·山多尔恢复联系，这个妇女年约 35 岁左右，身材瘦长，非常干练。拉多·山多尔向她简要汇报了情况：新闻地图社是个很好的掩护，但由于战争的原因地图无法寄送，失去了不少订户，收入也就减少了。目前只剩下瑞士国内和德国及意大利的订户。现有一些有价值的情报无法报告总部。为此，需要电台、报务员、密码和房子。索尼亚听后表示尽快向总部反映，并规定拉多·山多尔的代号为“艾伯特”。

从 1940 年 1 月开始，拉多小组被取名为“多拉”情报组，这个情报组同总部建立了固定的无线电联系。他与索尼亚所领导的间谍组织各自独立活动，互不发生联系。

五

为加强与总部的联系，1940 年拉多·山多尔物色了一名无线电技师，名叫埃德蒙·哈麦尔，曾在巴黎学习过无线电专业，后在日内瓦开设了一家附设修理部的电料行。他反对法西斯，接近社会民主党左派。从外表看来，哈麦尔既矮小又瘦弱，其貌不扬，不像是那种好冒险的人。但他实际上却非常勇敢，纪律性强，而且业务熟练。他的妻子出身于农民家庭，身体健壮，精力旺盛，性格开朗，承担着全部家务和铺子里门市的业务。她与丈夫有着相同的政治观点并都同情苏联。拉多·山多尔将埃德蒙和她一起发展参加了间谍组织，她的代号是“玛丽亚”。后来情报增多，她也学会了发报，干得非常出色。

拉多还有一名报务员名叫亚历山大·富特，化名“金”，是索尼亚介绍的。他身材魁梧，机智聪明，意志坚强，谈吐诙谐。他没有受过高等教育，也没有专门技术，但他的收发报技术却非常好。他是英国人，实际上是由英国情报机关指派打入苏联间谍组织的双重间谍，但苏联方面并不知道这些。总部为保密起见，指示金迁到洛桑去，在那里设台发报。情报材料由拉多编码后送去或由妻子莱娜送到洛桑去。就这样，在希特勒发动对苏联的进攻之前，瑞士的多拉情报组已拥有两部电台和三名熟练的报务人员。

总部为加强多拉小组，将埃斯特尔·伯森多夫（代号“西西”）领导的一个不大的小组并入拉多·山多尔的组织，由他统一领导。至此，在第二次世界大战爆发之前建立的拉多·山多尔的多拉情报组、索尼亚组和西西组三个情报组织合并为一个组织，代号仍为“多拉”。总部希望这个合并后的情报网能形成合力提高效能，搜集更多的情报。指导原则还跟从前一样：工作完全针对轴心国，不搜集其他欧洲国家的情报。

在 1940 年和 1941 年的形势下，苏联当局最关心的问题是希特勒什么时候对苏联发动进攻，进攻的确切日期以及进攻的兵力。对苏联政府来说，对苏德战争的不可避免是有清醒的认识的，苏联所做的事情只是尽量推迟战争爆发的时间，以便有更充分的反击准备。苏德互不侵犯条约就是出于这种战略考虑签订的。瑞士的情报组获得的情报令人不安。派克博最重要的情报关系加贝尔这时在伯尔尼当外交官，他利用一些意大利关系得到了墨索里尼军队的情况，另一个关系人德国流亡者波依森则通过在战前就建立起来的广泛联系与国联外交界人士的谈话了解到德国政府的一些情况。波依森本人也在国联高级机构供职。派克博从他的新闻界朋友以及借在使馆和政府举行招待会的机会从外交人士那里搜集情报。

1940 年 6 月 6 日，艾伯特向总部报告：自日本使馆专员处获悉，希特勒称，西线速决战结束后，德国将对苏联作战。1940 年 12 月，他的情报组织又向总部报回了德军人员及其分布情况。这些情报对苏军总参谋部了解当时情况起了很大作用。

这期间，从表面上还看不出德国即将向苏联发动进攻，德国人还在海上和空中同英国进行激烈的较量。德国的欧洲盟国意大利军队1941年初在希腊战场失利，在北欧以东又遭到英国人毁灭性的打击。虽然当时除了为自己而战的希腊和南斯拉夫以外，德军几乎占领了包括巴尔干在内的整个欧洲大陆，但德国还是深感西方有后顾之忧。一般认为希特勒还不会一下子把自己卷入一场对苏联的军事冒险中去。但令人吃惊的是希特勒恰恰作出了不合逻辑的两线作战的冒险决策。1941年2月21日，多拉情报组电报总部的情报称：从一位瑞士情报官员处获悉，德国在东方现有150个师，该官员认为德国将在5月底对苏发动进攻。4月，多拉情报组又急电告总部：德军全部机械化师已集中东部，原靠近瑞士边境的部队已调至东南一线。这类消息使莫斯科很担心。他们已从中得出了必要的结论，并制定了一定对策。1941年4月21日，多拉组又报回紧急情报：德军3月中旬分布情况如下：法国50个师，东普鲁士17个师，总督辖区（当时被占领下的波兰）44个师（其中12个为摩托化师和坦克师），罗马尼亚30个师，保加利亚22个师，斯洛伐克和捷克以及奥地利20个师，慕尼黑和乌姆地区8个师，意大利5个师，非洲5个师，共260个师。此外，德国国内尚在筹建25个师。第二天，即4月22日，多拉组又电告总部：波依森自瑞士某议员处获悉，伯尔尼政府人士中流传：德军6月15日将进攻乌克兰，预料不会遭到强大的抵抗。

从这些情报判断，德军的计划有了某些变化。这是因为德军在南斯拉夫和希腊遇到了始料不及的顽强抵抗，而不得不在巴尔干投入大量兵力，致使德军对苏联的进攻推迟了4到5个星期。

6月17日，多拉组特急电告总部：苏德边境现有约100个步兵师，其中三分之一为摩托化部队，此外尚有10个坦克师。罗马尼亚境内加拉附近德军骤然增多，眼下正在装备负有特殊使命的精锐师团，其中包括驻扎在“总督辖区”的第五师和第十师。

很明显，在苏联边境集结的德军已经进入战备状态，只等希特勒下命令了。

1941年6月22日，苏德战争终于爆发。当希特勒宣布对苏开战的时候，德军已经从多路突入苏联境内。在德军强大集团的进攻面前，苏军的防线很快就被突破了。苏军不得不暂时向东退却。

这时德国的亚洲盟国日本在中国东北驻有精锐重兵，威胁着苏联东部边境。虽然苏联与日本签有互不侵犯条约，但弄清日本的确切意图仍然十分重要。因为这关系到总体兵力如何部署使用的决策。8月7日，多拉情报组电告总部：在德国于战场上取得决定性胜利之前，日本不可能进攻苏联。同时，在日本的苏联间谍佐尔格获得了更为详细的情报，这些情报让苏军统帅部得以放心地将东部的一部分部队调援西部，投入对德军的作战。

1941年7月2日，多拉组发回情报：德军目前正在执行“1号计划”，目标是莫斯科，两翼的军事行动属牵制性的，重点在中部战场。8月23日又报告，德国内正在筹建28个师，预计9月可完毕。9月20日，又报告德国人计划在占领摩尔曼斯克后即切断苏联与英、美联系的交通线，并由日本施加压力，使美国无法通过符拉迪沃斯托克（海参崴）向苏联运送物资。

六

德国军事反间谍局建立了秘密电台侦听网，他们使用各类雷达测出了不少电台。这些电台在欧洲许多城市活动，它们大多属于反对法西斯国家的情报机构、抵抗运动和地下共产党组织。在1941年7月中旬，波罗的海海滨（东普鲁士）的克兰茨侦听莫斯科的远程测位器，测到了一座大功率电台与西方许多电台有着极其频繁的联系。德国人认为这个电台可能是苏联情报机关的。在发动对苏联进攻以后，德国人录下了从伯尔尼以及布鲁塞尔向莫斯科发射的秘密电波。德国军事反间谍局无线电处把记录电磁波的磁带交给了盖世太保。于是，德国反间谍网便开始了寻找苏联情报机构电台的侦察行动。苏联在法国和比利时的情报组先后被破获，到1943年10月至11月，一直频繁地向莫斯科总部发送情报的多拉组在瑞士的三部电台被瑞士警方破获，拉多夫妇也受到监视，他们转入地下隐藏。到1944年4、

5月间，这个间谍组的几个重要人物西西、泰勒和露西均被捕，不久富特也被瑞士警方关押。多拉组遭到根本性破坏，虽然拉多夫妇和派克博还能活动，但已无法与总部取得联系。

1944年9月，拉多夫妇离开了日内瓦，到了已经被盟军从法西斯德国手中解放出来的巴黎。从此他脱离谍海，过着宁静的生活，直到20世纪70年代去世。

“红色乐队”的指挥
——特雷伯

特雷伯在第二次世界大战前夕被苏联情报部门派到比利时、法国，领导一个被称作“红色乐队”的情报网，为反法西斯斗争作出了重大贡献。情报网被破获落入德国人手中后，他沉着机智地同敌人周旋，成功地保护了部分同伴。战争结束后，他回到苏联，即遭逮捕，关押了近十年才被平反出狱。后又受到波兰政府迫害。西方许多人为他进行了声势浩大的声援运动。1973 年，他离开波兰到英国定居。

一

奥波德·特雷伯是一名波兰犹太人，自小家庭贫苦。1925 年他加入共产党，到巴勒斯坦工作过，后来又到莫斯科上了共产主义大学，被苏军时任总参谋部情报局长的包尔青看中。于是，他成了一名苏联间谍。

特雷伯参加苏联情报组织后，苏军情报机关制定了一个行动计划：由特雷伯到邻近德国的国家开一个公司，并且建立一个谍报网，经费完全由公司自筹。当时斯大林下令禁止在德国搞间谍活动。但包尔青认为苏德战争不可避免，应该早做准备。过了不久，包尔青被清洗了。清洗之前，他对特雷伯说过："我深信你能成功。在发送情报的时候，千万别考虑领导的反应。千万别讨领导的喜欢。你只凭自己的良心。对一个革命者来说，这是至高无上的裁判。"

1938 年 3 月，特雷伯来到比利时，新身份是加拿大实业家，名字叫亚当·密克莱。他开了一个国际优质雨衣公司，并开始建立谍报网。特雷伯把这个谍报网叫作"红色乐队"。"红色乐队"的核心此时已初具规模。中心派来一个叫阿拉莫的间谍和其他几个人。阿拉莫胆子很大，他是一个机械师，在保卫西班牙共和国的战斗中，一次空军缺少驾驶员，他便自告奋勇，跳上飞机，扑向敌阵，摧毁了目标，完成了任务，安然返航。

1939 年 8 月 24 日，希特勒德国与苏联签订了互不侵犯条约。一个月后，又签订了一项友好条约。在这种形势下，情报中心想叫特雷伯放弃活动。特雷伯的妻子露芭随他来到比利时，这时特雷伯只是让她和情报中心派来的几名间谍回国，他自己则坚持把"红色乐队"支撑下去。特雷伯甚至还给在东京的苏联间谍佐尔格筹办经费，因为他对佐尔格十分敬佩。

二

1939 年德国吞并了波兰，1940 年又灭亡了法国。德军开进巴黎后，特雷伯也到了那里。特雷伯决定把“红色乐队”的总部设在巴黎。他在巴黎开了一个叫西梅克斯的公司，在比利时首都布鲁塞尔开了一个叫西梅克斯戈的公司。这时“红色乐队”已形成了一个十分庞大的谍报网，有40个人，其中比较重要的有莱奥·格罗斯沃格尔、希勒尔·卡茨、阿拉莫、温特林克等。还有一名在纳粹心脏工作的柏林小组组长哈罗·舒尔茨·波森。波森是一位德国青年，他有个犹太朋友，叫艾伦格。有一次，他和艾伦格在一起时，纳粹冲锋队逮住了他们。冲锋队兽性大发，先把他俩的上衣扒光，然后手挥马鞭站成两列，叫他们从中间走过去。走了一遍，再走一遍。波森和艾伦格被打得体无完肤。冲锋队员刚要罢手，波森回过头向刽子手们叫道：“你们何妨再来一遍!”波森从容镇定地又走了一遍。他向冲锋队长行个礼说：“这一遍算我请客。”纳粹党徒们一个个目瞪口呆。他们当着波森的面处死了艾伦格，却未再对付波森。想不到纳粹因此而十分赏识波森。戈林对他十分关照。波森青云直上，在航空部里占有十分重要的岗位。

除了巴黎总部和柏林小组外，“红色乐队”还有荷兰小组和比利时小组，而且还和法国共产党搭上关系，取得了他们的帮助。

西梅克斯公司的主要主顾，是为德国国防军担任全部营造工程和要塞工程的多特工程局。由于和多特工程局关系密切，西梅克斯公司和西梅克斯戈公司的主要人员都领到了通行证，所到之处都大门敞开，和德国军官们也来往频繁。盛宴畅饮之余，纳粹官员们往往口若悬河，各种机密随口而出。特雷伯就这样轻而易举地获取了大量情报。“红色乐队”从波森那里也得到了许多具有宝贵价值的情报，还从一个前白俄男爵那里得到许多情报。“红色乐队”还有很多自己的优秀报务员。这些报务员被叫做钢琴手，他们每天都奏乐——把情报发往莫斯科。

1940年9月7日，德国空袭伦敦。此后接连65夜，英国人一直在防空壕里睡觉。谁都认为德军登陆已迫在眉睫。10月12日，情况发生了戏剧性的变化，希特勒下令停止登陆准备。1940年12月18日，希特勒下令：“德军必须准备就绪，在对英国战事尚未结束以前，即行对苏联发动闪电战。”在东京的苏联间谍佐尔格立即报告情报中心，并且附送了一份指令的抄本。1941年初，波森把作战计划的详细部署报告到情报中心。2月，特雷伯发出一份详细的电报，报告德军从法国、比利时抽调了多少师派往东线。5 月初，他托驻维希法国的苏联武官转送一份攻击计划情报，指明定于 5 月 15 日发动攻势。5 月 12 日，佐尔格也通知莫斯科，说德军在德苏边境线上集中了 150 个师。5 月 15 日，他又报告发动攻势的日期已经定为 6 月 21 日。“红色乐队”的波森从柏林也发出了同样的情报。

1941 年 3 月 11 日，罗斯福把美国情报人员搞到的同样情报送给了斯大林，6 月 10 日，英国外交当局也提供了同样的情报。但斯大林面对这些情报犹豫不决，怀疑是假情报。

1941 年 6 月 23 日凌晨四点钟，旅馆经理大呼小叫地把特雷伯吵醒：“完啦，吉伯特（特雷伯在西梅克斯公司的化名）先生，德军打进苏联啦!”

三

德军一下子深人苏联境内几百公里。反法西斯战争打响了。

特雷伯指挥“红色乐队”的“钢琴手”们又干劲十足地投入到了紧张而充满危险的谍报活动之中。从 1940 年到 1943 年，“红色乐队”向情报中心发出报告 1500 份左右。这些报告有有关敌人的物质力量：兵工生产、原料、运输、新武器。还有有关战局的情报：师团确切数、武器配备、攻击方案。“红色乐队”大显神通。德国的新战车图样绝对机密，可是“红色乐队”弄到了手，于是苏军制成了性能超过德国制造的 KV 型新坦克。“红色乐队”还搞到了德军时速超过 900 公里的新型歼击机的设计图，几个月后，苏联飞机厂制成了性能更优的新型歼击机。

1941 年秋天，希特勒召集军事会议。他主张正面直取莫斯科，参谋部则主张包抄合围。后一种意见占了上风。恰好，“红色乐队”的波森小组一成员是这次会议的速记员。于是，苏军统帅部对于德军这次攻势的部署了如指掌，根据敌情策划反攻，击退了德军。还是这位速记员，提前 9 个月便报告德军将进攻高加索的计划。于是苏军设下陷阱，等德军自投罗网。在诸多情报的背后，有着特雷伯的巨大功劳。他亲自搜集情报，更主要的是，他的卓越的组织才能和让"红色乐队"其他成员信赖的品格，使"红色乐队"具有惊人的效率。

四

1941年6月26日，德国监听站值班员收到一组奇怪的信号。一直到9月底，德国人才确知自己不断截获的电报都是发往莫斯科的。德国间谍头子海德里希派出各色各样的特务、警察侦寻苏联间谍。德军情报部派在比利时的头子皮普在布鲁塞尔侦察出一部发报机，特雷伯也差点被他逮捕。

12月11日，特雷伯来到布鲁塞尔。在这里负责发报工作的是索菲和卡米。特雷伯约阿拉莫和斯普林格在索菲家见面。皮普上尉就在此时率人搜查了索菲的住处，索菲和卡米被逮捕了。阿拉莫对此还一无所知，仍前来赴约。他留着长胡须，手里挎一篮子兔子，准备做饭待客，还没进门槛，德国宪兵便扑上去。他倒神色不慌，摸摸口袋，掏出一本乌拉圭的护照，讲了个小故事：他的铺子在奥斯当被炸毁了，只得搞点黑市维持生计，他说："我正好来卖兔子。"他确实像个走街串巷的小贩。宪兵们叫他留下待命。这时，特雷伯也来了。他一按门铃，开门迎上来的是德国宪兵。他觉得心脏似乎停止了跳动，但他很快平静下来，马上不假思索地脱口而出："哎约！对不住。我不知道这所宅子住着德国部队，大概我搞错门了。"他掏出证件，宪兵们吃了一惊，证件证明"吉伯特"先生是多特工程局为国防军收罗战略物资的。特雷伯说自己以为对门车库里有废铜烂铁，因此到这边来问问。皮普上尉立刻放他走了。走的时候，特雷伯还没事似地跟阿拉莫闲扯了几句。特雷伯离开后立刻赶去截住斯普林格。他正拿着安特卫普港口的图纸前去赴约呢。几个星期前，中心表示要港口的详细图纸。斯普林格居然弄到了手。阿拉莫后来没有混过去被德国人逮捕。比利时的情报小组就此烟消云散。

警探长杰林接管这件案子。他顺藤摸瓜，抓住了"红色乐队"的许多人。其中，肯特、雷希曼、艾弗雷莫夫和马蒂厄最后叛变了。由于叛徒的出卖，杰林很快抓住了特雷伯。希姆莱想利用破获的这个案件，抓住“红色乐队”的其他成员，并挖出和“红色乐队”联系密切的法国共产党。希姆莱还想利用“红色乐队”电台向苏联发假情报，挑拨苏联与英美的关系。德国给这个秘密行动计划起了个“大赌博”的代号。出于“大赌博”行动的需要，杰林不仅没有处死特雷伯，反而还要尽量对苏联情报中心掩盖特雷伯被捕的真情。这就需要特雷伯本人的合作。

特雷伯立刻想到利用“大赌博”行动来挽救已被捕的战友的生命和继续为情报中心服务。他答应了杰林的要求，他说，如果杀害他的战友，他就不与他们合作。特雷伯还告诉杰林，要对“红色乐队”其他人掩盖自己被捕的情况是十分困难的，何况苏联还派了一个保护小组，连特雷伯也不认识小组的人。他们如果发现特雷伯不见了，一定会向情报中心报告。

这个保护小组纯属子虚乌有，但杰林相信它是存在的。警探长的思维同大多数德国人一样，十分相信逻辑，而特雷伯编的故事又是再合乎逻辑不过了。因此德国人虽然对特雷伯控制很紧，但在以后的行动中还是给了他许多自由，以免“保护小组”发现他已被捕。

杰林拼命想和法共接上关系，但未能成功。他要叛徒肯特发报给莫斯科情报中心，要求和法共联系。情报中心拒绝了。特雷伯建议由自己打一个电话给“红色乐队”的联络员，告诉他：“我一切顺利，过几天就回家。”杰林答应了。其实“红色乐队”规定，这句话的意思是：“一切糟糕。我回不了家。”杰林又叫肯特以特雷伯的名义发报给法共要求联系，法共代表答应了。但到了约定时间，法共代表并没有赴约。原来特雷伯早就和法共代表商定：每次会面都比约定时间提前两天又两个小时。杰林又叫一个被捕的报务员发报给情报中心，这位报务员在发报时故意把特雷伯叫做“大首长”，其实从来就没有“大首长”这个称号。由此情报中心作出判断：特雷伯出了问题。

五

经过多次失败以后，杰林不得不动用特雷伯了。由于杰林对特雷伯还算“客气”，特雷伯就利用对他的“优待”，偷偷给情报中心写了一封信。特雷伯在信中把各个人被捕的时间、地点等情况详细开了一个清单，然后叙述他们被捕后的表现。至于破获的电台、电报、密码，他也一一列入清单。接着又把“大赌博”的政治目的、军事目的、采取的手段尽量解释清楚。最后，他又列举了可能被捕的人的名单，建议情报中心安排他们转移到安全的地方。在信中，特雷伯提出：如果情报中心认为有必要主动继续搞“大赌博”，那就由局长于1943年2月23日来电，为红军节和特雷伯的生日道贺。信写好了，特雷伯的床腿是空心钢管做的，于是特雷伯把这信藏在那里。杰林在这个时期去了一趟柏林，征得上司对他的计划的同意后，开始动用特雷伯。

有一个叫朱丽叶的联络员，也被德国人发现了。不过杰林并没有逮捕她，而是想顺着这根“藤”摸出一个“大瓜”。他让特雷伯去约会朱丽叶。朱丽叶见了特雷伯十分高兴，两人彼此拥抱。特雷伯在她耳边告诉她，过一个星期再来，届时他将递给她一封信，她接信后立刻远走高飞。第二次见面时间又到了。特雷伯把信随随便便放在口袋里。大批暗探跟随特雷伯前往。可是特雷伯满不在乎。在趁和朱丽叶拥抱时把信塞到她口袋里。信中有德国人实施“大赌博”行动计划的重要情报。

过了几天，杰林心事重重地对特雷伯说：“你知道么，那个女的不见了。你看，法共大概起了疑心，觉得你去赴约的时候行动并不自由。”杰林派了一个手下的人员到朱丽叶工作的地方去打听，那个手下人员报告说，朱丽叶的婶母病危，打电报叫她去了。

1943年2月23日，是一个特雷伯终身难忘的日子，杰林兴高采烈地来到他的拘留所，得意扬扬地告诉他，肯特的电台收到苏联情报中心发来的一封电报，电报上说：“红军建军节也是你的生日，我们向你祝贺，情报中心念你劳苦功高，决定建议政府授予你军功勋章。”看了电报，特雷伯几乎高兴得失声叫起来：情报中心知道了！这个电文正是他要中心知道后拍发的通知电。特雷伯不再掩饰自己的高兴，一切努力都收到了效果，“大赌博”的主动权业已落人情报中心之手，报复的时刻到了。蒙在鼓里的杰林也得意得脸上放光，他对特雷伯说：“好极了，好极了，我们已经有了证据，情报中心信任我们。”

情报中心总是给各个组长发电报。特雷伯利用这一点说服杰林不要审判卡茨等人，因为莫斯科任何时候都可能要求直接同他们联系。杰林同意这个看法。情报中心彻底利用“大赌博”，不断索取军事情报。纳粹分子为了使莫斯科相信自己的假情报，不得不向莫斯科提供很多真情报。德国人在这段时间里向莫斯科提供了许多“英、美准备和德国单独议和”的情报，可是情报中心早就明白“大赌博”的动机，又怎么会被挑拨呢？他们又要求和其他间谍和谍报网联系。情报中心假意答应，但又每次都责备派去接头的人像“盖世太保”。德国人对其他谍报网的渗透始终没能得逞。

从 1943 年开始，德国人不得不向莫斯科情报中心提供情报。情报中心提的问题使德国人十分为难，既不能不答复，用假情报答复又有被识破的危险。比如，情报中心发过一份这样的电报：“在夏隆・塞・马尼和安古莱姆驻扎的是哪几个师，根据我方情报，在夏隆的是第 9 步兵师，在安古莱姆的是第 10 坦克师，希查对。”杰林没有别的办法，只好据实回答：“在安古莱姆的党卫军新师团没有番号，士兵穿灰色制服，带黑肩章和党卫军徽号。”第二天又老老实实地对该师武器装备提供了详细情报。这些情报是杰林经过巴黎的德国军事情报领导机构把要求提到德国国防军参谋部，再由冯・伦斯德特元帅本人同意得到的。冯・伦斯德特对这些愈来愈精确的情报来来往往愈来愈感到担忧。1943 年 5 月 30 日，情报中心要求提供关于德军毒气弹的一切详细情报。这一次太过分了，国防军司令部大大骚动起来。元帅也说：“军队最高司令部认为不能再提供这类答复，否则必然引起可怕的安全问题。”但是杰林所属的行动队的领导认为没有必要大惊小怪，因为“红色乐队”是一个高效能的谍报网，它完全能搞到这些情报。最后军方被迫像以前那样精确地回答了这些问题。

情报中心有时候会戏弄一下杰林。杰林已经报告情报中心，说西梅克斯公司和西梅克斯戈公司已被盖世太保接管。因此他只好硬起头皮向情报中心要活动经费，否则就会引起怀疑。于是情报中心给“特雷伯”寄来一盒豌豆罐头，底部藏着区区 10 个英镑。情报中心又叫他们同布鲁塞尔某工程师联系，向他要 5000 美元。杰林马上派特务去要钱，那个工程师目瞪口呆，还以为开什么愚人节的玩笑呢。情报中心又说巴黎一个商人欠莫斯科市政当局5万法郎，叫他们去索要，可是当杰林的手下去"讨债"时，那个商人告诉他，事实是莫斯科市政当局欠他5万法郎。德国人虽然逻辑性很强，但缺乏幽默感。他们始终不明白这些玩笑。

1943年6月，杰林身体越来越差，终于退出了这个行动。潘维茨代替杰林，并全盘接过了"大赌博"行动的指挥权，但搞了很久，也没取得什么成绩。

六

潘维茨在这段时间破获了几个法共的电台，其中有一台电台，特雷伯怀疑自己交给朱丽叶的那封信就是从那里发出去的。那样他的处境将很危险，所以他决定逃跑。

9月13日，特雷伯"好心"地向德国人伯格建议，他愿陪伯格去一个叫巴伊的药房买药，那里的药对伯格的胃病有特效。伯格欣然答应了，他们到了巴黎，伯格交给特雷伯一个身份证和500法郎。每次特雷伯外出都是这样，这是为了防止被其他德国盖世太保盘问，引起误会。到了巴伊药房，伯格等在外面，特雷伯进去买药。药房还有一个出口，特雷伯马上就从这个出口出去了。几分钟后，他进了地铁，在另一个地铁站出口换上公共汽车，到了圣杰尔曼。特雷伯巧妙地逃避着潘维茨的追捕。他在圣杰尔曼找到一个以前的朋友，这个朋友不是"红色乐队"的人，因此不会引起怀疑。可是特雷伯还是不放心，于是通过这个朋友的介绍，他藏到一个养老院里。在到养老院之前，特雷伯写了一封信给潘维茨，说自己被"保护小组"的人发现了，只好跟他们走，这封信还是偷偷写的。潘维茨被这封信搞得犹疑不定，但还是下了追捕的命令。这家伙还有几分狗的本领，居然追到了养老院。幸好特雷伯警惕性很高，在德国人到达前几个小时离开了养老院。

特雷伯知道一个"红色乐队"的成员早已被盖世太保发现，但他们故意没有逮捕他。现在特雷伯逃走了，他们是不会放过他的，必须想办法救他。特雷伯打了个电话给养老院，说自己晚上八点回去吃饭。潘维茨大喜过望，立刻张好了网等待。特雷伯就在此时去通知那位“红色乐队”战友。两人见面后，特雷伯叫他全家立刻远走高飞。

特雷伯独自留在巴黎继续和潘维茨周旋。他时而一个电话，时而一封信，把潘维茨和他的手下调得团团转，而他自己则利用机会去通知一个个朋友和战友逃走。很快，特雷伯和法国共产党接上了联系，特雷伯具有惊人的组织和领导才能。就在这种严密追捕的情况下，他居然组织了一个游击队和德国人对着干。

七

1944 年 8 月 25 日巴黎解放后几天，特雷伯接到情报中心给他的一份电报，表扬他的行动，并要求他等候苏联第一个军事代表团到来。1945 年 1 月 10 日，特雷伯与苏联军事代表乘坐的飞机降落在莫斯科机场上。他一下飞机就被投进了监狱。1954 年 5 月 23 日，特雷伯被释放了。内政部宣布恢复特雷伯的名誉，并且给了他一大笔钱，以作为对他 10 年监狱生活的补偿。特雷伯出狱以后，好不容易才打听到自己的家。不久，特雷伯举家搬回了祖国——波兰，离开了带给他痛苦噩梦的苏联。

1965 年 10 月 15 日，法国作家吉尔·佩罗找到了特雷伯。他向特雷伯了解了“红色乐队”的情况，写了一本叫《红色乐队》的书。《红色乐队》得到了巨大的成功，特雷伯的名字传遍了西方世界。1967 年，波兰反对以色列、反对犹太复国主义的情绪很快地变成公开反对波兰犹太人的情绪。特雷伯是犹太人集体的主席，他多次写信给波兰当局，可是却受到不公平的对待，于是他也决定离开。但波兰内政部把特雷伯软禁了起来。吉尔·佩罗得知特雷伯被软禁的消息后，立刻发起了声援运动。特雷伯是世界闻名的优秀间谍，对反法西斯斗争所作的巨大贡献无法估价。他不仅具有出色的间谍活动能力，并且具有卓越的组织能力和坚强不屈的斗争意志。由于他的这些优秀品质，“红色乐队”才得以凝聚成为高效率的间谍网。在

“大赌博”的反间谍行动中，他智计百出，始终牵着盖世太保的鼻子走，并使自己保全下来。他受到不公平待遇，连西方世界都为之鸣不平。声援运动声势浩大，并且成立了救援特雷伯委员会。人权公民联盟、基督教会、各政党、各团体都给特雷伯委员会发了声援信。法国总统对波兰政府的做法表示不安。英国 33 名议员联名写信给波兰领导人：“奥波德·特雷伯在摧毁纳粹政权方面，作出了独一无二的贡献，从而把纳粹的暴政驱逐出被占领的国家，其中也包括波兰……”美国和一些美洲国家声援特雷伯的运动开展得规模愈来愈大。1972 年 10 月 2 日，波兰领导人到巴黎访问，迎接他的是声援委员会的招贴画：《特雷伯呢？盖莱克先生》。社会党领导人在公报中提出了“令人痛心的特雷伯问题”。

声势浩大的声援运动终于迫使波兰政府同意特雷伯离开波兰。此后，特雷伯携妻子到了伦敦，平安地度完了他的晚年。

双面间谍大师——富特

富特是第二次世界大战时期的一名重要双重间谍，他被英国间谍机关招募，成功地打入苏联红军政治、军事情报。后来他的情报组与著名的“多拉”情报组合并，富特也成为这个组织的领导人之一。富特不仅同时向英国和苏联提供了大量重要情报，而且由于他的特殊角色，使他成为英国情报机构向苏联提供有关法西斯德国情报的一个通道。

一

亚历山大·富特，1905 年出生在英国利物浦。他出生不久，为了生计，全家人搬到南约克顿卡斯特附近的一个养禽场。富特 14 岁时家里没钱供他继续读书了，只好辍学，15 岁便离家到曼彻斯特一家玉米商那里做工。1935 年大萧条的最困难时期，富特同许多人一样成了失业者。这年 7 月，他参加了英国皇家空军，经严格训练后当了一名机身修理工。一年以后，他被英国情报机关“Z”组织看中招募。1936 年 12 月，他以一个皇家空军逃兵的身份派遣到欧洲大陆，渗透进西班牙进步组织中，开始了他的富有传奇色彩的间谍冒险生涯。

到达西班牙后，富特凭着他机敏灵活的头脑和英俊挺拔的身材，很快博得了第 15 国际旅英国营营长科普曼的赏识，进入该营司令部工作。1938 年 9 月，他在战场上负了伤，手术后被送回英国疗养。富特在英国体养一段时间后，被安排开红十字会的卡车，定期往返西班牙和英国之间，运送药品及生活物资。在这个身份掩护下，他实际上是英共总部和在西班牙的英国营共产党司令部之间的秘密交通，除了传递信件、运送药品外，还偷运未经批准的人员和物资。

富特在西班牙期间同一个名叫马克斯的苏联红军军官建立了密切联系。马克斯后来向莫斯科的红军情报部推荐富特，并使他得到苏军情报部主任的信任。后来富特到了莫斯科，接受了去日内瓦开展情报工作的任务。

二

在日内瓦，富特与一个名叫索尼亚的女人接上了头。索尼亚指示他以旅游者的身份去德国慕尼黑学习德语，多结交朋友，三个月后去洛桑与她碰头。

富特热情爽朗，极善交际，很快在慕尼黑交上了新朋友，其中有一位名叫艾格尼丝·齐默尔曼的女子。这是一位年轻漂亮的姑娘。他们很快产生了爱情。富特未向其上司报告批准，就与她订了婚。

富特按时与索尼亚会面，向她报告了在德国的情况。至此他正式被苏联军事情报部接纳为间谍，化名“金”。他又被派往慕尼黑。在慕尼黑，艾格尼丝通过认识的党卫军人，获取了很多有价值的情报，这些情报表明德国将要发动一场战争。1939 年 8 月 31 下午 12 时 30 分，希特勒发布了关于开战的第一号通令，接着德军便攻入波兰。9 月 3 日，英国对德宣战。

1939 年 12 月，富特来到瑞士接替索尼亚负责间谍小组的工作。他以英国流亡者的身份与人交往，特别是与周围的房东、佣人、邻居，关系处得非常融洽。白天，他在酒吧或咖啡馆里与朋友消磨时光，以此为掩护同他的间谍小组的情报员、交通员秘密会面，传达指令，布置任务和接收情报。晚上 9 时以后，他回到家里，把门锁好，就从秘密隔层里取出密码本和发报机开始对情报进行整理和编写成密码电文，准备发报。富特向莫斯科固定的发报时间是凌晨 1 时，而在同时，他的英国上司也会收到同一份情报。

三

1941 年春大，莫斯科总部指示瑞士由拉多·山多尔领导的间谍组织“多拉”情报组与同在日内瓦的另一间谍组代号叫“西西”的组长联系。西西在国际劳工组织当秘书。这个情报小组能够搜集到关于德国经济情况的重要情报，但自从法国被德军占领后，这个小组与莫斯科总部失去了联络。这个小组中有一名非常重要的间谍，代号为“露西”，他在二战中为苏联提供了许多非常重要的情报。他的真实身份是瑞士情报局的一名情报鉴定专家，名叫勒斯勒尔。勒斯勒尔同时也通过英国驻伯尔尼使团中的英国秘密情报局瑞士站站长霍伊维尔伯爵向英国提供情报。不久富特也接到莫斯科总部的指示，他所领导的情报组也并入了多拉情报组。此后他承担了多拉情报组的大部分发报任务。很快，富特也成了苏军情报部驻瑞士间谍网排在拉多后面的第二号人物。这样，英国人也便从富特那里得到了更多的情报。那份报告希特勒将于6月22日拂晓向苏联发动进攻的重要情报，就是富特以“来自露西”的抬头拍发出去的。由于富特的双重间谍身份，英国人将通过破译德国密电获取的被称之为“超级机密”的一些重要情报，也通过富特这条渠道传递给苏联。因为苏联对英国心存戒备，通过外交途径直接传递，苏联方面未必相信。

苏德战争爆发以后，富特的电台收到莫斯科总部越来越多的指令，要求加紧发展和扩大情报网，搜集更多的情报。在德国人向莫斯科推进的过程中，苏联驻瑞士的谍报网一直忙于把通过露西和其他情报来源获得的关于德军作战计划、兵力和装备的情报发回莫斯科。希特勒根本不会想到，他和他的司令官们之间的来往电报刚刚发出，英国的监听站就已经截收并破译出来，几小时之内——最多不超过4小时，就经由瑞士富特的电台发到了莫斯科。多拉情报网已有的3部电台、4名报务员和全体情报人员都在超负荷工作，情报组仍在物色更多的人手，开辟新的情报来源。但经费问题困扰着谍报组。莫斯科在美国为海外的情报活动存了一笔不限数目的经费，但瑞士的情报组难以取到手。富特主动把解决财务问题的事揽了过来。在几个隐蔽较好的朋友的帮助下，富特参加黑市货币交易。他同几家瑞士公司以一倍于官方汇率的黑市比价进行交换，把苏联存在纽约银行中的钱以美元转存入这些公司的帐户，这些公司在瑞士给富特支付瑞士法朗。在美国当局加强了对美元的管制后，富特又以其交际本领很快找到了一些乐于从这个“流亡百万富翁”身上占点便宜的美国人。而在支出上，富特也是用之有道，做到收支平衡，不让莫斯科中心产生疑虑和不满。这也符合他的英国上司要他“以老老实实的方式为俄国人服务”的意愿。

富特毕竟是英国间谍，他明白苏联不会总是英国的盟友，执行反对苏联的使命的日子迟早要来。因此他留心监视着拉多，同时富特尽量创造机会，让拉多走得与英国人靠近一点。拉多对富特也并非毫无戒备之心。他根据富特在西班牙的那段经历和在瑞士的情况，一直怀疑富特是个英国间谍，只是尚未找到证据而已。两个谍场高手都在暗暗地警惕地盯着对方。

四

德国的反间谍机构不断破获苏联间谍网，危险也在悄悄地逼近包括富特在内的瑞士谍报组。德国人通过叛变的苏联间谍得知了富特其人，而且知道他从洛桑向莫斯科发报。一个名叫肯特的叛变间谍知道富特在负责为间谍网搞钱，认为这是一个接近富特的好机会，于是向莫斯科发报说自己负责的法国间谍小组急需经费。莫斯科总部不知道这是德国反间谍机构的圈套，以为肯特还在为苏联工作，就通知富特与肯特的交通员接头，并安排了四个不同的日期和两个不同的地点。在第四个日期、第二个接头地点，有一个人终于前来接头。对上联络暗号后，富特交给对方一个钱袋，这个联络员递给富特一本包着桔红色纸皮的书，并说在两张未裁开的书页中间藏着三封电报，这些都是急电，需要立即发往莫斯科。

具有丰富秘密情报工作经验的富特心中不禁疑云顿生。当交通员进一步提出发报后再碰一次头，还有一些更重要的情报要交给他时，富特更怀疑这个联络员了。他猜想，那张发光的桔红色的纸可能是引导跟踪人员的信号，因为买几张不显眼的包装纸并不困难。他把那本书塞进大衣口袋，并采取了反跟踪措施，在确信已经甩掉可能的尾巴之前，一直没有回到自己的住处。富特把这次遇到的可疑情况报告了莫斯科，两天以后总部告诉富特，那个交通员确实是德国间谍。富特险被盖世太保的突击队绑架。

这次危险过后，莫斯科总部考虑到富特的安全问题，命令他改换住处，迁到别的城市去。但富特不愿意离开，因为在战时的瑞士，对一个外国人来说这是很难做到的事情。接下来富特又接到要他离开住地去度假的命令。要他让他的情报来源人直接同其他人联系。但富特没有那么做。一方面是因为他能搞到钱维持谍报网的运转，另一方面英国的上司要他帮忙应付即将开始的整个战争期间最大、最重要的战役。他向总部报告说他的居留权出了一点麻烦，需要办理延长手续，这段时间他不能离开洛桑。

这期间苏联人取得了库尔斯克大会战的胜利。库尔斯克战役后，富特的德国未婚妻艾格尼丝作为一个苏联间谍落到了盖世太保的魔掌中。后来富特再也没有见到她。

盖世太保仍在追捕富特。当富特开始去度已经推迟的“休假”的时候，德国间谍查到了富特在洛桑隆盖雷大街的住处。他们守候数日未能见到富特，无功而返。但这个地方已经被盯上了。富特“度假”回来，马上便被严密监视起来，不过监视他的不是德国人，而是瑞士警察。德国人在自己抓不到富特的情况下，想借瑞士警方之手将这个苏联间谍网打掉。德国人的这一意图很快就实现了。因为作为中立国的瑞士也不愿意别国的间谍在自己境内活动。此时情报组的其他电台和情报人员已大都被瑞士警方破获。

一天午夜时分，富特正在抄收从莫斯科发来的电报，忽然听到公寓的走廊里有人走动的声音。富特迅速把通往起居室的后门关紧。当警察砸门时，他镇定地把写有情报和译码记录的几张纸撕碎，放在一个大烟灰缸里，并浇上油点着。当警察把门砸开闯进房间时，富特满面笑容摆出欢迎的姿态，坐在烟灰缸旁漫不经心地说：“先生们，想喝一杯威士忌吗?”此时烟灰缸里最后一张纸片正在化为灰烬。

五

富特被捕后什么也不交代。他对瑞士的法律一点也不感到担心，因为他并没有做危害瑞士利益的事情。盟军解放法国后，瑞士人急于把富特送走，提出他只要招供就会获释，甚至不用提苏联的名字。富特同意了，他签署了一项声明，说曾为“国联中的一个国家”工作过。然后写了一张2000法朗的保释支票，便获得了自由，离开了瑞士。

富特出狱后，莫斯科让他以一名被遣返的德国战俘的身份到柏林，然后往阿根廷转进，在那里打入纳粹或亲纳粹的圈子。接受任务后，他在3个半月的时间里悄悄地编织着掩护网，一切进行得相当顺利。但他突然决定脱离苏联间谍组织。人们分析他这样做的原因主要有两点：一是健康状况不佳，患有十二指肠溃疡，这是长期间谍生活形成的职业病；二是瑞士间谍组的主要成员之一西西到了莫斯科。西西曾为英国情报局工作过，知道瑞士间谍网被英国人利用，她很可能把怀疑的矛头指向富特，而这对富特将非常不利。

富特回到了英国，本以为能够得到政府的奖赏，但得到的却是意想不到的冷落。双重间谍从来就是不被信任的。英国的间谍情报圈子里不再接纳他了。最后，他被安排了一个农业渔业部行政官员的闲职，算是给了他一个归宿。

1956 年初，有人给他提供了一个去美国讲授谍报学的旅行机会，他非常希望能够成行，无奈他的溃疡病变得严重起来。7 月下旬，他住进了医院，到 8 月 1 日早晨，这位间谍天才就去世了。死亡证上说死因是十二指肠穿孔引起的急性腹膜炎。他死时 51 岁。

007的原型——波波夫

波波夫1940年进入德国军事情报局，被派往英国进行间谍活动。到英国后他又加入英国军事情报机构，成为双重间谍，代号“三驾马车”。他被称为典型的邦德式的间谍，是007的原型。二战结束后，他定居法国做律师工作，写了一本有关自己一生的小说《间谍与反间谍》。1981年去世，终年69岁。

一

达斯科·波波夫，1912出生于南斯拉夫一个富商的家庭，1936年在贝尔格莱德读完法律后，考入德国的弗赖堡大学读博士学位。1940年2月的一天，正在南斯拉夫家中度假的达斯科·波波夫忽然接到柏林来的一份电报，上面写着："急需见你，建议2月8日在贝尔格莱德塞尔维亚大饭店见面。你的挚友约翰尼·杰伯逊。"波波夫准时驱车赶往约定的地点。

约翰尼是波波夫在德国读大学时结识的挚友，当时已是战云密布的1939年，当两人在奥斯兰人俱乐部里邂逅时，都不禁为对方令人愉快的性格和谈吐所吸引。不久双方都把对方看做是自己最亲密的朋友。

波波夫在约定地点见到了好友约翰尼。约翰尼说："德国有5条船封锁在特里斯特，其中一条是我的。我已设法搞到许可证，想把它卖给某个中立国家。"他要波波夫帮忙。"你必须利用你有利的社会关系，去办成这笔生意，而且绝对不能引起别人的怀疑。"

波波夫明白，约翰尼是要策动他当纳粹间谍，但波波夫还是爽快地答应了朋友的请求，因为他正想借机为反法西斯事业做些自己力所能及的事情。波波夫直接找到了英国驻巴尔干国家的商务参赞斯德雷克，并对他全盘托出了自己的计划：假借某个中立国之名，将5艘商船弄给英国。几天以后，伦敦就批准了这个计划，并且汇来了购船的钱。两周后，接到通知的约翰尼从柏林带来必要的文件，将德国货船易手他人。事后约翰尼告诉波波夫："我是阿勃韦尔（德国军事情报局）的人，上次请你帮助也是头头示意让我这么做的。他对你的行动非常满意，他希望能跟你好好谈谈。"并说他的总头目叫威尔希姆·卡纳里斯。

波波夫又去找英国商务参赞，把有关情况讲给他听。商务参赞说："继续与那个家伙保持联系也许是件好事。你所需要的情报我会派人送给你的。"

三

过了半个月左右，约翰尼领来一位德国使馆官员门津格少校与波波夫见面。门津格开门见山地说道：“我们在英国有许多情报人员，其中不少是很精干的。但是，我们需要有这样一个人，他到处能通行无阻。你的社交关系可以打开许多门路，有些情报不是马路上可以搞到的，你可以帮我们的大忙，同样，我们也会十分慷慨地报答你。”

波波夫答应了德国人，并在第二天大清早跑到英国大使馆通报这个消息，这次与他接触的是英国军事情报机构 MI6 驻巴尔干的头目，此人化名“史巴雷迪斯”。听了波波夫的报告后，这位情报官员说道，“你就准备为那些德国人‘效劳’吧。要设法与他们搞好关系，要求他们给你开展工作和作好旅行准备的时间。我的意思是他们有可能派你到伦敦或某个中立国家去，另外我还要告诉你，让他们知道你在伦敦有一个朋友，是位懂行的外交官，他目前急需用钱，而且你认为他可以帮你的忙，通过外交邮袋来传递情报”。

门津格得知波波夫有个当外交官的朋友后，再见面时交给他一个金属小瓶，说是给那位朋友准备的密写剂。随后约翰尼向他说明如何使用密码、如何接头联系等具体事项。从此波波夫正式成为一名“德国间谍”。几星期后，史巴雷迪斯也向他下达了搜集“海狮行动计划”的情报的命令。

不久，德国人决定派波波夫去英国，化名“伊凡”，任务是搜集有关英国的城市地貌、人口分布、政府机构、军事设施等情报。波波夫顿时明白此行的任务是为“海狮行动”提供轰炸目标。

半个月后约翰尼告诉波波夫关于“海狮行动”计划的变动情况及情报机关给他的指示。约翰尼说：“海狮行动计划暂时搁浅了。空军总司令戈林元帅要亲自指挥战鹰狂轰伦敦和英国的港口，因此你的原定行动不变，希望你能马到成功！你的领导人是卢道维柯·卡斯索夫少校，真名叫欧罗德。他是德国军事情报局驻里斯本的头目。这是在欧洲最主要的情报站。你可用公用电话和他取得联系，说找卡尔·施米特接电话。然后他会暗示你他很高兴在指定的时间和地点见到你。你要提前一小时到那里，一个女人会从你身旁走过，向你使眼色，然后你就跟她走好了。”

按照约翰尼告诉的接头方法，波波夫很快就找到自己的新上司卡斯索夫。此人办事果断、干练，马上就开始亲自教他使用密码，投寄信件，还给了他一架莱卡照相机和一本使用说明书。同时，又派德国军事情报局三处驻里斯本的头目克拉默上尉对他进行了严格审查。证明一切正常后，卡斯索夫命令他住在一家德国人控制的饭店。

波波夫住进饭店遇到一个漂亮姑娘主动同他接触，并引诱波波夫谈自己的身世。这引起了他的警惕。他编了一大堆自身的经历，特别是他到里斯本的经历，及他到里斯本的打算。从这个女人的表情神态，波波夫断定她是德国间谍，此行是为了了解自己对希特勒的忠心！第二天，波波夫向上司汇报了以后，卡斯索夫严肃地说道：“关于那姑娘的事，你再不要追查了。头儿对你的警觉性很满意，他期待着你从伦敦带来好消息。”

三

双面间谍波波夫搭乘荷兰皇家航空公司的班机飞往英国首都伦敦。一下飞机就得到 MI6 人员的接待，是史巴雷迪斯通知总部波波夫要来的。在 MI6 总部，他得到了赫赫有名的 MI6 负责人斯图尔特·孟席斯少将的接见。周末，波波夫应邀到孟席斯家做客，在这里认识一个名叫嘉黛·沙利文的迷人姑娘。她是奥地利一个纳粹头子的女儿，但却从未服从过父亲的信仰，于是便出逃到英国来。在稍事休息后，波波夫在 MI6 人员的协助下，进行了大量的“情报搜集工作”。他拍了一个伪造飞机场的照片，记录了一些飞机和军舰的数目与型号，描绘了重要地区的地形图……并利用卡斯索夫给的莱卡照相机，拍了许多海军方面的“情报”。后来德国人对此赞赏不已，认为这种情报实在非常宝贵。那位嘉黛姑娘成了波波夫在工作和生活上的伴侣。她带着波波夫一个接着一个地参加宴会，把他介绍给所有值得拉拉关系的名流，并且帮助他配制密写剂，编写密码信，起草给转信人的明文信。

波波夫用密写的方式为卡斯索夫提供了大量的假情报，并谎称由于情报太多、体积太大、份量太重，不宜邮寄，必须回里斯本当面转交。实际上，这是为了尽快地回到德国情报机关，刺探他们的内部组织情况。按照事先制定的联络办法，波波夫很快便和上司接上了头，卡斯索夫对他进行了一番审查。审查通过后，他又向波波夫透漏说："很快，我们就不需要你再去操心外交邮袋和其他传递材料的途径了。我们将通过一个小玩意儿来传递情报。柏林方面正在发明一种方法，把一整页的材料缩小到只有句号那么大小的一个微型胶片上，只有通过显微镜才能看清楚，我们把它称为'显微点'。"这成为波波夫获得的情报之一。

不久，嘉黛和狄克也成为双重间谍。与德国人经营的其他双重间谍不同，他们是英国军事情报机构和波波夫自己挑选的，而不是"逆用"的。他们分别取了一个代号，叫"胶水"和"气球"。鉴于嘉黛的父亲是个纳粹党员，所以塑造成出于爱国动机才为德国充当间谍。她专门利用她的社会关系去搜集政治情报，以及有关新的军队司令员和其他新的任命等情报，狄克打扮成出于贪财的动机，向德国谍报部门频频输送准确的情报。鉴于波波夫手下已经有了两名新成员，组成了一个小组，英国情报当局认为应该给他取一个新的代号，叫"三驾马车"。随着两名情报员的发展成功，波波夫在德国情报机构的圈子里也愈加光彩夺目了。这使得他的工作比以往顺利多了。

为了获取德国方面的信任，"三驾马车"制定了一个名叫"迈斯德计划"的洗钱方案。以往德国人对"逆用"间谍的情报费总是用外汇支付，按照英国的法律，凡进入英国的外国人其所带外汇都得换成英镑。换钱时，每张英镑上的顺序号都要记下来，一旦情报小组中的一人被捕，那么根据他包里的钞票号码就可以将其他的人一网打尽。为了避免被"发现"，"三驾马车"找到了一个有钱的戏院老板，后者同意由他出面兑换英镑，然后用他帐上别的钱来支付给"三驾马车"。此计划赢得德国人的赞赏。接着，为了阻止毒气战，波波夫通过"气球"送去了一个报告，说明英国已对毒气战作好了一切准备，从而使德军完全打消了发动毒气战的念头。同时，“三驾马车”还送给德国人许多政治情报，这些情报对战争没有直接影响，目的是为了提高他们的威望。大部分通过“胶水”送过去的政治情报在反对最高统帅部的心理战中起了作用。

四

一天，德国人突然通知波波夫准备到美国去发展一个谍报小组。卡斯索夫对他说：“日本可能要同美国开战，我们也不能坐视。美国佬是在我们的后背搔痒，给丘吉尔和斯大林提供大量的军事物资援助，使我们的士兵一个个被美国坦克碾得粉碎。我们不能再让它如此猖獗下去！要赢得这场战争，必须先发制人，而间谍战是首先应予重视的。我们在美国的组织被美国联邦调查局搞得一塌糊涂，这帮家伙都成为美国反间谍机关的笼中之鸟。因此，卡纳里斯将军要在美国重新组织一个全新的前哨情报站。很走运，他选中了你作廾路先锋。”

在征得英国情报当局的同意和支持后，波波夫以南斯拉夫新闻部驻美国特派员的身份飞往纽约。他此行的真正使命是使德国在美国的间谍没有机会密告由美国开往英国的货船离港日期，及其船上所载的武器资料和军用物资等情况。此外，向美国联邦调查局及时通告日本入侵美国的消息也成为此行的重要任务。波波夫到了美国，随行的有英国情报官员佩珀。他们和联邦调查局纽约办事处的头子——福克斯沃思见了面。不久，在联邦调查局的议事大厅里，埃德加·胡佛召见了波波夫。波波夫向美国人提供了日本人可能在什么时间、什么方式向美国发动进攻，以及德国最新发明特工器材如显微点等情报，并提出要美国方面帮助提供情报以应付德国人。但胡佛对此不感兴趣。

“你他妈的是什么骗人的间谍，自从你来到这里以后，没有一个纳粹狗与你联系。你跟所有的双面间谍一样，你苦苦恳求提供情报，为的是出卖给你的德国朋友，换取大笔的情报费，成为一个花花公子。你这无赖，给我滚得越远越好。”

这次令人厌恶的会见使波波夫非常失望。不过联邦调查局碍于英国方面的请求，还是给他提供了一些次要的情报，诸如一些有关飞机、坦克生产的情况和 1941 年、1942 年军备预算的数字。但这些情报要是交给德国人，显然少得可怜。万般无奈之下，波波夫只好来到《纽约时报》大厦，把最近 6 星期的报纸翻了一遍，结果选出了比联邦调查局提供给他的还多十倍的材料。其中有各种关于生产、军队训练、海军建设等方面的情况和数字。再加上他那天才的想象，便把这些报纸上的道听途说改头换面，假冒成了地道的绝密情报。

五

过了不久，波波夫接到里斯本来的邮袋命令，让他从纽约乘泛美航空公司的飞机去里约热内卢和纳粹在美洲的情报网接头。（因为美国的纳粹谍报组织刚被胡佛清洗了一番，因此在美国接头显然是十分危险的。）波波夫根据显微点上的指示到里约热内卢的美洲电机厂去见一个叫做艾尔弗雷德的人。两人见面后，艾尔弗雷德又把波波夫介绍给一个巴西珠宝商卡洛斯·阿尔玛特罗。后来波波夫才知道此人是南美洲纳粹谍报组织的头目。

纳粹间谍与波波夫接上头的同时，英国情报部门也听到他在美国面临的尴尬场面，专门派员到美国协助他的工作。他们见面后，一起坐上到纽约的客轮去美国。船进墨西哥湾的时候正是 1941 年 12 月 7 日，星期日，他们得知日军袭击了珍珠港。波波夫早在 4 个月之前就向美国人发出了警告，所以他以为美国舰队一定狠狠地挫败了日本人。但实际情况简直令他不敢相信自己的耳朵。他开始怀疑美国联邦调查局的官僚作风。事实上，在美国联邦调查局的文献中也写有：“‘三驾马车’带来的情报提纲中包括了珍珠港将最终遭到袭击的内容。”连胡佛也不得不在他的《自传》中承认：“现在，我们才知道那个巴尔干的花花公子不仅是奉命来搜集我们原子能工程的情报，而且我们也曾发现他用日本袭击珍珠港作诱饵，让我们为他心甘情愿地透露我们月产多少架飞机，有多少架已经向英国、加拿大、澳大利亚交货，有多少个美国飞行员在受训等情报。但是，不管他是为谁效力，我都要把他从美国踢出去!”

波波夫的情报源不仅被掐断，而且他发现自己房间的电话也有人在窃听，所到之处总有两三个“鬼影”盯住他不放，看来联邦调查局是不会再和“三驾马车”合作了。鉴于他在美国已无事可做，德国方面因西线战事又起而逐渐失去了对大西洋彼岸的兴趣，便催促波波夫回里斯本重新投入对英国的谍报工作。于是波波夫终于离开了美国。

六

波波夫回到里斯本向上司表白说：“这趟美国之行，可以说从头至尾都是一个极大的错误。柏林应该比我懂得，我并不具备去美国工作的条件。虽然搞到了一些很有价值的情报，但因保险工作难以落实，我才没敢冒险用邮寄的方式把它们邮给你。这下我可以完满地交待自己的工作了。”接着，波波夫汇报了有关从美国发往英国的物资数字，特别是飞机供应情况，他还把英国的“火炬战役”有意地“描绘”了一番。“火炬战役”是英美联合进攻北非的计划。在准备过程中，要想掩盖盟军在直布罗陀布置了海军和陆军显然是不可能的，索性给德国人说说这一情况也好。同时，为了不使德国人注意这些加强兵力的具体部署，他又告诉卡斯索夫说，据可靠消息，马其顿的军事形势糟糕透顶，人们挣扎在饥饿线上，英国人在美国的帮助下正忙着拯救这一危机。最后，波波夫又将消息源和“气球”与“胶水”正在专心经营的谋略计划协调起来，说美国和加拿大要联合发动一次战役，进攻法国和挪威。

听到如此重要的消息，卡斯索夫说：“我们一直对你充满信心。”

看到鱼儿已经上钩，波波夫故弄玄虚地说道，“我在美国花了南斯拉夫一个银行家巴罗尼的8000美元。他现在在里斯本，如果我不立即偿还这笔钱，那么我的声誉将一败涂地。这样，我什么事情都别想再干了”。卡斯索夫答应解决这个问题，并要波波夫去英国活动。

1942 年 11 月，波波夫再一次踏上了英国的土地。这期间英国发现不断有情报泄漏。为了弄清这件事情的原委，英国陆军部要波波夫在扩大情报网的同时，负责从德国人那里调查此事。在约翰尼的帮助下，波波夫借口要建立一个高度集中、高效能的谍报网，拿到了一份德国在英谍报网分布图，交给了 MI6。为了确保波波夫的绝对安全，英国方面采取了十分谨慎的行动，不动声色地捣毁了一个由名叫克雷默的高级德国特务管着的代号叫“约瑟芬”的间谍网。

鉴于英美联军进攻欧洲大陆日程已迫在眉睫，德国情报机关要求波波夫增派人手，加强情报的搜集工作。为了迷惑德国人，波波夫利用一条偷渡路线，把一些他在南斯拉夫的老关系弄到英国来。其中有些人为英国人充当两面间谍。此外，德国人还把 3 名他们自己的人塞到波波夫的间谍网里来。为了不引起怀疑，他只好积极地把这些人接收了过来。但当他们来到英国后，波波夫便通过英国警察当局拘捕了来人。为了避免嫌疑，英国方面机警地掩护了破案的真实动机，并把为其服务的两面间谍也抓进去了一个。在波波夫领导下的谍报网空前壮大的同时，他们的战术谋略主要转向了发出假的警告和策反上，其目的在于使德国人混淆视听，加重战争失败的心理压力；同时使德国军队在西线保持最大的数量，从而减轻苏联前线的压力。一个相当有代表性的例子是“斯塔基行动”。在这次行动中，他们向德国情报机关提供了点点滴滴的情报，使其相信在加来港地区正准备发动一次大规模的两栖登陆，这就诱使德国空军进行侦察，并把轰炸机群引诱到英国皇家空军的后院，使之处于易受攻击的境地。最能说明出奇制胜的一个谋略计划是伪造的海图行动，即“马基雅维里计划”。在这个计划中，波波夫想出了一个主意，即把伪造文件和书信放到一具套着英国军官服的死尸上，然后让这具死尸随着海浪冲到西班牙海岸去，表面上看来这像是一次飞机失事。死尸上的文件中有关于向希腊进攻的绝密文件。而同时，波波夫又在向德国人的报告中说有许多英美军人应召在苏格兰接受跳伞训练以及英国方面对最近的一起飞机失事事件顾虑重重等消息，使德国人开始相信盟军进攻希腊的结论。柏林当局立即派增援部队去希腊，向撤丁岛派了增援部队，潜水艇也奉命开往克里特。结果，西西里的防御力量削弱了，使巴顿将军顺利冲进巴勒莫城。

在与卡斯索夫的一次谈话中，波波夫根据他无意中透露的一宗德国谍报活动的案件，帮助盟军抓获了一名隐藏很深、危害极大的纳粹间谍，为“诺曼底”登陆计划的顺利实施扫清了情报方面的障碍。

一天，波波夫去要活动经费，并抱怨说给自己的钱太少了。卡斯索夫解释道：“请相信我，我们已尽了全力。为什么我们没有给你们更多的钱呢，原因是我们把一大笔钱给了我们的一个情报员，这个人出身清贫、地位低微，但他向军事情报局提供了令人难以相信的重要情报。”他说这些情报有军事的、政治的，甚至有德黑兰会议记录和盟军将要进行的一次大规模两栖登陆的准备情况。波波夫故意表示不相信一个地位低下的人能搞到这些，卡斯索夫为了让波波夫相信他说的是事实，说：“我告诉你吧，事实上他是你的同乡，离杜布罗夫尼克不远。”波波夫获得的这个消息立即引起英国 MI6 的高度警觉。他们很快挖出了这个德国间谍——英国驻安卡拉大使的一个阿尔巴尼亚籍的随从，此人化名“西塞罗”。

不久，波波夫成功地将约翰尼策反，使他也倒向了英国一边。

七

1943 年 4 月，MI6 要波波夫和约翰尼去调查一种德国人正在试制的具有巨大杀伤力的新武器。这种武器叫 FZG — 6 型火箭，英国人后来把它称为 V — 1 火箭。很快，两人发现在德国皮尼蒙德附近的两家生产小型飞机的工厂正在研制一种发射装置，并了解到他们还批量生产一种无人驾驶、能运载 1 吨重的炸弹单翼飞机的消息。英国皇家空军马上派出轰炸机群对该地区进行了密集轰炸，使德国人的生产瘫痪了半年之久。

德国间谍机关准备从双重间谍中选择合适人员，执行对敌欺骗破坏的“太上皇”计划。波波夫四处探听德国双重间谍的身价，并在以此推测自己的安全系数和参加“太上皇”计划的可能性的过程中，发现在里斯本还有一个德国的特殊间谍网，名叫“奥斯特罗”。他估计德国人可能对他产生了怀疑，或者是想通过“奥斯特罗”对他进行侦察。在约翰尼的协助下，波波夫终于查请了这个组织的活动情况。这个组织是由一个名叫卡迈普的人领导的，他领导着 3 名间谍，分别叫“奥斯特罗 1 号”、“奥斯特罗 2 号”、“奥斯特罗 3 号”。1 号和 2 号在英国，3 号在美国。这个组织潜伏的时间很长。

波波夫将此情报通报 MI6，MI6 调查后意识到“奥斯特罗”对“三驾马车”的潜在威胁：德国情报机关对它的信任超过对波波夫的信任，这样不仅会阻碍波波夫参加“太上皇”计划，而且早晚都要暴露。于是，英国情报当局决定除掉这个组织。为了不使清除工作引起德国人的疑心，MI6 决定采取借刀杀人的办法：为了败坏“奥斯特罗”的声誉，“三驾马车”向柏林发出得到了证实的真实情报，使之与“奥斯特罗”送去的情报形成鲜明的对比。

正当波波夫扫清了通往“太上皇”行动的障碍，准备打入敌人的核心机构时，从柏林的约翰尼那里传来了一个坏消息：德国人还有一个老资格的双重间谍网，并对波波夫产生了怀疑。约翰尼发现的是一个 3 人双重间谍，头头是前奥地利骑兵军官科斯勒博士，后就职于德国军事情报局在布鲁塞尔的情报中心站。科斯勒通过英国皮特公司驻欧洲大陆的分公司的经理，建立了他和英国方面的联系。此人诈称帮助英国向德国将军们说明战争的真实进程，以便说服他们向盟军求和，很快就骗取了英国方面的信任，接纳他们为双重间谍。由于英国方面的轻信，这个情报网向德国军事情报局提供了大量有关生产和工业的绝密情报。波波夫立即向英国情报机关汇报了这个情况。但鉴于上次清除“奥斯特罗”的行动已受到德国人的怀疑，英国情报部门只能对此小心提防，不能将之连根拔去。这样一来，就意味着“三驾马车”最终丧失了打入“太上皇”行动中心的机会。

为了阻挠德国人的“太上皇”行动，英美决定尽快实施反攻计划——“海王星”计划：首先使德国情报机关相信，反攻将在加来海峡开始，而且在第一批部队登陆之后，紧接着就有第二批实力更强的部队在同一地区登陆，同时，在波尔多地区可能也有一股部队登陆，此外，还要像虚设假情报员那样，制造假军队。要虚构三支军队，一支名叫美1军，另一支番号叫英国集团军，第三支是美国第14集团军。为此，他们设置了一些细小的标记，引诱德国情报机关去追逐根本不存在的军队。他们向德国人提供了大量有关师团的驻地、部队的调动、物资的供应、仓库的所在地、修理车间等诸如此类的情报。为了使这些假情报更能迷惑敌人，他们又掺入点滴真实情报加以润色。

为了愚弄纳粹的窃听机构，波波夫又派人建立了一个高频电台，24小时连续工作，模仿虚构部队的转移情况，不停地从师团向司令部发报。为了欺骗德国空军的侦察机，他们又提供了事先伪装好的假军营的住址情报，使德国人对飞机拍下来的照片深信不疑；为了使德国人更加相信他们所汇报的情况，他们又向中立国的大使馆泄漏有关方面的消息，再由其传到德国人的耳朵里去。

“海王星”计划的顺利完成，使德国人的反攻阴谋遭到彻底失败。德国谍报部门在“海王星”计划中损失惨重，组织遭到严重破坏，工作陷于瘫痪。德国人对波波夫的怀疑越来越深。波波夫从约翰尼处获知，柏林将来人对他进行审查，审查手段包括使用一种叫做“测谎血浆”的可致人暂时失去自制力的麻醉药物。波波夫做好充分准备，甚至预先搞到这种药物进行注射试验。他顺利通过了柏林的审讯专家的审查，打消了德国人的疑虑。几天后，德国要他尽快回到伦敦去领导那里的间谍小组，并给他提供了一笔相当数目的奖金。

八

1944年5月上旬，是一个史无前例的伟大剧作即将上演前的彩排日子。德国情报机关要求的情报提纲越来越多、越来越细。为此，波波夫得认真编造、仔细研究，务使它们与盟军的战略计划相吻合，并能取信于敌；必须通过电台发出新的情报，使盟军已经塑造好的强大的战斗序列形象更加伟大壮观。然而，有时人们却出些容易被忽略的细节性错误。正是这种错误，使波波夫领导的间谍网遭到了毁灭性的打击。

5 月中旬的一个深夜，MI6 的人急匆匆地赶来对波波夫说："达斯科，艺术家（约翰尼的化名）已被捕。总部希望你乘敌人还未发觉，赶快回里斯本通知其他人员转移，然后潜逃到比利时，我们到那里接应你。"

听到这个消息，如同五雷轰顶，波波夫禁不住一阵晕眩，他本能地感到，其他潜伏在德占区的谍报人员都会被德国人逮捕起来，严刑拷打，直到用各种卑鄙的手段结束他们的生命……于是，波波夫星夜启程赶到里斯本，开始营救和组织逃亡工作。然而一切都为时太晚，"三驾马车"领导下的欧洲谍报人员几乎都没能逃脱纳粹的魔爪，就连他本人也险些被纳粹抓获。

战后，波波夫定居法国，从事律师工作。他还以自己的间谍生涯为素材，写了一部小说《间谍与反间谍》。波波夫富有传奇色彩的经历，使他成了后来的间谍艺术形象——007 詹姆斯·邦德的原型。西方称他为"最勇敢、最快乐的间谍"。1981 年波波夫在法国去世，终年 69 岁。

侦察纳粹炼油厂的间谍
——艾理库森

艾理库森在第二次世界大战中利用石油商人身份作掩护，与德国做生意，暗中却为同盟国搜集情报。在他的谍海生涯中，多次经历险境，但都化险为夷。德国人始终对他十分信任。欧战结束后，艾理库森的间谍活动公布于世，于是他便成为闻名世界的间谍英雄。

一

艾理库森，1909 年出生于美国布里克林，后加入瑞典国籍。1939 年 12 月，艾理库森在斯德哥尔摩时遇见了一位多年不见的美国朋友劳伦斯先生。劳伦斯当时是美国驻苏联大使，他是路过瑞典首都的。由于遇见了艾理库森，劳伦斯便有意在斯德哥尔摩滞留了一段时间。艾理库森身材魁伟，颇像一位运动员。此时他早已加入了瑞典国籍。并从事石油贸易多年，在石油的提炼、生产、进出口贸易等方面有着丰富的经验。他高中毕业后到油田工作，以后又担任炼油厂副厂长。28 岁那年进入柯莱尔大学，毕业之后先是在亚洲呆了几年，去过中国，后来又成为得克萨斯石油公司的代表，常驻日本的长崎和中国的上海。不久后来到他的祖国瑞典。1929 年，他自己成立了一家石油进出口公司，从事石油贸易。他曾被苏联石油机构雇用，与德国人也有很多贸易往来。

此时德国以闪电战占领了波兰，下一步可能会竭力西进法国，进而染指英国。劳伦斯对艾理库森说：“我们美国人迟早会卷入大战的旋涡的！一旦局势紧张，有关德国石油工业的情报便会格外受人重视，你能不能为我们搜集这方面的情报?”

由于艾理库森非常热爱美国，所以尽管他已成了瑞典公民，但他还是很痛快地答应了。

“我们希望你做的事情是：加速并扩大与德国各石油机构的贸易往来，以贸易关系获得进入德国的许可证，搜集有关德国炼油厂的情报。一旦将来选择轰炸目标时，这些情报对美国来说将是极为重要的。”劳伦斯告诉艾理库森，将会有一名叫理查德·布拉多礼的少校负责与他联系。

此后，艾理库森再听到有人嘲笑纳粹的言论时，不像以前那样发出痛快的笑声，同时，他开始发表赞成希特勒发动战争的言论，并说希特勒一定会取得胜利。他还积极寻找机会和居住在斯德哥尔摩的德国实业家交往。不久，他还结交了不少德国驻瑞典公使馆的外交官员。

1940年3月末，艾理库森与理查德少校取得了联系。由于艾理库森公然赞扬纳粹德国，使他遭到友人的愤慨的辱骂。又有风声说德国人要出兵瑞典，因此他被视为卑鄙的机会主义的典型人物。更令艾理库森痛苦的是，他的形象将伤及他和恋人英格丽德的婚事，因为英格丽德一家是反纳粹的。理查德少校要他加紧申请进入德境。艾理库森要求能告诉英格丽德真相，经理查德请示上级，同意了艾里库森的要求。未婚妻知道真相后惊喜道："艾理库森，我真为你高兴，你和我一样都反对纳粹，我家里人一定会为我高兴的。"

二

艾理库森和英格丽德很快结了婚。由于有了爱妻配合，在结交纳粹要人方面进展更加顺利，几周之后，就有一位德国实业家推荐艾理库森为德国驻斯德哥尔摩一个商会的会员，艾理库森更是表现出一副对纳粹党感激涕零、忠贞不二的样子。

艾理库森为了获准与德国石油公司进行贸易，尽力巴结讨好德国盖世太保头子希姆莱派驻斯德哥尔摩的首席代表柯尔特拉、德国大使馆的商务官员乌尔利希及其他有关官员。柯尔特拉对艾理库森有好感，但乌尔利希却冷酷无情地退回了艾理库森的入境申请。他说："美国人最不可靠，据我所知，一旦成为美国人，便永远是美国人了。"艾理库森使尽了浑身解数，也无法讨得乌尔利希的好感，他向理查德少校提出，必须再物色一个人协助他才行。因为像柯尔特拉这样有权势有地位的纳粹党员，大都出身于中产阶级，最爱和皇亲国戚交往，因此最好找一个身份高贵的人做桥梁。并推荐瑞典国王的外甥卡尔殿下。艾理库森认识他很久了，他们是贸易上的朋友。理查德同意了艾理库森的计划。

卡尔殿下刚满30岁，英俊潇洒，一表人才，平易近人，深得瑞典国民的爱戴。此人性格浪漫，喜欢冒险。当艾理库森向他道出真情并提出请求时，他不顾失去全国人民对他的敬仰，也不在乎皇室的不悦，竟痛痛快快地答应了。果如艾理库森所料，柯尔特拉等纳粹显要非常渴望巴结卡尔殿下。在卡尔殿下的帮助下，艾理库森通过柯尔特拉向乌尔利希施加压力。乌尔利希毫无办法，终于给了艾理库森进入德国的签证。

艾理库森到达柏林后，很快就取得了柏林纳粹官员的信任。但他还不敢大意，只要和德国人睡一个房间，他就不敢入睡，因为他有说梦话的习惯，生怕泄露了机密，单独睡时，嘴里也要塞着手帕。

不久，艾理库森在德国发展了一名合作者，他就是奥丁堡男爵，在纳粹政府石油管制委员会中担任高级名誉职员。艾理库森清楚地记得，战前此人对纳粹政府的侵略野心和法西斯行为极为不满，曾当着他的面大发牢骚。奥丁堡男爵接受了收集石油情报的任务，这些情报包括：德国主要炼油厂的准确地理位置和伪装情况、年产量；高射炮阵地及战斗机机场的精确位置；盟军轰炸过后德国炼油厂的损坏程度、修复速度及重新生产能力等。不过，奥丁堡要求艾理库森为他开张证明，以便一旦艾理库森不幸被捕并牺牲的情况下，能证明他为盟军服务过。而要开这个证明，艾理库森将要承担很大风险。但艾理库森还是给他写下了这样一纸文字："兹证明：居住在柏林的奥丁堡男爵，在战时经常向我提供纳粹德国的重要军事情报……艾力克·S·艾理库森。"

艾理库森在德国开展贸易活动，在此过程中又吸收了其他几个重要的合作者。有关纳粹石油生产、储备情况的一般性资料和详细的石油工厂的分布资料陆续送到他手里。

在新吸收的同伙中，有一个他多年不见的老朋友，叫柯尔兹。柯尔兹为人正直，对事物有独立见解，可是他的妻子克娜娜倾向纳粹。一天晚间，艾理库森去柯尔兹家做客。柯尔兹的儿子汉斯戴着近视眼镜。他刚9岁，却已深受纳粹意识的侵蚀。艾理库森刚进门，他就两脚紧紧一靠，向斜上方伸出右手，奶声奶气地喊："Hail！Hitler！"（希特勒万岁）以纳粹礼代替了见面礼。此后，从饭前的闲聊到饭桌上，小家伙都呆在三个大人中间，不停地吹嘘希特勒的"丰功伟绩"。饭后，克娜娜领着汉斯出去了。柯尔兹哭笑不得地说："汉斯简直不像是我的儿子，说他是希特勒的孩子倒是有人相信。"次日，柯尔兹也向艾理库森索要为盟国服务的证明书，艾理库森只好也给他写了一张。

三

艾理库森和德国商人签订的贸易合同兑现了，德国向瑞典出口石油，进口重要战备物资——铁矿石。德国人更加信任他和卡尔殿下。随着与德国人的生意火爆，艾理库森和卡尔殿下被盟国不了解内情的有关部门和瑞典当局列入资助纳粹的黑名单，有人甚至张贴出告示，声称瑞典应把他们驱逐出境。一些商业同仁也对他们持唾弃态度。艾理库森的弟弟住在美国，当他听说艾理库森在瑞典从事“亲纳粹”活动，非常气愤，写信和他断了手足之情。

1942 年 1 月，艾理库森再赴德国。这次他受到了德国治安警察突击大队长罗朵霍夫的盘问。艾理库森回答之后，罗朵霍夫干笑了两声，大声地说：“艾理库森先生，你的回答很诚实，但有几处你恐怕记错了。”接着他指出了两处微小的错误，这说明他对艾理库森的经历了如指掌。由于艾理库森以前从未接受过间谍训练，也没有同谍报机关发生过其他联系，因此，在他的履历中，没有令人怀疑的背景。德国人被瞒过去了。

1941 年底，美国已对德国宣战，1942 年 6 月 12 日，美国陆军航空队的 12 架 B—24 轰炸机，自埃及某基地起飞，对布加勒斯特的油田进行了轮番轰炸。所使用的资料，正是数月前由艾理库森提供的。

1942 年夏天在盟国谍报机关的安排下，艾理库森在德国境内认识了一个名叫玛莉安奴的女人，她也是一名为美国人从事情报活动的间谍。每次会面后，这个女郎把搜集到的情报复述给艾理库森。

盟军根据艾理库森的情报，决定轰炸雅斯特拉炼油厂，迫使德军飞机起飞迎战，以便在空中歼灭它们。因为汽油的减产会削弱空军的战斗力，德军飞机将不得不进行保卫战。

1944 年 5 月 12 日，空前规模的轰炸与空战开始了。盟军的 800 多架重型轰炸机投了 1718 吨炸弹，维尔次堡、资尔卡、布克斯、波恩等地的合成石油工厂均遭到轰炸……法兰克福一线上空约有200架德国战斗机进行拦截，结果被盟军的战斗机击落180架。盟军以轰炸炼油厂诱使德军战斗机升空参战的目的达到了。德国空军为了保卫石油设施受到了巨大损失。这次大轰炸后，德国石油产量下降了50%。由于石油奇缺，大批坦克、汽车成为一堆不能运转的废铁。在盟军进行具有历史意义的“诺曼底”登陆作战时，几乎没有几架德军战斗机升空。最后德军抵挡不住盟军排山倒海般的强大攻势，并且不得不放弃法国。这和石油基地被炸造成汽油短缺有着直接关系。

但是德国各地对被炸炼油厂很快进行了修复和重建，并且将不少工厂疏散到山区，这给盟军继续轰炸带来许多困难。随着德国石油产量大幅度下降，艾理库森意识到从德国进口石油将会日渐困难。他想，一旦德国决定全面禁止石油出口，他和德国的石油贸易就将停止，自己就再也没有借口到德国各地旅行了。艾理库森和卡尔殿下商量对策。艾理库森灵机一动，说：“何不由我们向他们出口石油呢？我们可以欺骗他们说要建一所大规模炼油厂，产品可以向他们出口一部分。这样我们就可借口学他们的石油加工技术，再到德国各地参观他们的合成石油工厂了！”

“好极了！”卡尔殿下补充说，“索性再让德国人投资一半怎么样？”

美国情报机关也认为这个虚假的炼油厂方案很妙。艾理库森和卡尔殿下亲自动手草拟了公司成立的宗旨，在美国大使馆的帮助下，伪造了瑞典方面主要投资者的证明书和瑞典国家银行总裁承诺贷款的亲笔函件等。艾理库森和卡尔殿下先用重金拉柯尔特拉下水。乌尔利希虽然不同意，但迫于柯尔特拉的压力，也不得不同意了。

这个计划甚至引起了秘密警察首脑希姆莱的兴趣。德国人觉得艾理库森帮了他们的大忙，因此对他越来越看重，也越来越信任了。艾理库森提出想到德国各地的炼油厂学习观摩的要求也获批准。

四

1944年8月中旬的一天下午，艾理库森惊悉柯尔兹心脏病突发去世。

柯尔兹一死，他遗留下的各种证件信函按法律应该由其未亡人或委托的律师亲手整理。艾理库森亲笔签名开具的柯尔兹为盟国服务的证明信当然在其遗物之中，他担心万一被倾心于纳粹的克娜娜发现告发，一切必将真相大白，不但艾理库森再进入德境就会被捕处以极刑，就是呆在瑞典，也逃不掉纳粹杀手的跟踪追捕。他决定立刻去德国，抢在克娜娜之前找到证明书。

到了德国，克娜娜热情地迎接了他。艾理库森使出了浑身解数使克娜娜迷上了他，克娜娜允许他检查柯尔兹的遗物，看有没有与他有关的贸易文件。遗物翻遍了，没有找到证明书，克娜娜告诉他，柯尔兹还有一些珍贵的文件存在银行的保险箱里，她把钥匙也给了艾理库森，艾理库森决定立即到银行去。汉斯要求一起去银行，他说："我要当场看着你打开保险柜，你想一个人去偷我爸爸的遗产呀?"艾理库森无奈，只好带他去。打开保险柜，里面只有两个大信封，看样子信封内皆装有文件之类的东西。艾理库森心中祈祷：但愿里面有那张要命的证明信。如何才能避开这个小克星呢? 只要短暂的一刻，能够抽出信封中的文件看一看是否有那张证明就行了。他边走边盘算着怎样才能造成这样的机会。他们路过一个小公园时，冷不防，汉斯一把夺去艾理库森手中的两个大信封拔腿便跑。艾理库森大吃一惊，立即抬脚追去。在街道转弯处，汉斯撞在一位身材高大的白发妇人怀里。艾理库森追上汉斯，一把抓住他，说："调皮的家伙，只有在睡觉时才乖!"说着夺回信封。艾理库森见马路对面有一家冷饮店，便牵着汉斯的手进去，在靠近洗手间的双人桌子旁坐下。艾理库森借口上洗手间，进了男厕所插上门，从信封中找到签有自己名字的证明信，他立刻划着火柴把这张"死亡判决书"烧成灰烬。

第二天上午，罗朵霍夫与泰希曼博士在国家秘密警察总部热情地迎接艾理库森。罗朵霍夫对他说："艾理库森，告诉你一个好消息，希姆莱想在明天和你谈谈有关合成石油工厂的事。"次日早晨，艾理库森被带到希姆莱的办公室。希姆莱认真地听了艾理库森的炼油厂计划，艾理库森强调合成石油化学工厂建成后对纳粹有好处。希姆莱突然问："原来你曾是美国人，你为什么如此热心和德国做生意呢? 罗斯福总统是决心要打败德国的。"

“这些与我丝毫没有关系。”艾理库森不无骄傲地说，“我是瑞典人，地道的雅利安人种”。艾理库森又竭力夸奖希姆莱收藏的古董。看到希姆莱的马的照片，艾理库森又言不由衷地赞美这些马。当再次谈到正题时，希姆莱说：“你的计划有一定的可行性。”艾理库森赶紧说：“你知道，我不是石油专家，因此想亲自到德国各地的炼油厂去实地观摩学习。”

希姆莱立刻派人将罗朵霍夫请进来，告诉他，为了纳粹的利益，可以允许艾理库森在德国境内及占领区各地自由旅行，可以随意参观炼油厂及调查研究有关石油的任何项目，并授意罗朵霍夫给艾理库森发特别通行证。最后他说：“你可不能对我耍花招，否则你会吃苦头的，不能忘记你与之打交道的是德国人。”

肩负着希姆莱的特殊使命，艾理库森立时身价百倍，成了在德国的外籍人中的大红人。各个炼油厂热情周到地接待他，他可以随意参观，可以问任何问题，对方都会如实地回答他。艾理库森又获得了许多有价值的情报。

五

纳粹是不会完全相信某一个人的，艾理库森同样受到跟踪监视。一天黄昏时分，艾理库森来到莱比锡繁华的大街，在“尾巴”的陪伴下漫不经心地东游西逛。他的间谍经验越来越丰富，已经能一眼识别出跟踪者，但他不动声色。突然，一只大手重重地拍在他的背上，同时一个粗鲁低哑的声音说：“嘿！艾理库森，真是活见鬼了！”艾理库森猛地回头：原来是休烈达，此人是一个倾心纳粹事业的德国商人，战前，因为贸易关系认识了艾理库森，在石油生意的竞争中，休烈达败在艾理库森手下。他念念不忘要找机会报复艾理库森，由于战争，两人断了生意来往，后来更是互不知道对方消息。

“你到我们德国来搞什么鬼?”休烈达满腹狐疑。

“没有什么特别的事情，不过说来话长，来，我请你去喝几杯!”两人走进一家酒馆，艾理库森看到跟踪他的那条“尾巴”早已捷足先登，坐在角落里的一张桌子旁边了。休烈达现在重操旧业，并且成为德国石油界中有一定地位的纳粹党员。他清楚艾理库森战前的底细，此人曾是美国人，战前就对元首不满，现在居然在德国活动：俗话讲，有仇不报非君子，今天撞到我手里，我就不能客气了。艾理库森也担心他会向纳粹当局告发自己，所以谨慎地对付休烈达。他说，从 1940 年以来就和纳粹做买卖，直到现在，生意还算顺利，盟国已将他列入资助纳粹的黑名单，他将有国难返了。“真是这样的吗？你骗得了别人，却骗不了我。”休烈达轻蔑地问：“你到莱比锡做什么？”他告诉休烈达，是受希姆莱的委托而来。

休烈达极不信任地瞧着艾理库森，说：“此时能在德国碰见你，已使我吃惊不小，你竟然胡吹和希姆莱有交往，有证明吗？”艾理库森掏出特别通行证。休烈达盯着有希姆莱签字的特别通行证，态度一下子变了。“艾理库森，你真能干，你到底顺应了时代的潮流。刚才我的话多有不敬，请原谅。”休烈达一面递还通行证一面忙不迭地说。

两人离开酒馆，走到街角就互道告别。艾理库森估计休烈达可能到警察局去告发他。心想必须阻止休烈达的这一举动。天快黑了，“尾巴”又出现在马路对面，艾理库森机智地摆脱了他，又按休烈达走的方向追上了他，看见他走进了一个电话亭。艾理库森手握水果刀悄悄挪了过去。“我是休烈达……柯纳德，我刚才遇到一个人，我想他肯定是同盟国派来的间谍……如果去告发，我们会立大功的，那个人叫……”说时迟，那时快，只见艾理库森一个箭步冲进电话亭，没容休烈达反应过来，就用左手腕紧紧勒住他的脖颈，休烈达顿时被勒得透不过气来，身体渐渐下瘫；艾理库森右手取出水果刀，一按弹簧，刀子咔嚓一声弹出。就在正要刺出的瞬间，夜暗中传来了问询声：“发生了什么事呀？”艾理库森吃惊地回头望去，见一个年老巡夜警察闪过门缝。“喂喂！格尔达，请等一下！”艾理库森暗中把电话挂断。同时对着送话器喊叫，一面把休烈达夹得更紧了。然后笑着说，“没什么，是我的朋友喝醉了酒，刚才正在给他的太太打电话。”

“要我帮忙吗?”巡警站在门外问。

“谢谢，不用了，我一个人足可搀扶他到我的旅馆去过夜”。

“你对他倒蛮不错嘛!”巡警点燃一只烟，没有想走的意思。艾理库森只好又对着话筒胡扯了几句。老巡警终于慢悠悠地去了。艾理库森心跳得格外厉害，他立即果断地把刀刺进了休烈达的胸膛。

第二天，艾理库森搭乘火车离开莱比锡。在火车站，又发现了跟踪者。艾理库森觉得自己陷入了十分危险的境地。自己和休烈达一起喝过酒，那条“尾巴”清楚地看到了，休烈达在告发时被人杀了。警察局一定会觉得事情蹊跷，这样势必怀疑到艾理库森，他决定立刻离开德国。

六

在整个 1944 年，盟国空军对德国的石油设施都进行了持续不断的轰炸。艾理库森的工作对击溃德国军队有着十分突出的贡献。当时，盟军最高统帅艾森豪威尔将军曾说过：“我们不但要给前线的德军以迎头痛击，也要彻底摧毁德军后方支援战争的基础工业。”这句话从一个侧面说明了艾理库森的工作的重要性和他的工作的重大贡献。汽油匮乏，首先遭殃的是德国空军。训练飞机驾驶员时，不得不缩短训练时间以节省汽油。由于飞行员训练时间短，技术欠佳，飞行事故层出不穷，严重影响了德国空军的战斗力。

1944 年秋季，由于天气恶劣，盟军对德国石油工业设施轰炸的次数明显减少。10 月底，艾理库森再次闯入德国，又到各地石油工厂“视察”了一番，发现由于德国石油工业赢得了喘息时间，10 月末的合成石油产量竟是 8 月份的 2 倍。当这一情况报告盟军后，盟军又加紧了对德国石油工业的轰炸。11 月以后，把轰炸的目标全部集中到德国各地的炼油厂上，并取得了辉煌的战果。

1944 年 12 月 16 日，希特勒投入了 25 个作战师，在西线阿登地域（比利时东南部）实施了最后一次大反攻，即所谓“莱茵河上值更战”，或称

“阿登突出部之战”。由于缺乏各种油料，特别是汽油和润滑油，无力集结大部队。1945 年 1 月 8 日，已成强弩之末的德军开始败退。战斗中双方损失虽然都很惨重，盟军损失了十万余人，但希特勒的最后“豪赌”毕竟是彻底失败了。

与此同时，在辽阔的东部战场，苏军急速推进。德军严重缺乏石油的状况在东部战场也非常明显。1939 年，劳伦斯大使本人曾对艾理库森说过：“所能产生的影响，也许在你的预料之外。”而几年来，艾理库森的谍报工作范围如此之广，贡献如此之大，大概两人当时都没有想到。欧洲大陆战争的最后半年，艾理库森和卡尔殿下继续欺骗着德国，艾理库森继续到德国“视察”，获得了大量珍贵情报。欧洲战场的形势如秋风扫落叶。1945 年 5 月 8 日，法西斯德国终于宣布无条件投降，希姆莱被捕后咬开了装有剧毒药的假牙自杀，他至死也不知道自己几年来一直被艾理库森所戏弄。

七

德国投降一个月后的某天晚止，斯德哥尔摩某豪华饭店，美国大使馆在这里举行一个盛大宴会。艾理库森夫妇、卡尔殿下三人应邀出席。美国大使馆一位高级官员来到显眼的位置朗声说：“各位女士、先生们！现在我非常荣幸地向各位介绍今天晚上的主宾……”这位官员把艾理库森夫妇和卡尔殿下拉到身边，向来宾们介绍了他们三人对反法西斯战争的贡献和遭受到的巨大名誉牺牲。人们被这充满神秘色彩的故事吸引住了……接着便是一阵热烈的掌声。卡尔殿下终于撕下了亲纳粹的面具，舆论工具又连篇累牍地为其洗刷不白之冤。他赢得了瑞典王室及全体瑞典国民的更深的尊敬。艾理库森成了英雄，1945 年 6 月 3 日，《时代周刊》的头条新闻是“艾理库森假装亲纳粹，欺骗希姆莱达四年之久”。

艾里库森短短四年的间谍生涯结束了。艾理库森从来没有受过间谍训练，何以会在间谍情报工作上取得令人惊奇的成功呢？究其原因，是因为他具有间谍所需要的内在素质和客观条件：他大胆机智，沉着冷静，并且由于他本来是石油商人，他对重要情报有很灵的嗅觉和很强的分析能力。他还擅长社交，在纳粹显贵中间周旋自如，始终博得他们的信任，这一切都是促成他谍报活动成功的重要因素。

侵华急先锋——土肥原贤二

土肥原贤二出生于日本军人家庭。毕业于日本士官学校。参加过日俄战争，后进入日本陆军大学。土肥原在第二次世界大战的远东战场上，充当日本侵华势力的先遣军和急先锋，先后策划了“皇姑屯事件”、“北洋派大同盟”、“满洲事变”、“华北自治”等事件，对中国人民犯下了滔天罪行。1946 年 5 月，远东国际军事法庭将其列为甲级战犯之一处以绞刑，1948 年 12 月执行。

一

由于1894—1895年的中日甲午战争、1900年的八国联军侵华战争和1904—1905年的日俄战争（日本取代了俄国在东北的势力），中国东北政局有逐步被日本势力所左右的趋势。日本关东军不仅驻扎在中东铁路沿线，而且在朝鲜和中国北方各地都有日本的驻屯军和特务机关。这一时期日本的一部分法西斯分子，已有逐步把中国北方（尤其是东北）变为日本殖民地的野心。这个时期土肥原贤二从帝国陆军大学毕业。他凭着把自己的妹妹送给一皇亲作小妾的裙带关系，成为日本参谋本部人员，并被派往中国。此后他逐步成为日本当局和军部极为器重、常委以重任的人物。

土肥原身材矮小、结实，粗壮，仁丹胡子总是剪得齐刷刷的。他性格外向，好交际。到中国之后在关东军中任职，同时长期担任日本军人坂西利八郎中将的副官。坂西多次担任中国政界要人和地方性军阀的顾问。土肥原利用这种关系，熟悉了中国政治，并且与中国军阀和政界要人建立了个人关系。经过多年的生活，加上土肥原的勤学苦练和对语言的天赋，不仅汉语流利，而且还会说多种中国方言，对中国北方的风土人情有深入的了解，被西方誉为“中国通”。加之他善于笼络人心，利用矛盾，阴险毒辣，又善于利用权术，使其具有在中国从事特务和阴谋活动的条件。土肥原表面上踏踏实实，从不轻易外露锋芒，仅仅是隐身幕后，充分发挥自己的圆滑，蒙骗了许多善良的中国人。并且与侵华日本浪人、中国的黑社会人物勾结，同时拉拢中国的黑帮安福系的政治势力搞军火走私，并以此为掩护开展情报活动，成了日本陆军派往中国搞谍报和阴谋活动的骨干分子。他也很快被提升为黑龙江督军顾问和张作霖的顾问，先后任天津、奉天（今沈阳）、哈尔滨等城市的特务机构负责人。

1924年9月，爆发了第二次直奉战争，吴佩孚的直系军阀由于内部冯玉祥部的反戈并占领了北京而溃败，这时盘踞于长江一带的皖系军阀孙传芳，决定趁此机会与奉系大干一场。冯玉祥虽表面上佯装中立，实际上暗地里备战，把大军配置在通州一带。华北上空一时战云密布，战争一触即发。按照张作霖的命令进驻天津一带的张学良军副司令郭松龄，11 月 23 日与冯玉祥密谋后，突然在滦州举旗反张。郭松龄掌握了奉军精锐的大部分，自称东北国民军总司令，企图一举直捣奉天。此时大部分奉军已调人关内，张作霖在奉天只有少数卫队，情况极为紧急，张作霖几次欲逃往外国租界。作为日本关东军实力人物的土肥原积极活动，全力援助奉军，调遣军队直趋奉天，击垮了郭松龄部，郭松龄兵败被杀。从此，土肥原慢慢地掌握了张作霖，为日本侵华扩张服务。

为霸占东三省大好河山，日本军国主义者派土肥原等做“东北王”张作霖的顾问，日本陆军当局给土肥原下达命令，规定其主要任务是：指导奉军以日军为典范建军，以备一旦有事，为日本所用。为了完满地达到目的，应收集奉军所辖范围内之有关军事、内政、交通、财经、资源，及各列强势力消长之情报。土肥原和河本大作策划的关东军《关于满蒙政策的意见》中，指出满蒙是日本的发展重点，必须利用张作霖取得在东北的各项权利，如张作霖拒绝照办，将断然排斥之，根据需要，准备使用武力。

驻扎东北的张作霖渐渐认识到日本帝国主义侵华的野心和企图，不甘心俯首听命，充当傀儡，对日本提出的种种企图霸占东北主权和利益的要求软磨硬抗。日本人认为张作霖已经成为日本在东北进一步发展的障碍。土肥原和河本大作策划，决定干掉张作霖，然后趁混乱之机出兵占领东北。1928 年 6 月 4 日，张作霖在日本顾问义贺信也少佐等人的陪同下，乘专列从北京返沈阳，当火车驶到距奉天车站一公里的皇姑屯一座南满和北满两条铁路交叉铁桥时，突然一声巨响，火光冲天，张作霖所乘的车厢被炸毁出轨，17 名随员当场被炸死，张作霖受重伤，送回沈阳来不及抢救去世。这就是举世闻名的“皇姑屯事件”。

二

土肥原来到中国以后，积极利用与中国山西省地方军阀阎锡山曾是同学的关系，对阎锡山进行拉拢，使其为日本在华政策服务。在土肥原的极力怂恿下，在1919—1920年间，阎锡山与日本驻天津司令官建立了联系，积极在山西推行日本军国主义统治方法，以取悦日本。土肥原几次去山西，名为与阎锡山“叙旧”，实为刺探情报。经阎锡山允许，土肥原在山西各地以旅行观光为名，有计划地将山西的地理情况作了详细的测绘，尤其对雁门关、桑乾河一带进行了重点侦察、测绘，详细记载了重武器可以通过的险要地域，窃取了山西的军事机密，使“七·七”事变以后日军进攻山西之时，得以令人吃惊地从中国军队防线空隙中进攻，取得迅速进展。土肥原的间谍活动为日本侵略山西立下了头功。

1928年以后，土肥原以天津为中心，策划阴谋活动，建立了特务机关。为了抗衡南方蒋介石与北方张学良的联合，土肥原四处活动，拼凑旧北洋军阀的所谓“北洋派大同盟”，以打乱北方政局，为日本势力打人中国北方创造条件。1930年初，冯玉祥、阎锡山联合反蒋，土肥原利用此时机，加紧在旧军阀中穿针引线，企图使段祺瑞和吴佩孚联手，同时造成段祺瑞和废帝溥仪的联合，但没有成功。4月，张学良率奉军入关，帮助蒋介石取得了中原大战的胜利。10月，土肥原接受日本关东军司令部指令，在华北设立特务机关，以瓦解张学良的势力，土肥原任特务机关长。

“皇姑屯事件”后，东北军少帅张学良励精图治，先是清除内部有野心的杨宇霆等人，接着顶住日本人的压力，毅然易帜，宣布服从南京国民党政府，沉重打击了日本帝国主义者多年经营的妄图把“满蒙”地区从中国分割出去的阴谋。为此，日本军国主义决心挑起占领全东北的事件。日本军部特意把最富有侵略野心的三个人安排到关键的岗位上：建川美次任作战部长，本庄繁任关东军司令，土肥原任奉天特务机关长。土肥原以奉天特务机关为指挥部，伙同坂垣征四郎、石原莞尔等拟定了详细的行动计划，决定在沈阳附近的柳条沟爆炸铁路，制造出兵占领全东北的借口。

这时发生了“中村事件”：日本参谋本部大尉中村震太郎等四人奉命到兴安岭地区进行军事侦察，被中国驻军第三团逮捕，并以间谍罪处死。正在这个时候，土肥原回到日本东京向陆军省述职。趁此机会，他在国内极力煽动战争狂热，怂恿日本政府向中国提出抗议，还勾结陆军作战部长建川美次等把原定的9月28日的行动日期提前到9月18日。

9月17日，一枚炸弹在沈阳市外南满铁路柳条沟路轨上爆炸，日本关东军诬陷中国军队进行破坏，并以此为借口，于9月18日夜，攻击沈阳东北军驻地北大营，炮轰沈阳城。在蒋介石下令东北军“绝对不抵抗”的情况下，不到五天，几乎全部辽宁、吉林两省的大好河山便沦陷于日本帝国主义的铁蹄之下。“九·一八”事件的爆发，正是由所谓“关东军三羽”的板垣征四郎、石原莞尔、土肥原贤二具体策划的。

三

“九·一八”事变后，日本军国主义迅速扩大侵略战争，很快占领东北全境。日本的侵略行径立即引起全世界爱好和平的国家的强烈反对和谴责。为给其违反国际法的侵略找合法的借口，日本参谋本部决定“消灭现有东北政权，树立以宣统皇帝为盟主，接受日本支持的政权”，规定这个政权的“国际和外交由新政权委托日本帝国掌握，交通、通讯的主要部分也由日本管理”。因当时清朝废帝溥仪寓居于天津，所以日本军部又同时指示土肥原负责策划溥仪逃往满洲的特别任务。土肥原根据本部指示，携带一笔巨款，立即赶赴天津。

1931年11月1日，土肥原奉命抵达天津，加紧了对溥仪的监视和控制。他动用了所有的特务组织，获取了溥仪的大量情报，得知溥仪“确有逃往满洲之意”的情报后，便认为采取非常手段，使溥仪就范的时机已趋成熟，必须立即将溥仪挟往东北。11月2日晚，土肥原来到“静园”溥仪住处，对溥仪进行了煽动，说满洲三千万人闹得民不聊生，日本人的权益和生命财产也得不到任何保证，其责任全在张学良，日本人在不得已的情况下才出兵，关东军对满洲毫无领土野心，只是诚心诚意地帮助满洲人民建立自己的国家。他鼓动溥仪不要错过去关外的机会，回到祖先发祥地，亲自领导这个国家。为了实现挟持溥仪潜往东北的计划，土肥原竭尽全力使出多年在华从事谍报工作的惯用伎俩，在与溥仪单独密谈的情况下，表现出异常的温文尔雅和恭顺，尤其是他满口答应建立“独立国家”，“当然是帝国”。而且态度极为诚恳，使溥仪深深地感到，这位在关东军中有举足轻重地位的特殊人物讲出的每一句话都是令人笃信和靠得住的。最后，土肥原在没有第三者参加的情况下，与溥仪达成三项政治交易：第一，满足溥仪复辟的要求，决定在东北建立“独立自主”的帝国，由溥仪完全作主；第二，溥仪必须在11月16日前抵达东北；第三，具体确定了溥仪潜往东北的步骤和方法。土肥原这种经常在没有第三者参加的情况下可以允诺对方的任何要求（过后可不认账）的手段，果然在溥仪身上发生了作用。溥仪不顾一些遗老的强烈反对，决定赶赴满洲。溥仪在决定赴满洲的时候，同时向日本要求自己必须做皇帝，但日本方面对此迟迟未作决定，溥仪对赴满洲之事产生了犹豫。为了排除障碍，促使溥仪下定决心迅速赶赴满洲建立符合日本需要的傀儡政权，土肥原继续加紧策划阴谋活动。

一天，溥仪的侍从在别人送的礼物中发现了两颗炸弹，后来又不断发现形迹可疑的人和恐吓信，使溥仪十分紧张。日本人说，炸弹和恐吓信都是张学良的人所为，于是土肥原会见溥仪，说：“宣统帝不要再见外人了，还是早点动身的好。”实际上，恐吓事件都是土肥原一手策划并派特务干的，目的正是逼迫溥仪下定决心尽早动身。不久，土肥原又一手策划了一起颇具神秘色彩的“天津骚乱”。11月8日晚10时，土肥原指使便衣侦探和一批汉奸在临近日本租界的中方管区制造骚乱，导致了中国驻津部队出动平息，借此时机，日本天津驻屯军调动部队对日本租界实行戒严和“保护”，断绝了与华界的交通，溥仪居住的静园也开来了日本装甲车，名曰“进行保护”，实为控制，一箭双雕。由于社会时局的动乱和受到恐吓，溥仪下定了潜赴满洲的最后决心。土肥原对溥仪的利诱、恐吓软硬兼施的阴谋终于奏效。1931年11月10日晚，溥仪在日本直接帮助下，秘密化装从天津出走，两天后，到达东北营口。

1932年1月27日，日本关东军根据参谋本部《中日问题处理方针纲要》、《满蒙中央政府设立案》，通过了《满蒙问题善后处理要纲》，决定成立傀儡政权。2月，东北四省区傀儡头目张景惠等在日军的监视、控制下，在沈阳召开了“建国会议”，成立“东北行政委员会”，妄称东北已脱离中国而“独立”。3月1日，伪“满洲国”成立，以“大同”为年号，以长春为“首都”，改名“新京”。9日，溥仪沐猴而冠，充任伪“满洲国”“执政”，郑孝胥充当“国务总理”。9月15日，日本政府宣布正式承认伪“满洲国”，同日，双方签署《日满议定书》，完全确认了日本在中国东北的一切利益，确立了关东军对整个“满洲”的殖民统治，1934年3月，“满洲国”改称“满洲帝国”，溥仪由“执政”改称“皇帝”，年号改为“康德”。溥仪名为“皇帝”，实为傀儡，他的一言一行都受到日方的严密监视。伪“满洲国中央各部”和所属“各省政府”，也都有日本军国主义分子担任“次长”，掌握实际大权。日本侵略者用这个傀儡政权对中国东北进行了长达14年之久的法西斯殖民统治，给东北人民带来了无尽的灾难。

四

1933年3月，日本内阁会议决定不承认国际联盟讨论通过的《李顿调查团报告书》，宣告退出国联，加紧对中国的华北、内蒙古的渗透。5月31日，国民党华北当局与日军签订《塘沽协定》，实际上承认了日本帝国主义对东北三省及热河的占领，并承认冀北18县为“非武装区”。土肥原此时第二次出任奉天特务机关长，操纵浪人在“非武装区”横行霸道，挑起事端，为日本进一步扩大侵略战争作准备。1935年1月，日本外相广田弘毅发表演说，提出“日中亲善，经济提携”的新的对华方针。4月，日本关东军司官南次郎和华北驻屯军司令官梅津美治郎决定：在华北五省“建立一个在日本领导下同满洲国有密切关系的自治区域”，具体步骤是“以制造事端为提出要求的借口”，将国民党势力赶出平津和河北，诱发内乱，达到黄河以北事实上的独立。为此，土肥原用一个月的时间走遍大半个中国，策动华北自治。5月，日本借口中国当局“破坏”《塘沽协定》、“援助”东北义勇军孙永勤部进入滦东“非武装区”和大洋口租界两个汉奸报社社长被暗杀，在山海关、古北口、锦州一带集结重兵，准备随时入侵华北。土肥原则被关东军派往华北，加紧策动各派军阀实行所谓自治运动。

1935年6月，日本华北驻屯军司令官梅津美治郎又向何应钦提交“觉书”及附带事项，要求国民党政府撤出在河北的一切党政机关和所有中央军，禁止一切抗日排日活动。7月6日，何应钦复函答应，全部接受日方的无理要求，这就是《何梅协定》。日本人终于迫使国民党军队调离华北，国民党党部、蓝衣社、宪兵三团也一并撤走。

1935年6月23日，土肥原受日本华北驻屯军司令官的派遣，会同日本张家口特务机关长松井源之助等，前往察哈尔省拜访代理主席秦德纯，利用其精心挑起的“张北事件”和多次武装冲突向中方提出“抗议”，要求撤走宋哲元所部军队，解散排日机构，处罚当事人，招聘日本人为顾问，划定停战区。27日，秦德纯与土肥原以换文方式达成协议，通称《秦土协定》，规定取消察哈尔省境内一切国民党机关，设立察东“非武装区”，国民党第二十九军从该地区撤出等。这样，日本控制了冀、察两省的大部，实现了阴谋侵吞华北的一个重要步骤。日本的阴谋连续得逞以后，加紧实行“华北自治”阴谋。土肥原坐镇北平，集中力量做冀东行政专员殷汝耕的工作，开展控制平津的活动。9月24日，日本华北驻军司令多田发表声明，公开宣称要把“国民党及蒋政权从华北排除出去”，实现“华北经济圈独立”以及和华北五省的军事合作，从政治、经济和军事诸方面提出了全面实现“华北自治”的狂妄要求。10月，土肥原到华北加紧实施华北“分离”、“自治”计划，唆使汉奸、流氓在冀东香河县举行暴动，占领县城，成立“临时维持会”。11月，又策动汉奸殷汝耕在河北通县拼凑“冀东防共自治委员会”（后改称“防共自治政府”），宣称脱离“中央”，独立“自治”，这是日本侵略者在华北扶持的第一个傀儡政权。冀东22县实际上沦于日本之手。但日本并未就此止步，而是继续向国民党中央政府和华北当局施加压力，要求华北“自治”。土肥原的积极活动，使日本侵略华北的战略开始得以实现，土肥原被晋升为少将。此后，土肥原又开始进一步实施其策动华北五省完全实现“自治”的阴谋活动。

五

土肥原充当日本侵华战争的急先锋，他的双手沾满了中国人民的鲜血。尤其是日本对中国东北的侵略和成立受日本支配的伪“满洲国”，他都是重要策划者。连日本人都说：“凡是土肥原足迹所到之处必然要引起一场灾难。”

1945 年 8 月 15 日，日本宣布无条件投降。中国人民终于赢得了抗日战争的最后胜利。联合国军司令部以战犯嫌疑。逮捕了土肥原。在监禁及审判期间，自知罪恶深重的土肥原始终保持缄默，在审判中不作任何申诉。自 1946 年 5 月 3 日起，远东国际军事法庭将土肥原等 28 人定为甲级战犯予以审讯，根据大量的事实，认定土肥原犯有破坏和平和违反战争法规、惯例及违反人道等八项罪行，由于罪大恶极，判处绞刑。1948 年 12 月 23 日，土肥原被执行绞刑时，仍死硬顽固，高呼“天皇万岁”、“大本营万岁”。然而无论天皇和大本营都不可能挽救法西斯分子必然灭亡的命运。土肥原贤二被永远地钉在了历史的耻辱柱上。

袭击珍珠港的指引者
——吉川猛夫

吉川猛夫 1941 年以日本驻美国夏威夷领事馆书记官的名义被派往夏威夷，搜集当地美国海军情报。经过多方努力，及时准确地将大量情报报回本国，使日军成功地偷袭了珍珠港。

一

吉川猛夫，日本人，生于1912年。1930年考入江田岛海军学校。1934年乘军舰远航意大利、法国等地，回国后晋升为海军少尉，接着他提前退役，去学习英语。1936年他又回到海军，在海军司令部整理情报资料。这段经历使他懂得鉴别和评估情报的价值，为他以后从事间谍情报活动打下了基础。

1941年3月20日，受日本参谋本部情报机构派遣，吉川猛夫以外务省书记官的身份，化名“森村正”，乘船自横滨出发，前往美国的夏威夷执行搜集美军珍珠港基地情报的任务。当时日驻檀香山总领事馆根据日本军令部的旨意，将珍珠港分为A、B、C、D、E五个区，组织了一个高效率的小分队，分别负责五个地区的情报搜集工作。吉川猛夫是该情报小分队的核心人物，他除了搜集情报外，还利用日本总领事馆的电台，把珍珠港的军事情报用密码电报发给外务省报告军令部。

森村正到任后的第二天就开始活动了。他以观光为名，常常坐出租汽车到珍珠港去兜风。这天，他坐车由努阿努街往下走，在这条道路右侧的山脚下，是一望无际的甘蔗园，左侧是希卡姆陆军航空兵部队基地，顺路再往前走就是珍珠港了。他装出一副没有任何军事知识的样子说：“咦！有好大的飞机呀！那就是巨型旅客飞艇吗?”“不，那是B—17，四引擎轰炸机，最近来的。在尽头那边的那个圆顶型建筑物，就是飞机库……”司机以他对这里的情况非常熟悉的样子解释说。森村正把这些情况记在心里。转眼间，已经到了珍珠港。他过去在军令部几乎每天都要仔细琢磨的沙盘模型，现在已活灵活现地展现在他的眼前。有两三架战斗机从位于港湾中心的福特岛起飞了。岛的东侧排列着战列舰，西侧排列着航空母舰和重型巡洋舰，在这些军舰的那一边，有大小不同的舰船各按各的位置停泊着。司机显然懂得这个禁区的规矩，在快要接近珍珠港的时候，他加快了车速。港湾的四周围绕着铁丝栅栏，栅栏里排列着巨大的油库，各重要地点都有荷枪实弹的哨兵站岗。司机告诉他，埋伏在道路两旁的便衣警察要比这里的岗哨更多，汽车在路边稍微停一下即被警察撵走或盘查。

汽车顺着原路又折了回来，从中途往右拐就到了半岛的顶端。在这里可以完全看得见航空母舰和重型巡洋舰的停泊情况。在码头前面不远的地方，有个卖可口可乐和糖果的简易小茶馆，据说是由一对日本老夫妇开的，专门做水兵们的生意。森村正发现这里是一个最适于眺望的地方，他决定以后要常常到这里侦察。

二

瓦胡岛上除珍珠港外还有许多军事基地。有的正在扩建，有的已经建成。为了弄清它们的进展情况和兵力的移动及加强情况，森村正决定从瓦胡岛开始观光，把整个群岛全看一遍，同时把各处的地名记住。绕瓦胡岛一周，约有 100 海里，大约需要 4 个小时。为了不露马脚，白天，他总是在领事馆里做分配给他的工作，下班后再出去转悠。晚间，他到繁华街区去寻找那些穿着白色水兵服的水兵，邀他们一起去喝酒，从他们口中探听某些情况。回到宿舍他又拿起当天的地方报纸浏览，从中寻找线索，例如，关于军事基地施工现场的招工、船舶的航行情况，与军人有关系的知名人士的来访等的消息，不分巨细，他都要把它们剪裁下来进行研究。

他发现，停泊的舰艇数目和舰名常有变化，有时甚至连一艘战列舰也没有了。他反复琢磨：美国舰队现在究竟在什么地方？做何行动？什么时候进港，什么时候出港？该舰队活动时所采取的阵形、速度和编制又是怎样？如果能把这些问题弄清，就可以了解美国舰队的训练计划和临战准备体制。

为了便于俯瞰早晚的珍珠港，森村正经常装成醉醺醺的浪荡公子同艺妓、女侍们泡在春潮楼里。一天晚上，他住进了春潮楼酒馆。第二天早晨，他打开二楼的窗户往珍珠港一看，只见美国的庞大舰队正在离港起航，从美国舰队的这一活动情况，使他明确了该舰队进出珍珠港的时间大多是在早晨和傍晚。为了收集各种舰艇的名称、数目和调动情况，他几乎每天都要设法观察，并把侦察到的情况详细地记入图表。如何安全隐藏这个图表呢？总领事馆的保险柜里虽然安全，但不便于夜里研究分析，带在身上又很危险，因此不得不藏在家里，但他又经常不在家，说不定什么时候会遭到搜查。他绞尽脑汁，想方设法把它藏在地毯下面、西服柜橱的抽屉背面、花瓶里和厨房的垃圾箱里。好在他记入图表的符号，别人看不懂，这样即使发现了图表，也不致被对方抓住任何把柄。

卡内奥赫湾是位于夏威夷北部的一个小海湾。这里有海军的水上飞机基地。在他到来的初期，这里还看不到水上飞机的起落，可是到了8月，机场上机翼涂着橙黄色的水上飞机已逐渐增多起来了。饭后他与一位日裔女侍在闲聊中得悉她正要去参观珊瑚海。他急忙找来地图让她看。她所指出的地方正是卡内奥赫湾，水上飞机基地就在这个海角的顶端。她说，在卡内奥赫湾中有一个珊瑚礁，游览船的船底装有玻璃，可以通过船底的玻璃窗来参观海底。他装作好奇的样子，要那女侍同他一起去看看。第二天早晨他与女侍一同驱车前往，发现卡内奥赫湾基地的建设大有进展，兵力配备有所加强。经过观察，森村正了解到当时珍珠港的常规兵力有：海军战列舰8艘，重型巡洋舰10艘、轻型巡洋舰12艘、航空母舰3艘，再加上其他的舰艇，共约100艘；陆军1个师；空军飞机约300架；军事设施有船坞、修理厂和地下油库等。

三

1941年7月2日，日本政府召开御前会议，做出了“进驻法属印度支那，不惜对英美开战”的重大决定。日本的南进政策已成为既定方针，而英美势必要阻止日本的南进，这样一来，战争不可避免。为此，从7月上旬以来，日本的舰载航空兵部队，就根据联合舰队司令长官山本五十六海军大将所设想的空袭夏威夷的方案，反复进行了对停泊舰艇的轰炸训练，从9月10日起，又进行了由舰队参谋和军令部参谋们参加的袭击珍珠港作战的图上演习。

9月末，森村正突然接到了一封绝密电报，电文的意思是把珍珠港划为5个水域，要他报告停泊于各个水域的舰艇情况，并把夏威夷的气象调查清楚。气象如何调查呢？在当时，为了保守军事上的秘密，报纸上不公开刊载每天的天气预报和天气图。所以局外人是无从了解的。他到夏威夷大学、图书馆等地方去查阅资料，也没有得到满意的收获。后来，他找了个借口去拜访一位日本的业余天文学家。这位天文学家告诉他：30年来，夏威夷没有经历过一次暴风雨，而且在瓦胡岛上东西走向的山脉的北面总是阴天，而南面则总是晴天。他听了这些后如获至宝。因为这就意味着飞机攻击时可不受气象条件的左右。之后，他又带艺妓乘飞机游览夏威夷上空，特意去证实一下这位老天文学家所作的结论，果然正如他所断言，山脉的南面晴空万里，看不到一丝云彩，北面却是白云和黑云重叠，并在降着骤雨，而且还有“气袋”(空中陷阱)。

不久，军令部的使者来到檀香山，向森村正提出了97项问题，其中就有一项是夏威夷的气象条件如何。森村正当然作了圆满的回答。

8月末，森村正已经基本上完成了有关珍珠港和瓦胡岛的兵要调查。下一步就是要实地侦察夏威夷群岛的其他3个岛屿了。他决定坐飞机前往夏威夷岛和考爱岛，以便从空中侦察珍珠港和希卡姆机场以及停泊在拉海纳航道的舰队情况。飞机从檀香山机场起飞后，马上就看到了珍珠港全貌和希卡姆机场的全景。希卡姆机场有两条跑道互相交叉着，在朝阳照射下的停机坪上，停放着像是B—17大型轰炸机。森村正乘坐的飞机需要在考爱岛的胡奈奈机场停一下再飞往夏威夷。侦察考爱岛的胡奈奈机场也是他这次旅行目的之一。因为从美国的预算报告来看，胡奈奈机场不仅要作为商业机场来使用，将来还要作为海军机场来使用。为了搜集有关机场的情报，森村正曾先后与春潮楼的3名艺妓坐小飞机游览，从空中观察在地面上根本看不到的珍珠港和希卡姆机场内部的情况。这对于从空中确认目标以及进攻时的目标选定和了解空中的气流情况等，都是很有用的。

经过几次空中侦察，森村正了解到，驻扎在夏威夷的美国空军共有350架飞机，其中B—17“空中堡垒”估计约有50架。这些飞机分别驻扎在希卡姆机场和伊瓦机场。伊瓦海军机场，位于珍珠港西侧的密林中，因系禁区，始终未能深入侦察。后来他听说在这里的年轻人中间流行一种别开生面的游戏——月光野游，就是趁着月夜来到海岸，在那里一直玩到天亮。为了蒙蔽联邦调查局，他决定带两三个女友做一次家眷式的野游。结果，在轻松愉快的活动中，达到了他所要侦察的目的。

从日美谈判濒于流产的夏季起，他即预想到日美之间也许要开战。一旦开战，日军就可能攻占夏威夷，因此，必须事先把登陆地点探查清楚。于是，他又带着女友到怀基基、巴巴斯角和瓦胡岛西海岸等海滨沙滩去游泳，借以对地形进行实地探查。通过探查，他判明了许多重要情况：在怀基基海岸离开陆地 1000 米左右的地方，在水面下 1 米处，构筑有防波堤；在西海岸的沙滩，倾斜度很陡，而且那里有很大的岩石，登陆非常危险等。还有，在某些海岸，当他想下水游泳时，同行的女友说这里常有大鲨鱼出现，而他还是冒着危险，游过去探查了海岸的地形。另外，他还查清了地方船舶的所在地和吨数。

1941 年 12 月 6 日下午，他又驱车从珍珠港的环行路朝半岛顶端的茶馆开去。在环行路上，只能看到福特岛的东侧，但却看不到西侧，而西侧又偏偏是停泊着航空母舰和重型巡洋舰的地方，这是非看不可的。待车开到顶端，他定神一看，午前还亲眼看到确实停在那里的重型巡洋舰和航空母舰不见了！不用说，这些舰只是在午后才驶出港口的。晚上，他把下午看到的情况向东京发密电报告。这是他发给东京的最后一封电报，是在开战前的 6 小时到达东京的。将近上百艘的庞大舰队，在第二天早晨 8 点钟便遭到了弹雨的洗劫。这样，自昭和 16 年（1941）5 月 12 日他起草第一份电报起，在 210 天内他共发了 177 份电报，当然，这包括他任领事工作人员本身任务的电报，但其中 80% 以上是直接或间接的军事情报。而且里面有 100 多份电报是他单枪匹马、倾注心血搞到的，而他当时还是个不满 30 岁的年轻人。

1941 年 12 月 7 日早晨 7 点多钟，他被女侍叫醒吃早饭。他刚往咖啡里放进一勺糖，突然听到一阵震耳欲聋的可怕声音。他看了看表，正是 7 时 55 分。他跑到外面向空中一望，只见珍珠港上空已被滚滚浓烟所笼罩，在穿过淡淡的晨雾飞过来的飞机机翼上，可以清楚地看到“太阳”的标记。正在这时，喜多总领事也走了出来，他说：“森村君，终于打起来了！我刚从短波广播里听到‘东风，雨’这个隐语，这就是告诉我们可以烧掉密码了。”

日本成功地偷袭了珍珠港，击毁美国主要舰艇18艘，飞机200余架。

事后，由于吉川猛夫是外交官，美国只能将他遣送回国。回到日本后，他又在日本海军军令部从事审讯俘虏的工作，从中获取了大量情报。日本战败后，吉川猛夫被定为战犯，为逃避惩处，他逃到寺院出家当了和尚。1951年，美国与日本签订了“旧金山和约”，其中规定对战犯既往不咎，吉川猛夫才回家与妻儿团聚。后来吉川走上了经商之路。

著名间谍大师——阿贝尔

阿贝尔是一名非常著名的间谍人物，1927年加入苏联国家政治保卫局。第二次世界大战期间，曾打入纳粹德国情报部门从事谍报活动。1948年，他奉命转道加拿大潜入美国，负责克格勃在美国和美洲的谍报活动。他冒名顶替美国人定居纽约，在纽约建立了指挥苏联间谍的总部。1957年9月，阿贝尔的助手叛变，他被美国联邦调查局逮捕，被判处30年监禁。1962年2月，苏联用俘获的美国U-2间谍飞机飞行员鲍尔斯将他交换回国。他被树立为苏联英雄，授予列宁勋章。此后，阿贝尔一直从事间谍培训工作，1971年在苏联病逝。

1962年2月的一天，民主德国和联邦德国交界处波茨坦市一座铁桥的两端，美国同苏联在这里进行了一次特殊的仪式——间谍交换仪式。被交换的两个人分别是被美国人逮捕的苏联在美国的潜伏间谍鲁道夫·阿贝尔，和被苏联捕获的美国U—2间谍飞机的驾驶员鲍尔斯。后者是在执行美国中央情报局的侦察任务侵入苏联领空后飞机被击落而被活捉的。苏联当局拿这一事件大做文章，同美国讨价还价，迫使美国同意用间谍飞机飞行员交换回被美国破获的苏联著名间谍大师阿贝尔。

一

鲁道夫·伊凡诺维奇·阿贝尔，1902年7月2日出生在俄罗斯圣彼得堡，祖父曾在沙皇政府任职，父亲是革命组织“为工人阶级解放斗争联盟”的成员。他聪明非凡，极富语言天赋，精通英、法、德、波兰和意大利等语言，同时又是摄影艺术家，对绘画、音乐、文学造诣颇深。他交际手腕高超，和各种各样的人物打交道都能应付自如，是个人见人爱的人物。20岁刚出头他就在莫斯科一所中学教授英语、德语和波兰语，他讲的德语，甚至连德国人也发现不了他原来是一个俄国人。1922年他加入共青团。由于爱好无线电，他加入苏联红军后在军中一个单位从事无线电工作。他的非凡天才引起了苏联谍报部门的注意。苏联国家政治保卫局（克格勃前身）对他进行秘密考察后，认为他是难得的谍报人才。1927年5月2日，他被吸收进情报机关接受训练，以便去国外从事秘密工作。他改名为“约翰·利贝尔”。

1939年德军入侵波兰以后，约翰·利贝尔从伏尔加地区迁居立陶宛首都里加。在这里他以“德国人”的面目出现，户口册上记载，他是一个汽车修理工，父母在俄罗斯双亡，只身一人无处可投，于是决定迁居里加。他加入了德国少数民族俱乐部。盖世太保通过这个俱乐部秘密发展间谍，并审查每一个新来德国人的档案。他们也注意到利贝尔这个严守纪律、忠贞不二的“爱国者”、对纳粹主义越来越有兴趣的人。他结识了一位名叫亨里希·施瓦茨科普夫的年轻人，此人是个工程师，两人很快成了莫逆之交。此人叔父在柏林是盖世太保的一个头目。后来亨里希因其叔父的关系，在党卫军帝国元首保安队里干上了情报工作，利贝尔则被征募到军事情报机关——最高统帅部谍报局的一个部门开汽车。

1941 年 6 月德国进攻苏联之后，利贝尔同集结在波兰的德军一起被派往东线。一次他所在部队与苏军作战，苏军被包围，突然苏军一辆坦克试图突围。德国谍报局头目施坦因格里茨认为，这辆坦克一定带有重要文件并负有突围寻求援助的使命。因此他命令德军炮兵很快击中了这辆坦克，并派遣突击小组到坦克上搜取文件。此时苏军战壕里发出强大火力保护坦克，使突击队员在尚未接近坦克时即被一批批打死。见此情景，利贝尔相信里面一定有重要文件，担心文件会落入德国人之手，又为了取得谍报局的信任，他主动要求去把苏军坦克里的文件拿回来。在得到允许后，他在密集火力下爬了两个小时终于钻进坦克。他发现第二乘员已经死去、在死者身上却未找到文件。正在这时，有人用铁棍重重打在他肩上。经过与另一坦克手的搏斗，利贝尔终于制服了他。贝利尔用俄语叫他把文件包交出并销毁以免被德国人拿走。在文件销毁后他们放了一把火把坦克烧了，并分手各走各的路。在往回爬时，利贝尔腿部中弹受伤。利贝尔的行动不仅保护了苏联重要文件使之避免落人敌手，同时增强了盖世太保和谍报局对他的信任，并为此得到了德国的一枚勋章。

在此期间，莫斯科总部在仔细研究了约翰同亨里希的友谊后，1942 年秋天通过秘密渠道把有关亨里希父亲的一份档案材料交到了约翰手里。这份材料里说明了亨里希的父亲鲁道夫·施瓦茨科普夫工程师是根据他的兄弟希特勒分子维利·施瓦茨科普夫的命令被打死的，因为他拒绝在里加参加第五纵队，并且不肯把苏联边境地区的无线电通讯和电子学的某些重要材料交给希特勒分子。在杀害自己的兄长后，维利又假装悲伤，把侄子亨里希接来，介绍他参加希姆莱的党卫军帝国元首保安队。亨里希一点都不知情，作为一个纳粹分子他还以他的叔父而自豪。利贝尔拿出关于他父亲被害的档案材料给他看。当亨里希了解真相后，从牙缝里蹦出几个字来：“我要杀死他!”约翰冷静地给他分析不能这样干的理由，亨里希同意同他合作。至此，约翰在党卫军帝国元首保安队上层有了自己的代理人。

1943 年秋天，希姆莱的副手、海外政治情报处主要负责人党卫军将领瓦尔特·舒伦堡向军事谍报局要一名年轻、有从事间谍活动才干、受过教育而又禀性谦逊的军官，利贝尔被选中了。他及时向莫斯科报告了德国与美、英谈判停战的情报。

德国军队准备实施“旋风”行动，目的是在苏联的后方进行秘密破坏活动，首次打击将在喀尔巴阡山地区实施。这个据点已集合好第一个由 30 人组成的战斗小组。利贝尔送出情报后，苏军派人冒充行动指挥官，里应外合歼灭了这一行动小组。

盖世太保头目缪勒由于预料到德国将战败，而着手准备盖世太保的地下活动网。这个活动网由 1000 名特务组成，必要时，秘密地把他们派往世界各国。盖世太保把通过“释放”以便战后以他们的姓名出现的那些犹太人和关在集中营里的其他犯人，先是送往其他集中营，然后秘密地把他们杀害。盖世太保挑选和被杀害人的身材相貌相似的军官进行整容，以冒名顶替。利贝尔从一个盖世太保的军官那里得到了一份完整的名单和相册，将相册原件交给了同盖世太保争斗的党卫军，将缩微胶卷送到了莫斯科。当苏联红军临近柏林时，利贝尔按照总部的指示悄然从德国间谍机关脱身。此时他已晋升为少校，不久又晋升为克格勃中校军官。

二

战争结束后，阿贝尔在德国生活了两年，为潜往美国做准备。1947 年，阿贝尔以一个美国人的面目出现在加拿大，他使用的名字叫安德烈·卡约蒂斯，身份是画家和艺术摄影家。1948 年 11 月 15 日，阿贝尔拿着美国公民安德烈·卡约蒂斯的护照在纽约港登岸。尽管这是他第一次来到美国，但他“熟悉”纽约，英语讲得很好，没有什么能使人怀疑他不是美国人。他在百老汇附近的一家便宜旅店里安顿下来。这样做同他的身份处境是相符合的：作为一个刚从被战争破坏的欧洲回来的收入微薄的美国人，他必须生活俭朴并尽快挣些钱。他的长笛吹得很好，吉他弹得也很出色，舞也跳得不错，因此他就开始了另一番生涯：在百老汇和布鲁克林当杂耍游艺场的演员。他所住的那家小旅馆的人很快就喜欢上了他，把他看作是最好的客人。他有一种特殊的才能和魅力，善于接近人，直率开朗，对人很友善。就这样，他从这家旅馆不受干扰地慢慢地开始同自己情报网里的成员建立了无线电联系，他的情报网逐步扩大到美国各地。

这位惹人喜爱的艺术家有一天终于退掉了旅馆里的房间。他说，他不想在百老汇挣这点“辛苦钱”，而想试试当一个艺术摄影师，他有当艺术摄影师的能力。1952 年他搬进了法尔顿街第 252 号，身份是画家和艺术摄影师，所使用的名字是埃米尔·戈德富斯。他在 5 层楼上布置了一个工作室，马路对面就是司法部大楼。从自己的窗口他可以直接观察到出入这幢重要建筑的美国最有地位的一些人。戈德富斯在新的环境中也交了许多朋友，特别喜欢他的邻居——画家柏特·西尔伯曼。西尔伯曼的工作室紧挨着他的工作室，可以说是门挨着门，他们过往甚密，常常交换颜料，有时候还请同一个模特儿。戈德富斯不愿出售自己的画靠当艺术摄影师来挣钱过日子。戈德富斯有时离开纽约。他对西尔伯曼说，他要逃避纽约这个“牢笼”，到大自然里为自己的画寻找景色。有时候，一离开就是个把月。画家戈德富斯那时是情报网负责人，他是去视察各个活动点，从自己的情报员那里收集对苏联有用的情报。在绝对秘密的情况下，这种状况一直保持到 1957 年 6 月 21 日，那一天，埃米尔·戈德富斯（阿贝尔）终于被发现是一名苏联间谍。

三

早在 1953 年，美国联邦调查局就已经有了一个线索，这就是一枚 5 美分的硬币，1953 年夏天的一个晚上，一个名叫詹姆斯·博扎的 13 岁男孩，在挨家挨户分送报纸。有些人付给他的是 5 美分硬币。詹姆斯走在马路上不小心有一枚 5 美分硬币掉下来滚走了，他追上去用力一脚踩住，拿起这枚硬币，看到这枚硬币裂开了，可以像一只小盒子那样关上，而在硬币里面装着一小卷微型胶卷。詹姆斯把这枚硬币给他姐姐看了，她姐姐的未婚夫是警方的一名特工人员。这枚硬币就这样到了联邦调查局手里。他们把那卷微型胶卷冲出来后，原来上面密写着一系列数字。事情是明摆着的，在布鲁克林某个地方有一个间谍在活动，这枚硬币是他用来装微型胶卷的，由于粗心他把这枚硬币花了。

问题出在这个谍报组织中一名成员的疏忽。1953 年，克格勃给阿贝尔派了一名助手，此人中校军衔，32 岁，名叫雷诺·海哈南，芬兰人。阿贝尔发现这个人缺乏组织纪律性，粗心大意，且有贪杯的毛病，这对一个在外国活动的间谍网来说实在是一个严重的潜在危险。阿贝尔对海哈南很不放心，所以不告诉他真实姓名和住址，只用化名“马克”与之联系。阿贝尔的担心不是多余的，落入联邦调查局的那枚空心硬币就是他不慎花出去的，那是阿贝尔发给他的用来传递秘密情报用的。后来海哈南偷了克格勃拨给阿贝尔谍报组织的一笔活动经费，阿贝尔对此非常恼火。1955 年他向莫斯科总部报告，建议采取措施，但总部未作出积极反应。1956 年，海哈南变得越来越糟糕，基本上不工作，而是经常喝酒、搞女人取乐。为了安全起见，阿贝尔建议海哈南回国休假。海哈南认为阿贝尔向克格勃打了自己的小报告，一旦回去就难再见天日，因此不肯回国。直到 1957 年，他才不得不同意回国述职，但在巴黎转机时，他却突然跑到美国驻法使馆请求政治庇护。

海哈南叛逃后向美国提供了阿贝尔所领导的苏联间谍网的秘密。4 年前联邦调查局偶然得到的那枚藏在硬币中的胶卷上那些神秘的数字，美国情报和反间谍机构的密码专家研究了许久，一直未能破译。这次海哈南自首，终于给美国人解开了这个硬币之谜。中央情报局一名特工带他飞往美国，要其协助搜捕阿贝尔及其同伙。

四

海哈南叛变的时候，阿贝尔正在佛罗里达活动，在那里住了 3 周。由于未能从总部得到海哈南已经回去的消息，这使阿贝尔警觉起来。他返回纽约时没有回原住处，而是用假身份证以马丁·柯林斯的名字住进曼哈顿的蓝灯旅馆。美国反间谍人员花了两个星期，终于在海哈南的指认下，发现了化名柯林斯的阿贝尔的行踪。第二天一早，美国联邦调查局将阿贝尔逮捕了。

在阿贝尔被捕的那天夜间，他同总部还进行了一次无线电联系，密码材料就在他所住旅馆房间里。那里还藏着其他一些东西。他非常镇定地应付这突然降临的危机，居然将密码和重要情报销毁了。当然，要在6名联邦调查局特工人员的眼皮底下销毁这一切是难于办到的，但是总部定下了一个“最低纲领”：要不惜任何代价销毁密码和夜里收到的无线电报。销毁密码不难，因为密码很小。他把密码捏在手里，说要上厕所，在一名特工人员“警觉”的监视下，把密码放水冲掉了。记有无线电报的字条放在桌子上一堆白纸下面。讯问结束后，他们叫他收拾东西。他的画板上还有颜料，就设法从那堆纸下面抽出那张字条，开始擦颜料，画板擦干净后，就把字条捏成一团纸扔了。当然，让他感到遗憾的是，未能销毁其他证件。不过销毁了密码和无线电报，使他感到振奋。特工们给他戴上手铐，带到汽车旁，让他坐在司机后面。他身边坐着移民局的一名特工人员，前面坐着另一个。这就出现了销毁证据的可能性。在领带的别针中有一小块很薄的底片，拍有关于一个重要问题的报告，他开始整理领带，那个特工人员发现了，从他手中拿走别针。但是，那个特工人员没有仔细看看，就立即把别针打开了，他一打开别针，那一小块底片就掉了，而没有被他发觉。他看了看别针，没有找到什么东西，就把它还给了阿贝尔。这件事使阿贝尔更感兴奋。

阿贝尔被捕的当天就被用飞机送到得克萨斯州监禁中心，以用假护照非法入境被起诉。美国联邦调查局希望阿贝尔能投向美国，利用一切场合和时间对他进行利诱，甚至提出给他年薪1万美元，但阿贝尔不为所动。

1957年10月23日，阿贝尔被判处30年徒刑。在他过了4年零8个月的铁窗生活后，苏联政府于1962年用美国间谍飞机飞行员鲍尔斯将他交换回国。回国后，阿贝尔被树为苏联英雄，授予列宁勋章。以后，阿贝尔一直从事间谍培训工作。1971 年，阿贝尔在苏联病逝。阿贝尔以其出众的才华，和他一生从事间谍工作的卓越成就，被人们称为“超级间谍”，连美国中央情报局都称他为“20 世纪苏联间谍大师”。

钻到政府总理身边的间谍
——纪尧姆

纪尧姆是民主德国情报机构的著名间谍之一，他在民主德国谍报机构的指挥下，成功地移居联邦德国，他在联邦德国加入社会民主党，后成为该党领袖的亲信，担任总理勃兰特的秘书。他利用职务之便，向民主德国提供了大量机密情报。1974 年 4 月，纪尧姆被联邦德国宪法保卫局逮捕。这一间谍案震惊了整个联邦德国，总理维利·勃兰特被迫辞职。

一

亨特·卡尔·海因茨·纪尧姆，1927 生于德国柏林的一个小镇上，父亲卡尔·恩斯特·纪尧姆是一位音乐家，1934 年加入纳粹党。其母是一位理发师。纪尧姆受教育很少，但他非常聪明好学，读书时是班上最优秀的学生，曾获得多次奖励。14 岁开始在一家照相馆当摄影学徒。17 岁时，他主动加人了纳粹党。1944 年底，纪尧姆到希特勒的国社青少团里工作，不久又参加了陆军。1945 年 5 月，他被英军俘虏。6 个星期后，他逃回柏林。德国分裂后，他决定留在苏占区他的父亲身边去。1946 年，纪尧姆成为德苏友好协会的成员。当时，他在一家出版社任摄影师。就在这个时候，他与民主德国情报机构的负责人马尔库斯·沃尔夫（代号“米沙”）建立了联系。1950 年他被派到苏联基辅谍报学校接受训练。在那里，他掌握了无线电收发报技术和其他各种传递情报的手段及显微照相技术、密拍、破译密码、缩印文件等技巧；还学会了心理分析法，如怎样利用人们的弱点，如何从事某项职业并获得成功等。回到东柏林后，经“米沙”介绍，他与一名机关职员克里斯特里·博姆结了婚。博姆是共产党员，曾在德斯累顿接受过同样的谍报技术训练。

1954 年底，纪尧姆被召到民主德国的国家安全部，受命执行去“敌国”工作的任务。他被告知，在那里他将单枪匹马地活动，万一被发现，也是无法得到援助的。当时民主德国还没有在那里建立代表机构。纪尧姆的任务是设法打入当时还处于在野地位的联邦德国社会民主党，一级一级往上爬，尽力做好该党的工作。为了适应新的工作环境，纪尧姆去联邦德国观察一些党派的代表大会，特别是社会民主党代表大会的进行情况，出席了在法兰克福举办的图书博览会并实地观察了慕尼黑冶金工人罢工的情况等。

纪尧姆利用他的岳母费拉·博姆作为担保人移居联邦德国。费拉·博姆也是共产党员，由于其丈夫是荷兰人，她依靠丈夫的关系获得了荷兰国籍。因此，她去联邦德国时免受一切检查。她预先为纪尧姆夫妇作了安排，并替他们找到了住所。

1956年1月4日，纪尧姆告诉他的同事们，他要搬到莱比锡去。而事实上，他于5月13日携妻子从东柏林以难民身份混到了西柏林，几天后又乘飞机到了法兰克福。7月3日，他的岳母提出了要求定居联邦德国的申请，她写了信，但却没有把她的女婿写的申请随信寄去。其实这是一种试探，想看看联邦德国保安机关是否怀疑纪尧姆夫妇。如果受到怀疑的话，他们还来得及逃走。“如果到9月份还没有任何动静，那就表明没有什么危险。”纪尧姆是这样想的。到了9月份，纪尧姆夫妇发出了要求定居联邦德国的申请书，他们的定居申请被批准了。

二

纪尧姆夫妇定居下来以后，先是开了一个照相复制和胶版誊写复印馆。后来，又到一家出售巧克力、烧酒和烟丝的杂货店工作。商店老板在谈到纪尧姆时说：“他为人和善，有教养，从早到晚忙碌在柜台边。”在此期间，他的儿子皮埃尔出生了。当时，联邦德国反间谍机关曾截获了一份从民主德国发来的奇怪的电报：“祝你有了第二代人。”这封贺电后来在审判纪尧姆时被作为一件证据材料用上了。1957年9月12日，即在到达联邦德国一年后，纪尧姆夫妇申请加入他们所在街道的社会民主党支部。社会民主党本来有规定，凡是来自民主德国的人，申请加入该党都要填写一种专门的表格，而且必须经过审查。纪尧姆夫妇根本就没有说是来自民主德国的。社会民主党的一些头头，只知道他们是柏林人，因为他们讲的都是柏林方言。在党内，他的表现十分忠诚、勤奋，很快博得了好评。

纪尧姆的妻子克里斯特里也在积极活动。当时社会民主党在法兰克福的总部缺少一名速记打字员，她毛遂自荐，提出担任这一工作，得到录用。后来因为她富有才智，又被推荐到一名欧洲议会议员那儿工作，从而一跃而成为一个重要的情报来源。纪尧姆常留在家里，按时收听广播，以便接收可能会给他们发来的电报。2月1日是他的生日，那天联邦德国反间谍机关截获了一份发给他的祝贺生日的密码电报。同年 10 月 6 日，在同一时间和同一波长，联邦德国反间谍机关又截获了发给纪尧姆夫人克里斯特里同样内容的密码电报，只是过了 17 年之后，反间谍机关才发现了这一线索。这时纪尧姆在社会民主党地方分部除了拍摄照片供《社会民主党人报》刊登外，其余的时间都用来张贴布告或散发传单。1961 年，在柏林墙修筑不久，纪尧姆担任了社会民主党法兰克福分部的副书记。1964 年又升为法兰克福地区社会民主党分部的书记。1966 年，纪尧姆第一次得到了回东柏林的机会，社会民主党法兰克福分部组织党员到柏林游览两天。他参观了柏林墙，出席了由柏林市市长维利·勃兰特举行的招待会，这是纪尧姆与勃兰特首次会面。第二天，纪尧姆借口看亲戚到东柏林去了，他去的时间很长，他的同伴们一直未见他回来，就通知了当局。后来他回来了，解释说是因为在边防检查站耽误了，其实他是去接受他的上司“米沙”新的指示去了。

当时社会民主党正处于兴盛时期，执政 20 多年的基督教民主联盟已感到精疲力竭，不得不要求社会民主党和它实行大联合。于是，维利·勃兰特就担任了外交部长，社会民主党人战后第一次看到了自己独家统治的可能性，纪尧姆从法兰克福迁居到南法兰克福选区，这是格奥尔格·勒伯尔的选区。纪尧姆很快获得了勒伯尔的信任，成了勒伯尔竞选活动的组织者。他竭力为勒伯尔拉选票，有时跟勒伯尔一起去，有时一个人活动，跑遍了选区的每一条街，表现异常积极认真，诚心诚意，深受勒伯尔赏识。后来勒伯尔当选为议员。1969 年 10 月，社会民主党在大选中获胜，勃兰特当上了总理，并着手组阁，勒伯尔被任命为国防部长。由于新政府缺少属于社会民主党的官员，勒伯尔就极力推荐纪尧姆，于是纪尧姆被安排到了总理府。

同其他前来担任要职的官员一样，纪尧姆经过一次安全审查，结果提出了许多疑点：刑事警察局提到有一封信检举一个叫纪尧姆的间谍嫌疑分子在联邦德国工作；负责情报工作的联邦新闻分析处提到一份材料，说纪尧姆被派到联邦德国来活动，企图打进出版界；人事处的负责人也反对纪尧姆进入总理府，“因为他没有任何大学的文凭”。然而所有这些反对意见都被否定了。纪尧姆作为社会民主党的活动分子的漫长经历以及他得到的推荐占了上风，于是他进入了总理府，成为当时爬得最高、隐蔽最深、能窃取重要机密情报的间谍人物，实现了民主德国在联邦德国权力中心安插自己人的夙愿。

纪尧姆经过长达 17 年的努力，终于打入了联邦德国社会民主党的核心和政府重要部位，在此后的几年里，他利用职务之便向民主德国提供了大量重要机密情报，其谍报活动成为谍报史上的经典范例。西方称纪尧姆是“战后联邦德国破获的间谍中最活跃而且效率最高的间谍”。

三

纪尧姆体胖，戴着深度近视镜，外表愉快开朗，和蔼可亲。在勃兰特任总理期间，他总是紧随总理。他是勃兰特办公室的第三号人物，负责处理同社会民主党、教会以及各种专业协会的关系，因此他与联邦德国上层社会的人士有着密切的联系。每次总理在社会民主党部主持党的会议时，他都在场，他可以参加勃兰特总理召开的任何会议。联邦政府宪法保卫局的一位专家说：“波恩政府主要政治家的内部谈话，他没有一次不在场，或者说他对会谈的内容没有一次了解不详细的。”勃兰特不论是在他的“奔驰”汽车上，还是在他的专用列车上，纪尧姆总是最后一个给他道晚安而离开他的人，也总是第一个向他道早安见到勃兰特的人。一些对勃兰特持怀疑态度和不满的党员，在纪尧姆在场的情况下，谁都不敢对总理的政策或人品发表评论或批评性的意见。因为这位忠实的助手总是全力为勃兰特辩护。在长期与纪尧姆共事的人看来，纪尧姆是一位真心实意参与政治大事的人，是社会民主党的优秀党员，典型的同行和同志。纪尧姆负责给总理提公文包，掌握着“头头们”的记事本，并记录“首长”每日的行动日程。为了表示忠诚，他甚至经常长时间等在候见厅里，“随时听候总理的吩咐”。总之，纪尧姆与总理形影不离。他从不询问，从不反驳，总是出现在“总理需要的一切地方”。纪尧姆的献身精神，博到了勃兰特的赏识。他在总理府站住了脚，扎下了根，而且就在总理办公室的楼上。

纪尧姆喜欢闲聊，但工作勤恳，别人都下班了，他还在忙碌直至深夜。纪尧姆对自己周围的人总是以“您”相称，显得十分亲热。他还邀请一些女人和他一起去玩，起码有两位女秘书，被他勾搭上了，其中一位是埃贡·巴尔的秘书，埃贡·巴尔是向东方开放的“东方政策”的谈判代表。纪尧姆十分爱好社交活动，他在总理府发起成立总理府官员和职工工会，他理所当然地成了工会主席。然而就在担任勃兰特的私人政治助理之前，他开始受到怀疑。1972 年初，工会干部格罗诺因与民主德国的关系而被捕。在他的记事本里发现了纪尧姆的名字。

1972 年 5 月，记者格斯多夫因间谍嫌疑而被捕。在他的记事本里也发现了纪尧姆的名字。在此期间，某个比联邦德国在东柏林有更多情报来源的国家告诉联邦安全部：民主德国政府掌握着只能来自联邦德国总理最亲近的人的大量情报。与此同时，波恩密码专家截获了无线电报并破译了它。从发出电报内容的质量来看，发报人一定在联邦总理身边。反间谍机关开始行动了。过了 6 个月，反间谍机关首脑亨特·诺劳向内政部长汉斯·根舍报告了他的怀疑，根舍又非常婉转地告诉了总理勃兰特。人们后来认为，根舍当时说得过于婉转了。维利·勃兰特没有接受纪尧姆是民主德国间谍这一论点。何况，亨特·诺劳本人也认为，证据暂时还不充分。根舍还向总理提出了建议：“你可以把纪尧姆留在身边，这对调查是有利的。”勃兰特继续让纪尧姆接触机密文件，掌握国家机密。因为纪尧姆是社会民主党的活动分子，他在社会民主党内长期谨慎辛勤的工作以及别人对他的热情赞扬、推荐，1973 年 1 月勃兰特想要一名私人政治助理，纪尧姆一下就被选中了。勃兰特总理和他的家属到挪威度假也带着纪尧姆，并让他负责夏季宿营地同波恩之间的通信联系，最重要的电报都是经过他的手，他甚至还传递已译好的密码电报。他利用勃兰特总理的信任，向民主德国情报机关提供了大量的核心机密情报。其中有：关于联邦德国社会民主党内部的情况，包括领导人之间的分歧以及党内制定的政策；关于勃兰特总理与民主德国领导人第一次会晤的准备情况；关于联邦德国与民主德国、苏联谈判的目的和手段（在进行两次谈判后，联邦德国和苏联、民主德国分别签订了条约。由于纪尧姆事先提供了情报，因此使民主德国的谈判代表挫败了联邦德国谈判代表埃贡·巴尔所设的圈套)；关于美国总统尼克松给勃兰特总理的一封密信；关于欧洲各国社会民主党与共产党的关系问题；关于勃兰特总理的思想和健康状况以及他对各种事件的反应，他周围的人的情况等等。

四

从挪威回来后，纪尧姆和克里斯特里一直受到严密的监视，有时甚至有上百名特工人员尾随他们。有一次克里斯特里同一名年轻妇女接头时被发现了，她交给那个妇女一个小包，小包可能装着纪尧姆在挪威期间拍摄的机密文件。随后那个年轻的妇女很快就消失在一家百货商店里。纪尧姆自从在总理府担任要职以来，一直让他夫人担任交通员。夫妇俩规定了暗号，纪尧姆有事时就用电话通知她“明天你回来一下，家里有客人。”纪尧姆很快就感到自己已经暴露，后来在他的笔记本里发现他记下了监视他的汽车的车牌号码，这使得反间谍机关从1973年8月到1974年3月一直不间断地跟踪他，却什么也没有发觉。就在这时，纪尧姆突然决定要去法国南方度假。亨特·诺劳马上紧张起来。判断纪尧姆一定是要逃跑。于是联邦德国请求法国国内反间谍局帮忙，法国秘密警察一直盯了他3个星期，结果什么也没有发生。不久纪尧姆又开着汽车若无其事地回来了。

联邦德国警察当局终于作出了逮捕他的决定，1974年4月24日凌晨，纪尧姆夫妇被捕。这个超级间谍的情报生涯就此结束。当4名刑警前来逮捕他的时候，纪尧姆却用挑战的口吻说：“我是德意志民主共和国人民军的上尉，请你们尊重我军官的尊严。”在搜查纪尧姆家里时发现了他所使用的间谍工具有：一只用来收听指令的改装了的日本半导体收音机；胶卷；一些用来隐蔽电话号码的数字表，其中特别包括东柏林接头人的电话号码；全套的显微照相设备等。

1975年6月，审判纪尧姆案件在杜塞尔多夫法院地下隔音室里举行。

反间谍机关已经成功地破译了发给纪尧姆的密码电报。从 1956 年纪尧姆夫妇来到联邦德国，并与民主德国情报机关沟通联络时起，到 1974 年被捕，他一共收到了 90 份密码电报。这些电报开列了要求提供情报的单子。此外，还查获了一整套间谍工具。纪尧姆夫妇分别被判处 13 年和 8 年徒刑。

1981 年 10 月 1 日，在位于两德之间的格列尼克大桥上，东、西方举行交换间谍的仪式，民主德国交出了 30 名在东欧各国关押的西方间谍，换回了纪尧姆。此时，纪尧姆已被监禁 7 年零 5 个月。

纪尧姆获释后回到民主德国并得到嘉奖和晋级后夫妻离异，其妻去了法国。1985 年，纪尧姆出版《证言》一书，详细记述了他的间谍生涯。

1989 年德国统一后，原民主德国国家安全部人员遭到迫害和清洗，原民主德国国家安全部部长沃尔夫也遭到审判。纪尧姆的旧案又被翻出，纪尧姆又被抓起来投进监狱。纪尧姆说：除了“米沙”（沃尔夫），我最愿意为之效力的就是维利·勃兰特。

隐面谍首——沃尔夫

沃尔夫曾是德意志民主共和国情报机关的首脑。在他的指挥下，数千名民主德国间谍成功地渗透到联邦德国及其他西欧国家和北约组织内部，获取了大量情报。由于他深居简出，一直隐藏在幕后，很长时间内，他的对手对他是只闻其名，未睹其容，故称他为“隐面人”。两德统一以后，民主德国不复存在，沃尔夫向德国当局投案自首。

马尔库思·沃尔夫，1923年出生于德国南部。他父亲是德国共产党员。由于法西斯对共产党人的疯狂迫害，二战前举家逃到法国，后又移居苏联。二战爆发后，沃尔夫在父亲的支持下加入苏军参加了反法西斯战争，并取得了苏联国籍。德国投降后，他以苏联士兵的身份回到德国，参加了重建工作，成为苏联为东欧培养的第一批优秀青年之一。回国后他先在柏林广播电台工作，并以“米夏尔·肖特姆”的笔名当播音员。自从审判纳粹的法庭开庭后他就以电台特派记者身份开始对审判的报道工作。1949年民主德国建国后他被调到外交部工作，两年后到莫斯科任民主德国驻苏联大使馆一秘。从此开始了其长达四十年的谍报生涯。这期间他与克格勃密切合作，为创建民主德国情报机关做了大量的工作。

1951年，年仅28岁的沃尔夫被任命为民主德国经济科学研究所第一任所长。这个研究所创办的宗旨就是要为建立民主德国对外情报机构作准备。沃尔夫领导经济科学研究所以科学系统的方法合理、有效地分析、整理、编制各种情报。研究所创建初期的材料主要来源于克格勃。沃尔夫在向克格勃学习的同时，也将克格勃的经验与民主德国的实际结合起来，他认为在民主德国若组织像苏联克格勃那样庞大的机构，在其内部就难以进行联系和合作，弊端太多，想迅速将情报反映在国家政策上困难太大。因此他在研究所机关指挥和联系等方面花了大量心血，以防止像克格勃那样出现官僚主义的弊害。此外，他还创建了对情报人员进行专门培训的学校和制造间谍专用的各种工具及伪造护照的特殊工厂等等，在较短时间内就将民主德国情报机构的框架搭了起来，建立了民主德国对外情报总局。

当时他领导的对外情报总局的主要目标是联邦德国。因为联邦德国是北约组织最前沿的国家，也是不承认民主德国的国家。而且这两个国家是同一个民族，同一种语言，有天然的联系，因此民主德国间谍容易潜伏。沃尔夫决心利用联邦德国法律的空子，在联邦德国组织一个不留任何死角的间谍网。当时联邦德国的情报专家指责沃尔夫，“恶毒地利用了联邦德国在临时宪法中规定的人道原则”。当时联邦德国的法律规定，在民主德国居住的公民同样在联邦德国受法律保护。民主德国人逃到联邦德国可立即被看成联邦德国人。规定联邦德国接受来自任何国家的政治避难者。沃尔夫正是利用这一机会向联邦德国大量派遣间谍，他的口头禅是“网撒得越大越好”。认为间谍越多越好，可以让他们慢慢地进行秘密活动。据当时联邦德国方面估计，他派遣了大约3000名间谍到联邦德国，这些间谍向民主德国提供了大量情报，为民主德国带来了巨大的利益，估计每年拿出300万美元情报经费，可获得2亿美元的情报效益，这恰恰说明沃尔夫的间谍手段十分高明。

沃尔夫成功的事例非常多，这里仅举几个典型的例子。如1985年联邦德国宪法保卫局防谍科长汉斯被策反成功。汉斯不仅向民主德国泄露了联邦德国反间谍组织的机密，而且还提供了联邦德国派遣到民主德国的工作人员名单，致使联邦德国情报机构蒙受了战后最严重的打击。不仅如此，汉斯倒戈后，联邦德国当局在清查民主德国在联邦德国的间谍时发现他们已全部从波恩消失了，至此联邦德国当局才知道在总统府、总理府、经济部、国防部等机要部门中都有未曾暴露的民主德国间谍。这些人都是沃尔夫精心安排的。又如，沃尔夫还将一些民主德国情报工作人员扮成逃亡者或政治避难者派到联邦德国。但这也不是轻而易举的，因为联邦德国当局要详细调查每个逃亡者的动机，并彻底调查其经历，即使过了这一关也将作为重点对象长期进行审查。

逃过这种审查并出色地进行了间谍工作的是20世纪著名间谍“俊达·乔姆”，即纪尧姆。纪尧姆早在20世纪50年代就从民主德国“逃到”联邦德国，到联邦德国后他先是摆摊卖热狗面包，后又作图书馆的下等职员。他用这种频繁调动工作和完全靠自我奋斗的方法逃过了联邦德国当局的监视，一步步地接近联邦德国政府的权力中枢，最终当上了总理勃兰特的秘书并与许多重要部门的机要秘书建立了关系，将大量西方情报传送到了民主德国。在勃兰特总理制定亲东方的新东方政策时，纪尧姆给他出了不少主意，勃兰特由此在1974年获得诺贝尔和平奖。正当勃兰特政治生涯走向顶峰时却发现纪尧姆是民主德国间谍，勃兰特不得不引咎辞职。

不久，沃尔夫又研究出更安全的冒名顶替的方法进行间谍活动。比如，1985年联邦德国经济部长班克曼的女秘书乔尼亚·柳布鲁克突然失踪，后弄清她原来是沃尔夫派来的间谍。真实名字叫乔尼亚的女人完全是另外一个人，因与丈夫不和回到了民主德国。于是沃尔夫派斯塔莫扮成乔尼亚先到了法国后又转到联邦德国，并开始寻找政党秘书的职业。她发现议员班克曼将会有出头之日，便紧紧贴上，不久班克曼果然当上了联邦德国经济部长，于是大量情报自然到了民主德国。由于这一连串的事件使沃尔夫的对手联邦德国宪法保卫局长赫伦布罗奇引咎辞职。苏东剧变后，西方情报界还破获了沃尔夫当年布置的一个有史以来最为庞大的间谍网，这个代号“蜂鸟”的组织中的许多人潜伏在北约组织内部，从 1979 年至 1990 年向民主德国情报机构提供了 1 万余份北约秘密文件，并隐藏到苏东剧变，这不能不说是沃尔夫高超的间谍艺术的又一体现。

沃尔夫有一个绰号叫“米沙”，这个绰号是他在柏林广播电台工作时使用的假名“米夏尔·肖特姆”的爱称。由于他表情安详，常常面带微笑，头脑像冰块一样清晰、冷静，人们又赞美式地称他为“冰米沙”。沃尔夫还有另一个绰号“隐面人”，因为他从不公开露面。1978 年他在斯德哥尔摩进行秘密活动时，被西方摄影师偷拍了照片，但不过是一张戴着遮光眼镜的模糊不清的照片。直到 1984 年他弟弟去世，他参加葬礼时才得以被拍到清晰的照片，并在西方被用来大加宣传。而民主德国政府到 1987 年才公开了他穿制服的照片。

沃尔夫几十年的间谍生涯，有时被推向高高的峰顶，有时被卷入海底。1987 年 1 月民主德国德通社报道：“现年 64 岁的对外情报总局局长马尔库思·沃尔夫提出退职。”第二天民主德国共产党机关报《新德意志报》发布消息：“马尔库思·沃尔夫退职前被授予民主德国公民的最高荣誉——卡尔·马克思勋章。”这标志着他的谍报生涯的结束。沃尔夫在 64 岁精力还很旺盛时却退休了，当时人们纷纷猜测他是戈尔巴乔夫“新思维”政策的受害者。因为他知道的太多了，在谁眼中都是个危险人物。不管什么原因导致他退休，这个消息令西方情报机构感到高兴。

沃尔夫退休后，安心地过了几年隐居生活。但好景不长，东欧剧变，柏林墙倒塌，两德合并，民主德国政权消亡，沃尔夫也失去了安宁的生活，成为德国当局追捕的对象。1991 年，沃尔夫主动向德国政府投案自首。原联邦德国情报机构有机会向对手算老帐了，他们把沃尔夫送上了法庭。但由于沃尔夫手中掌握着大量有关德国政界、商界、法律界和军界高层人物的秘密，这些秘密一旦抖露出来，将会在德国社会上引起多大的风波，实在令德国当局担忧。投鼠忌器的德国政府只好把沃尔夫养起来。但总有人不甘心就这样便宜了沃尔夫，1993 年一地方法院判决沃尔夫犯有“叛国罪”，应处 6 年徒刑。但还没等他人狱服刑，1995 年最高法院又推翻这一判决，说他并未背叛国家，因为他过去的国家不是联邦德国。1997 年德国司法部门又指控沃尔夫指使手下的人从事绑架、胁迫等活动，欲判其入狱，结果在上面的干预下只被罚款 5 万马克了事。沃尔夫成了媒体关注的人物，无法求得安宁，他干脆争取主动，一改往日的谨慎作风，频频出来亮相，并于 1997 年 6 月出版了一部自传：《隐面人：共产主义最伟大的间谍大师》。该书的出版引起了一阵轰动，不久即被译成多种文字，畅销许多国家。

1998 年 1 月 15 日，德国法兰克福地方法院以“藐视法庭罪”再次逮捕了沃尔夫，因为他拒绝在法庭上指认前联邦德国国会议员福莱明就是他在自传中所提到的化名朱丽的民主德国间谍。然而两天之后他就被保释了。2 月 5 日，德国最高法院进一步裁定，沃尔夫有权拒绝提供可能使自己有罪的证词。有道是“事不过三”，沃尔夫已经在法庭三进三出了，不知他是不是还会有法庭传召的困扰。不过沃尔夫对他的谍报头子的生涯很坦然，他说，在世界划分为两大阵营的现实面前，民主德国国家安全部“理所当然地起了某些作用”。他以积极的态度认识间谍的作用，指出，有时候“间谍活动会使东西方相互有所了解，从而有助于避免战争”。

神奇鼹鼠——菲尔比

菲尔比是一位具有坚定政治信仰的苏联间谍，他渗入到英国谍报机关的重要部位，向苏联提供了大量英、美及北约的重要政治、军事情报。他出色的成就被同行们冠以“神奇鼹鼠”的称号。连他的对手都对他深怀敬佩。英国高级情报官员格雷厄姆·格林称他为“间谍行家”。美国情报界两位重要人物安格尔顿和哈维也曾一度师从菲尔比。

一

金·菲尔比1912年1月1日出生于印度的安巴拉，父亲哈里·约翰·布里杰·菲尔比是英国殖民地当局的高级官员。1929年菲尔比进入著名的剑桥大学学习，当时社会主义运动风起云涌，思想活跃的菲尔比加入了剑桥社会主义者学会。此后的两年里，菲尔比都按时参加这个英国工党领导的学会。1931年大选中英国工党惨败，使菲尔比对议会民主制产生了怀疑，思想上发生重大转折，开始接受共产党的主张。1933年夏天，他耳闻目睹了希特勒对犹太人惨绝人寰的暴行以及纳粹分子对共产党人的迫害，于是决定不惜牺牲个人的一切，为人类美好的未来共产主义事业而奋斗。1934年，菲尔比前往维也纳，参加奥地利社会主义者同政府的斗争。在此期间他与一名年轻的女共产党员、犹太人莉茨·弗里德曼结了婚，也在同一时期里，他接触了苏联间谍机关的人员，并加入了苏联间谍组织。

不久，菲尔比偕妻子回到伦敦。为了便于开展间谍活动，他尽量掩饰其共产主义政治倾向，并有意远离剑桥同学中的马克思主义者。他开始频繁出人德国驻英大使馆，并于1936年同也被苏联间谍机关招募的另一剑桥校友盖伊·伯吉斯一道加入了亲纳粹组织——英德联谊会。他们还试图用纳粹德国的经费创办一家以促进英德关系为宗旨的商业刊物，但未能如愿。不过在商谈过程中，菲尔比多次去柏林找纳粹宣传部和外交部情报处，获得了一些情报工作的初步经验。1937年，菲尔比同莉茨离婚，好像这样做的目的也是为了便于他的谍报工作，因为他们分手后，菲尔比便割断了与共产党保持的仅有的公开关系。

西班牙内战爆发后，德、意法西斯开始进行武装干涉。菲尔比接到任务，要他去西班牙法西斯占领区，尽可能在要害的地方潜伏下来。凭着与纳粹宣传部的关系，他轻而易举地成了《泰晤士报》驻佛朗哥军队的随军记者，并以这个身份经历了战争的全过程。这一经历更加坚定了菲尔比的共产主义信念。

在西班牙期间，一个化名唐·朱略的德国情报官员冯·奥斯顿少校对菲尔比发生了兴趣，两人很快成了“朋友”。在这个德国情报官的陪伴下，菲尔比得以经常出入设在布尔戈斯市一个修道院内的德国军事情报局总部。他从这里获得了许多重要情报。

二

1940 年，菲尔比进人英国秘密情报局（MI6），他的老同学伯吉斯已于 1939 年 1 月打入了这个机构。MI6 是英国负责对外间谍情报活动的机构。菲尔比最初被安排在 D 科（破坏行动科）。菲尔比因工作出色，不久被调到第五科任伊比利亚组组长，主管西班牙和葡萄牙方向的情报工作。1942 年初，在菲尔比领导下，成功地破解德国军事情报局密码机的秘密，从而使英国截获的德国军事情报局电报数量与日俱增。在掌握德国在伊比利亚半岛的军事情报活动情况后，菲尔比想出了一个利用所掌握的情报对德国在西班牙的基地进行干扰破坏的方案。当德国准备在直布罗陀海峡安装一套侦察夜间通航情况的装置时，他建议英国通过外交途径作出反应，他要看一看德国军事情报局驻西班牙站的那些秘密不再是秘密后的那种震惊情形。果然，在英国驻西班牙大使向佛朗哥政府提出抗议后，由于佛朗哥政府伪装中立，不便偏袒德国，因而在那两三天之内，马德里与柏林之间一直在惊惶失措地互拍电报，采取各种各样的应急措施。由于他的精明能干，1944 年被任命为 MI6 反间谍处处长。

菲尔比精明能干，才华出众，深得上司的赏识和信任。他一度被定为 MI6 局长的候选人。1949 年菲尔比被派到美国，公开身份是英国驻美国大使馆一等秘书，实际业务是协调英美两国情报机构的行动。此时的菲尔比身居西方情报部门的核心，给苏联情报机关提供的每一份情报，都使西方付出沉重的代价，损失惨重。如 20 世纪 40 年代末英美情报机关拟定了一项派遣人员潜入阿尔巴尼亚搞颠覆活动的计划，菲尔比将此计划报告了苏联间谍机关，当英美情报机关派出的数百名人员进入阿尔巴尼亚国境后，被早已等候在那里的阿安全机关人员一网打尽。此外，菲尔比提供的情报还使苏联和东欧国家的安全机关破获了美、英等西方国家安插在苏联和东欧的大批间谍。有些想投奔西方的苏联间谍往往在出逃前神秘地死去，后来菲尔比身份暴露，西方间谍机关才明白个中原因。

三

1949 年春天，美国联邦调查局破译了 1944—1945 年苏联驻纽约领事馆同莫斯科之间的无线电通信，其中有一份电报表明，在英国驻美国使馆中隐藏着一名苏联间谍，代号“霍默”。从电报内容推测，此人隐藏得很深，能读到丘吉尔和杜鲁门之间的电报通信，并将这类文件的内容交给了莫斯科。联邦调查局和英国军情五局一起立案对此进行调查。由于菲尔比负责协调两国反间谍工作，因此也参与了调查。菲尔比当然知道这个“霍默”是谁：他就是自己的同伙、1944—1945 年曾在英驻美使馆当一等秘书的的麦克莱恩。英美两国的调查范围越来越小，麦克莱恩眼看就要暴露了。菲尔比在向克格勃请示后，制定了麦克莱恩的潜逃计划。1988 年菲尔比回忆当时的情况说：“这对克格勃来说简直是一场恶梦。当时一切都乱了套，我们只能做好一切准备，一旦暴露，就想方设法为自己开脱。”

追查虽然进展缓慢，但没有间断，目标很快对准了麦克莱恩。当然，麦克莱恩早已从菲尔比那里得到报警。1951 年 5 月 24 日，英国 MI6、MI5 和外交部的高级官员举行了一次秘密会议，决定提请当时的外交大臣莫里森批准对麦克莱恩进行审查。次日，莫里森签署了批准审查麦克莱恩的文件，然而就在这天，麦克莱恩乘汽船渡过英吉利海峡逃之夭夭。同他一起逃走的还有另一名苏联间谍吉伯斯。

两名苏联间谍关键时刻出逃，这一事件在西方情报界引起了很大震动。是谁给他们通风报信的？英美情报机关很快将怀疑的目光投向了菲尔比。他被从美国召回伦敦，接受审查。菲尔比一口咬定自己一无所知，加上当时没有什么把柄，所以他有惊无险过了关。其实，这样面临暴露有惊无险的事情，以前菲尔比已遇到过好几次。1941 年 2 月 10 日，叛逃的苏联官员、曾任苏联驻西欧军事情报系统负责人的克里维茨基被枪杀。他曾告诉英美情报机关，说他知道三个打入英国政府的苏联间谍，一个在外交部，另一个看上去是一个苏格兰青年，20 世纪 30 年代初期受过共产主义熏陶，据说也进了英国外交部门，还有一个年轻的英国记者，西班牙内战期间曾派到西班牙为苏联搜集情报。美国方面当时负责克里维茨基案件的是安格尔顿和哈维。由于西方情报界当时对这个案子兴趣不大，得以使菲尔比和他的同伙安然无恙。还有一次也很危险。那是 1945 年 8 月的一天，菲尔比早晨刚一上班，就得到局长的召见。原来是苏联驻伊斯坦布尔总领事馆负责情报工作的副领事伏尔科夫提出要到英国避难。他声称知道在英国内部的三名苏联间谍的真实姓名。其中两人在外交部门工作，一人在英国情报部门工作。他强烈要求不能用电报向伦敦报告，因为莫斯科已经破译了英国的各种密码。英国驻土耳其大使采纳了他的建议，用外交邮袋将材料安全但却很缓慢地寄回了伦敦。菲尔比闻此情况，不禁倒吸了一口凉气。但仍面不改色地对局长说，现在遇到了极为严重的问题，希望能给他时间进一步研究，以根据具体情况提出适当行动措施，局长同意了他的意见，并要求菲尔比第二天一早向他报告。同时指出只许菲尔比一个人保管这些材料。菲尔比立即向莫斯科发出警报，然后向局长孟席斯爵士建议不要用电报联系，派一个了解全部情况的人到土耳其现场处理这个案子，并建议与外交部联系，征得外交部的同意。他的目的是要尽量为苏联争取时间。由于局里指派负责此案的官员怕坐飞机，这个任务落到了菲尔比身上。菲尔比去外交部办理手续，又故意耽搁了一些时间。等他飞到伊斯坦布尔时，那个伏尔科夫已被“请”回莫斯科了。英国显然意识到是苏联发现了伏尔科夫与英国方面的勾搭，并对此进行了调查。菲尔比提交了一份报告，他强调是伏尔科夫坚持用外交邮袋通报情况把事情弄坏的，在这段时间里苏联人识破了伏尔科夫的计划。报告还说，调查中一位驻伊斯坦布尔的英国外交官承认，他在与安卡拉大使馆联系时不慎讲出了伏尔科夫的名字，据推断，这个电话有可能被窃听。总之，在这件事情的处理上，菲尔比做得天衣无缝，巧妙地保护了自己。

麦克莱恩和伯吉斯出逃事件发生后，当时身在美国的菲尔比表现出一位经验丰富的杰出间谍的大智大勇。在得知两人潜逃的消息后，他临危不乱。凭多年间谍工作经验，他知道未经 MI6 同意，MI5 不大可能要求美国联邦调查局监视他。同时，MI6 也不会随随便便去损害自己的一名高级官员的声誉。他不动声色，一切似乎照常。当天中午，他借口喝多了酒回到住处，把藏在家里的秘密设备和其他所有证据全部处理掉，然后冷静地等待事态的发展。他对英美情报机构的了解使他可以预见到他们会采取什么行动。更重要的是他了解法律惯例对他们的工作的种种限制。由于某种原因，伦敦许多人肯定非常希望看到菲尔比清白无辜，他们将会有助于消除对菲尔比的怀疑。因为他们都对菲尔比说过不该说的话。菲尔比最担心的是他同伯吉斯的关系。当初他进入 MI6，伯吉斯是介绍人之一。因此他认真考虑如何对他和伯吉斯的亲密关系进行辩护。他还尽量将一些人所共知的事编在一起，推断是 MI5 的失误造成了麦克莱恩和伯吉斯的潜逃：麦克莱恩富于经验，他很快发现自己不能接触秘密文件并被跟踪，正苦于无法同苏联人联系之际，老同志伯吉斯回国了。他通过吉伯斯做好了逃跑准备。由于伯吉斯的前程已经完结，所以他们一起潜逃。这些观点符合逻辑，听起来也似乎切近事实。人们听了会减少甚至消除对菲尔比的怀疑。

四

虽然在麦克莱恩和伯吉斯的出逃事件上，菲尔比逃过了审查，但并没有使他完全摆脱被怀疑的境地。从此他失去了英国情报机构的信任和重用。1952 年，他被 MI6 辞退。他又成了一名记者。1956 年，菲尔比在 MI6 的老朋友尼古拉斯·埃利奥特和乔治·扬的安排下，以《经济学家》和《观察家》两家杂志记者的身份前往贝鲁特，继续为 MI6 工作。

1962 年底，打入 MI6 的另一苏联重要间谍乔治·布莱克被揭露出来，从而证实菲尔比确实是一名苏联间谍。很可能在贝鲁特的菲尔比通过莫斯科获知了这一情况。就在英国反间谍机关准备抓他的时候，1963 年 1 月 23

日他神秘地从贝鲁特消失了。3 月 29 日，英国外交部公布了菲尔比失踪的消息。直到 6 月初，MI6 才确切地获知菲尔比在莫斯科。7 月 1 日，英国政府终于宣布：现在已确认，菲尔比在 1946 年以前就是苏联间谍。7 月 30 日，苏联《消息报》发表了苏联政府宣布向菲尔比提供政治庇护的决定。这一消息在西方引起了巨大震动。不久，苏联政府授予菲尔比最高荣誉勋章——红旗勋章……

1988 年初，菲尔比在莫斯科接受《泰晤士报》记者奈特利的采访时讲述了当年到达苏联的情景：那是隆冬季节的一天清晨 5 时，他到达一个很小的苏联边防站，里面有一张桌子和几把椅子，一个取暖炉，上面煮着一壶茶，空气中飘着烟雾。在那里等候的三四个人中有一名会讲英语的克格勃官员，那是专程从莫斯科赶来接他的。当他为不得不逃到苏联而未能留在西方继续为苏联情报机关服务表示歉意时，那位克格勃官员握着他的手安慰道：“金，你的任务已经完成了。我们搞情报工作的都知道，一旦反间谍机构对你产生了兴趣，那你的使命也就快完结了。我们知道英国反间谍机构在 1951 年就对你有了怀疑，现在是 1963 年了，过了整整 12 年，亲爱的金，你还有什么遗憾的呢?”菲尔比声称他的成功出逃是因为得到了英国情报机构的暗示，他说这是因为他的案件实在太重大了，假如在英国公开审理，将会使当局陷入非常尴尬的境地。人们无法知道他说的是事实还是一种政治策略。

1988 年 5 月 11 日，菲尔比因心脏病发作去世，终年 76 岁。他死后，苏联人在莫斯科西郊的孔策沃烈士公墓为他举行了隆重的葬礼。

间谍隧道的泄密者
——布莱克

布莱克在二战初期曾在欧洲大陆参加反法西斯游击队。1948 年以后进入英国军情六局工作；1951 在朝鲜被监禁期间被苏联克格勃招募，后以遣返俘虏的方式派回英国潜伏。布莱克曾为苏联提供过英国在德国活动和在苏联东欧地区潜伏的英国特工人员名单，以及军情六局的编制方案和主管人员名单。他对苏联最大的贡献，是将英美窃听华约国家军用通信电缆的“黄金隧道行动计划”透露给苏联。

乔治·布莱克1922年出生于荷兰，父亲是个在埃及落户的富商。在13岁以前，他一直住在荷兰，并在那里读书。1935年他离开荷兰到了埃及，在埃及上学期间学会了英语。

1939年，布莱克回到鹿特丹，在那儿读中学。1940年德国侵入荷兰，他因具有英国国籍而被关进集中营。后他从集中营逃出来，参加了抗德游击队，那时布莱克刚满18岁，在游击队里做通讯工作。大约一年这种斗争生活，使他领略了秘密工作的危险滋味，实质上这可以看作是他早期的间谍活动。后来，布莱克得知母亲和两个姐妹平安到达英国，也于1942年前往英国去寻找她们。他带了一份假护照从比利时进入法国，然后偷越比利牛斯山的边界进入西班牙，被巡逻的警察抓住关进了难民营。1943年英国就遣送难民回国一事同西班牙达成协议，布莱克得以随难民回到英国。在英国，布莱克参加了皇家海军。因为他懂德语和荷兰语，被借调到了一个谍报机构的别动队工作，主要任务是对即将空投到德国占领区去的荷兰特工人员训话。

1947年，布莱克从海军中复员了，但是政府要求他留下来从事非军事的情报工作。以其语言方面的天赋和国外的经历以及在海外不致马上被人认出是在为英国人效命，而为英国情报部门所录用。布莱克的新雇主送他到牛津唐宁学院学习俄语，随后他就以“暂用”人员的身份进入了外交部。不久，他以英国驻汉城副领事的身份来到汉城。在那里，他以旅行为幌子，遍游朝鲜半岛，结交朝鲜人。1950年6月朝鲜战争爆发后，布莱克与英国总领事维文·霍特爵士一同在汉城的使馆中被朝鲜人民军俘获。他们和其他被俘的外交官一起被关进了平壤的监狱里。此后的三年成了布莱克一生中最不愉快但又是最重要的三年。

在监狱里，布莱克接触到了有关宣传马克思主义和苏联社会主义的书籍，开始只是为打发作为被囚者寂寞而无奈的时光去阅读，后来渐渐被书中的思想所吸引。这期间他对东西方社会制度和对内对外政策进行了比较反思，认为马克思主义更合乎人性，社会主义更符合社会的发展规律。他的思想发生了质的变化，接受了马克思主义，开始信仰共产主义。1951年11月的一个晚上，布莱克从俘虏营里消失了，第二天，看守把他带了回来，同时宣布，他是在企图逃跑时被抓住的。他又在俘虏营中呆了十五个月，在这一段时间里，他的表现很好，受到同住一起的被俘者的赞扬。其实他失踪的那个晚上并不是去逃跑，而是与苏联间谍机关的人会面去了。因为他的思想变化情况引起了监狱当局的注意，向有关部门报告后，苏联人决定将其作为招募对象。那个晚上他已经接受了为苏联充当鼹鼠的使命。后来布莱克在英国被捕后在法院接受审判时坦称：他决心参加共产党那一边，是为了建立一个他认为最后会实现的比较公正的社会。他的所作所为是为了接近苏联人，自告奋勇地为他们工作。

1953 年 3 月，布莱克和其他英国被俘者被释放了，在抵达伦敦时，英国人把他们当作英雄热烈欢迎。在归国的照片上可以看到俘虏们很憔悴，但却面带笑容。英国情报部门对布莱克进行了仔细的调查，叫他就俘虏营的经历写了一份详细的报告。自然，他隐瞒了自己皈依共产主义、被苏联间谍机关发展的事实。他的朝鲜回忆录没有引起怀疑。他在向伦敦外交部报到之后，便去度长假。不久即开始了向苏联提供情报的活动。1954 年 10 月，他同外交部的一位秘书结了婚，他的新婚妻子一头褐色头发，容貌秀美，是一位退休陆军军官的女儿。

最早在伦敦负责与布莱克联系的克格勃官员名叫谢尔盖·孔德拉舍夫，此人后来曾担任克格勃主席安德罗波夫的助手，并晋升为中将。谢尔盖·孔德拉舍夫受过专门的特工训练，能讲一口流利的英语。他是 1953 年受苏联情报机关派遣，以苏联驻英国大使馆文化参赞的公开身份为掩护，到伦敦充当乔治·布莱克的联系人的。当时他被告知他将被派往伦敦，“与一名非常重要的情报关系共事”。在此之前，孔德拉舍夫从未去过英国伦敦。他花了几个月的时间，做临行前的各种准备。他先反复观看和研究伦敦市区地图，了解英国反间谍部门的工作方式。最后，他终于读到了乔治·布莱克的个人档案。把他看了许多遍，差不多能把它背下来。在此之前，知道布莱克的真实身份的只有三个人。

1953 年 11 月，经苏联情报机关驻伦敦站的精心安排，布莱克与孔德拉舍夫在伦敦西区首次会面。那天上午，孔德拉舍夫假装去参加一个与自己文化参赞身份有关的文化活动。在半路上他慢慢改变行进方向，前往接头地点。他们事前精心设计了接头的地点和路线，沿途部署了若干名苏联特工，负责观察孔德拉舍夫一路有没有受到英国反间谍人员的跟踪。例如，一名特工部署在一家酒店里，当孔德拉舍夫从他面前走过时，如果他发现可疑情况，就向部署在前面的另一名特工发出信号。当第二名特工接到报警信号时，他将以巧妙的方式警告孔德拉舍夫立即取消与乔治·布莱克的一切接触。

孔德拉舍夫顺利到达接头地点，布莱克与孔德拉舍夫对上暗号后，双方讨论了在布莱克能接触到的情报中哪些是最有价值的。孔德拉舍夫将一架袖珍型“米诺克斯”照相机交给布莱克，供其偷拍文件之用。布莱克告诉对方，说他能读到的文件表明，英国人正在成功地对苏联在东欧国家的通讯线路搞窃听。并说下次接头时将交给他一些特别重要的文件。

此后，布莱克几乎每月都同孔德拉舍夫进行一次秘密接头。孔德拉舍夫每次都小心谨慎地选择接头地点。在当时苏联驻伦敦大使馆内有一副特殊的伦敦地图，上面标明所有必须避开的可能存在危险的地点。他们每次接头都要变换地点，同时确定下次接头的 3 种方案。即一种预定方案和两种备用方案。一旦由于安全或其他原因不能按预定方案接头，就按备用方案中的一种会面。

1954 年 1 月，布莱克与孔德拉舍夫在伦敦西区乘坐在一辆双层公共汽车的上层接头时，将一份 7 页长的会议纪要文件交给了孔德拉舍夫。布莱克作为英国军情六局的官员，参加了英、美两国情报机关于 1953 年 12 月召开的一次绝密会议，会上决定实施一项代号为“黄金行动”的绝密计划，即由美国中央情报局与英国军情六局携手，在西柏林开凿一条通往驻东柏林苏军司令部通讯电缆的地下隧道，安装录音设备窃听苏军的通讯。这份文件就是关于这次会议的纪要。莫斯科获此情报后，没有马上采取措施进行破坏和揭露，而是静观事态发展。直到美、英情报机关费尽心机，耗费巨大人力、物力将隧道掘成并开始实施窃听活动后，才于 1956 年 4 月 21 日将美、英情报机关进行窃听活动的阴谋向世人公开揭露出来。

布莱克在伦敦呆了两年才接到另一次去国外的任务。1955 年 4 月，布莱克被派往柏林，在英国军事占领机构的政治部门工作。他妻子在后来为伦敦《星期日电讯报》所写的连载的文章中追忆说，他当时做了许多秘密工作，在意想不到的时刻同接头人会晤等等，她说，她知道丈夫在情报部门工作，但是始终就没有想到他实际上是同情苏联的。1956 年在伯吉斯和麦克莱恩叛逃前夕，他问道："如果我也去了俄国，你怎么办?"

布莱克夫妇在柏林工作了四年，在外人看来，这期间他们一定生活得自由自在、幸福愉快。布莱克的薪金很高，假期又多，他们常常到意大利和南斯拉夫去度假。"公司"（英国驻柏林的谍报员对英国情报部门的称呼）对布莱克的工作是很满意的。布莱克在盟国的一个情报特别参谋处工作，该处搜集并鉴定来自民主德国的间谍报告。而布莱克实际上所干的，却是把为西方工作的间谍名单交给苏联人。由于一部分职责上的需要，布莱克常常到民主德国去，他便借机同苏联接头人会晤。布莱克间谍案被披露后，《柏林日报》曾报道说，由于布莱克插手，至少有六名盟国间谍在民主德国被捕。

布莱克在柏林接头的人中，有一个名叫埃特纳·霍斯特的德国人。布莱克只知道霍斯特叫"米基"，而霍斯特只知道布莱克是荷兰人，名叫马克斯·德·费利斯。作为一个特工人员来说，霍斯特的一生是复杂的，1950 年，他第一次同美国情报部门接上了头，这时他住在民主德国。几年之后，他逃到了联邦德国，据说曾短期为盖伦的情报组织工作过。1956 年，他在为美国人做兼职情报工作的同时，为了增加收入也向苏联谍报部门提供情报。他把西方接头人拍照，偷录他们的谈话，然后把照片和录音带送交苏联人。霍斯特向西方提供的情报有时是真的，有时是假的。

布莱克留在柏林的大部分时间中，一直同霍斯特保持联系，从他那里获得情报，作为交换也给对方提供英国方面的情报。不过他对这个德国人印象并不佳。他曾让霍斯特放弃几个不可靠的情报员。霍斯特在此期间可能已经发觉布莱克为苏联人工作。只不过他想留待适当时机拿出来交易。1960 年 10 月，霍斯特被联邦德国反间谍机关逮捕后，向西方透露了这个秘密。

1959 年初，布莱克离开了柏林回到英国，英国情报机关总部派他到外交部设在贝鲁特的中东阿拉伯问题研究院去学习，为以后他去某阿拉伯国家担任情报工作任务做准备。显然，他过去在埃及住过一段时期的经历，已为他的上级充分注意到。1960 年 9 月，布莱克动身前往贝鲁特。英国外交部的中东研究所设在舍姆兰，距贝鲁特约 36 公里。布莱克夫妇及两个年幼的儿子就在这里安顿下来，过着一种悠闲的生活。布莱克本人每天上午、下午去上课，时间安排得很适当。正在此时，英国军情六局总部得到情报：布莱克可能是苏联间谍。

送到总部的报告正是霍斯特提供的情报。鉴于情报来源不甚可靠，虽然报告引起了对布莱克的怀疑，但并未定案。而布莱克本人此时却犯了严重的错误。他虽然已知道当局正在调查波兰间谍网，却依然同贝鲁特的一名已暴露身份的苏联间谍接头，向他递交情报。英国大使馆的一位保安员曾经看到他同苏联人会面。这进一步引起了英国情报当局的怀疑。

英国情报当局没有去触动布莱克，以防止引起他的警觉，只是秘密地对他开展调查。1961 年 3 月，波兰内务部副部长安东尼·阿斯特上校叛逃西方。阿斯特是波兰秘密警察机构的实际负责人，他领导从事“西方工作”的波兰特工人员，并且亲自见过布莱克几次。这位 54 岁的波兰叛逃者是个犹太人，据说是为逃避苏联对卫星国政府中的犹太人的清洗逃离波兰的。布莱克为苏联集团充当鼹鼠的指控终于得到证实。MI6 认为召回布莱克的时候到了。1961 年 4 月，英国外交部发出电报召布莱克回伦敦。电报建议说，如果他愿意，可以在度过复活节的假期后再动身。电报发出后，布莱克所在的 MI6 的上司们提心吊胆地等待着，唯恐他听到风声逃之夭夭。也许是由于疏忽大意，或者是由于自信心太强，布莱克并没有对这种突然打乱计划的电报多作推敲。一个星期后，他如期回到了英国。他刚下飞机就被捕了。

1961 年 5 月 3 日，38 岁的布莱克经秘密审讯，被伦敦法庭以间谍罪判处长达 42 年的徒刑。这是英国法庭在 20 世纪判处的最长刑期。1966 年 10 月，布莱克奇迹般地从关押他的监狱中成功脱逃，并辗转到达莫斯科。在莫斯科，布莱克与老战友孔德拉舍夫再次重逢。布莱克在那里一直生活到去世。

多重间谍——温纳斯特洛姆

温纳斯特洛姆 1949 年被瑞典派往美国任驻华盛顿使馆武官。1954 年回国，被任命为瑞典国防司令部空军的负责人。然而他却是一名外国间谍！二战末曾为德国，1948 年开始一直为苏联，也曾一度为美国充当间谍，同时为瑞典情报机关服务。1963 年 6 月，温纳斯特洛姆被瑞典反间谍机关逮捕，从而揭出瑞典历史上最大的一件间谍案。

一

1943 年末，几个从瑞典空军派来的军官，正在一只快艇上观看海军的军事演习，一个空军军官突然感到有一排子弹似乎是向他所在的快艇射击，就立即一跃跳进了浮着冰块的海水里，他被救上来后承认被吓坏了。3 个月后，即 1944 年 2 月，还是这个空军军官在拉兰上空飞行时，发现飞机出了故障，他没有设法降落在附近的冰湖上，而是弃机跳伞逃生了。从这天开始，他的同僚就给他起了个绰号叫“兔子”，认为他是个胆小鬼。也许是这个绰号激怒了他，他想证明自己比其他人更勇敢，便当了间谍。这个人就是史迪克·温纳斯特洛姆。当招募他的德国间谍机关的负责人问他用什么代号时，他答道：“我要叫雄鹰。”这只“雄鹰”后来当过瑞典皇太子的军事随队官、驻莫斯科和华盛顿大使馆的空军武官和瑞典外交部的军事专家，后来又成为为美苏工作的间谍。

就在弃机事件发生后几个月，瑞典保安机关解读了德国武官在斯德哥尔摩拍发的一份密电，内容是向柏林大本营报告有关苏联的一些军事动态，而且在电文中说明，这些情报是由史迪克·温纳斯特洛姆提供的。

温纳斯特洛姆从哪儿得到这样的情报呢？会不会是一场误会？瑞典保安机关对温纳斯特洛姆进行秘密侦查，监听他使用的电话，但经过一段时间侦查后，毫无所获。此后不久，第二次世界大战结束了，对他的侦查也就被束之高阁。

二

有一个名叫奥托·丹尼松的青年警官，对这事仍然怀疑，虽然保安机关的上司已指示不要再侦查温纳斯特洛姆，但他自己还是建立了一份秘密调查档案，档案卷宗上的题目就是“史迪克·温纳斯特洛姆案”。

温纳斯特洛姆身材高大，长得很帅，能流利地讲多国语言，很会对女人献殷勤，但又是个成了家的男人，有两个女儿。他在斯德哥尔摩的外国使馆中，是个很受欢迎的人物，经常参加美国和苏联使馆举办的舞会。

在1948年10月7日的一次舞会上，他偶然同苏联武官雷巴津科夫聊起来，雷巴津科夫开玩笑地提到在瑞典内陆的一个秘密机场。温纳斯特洛姆也以开玩笑的口吻问他："你想知道它在什么地方吗?"苏联武官耸耸肩头，没有回答。温纳斯特洛姆说："给我5000瑞典克朗，我就告诉你。"苏联武官不置可否就走开了，他担心这是一个故意设下的陷阱，要价这么低，只值1000美元，这不能不引起怀疑。当雷巴津科夫向莫斯科报告后，莫斯科命令他不妨冒一次险。于是在另一次舞会上，他同温纳斯特洛姆握手时告诉他："生意成交了。"

过了几个星期，他们在一次舞会上见了面。然后雷巴津科夫驾车送他回家，分手时将一个装着钱的信封给他。不久，雷巴津科夫就得到一张画有机场所在地点标志的地图。

3个月后，温纳斯特洛姆得到了驻苏武官的职位。在莫斯科，他同苏联红军情报总局的一个副局长列曼诺夫搭上了关系。列曼诺夫观察出温纳斯特洛姆有着很强的虚荣心，便故意说他过去提供的关于机场地点的情报没有什么重要价值，使他的虚荣心受到打击，然后提出愿意出2000美元买瑞典国防计划。

一次，温纳斯特洛姆化装成农民溜出大使馆，坐上汽车到了一个秘密据点，苏联红军情报总局的负责人会见了他。不久，苏联情报机关任命温纳斯特洛姆为"苏联红军的将军"，虽然他们知道这个瑞典人根本不是共产党员，在瑞典根本不是将军级的军官，也根本无法升到这个级别，但这一招使史迪克·温纳斯特洛姆的虚荣心得到满足，他感到无比自豪。

三

在莫斯科，温纳斯特洛姆跟美国的武官也扯上了关系，答应为美国情报机构服务。作为一个中立国家的代表，他比美国人更易于在苏联国内到处旅行。他把他同列曼诺夫一起去访问的敖德萨军用机场偷拍下照片，卖给美国人，又把同美国人交谈中获得的情报转告给苏联人，还将从中获得的两国情报寄回斯德哥尔摩，以证明自己的工作能力。苏联人还特意给他提供一些“情报”，以便使他在瑞典的地位日益提高。瑞典最高指挥部对他的出色工作给予很高评价，不断给他奖章。但丹尼松在“私人档案”里却写下了这样的怀疑：“如此精确的情报。只可能是由俄国人直接供给的，以便他在本国树立起威信。”史迪克·温纳斯特洛姆有三重收入：从瑞典、美国和苏联同时得到金钱。他在后来受审时还吹嘘说：“我觉得自己已变成能左右世界政治的一个决定性的分子啦!

不过苏联早就发现了他三重间谍的把戏。红军情报总局的人员解读了美国武官的一份密电，其中谈及这位瑞典上校的“反苏活动”。于是他们把他召到莫斯科郊外的一所别墅里，列曼诺夫突然将那解译出来的电文摆在他面前。当时温纳斯特洛姆吓昏了。可是列曼诺夫反而称赞他，说他做得很对，要取得美国人的信任，应该混进他们的情报组织中去。他说：“温纳斯特洛姆将军，我们从来也没有怀疑过你的忠诚。”从那天开始，温纳斯特洛姆就只为苏联情报机关工作了。

几个月后，温纳斯特洛姆被瑞典调到美国华盛顿当空军武官。在华盛顿，他与苏联大使馆武官古维诺夫中将接上了关系。古维诺夫交给他一张纸，上面写着他们下次见面的地点，同时交给他 5000 美元作活动经费，还答应每月给他 800 美元月薪。古维诺夫告诉他，之所以月薪只给 800 美元，是怕他花钱太多引起怀疑，其他的钱则为他存进瑞士银行的户头上。古维诺夫同他保持了 5 年联系。

温纳斯特洛姆通常是在公园或十分拥挤的大街上与苏联人接头，见面时装出偶然碰见一样表示惊喜，继而握手，一同走一小段路，见机交出情报。有一次，他为了表现自己勇敢，竟冒险在五角大楼的餐室中，同一个苏联间谍会面。又有一回，他将显微点底片贴在一朵兰花上，当众送给苏联大使夫人。如果他偷到某些重要文件，就把它放在大衣口袋里，在某次外交集会中把大衣存到存衣室，而将取衣证在握手时交给苏联外交官，这样是不易被人发现的。他在华盛顿充当苏联间谍这么多年，从来没出过一次差错。

四

回到瑞典后，他被任命为国防司令部空军的负责人，同时还负责国防部的导弹设施。从1957年至1963年，温纳斯特洛姆的间谍活动发展到最高峰。在他的办公桌上，每天都有大量的秘密文件，包括行动计划、新式武器和空防设施的资料等，由于他同美国的交往，获得的情报比在华盛顿时更为详尽。

长期单独作战，温纳斯特洛姆不无孤独感，有时相当神经质。有一天，当他同妻子谈起某个外交官时，他控制不住自己的情绪，大叫道："我恨俄国佬，不要再对我提起他们!"不久，他到柏林去度假，从西柏林走到东柏林去会见苏联红军情报总局第一副局长列曼诺夫，他说："将军，也许只有你才会理解这么多年过双重生活是多么寂寞，我这种秘密甚至连老婆也不能讲。"列曼诺夫知道他的精神状态不佳，需要进一步打气，就带他到莫斯科去参加一次秘密会议，会上红军情报总局的头目颁给他3个苏联高级勋章。

丹尼松对温纳斯特洛姆在美国的所作所为也产生了怀疑，他在"档案"中写道："我们只购买战术性飞机，也只有战术性飞机，为什么他却对战略性轰炸机这样感兴趣呢?"丹尼松对温纳斯特洛姆在1959年11月东柏林之行，略有所闻，虽然不知道他曾飞往莫斯科接受3个勋章，但他怀疑这次到东柏林"度假"同苏联特务机关有关。丹尼松设法说服了反间谍机关的负责人维斯丁，让他对温纳斯特洛姆秘密进行侦查，他得到了对温纳斯特洛姆的电话进行录音的特许，他也查出了温纳斯特洛姆买了一个美国产的荷利克拉夫特SX型高效收音机，用来收听短波传送的密电。

1959年末，苏联大使馆武官达维尼·尼柯尔斯基中将通知温纳斯特洛姆，苏联间谍发现瑞典保安警察已开始注意他，提到他的一些同事开始对他怀疑，因为他对一些不是他工作范围的机密文件表现出过分的好奇心，并且指出他的电话可能会被偷听，除非情况紧急，不可使用电话。

不用说，对温纳斯特洛姆的电话监听毫无结果。因为他不使用电话同苏联使馆联络，也绝不在电话中谈任何能引起怀疑的事，除非是到危急之时。整整3年，他不停地偷拍秘密文件，将胶卷送交苏联使馆。

电话监控无收获，丹尼松便派了一个特工去侦查。这名特工是一个上了年纪的妇女，名叫卡琳·罗辛，她设法到温纳斯特洛姆家中去打工。1963年6月，罗辛夫人终于侦知了温纳斯特洛姆的秘密——在他家的地下室里，找到了两张照有总参谋部的文件的微型胶卷。丹尼松派出几个精明的探员，趁温纳斯特洛姆不在家时去进行搜查，并指示要故意留下一些痕迹。温纳斯特洛姆回家时，看见了某些被搜查的痕迹，又发现两张微型胶卷失踪，十分吃惊，他知道这下完了。他打了一个电话给苏联武官达维尼·尼柯尔斯基中将，请示如何脱身。这样就把身份完全暴露出来了，因为他的电话一直是被监听的，这次谈话也被录下来了。

尼柯尔斯基立即同苏联间谍机关联系，核对情报，最后指示温纳斯特洛姆立即逃离瑞典。此时，丹尼松已拿到逮捕令，在6月21日，也就是在温纳斯特洛姆原定逃走的前一天，将他逮捕。丹尼松花了20年时光，最后终于证实了自己的怀疑，把这个身居高位的间谍揭露出来。温纳斯特洛姆的三重间谍游戏至此划上了句号。

暴露叛变的苏联著名间谍
——赫尔曼

鲁道夫·赫尔曼出生于捷克斯洛伐克的摩拉维亚。原名鲁德克，苏联克格勃上校，从小接受共产主义教育，17 岁时加入共产党，并进入查理大学学习国际关系，毕业后被分配到捷克边防旅当兵。1955 年参加克格勃，被派往加拿大、美国长期潜伏。1977 年暴露后被迫同美国联邦调查局合作而叛逃美国。

一

鲁道夫·赫尔曼原名鲁德克，1929年12月出生在捷克苏台德地区。父亲是一名坚定的爱国者。1938年10月德国将苏台德区吞并，以及后来的第二次世界大战爆发，使他认识到西方“民主”国家的背信弃义和软弱无能。苏德交战后，他一开始他就同情苏联。斯大林格勒保卫战之后，他对苏联更钦佩了。当苏联红军解放了捷克斯洛伐克之后，他热情地阅读马克思、恩格斯、列宁和斯大林的著作，积极从事政治活动，17岁时就被吸收为捷共正式党员。1949年，他进入历史悠久的查理大学学习国际关系。1953年，鲁德克大学毕业后被派到边境农村地区的一个边防旅服役。1955年他被内务部吸收为秘密情报战线上的一员。

一位名叫简达的捷克军官带他来到一座很漂亮的古老建筑物的一套单元房子里，给了他一把钥匙和一些钱，布置了第一项简单的任务：用化名过孤独的生活，在城市里单独活动。过一段时间将送他到民主德国学习德语，然后到联邦德国。几周后的一个夜晚，他被送往民主德国，在克格勃的安排下进入哈雷大学跟班听课，充分使用图书馆藏书，并雇了一个私人教师，以便使他尽快掌握德语和了解日耳曼民俗习惯。根据克格勃给他编造的履历，他是苏联的一名低级外贸官员，出生在1945年被并入捷克斯洛伐克的一地区。

一天晚上，大学图书馆来了一位美丽的姑娘。她也是学俄国文学和斯拉夫语的高年级优秀学生，名叫英伽·尤尔金，出生于苏台德地区的一个德国人家庭。父母由于反对希特勒而成为忠诚的共产党人。她也加人了共产党。英伽做了鲁德克的朋友兼德语老师，鲁德克的进步很快。阿历克斯（即简达）也对他突然能流利地讲德语表示赞扬。鲁德克趁机向上级提出要求批准他与英伽的恋爱关系。不久，一位民主德国的官员来到大学里见英伽，详细地询问了有关她个人生活、家庭以及朋友的情况。其后又有一些人考查她的政治态度、文化修养和个人品格，认为英伽和鲁德克一样，政治上是坚定可靠的。当问她愿不愿去联邦德国执行党的秘密而又危险的使命时，她毫不犹豫地做了肯定的回答。与此同时，鲁德克继续接受谍报活动的基本训练，每周六向阿历克斯交一份书面报告，写明他本周内的活动和所遇到的人的特点。他在街上练习发现和摆脱跟踪的技术，练习寻找理想的无人交接点。他学会了写简洁而明了的情报报告，学会了发现可能会使克格勃感兴趣的人才和这个人在品格、观点上的细微之处。这期间英伽也接受了考核。一次，克格勃把她派到联邦德国实习——执行一项任务，她往波恩市郊外的一个交接点里投放了一支假设里面装了缩微胶卷的铅笔，她干得非常出色。克格勃将她召到莫斯科作了进一步考查，他们很满意。一位上校在告别宴上祝酒说，“祝愿我们的年轻同志们在未来的生活、在为党的崇高使命的工作中健康、幸福和成功。”

二

回到德国，鲁德克和英伽在卡尔斯霍斯特的苏军司令部营地分住两处，分别熟悉使他们变为“新人”的假历史。克格勃从档案里找出了一个名叫鲁道夫·赫尔曼的死魂灵。此人是德国辅助劳动部队里的一名工人，1943年死在苏联。经调查，克格勃已经肯定鲁道夫·赫尔曼没有活着的近亲了，鲁德克从此成了鲁道夫·赫尔曼。他的假历史是这样的：鲁道夫·赫尔曼（人们都叫他鲁迪），1925年4月22日生于苏台德，父母是德国人。毕业于职业学校，17岁加入托德团体，到布拉格当司机运送供应品。战争结束后到德累斯顿罐头厂工作。从1951年底到1956年在马格特堡国营书店当店员。因为女朋友英格丽在法兰克福找到一个理想的秘书职务，为了跟她在一起而辞职了。这便是目前为止鲁迪的履历。按克格勃的计划，鲁迪在1957年1月应自行在法兰克福附近找到工作。总的说来，这份假履历的真实性来自它的枯燥乏味。它提供的是一个普通人的形象，此人的经历平淡无奇，不会引起别人的兴趣；更不用说怀疑。这一经历使他毫不起眼地混入从民主德国到联邦德国的几百万难民和移民行列中。

英伽已变成英格丽·摩尔克，1931 年 2 月 10 日生于什切青，冒充一名死于 1944 年一次轰炸的妇女，她的出生证明还在西柏林市政府的档案里放着。克格勃帮她在法兰克福一个州立设计所里找到一个秘书的职位。

由于克格勃希望鲁迪以合法途径找到一个工作，而且最好是在人事不由国家决定的少数几个私营企业里工作。于是在 1957 年 1 月开始找工作，被一家经营汽车零件的商店雇佣，这是一个十分理想的环境——当然是对克格勃来说。店主是个纳粹分子，他过去当过纳粹的高级税务官，说话尖酸刻薄。他教鲁迪如何记帐，如何经营这爿小店，如何偷漏税。鲁迪跟他在一起，长了不少纳粹的学问，记了一些纳粹歌曲，学到了说明共产主义是人类灾难的种种“证据”。找到这个很好的掩护身份后，他就被派遣到联邦德国了。走之前鲁迪和英格丽举行了结婚仪式。

克格勃推迟了鲁迪去联邦德国的行期，直到 10 月份他们的第一个孩子彼得生下后才让他动身。10 月 26 日，他乘火车离开西柏林，到斯图加特附近去找工作。当鲁迪在一座风景如画的古城费顿堡勘查时，一位年约六十，衣着考究的人叫住了他。那人自称奥托·西费尔德，问鲁迪能否帮他找家旅馆。鲁迪待人总是慷慨有礼，他带西费尔德到他刚认识的唯一一家咖啡馆用饭后，安排他住进了自己所住的清洁安静的食宿公寓。

第二天，西费尔德对鲁迪介绍了自己的情况。他祖居德国，30 年代在阿根廷从事畜牧业和纺织业，赚了不少钱。后来希特勒号召德国侨民返回祖国支援建设，他就回来了，在斯图加特附近的埃森豪芬建起一个纺织厂。苦于没有子女帮助他的事业，他要求鲁迪给他干事，最后成为他的工厂经理。在得到克格勃的许可之后，鲁迪接受了奥托先生的邀请。奥托把鲁迪和英格丽看作他的儿女，把彼得看成他的孙子。他把鲁迪作为“未来的经理”介绍给工商界和社交界的名流们。鲁迪从中学习了关于习俗、风度和处理问题的方法，学会了装腔作势和耍弄权术。这些都是克格勃没有期望他在短短一两年内能获得的。

一天晚上，奥托宣布他决定把他的工厂赠给鲁迪。鲁迪发愁了，如果他成了经理，就要长期呆在埃森豪芬，不可能为克格勃长期奔走了。于是过了几天，鲁迪表情忧郁地对奥托说：“自己不适于当经理。工厂的前途取决于具有专业知识的人的管理能力，而他一时半时学不会。奥托既有气魄又通情达理，他理解鲁迪，并将为鲁迪另选一项工作。在奥托的指导下，鲁迪买下了一个小小的邮购商店，销售公立学校所需的用品。他驾驶着一辆旧大众汽车，走访顾客，积累从事职员兼经理工作的经验。

几个月后，在一家照相器材商店里浏览时，鲁迪拿起了一架日本照相机。当时许多德国人还看不起日本货，认为只不过是仿制德国的廉价低级产品。但鲁迪很懂行，他知道日本照相机虽然便宜，但都是优质产品。他领取了一张销售日本光学器材的许可证，结算清了他那爿小店的帐目，在斯图加特以北的海尔布伦开了一家照相器材店，买卖很快就兴隆起来。中心表扬了他，他以一个无可挑剔的联邦德国公民和商人的身份立稳了脚跟。

1960 年 12 月 31 日，中心祝贺他晋升为上尉，祝他新年好!

三

1961 年 2 月末，鲁迪接到一个紧急通知：立即申请移居加拿大的签证，抓紧时间学习英语。一年后鲁迪夫妇从联邦德国来到多伦多。在那里，鲁迪买下了加拿大广播公司总部附近的一家哈罗德熟食店。他们的熟食店生意很好，顾客中很多是加拿大广播公司的摄影师、技术人员和职工，他跟他们关系搞得很好。

1963 年 12 月，他们的第二个孩子迈克尔降生，他们的熟食店无法保证工作了。于是他卖掉了熟食店，通过一位摄影师朋友在加拿大广播公司找到了从事音响效果的兼职工作，同时自己还研究和试制影片。一家广告公司雇用他为自由党候选人摄制竞选电影，他完成得十分出色。不到一年他就成了一位技术高超的可靠的广告电影制片人。这期间，他向中心发出了关于加拿大政治方面的问题和十几个加拿大人的情况报告。

1967 年 2 月，鲁迪、英格丽和彼得在庄严肃穆的多伦多法院同另外七十多名移民聚集在一起参加成为加拿大公民的入籍仪式，德高望重的鲁道夫·赫尔曼先生带领大家宣誓效忠女王。在鲁迪向中心报告他们全家取得加拿大国籍之后的第十天，正是星期六，中心来电，电文使他大吃一惊：为取得去美签证并迁往美国做好一切必要的准备。

他本以为要在加拿大安居，他整个生活都是按这个设想安排的。他已拥有一个年利5万美元的企业；通过制片他已经认识了一些加拿大领导人。想到要放弃花费极大努力才打下的基础，又让他从一无所有开始，他非常恼火。鲁迪估计，除非克格勃要求他在美国执行更重要的使命，否则不会让他放弃在加拿大的可靠有利的社会地位。他担心未来的任务是危险的。他猜对了。那时他还没理解的是，美国才是他的最后目的地，加拿大仅仅是他长途旅行中的一站，而且是最容易正常地和合法地移居到美国的一个国家。

鲁迪开始研究美国移民的法律和程序，最后认为如果掌握了电子技术便更容易获得签证。为了说明自己有从事电子学方面的经历，他加入了加拿大电影和电视工程师协会，在签证申请上强调自己的技术专长。1968年初，鲁迪拿到了获准移民美国的签证。中心告诉他，纽约将是他的基地，要他在长岛或威斯切斯特郊外买一幢房子。

四

鲁迪利用周末飞往纽约，在市区以北，哈茨达尔的安多菲路上找到了理想的房子。他告知中心，预定在6月份孩子放假后把家搬来。中心回电表扬他住房选得非常合适，并宣布晋升他为少校，要求他在5月份去巴黎接受有关在美国的使命的指示。

鲁迪如期在巴黎跟克格勃军官巴维尔·巴夫诺维奇·鲁基扬诺夫接上了头。他告诉鲁迪，在美国，鲁迪将和在加拿大时一样，担任克格勃非法常驻代表。他得再次在社会上打下良好基础，一旦合法的情报站失去作用时，由他掌握全部情报网。他必须不断物色“进步人士”，此外还要完成一些其他任务，其中一项是渗入哈得森研究所。

回到美国，鲁迪开了一家纪录影片公司。不久他结识了国际商用机器公司的人，并使他们愿意租用他的高级影片编辑机。以后该公司就让鲁迪为他们拍摄培训片和广告片。由于鲁迪说他曾为一家以讲求完美闻名的著名公司拍过影片，便很快又吸引了一批新的客户，其数量之多竟使他难以应付。从 1969 年开始，中心就经常让他放下合法业务，去执行华盛顿和纽约情报站的人难以应付的秘密任务。1969 年秋，中心指示鲁迪去侦察一个苏联叛逃者。此人住在弗吉尼亚州阿林顿一幢公寓大厦里。指示要求查明叛逃者每天的行动规律。中心提醒鲁迪，侦察是冒险的，务必要小心。因为中央情报局在那幢楼里有好几套房子，如果发现他在那里窥探，会立刻引起怀疑。但是，鲁迪圆满完成了这一任务。

鲁迪对于中心指示在美国科学研究中心或军事基地周围选择无人交接点是十分理解的，也清楚中心为什么选择他来完成此项艰巨任务。克格勃情报站的合法官员虽然可能在纽约这样的大城市里躲过监视，但是要在一些遥远偏僻的地区采取行动而不被发现，那就困难多了。而鲁迪是个商业摄影师，有理由去各处旅行。他在泥泞的林间踯躅，在灼热的沙漠里徘徊，在雨中察看公墓，都是为了寻找交接点。对此，他毫不抱怨，他认识到他的行动对克格勃、对苏联、对人类是有意义的。

1970 年末，克格勃为表彰他的功绩，晋升他为中校。他本人则继续谨慎行事，以备在必要时接管在美国的苏联谍报网。

五

中心要求他打进哈得森研究所，可是赫尔曼想不出打入哈得森的其他办法。于是，在 1974 年春天鲁迪做出一生中第二个最重要的决定。

鲁迪已经稳稳地在美国社会里扎下了根。自己完成了每一件力所能及的秘密任务，尽管他没能渗入哈得森研究所，但他认为自己完全有能力领导安插在那里或其他地方的情报员。现在，按他的年龄和伪造的历史，已不可能打入美国最机密的领域，但他知道，有一个人有朝一日可能达到这个目的，此人就是儿子彼得。彼得在高中的成绩非常好，在学习能力测验中名列前茅。他有语言天才，当时已会说英语、西班牙语，正在学日语和法语。他不喝酒，更厌恶毒品。他和成年人谈话时表现出来的沉着和成熟，远远超出他的年龄。而且他具有情报员所需的品质：随和，听话，喜欢探索，对于所看的一切寻根究底，理解深刻。他向彼得讲明了他所做的一切，问彼得愿不愿意像他一样当个情报官。他得到了肯定的回答。

鲁迪感到自豪和喜悦，向中心汇报了这个情况。克格勃非常赞赏他的行动，同意了他的设想。克格勃决定提供资金让彼得上大学；让他成为律师，因为从事这种职业自己掌握时间，有机会接近政客，并能在美国政府里挑选合适的工作。鉴于彼得已定好两个月后到蒙特利尔的麦吉尔大学上学，克格勃让他在大学三年级时转入美国一所名牌大学，可以为毕业后进人美国最好的法学院做好准备。克格勃强调指出，钱不成问题，他们愿意支付彼得所需一切直接间接费用。彼得在一年级时应集中精力取得优异成绩，同时注意了解在大学生和教授中有谁是倾向苏联的，但他本人在任何情况下都不得表现出亲苏情绪。他们还要求彼得在 1975 年夏季赴莫斯科接受技术训练和思想教育。

1976 年，彼得如愿以偿地被华盛顿的名牌大学乔治城大学录取，将于 9 月份去那里读三年级。克格勃对此表示赞扬和祝贺。乔治城大学不仅是一所有名牌法学院的优秀大学，它又是天主教会办的，比较保守，而且它设在华盛顿，跟政府有着千丝万缕的联系。克格勃立刻利用这一点，给彼得准备了非常具体的任务：寻找有家长在政府任职的学生，并注意发现这些学生的父亲容易拉拢的个人问题或性格缺陷；寻找强烈反对美国帝国主义政策的进步学生和教授；在乔治城大学国际战略研究中心找到可以利用部分时间从事的工作；尽力结交乔治城大学里的中国学生并尽可能了解他们的情况。

克格勃给了彼得直接与中心联系的方法，要让他成为一个独立的情报员，这反映出克格勃对彼得的信任和对他的潜力的欣赏。但这遭到了鲁迪的强烈反对。因为在没有把彼得培养成军官前就使用他而忽视他的思想发展，就背弃了原先在莫斯科达成的接受彼得加入克格勃的先决条件。鲁迪以最强硬的口气要求亲自去中心讨论有关问题。直到 12 月初中心才通知鲁迪于 1977 年 1 月取道维也纳前往莫斯科。经过一番争吵之后，鲁迪带着思想上的一些变化离开了苏联，他对党，对事业的信仰还是坚定不移，但对克格勃的态度却是不可逆转地改变了。

六

而这时，厄运也正在悄悄降临。

1977 年 5 月 2 日晚 8 点左右，一位自称是建筑师的迪克·马丁打电话找鲁迪，说经国际商用机器公司的朋友介绍，得知鲁迪是一位一流摄影师，特请鲁迪为他刚研制的一种新型蒸汽浴室拍一些产品说明照片。鲁迪爽快地答应于星期三去。当星期三迪克·马丁开车把他接到一个地方，他才知道他们是联邦调查局的。他们知道鲁迪使用的所有无人交接点的确切位置，并掌握他每次去莫斯科的情况。他们甚至了解鲁迪在国内旅行时哪一次是合法业务活动，哪一次是执行克格勃的任务。联邦调查局了解情况的深度和广度，使鲁迪更加确信，做任何隐瞒都是枉费心机。他们让鲁迪考虑考虑，给出两条路供他选择：一是逮捕他，以间谍罪判处长期监禁，同时英格丽和彼得也将判以同谋罪予以监禁。另一条路是与联邦调查局合作，美国可以重新安置他们一家，给他们改变身份并保证其安全，从此一家会永远在美国生活下去，过上安静的生活。为了儿子的一生和家庭的幸福，鲁迪同意与美国人合作，并提出两个条件：一是不杀害任何人；二是不放弃信仰。

克格勃继续与鲁迪联络，他们显然没有发觉鲁迪的背叛。他们继续布置新任务。鲁迪和彼得在联邦调查局研究人员的协助下写出了几份政治报告。报告写得很好，足以使克格勃继续提出要求。1978 年 1 月 14 日，克格勃中心发来一份电文：“由于您在工作中以及指导彼得所取得的成绩，您被晋升为上校军官。我们衷心祝贺您和英格丽，祝愿您身体健康，工作顺利，全家幸福。”

在以后的时间里，中心继续来电发出指示和要求，其中还反应出克格勃对彼得的进步和前途越来越关注。克格勃在5月通知鲁迪，在新泽西州一个垃圾堆放场给他放了5000美元。由于鲁迪并没有要钱，所以这种体贴再次说明了克格勃是信任他的。夏天，克格勃称赞了他和彼得的报告，要他们继续写，这进一步证明了对鲁迪的信任。但到夏末，用以解释彼得和英格丽不能到美国以外的地方去跟克格勃见面的借口已经找不到了。过去英格丽至少每两年看望她母亲一次，现在不再去看望她是没有道理的。彼得再三推托跟克格勃见面，理由是他第一年工作期间不能度假，现在这一年已经过去了。

鲁迪一家同联邦调查局进行了很好的合作，联邦调查局也兑现了他们的承诺。1979年11月23日，星期六早晨5点钟，一辆没有标记的带篷卡车从纽约州哈茨达尔安多非路五号的房子里拉走了全部家具和财物。“鲁道夫·赫尔曼”不再存在了。他、英格丽、彼得和小儿子迈克尔已经远离莫斯科和纽约，从此他们改变了身份，像普通美国人一样生活在这个国家里。

12月1日，克格勃给鲁迪发来特急电令：“你们可能被监视，要谨慎，来维也纳，有新任务。”

没有回答。鲁道夫·赫尔曼神秘地在克格勃的视线里失踪了。

与苏联决裂的联合国副秘书长
——谢夫钦科

谢夫钦科作为苏联外交部官员，以出众的才华和能力，1973 年出任联合国副秘书长、第一总局副局长，并受克格勃指示在联大为克格勃活动提供方便。由于不满苏联政治制度和不愿受克格勃指挥，为摆脱苏联当局而向美国人寻求帮助，结果身不由已地成了受美国中央情报局控制的间谍。他凭借自已的身份地位，向美国提供了大量苏联政治、军事以及经济方面的重要情报，1978 年 3 月因暴露公开叛逃美国。

一

1978年4月6日，纽约市天气阴冷，细雨绵绵，苏联人谢夫钦科忐忑不安地走出长岛格伦科佛的一座公寓，奔向停在纽约市第64街和第3街之间一处角落里的一辆白色小轿车，里面是前来接应的美国中央情报局的特工。他们驱车离开纽约，经过新泽西到达宾夕法尼亚州，来到美国中央情报局坐落在波可诺斯的一座大楼里面。苏联在联合国任副秘书长的谢夫钦科投奔美国的愿望终于实现了。

阿尔卡季·尼古拉耶维奇·谢夫钦科1930年出生于苏联乌克兰的一个医生家庭，母亲具有犹太血统。1949年进入莫斯科国际关系学院学习，1954年毕业后作为研究生留校继续学习，专门研究裁军问题。谢夫钦科后来说，他在读研究生期间，接受的是同时进行的但却内容迥异的两种教育：由于国际关系学院的一位管理员违反了政策规定，准许谢夫钦科到只许持有出入证的人员才能进入的书架上去翻阅西方的报刊和书籍，这就使他接受了第二教育。用他本人的话来讲，通过这第二教育，“我原先所不知道的各种问题、思想以至解决办法，使我对于我受到教导的许多东西是否正确在思想上更为混乱和更加怀疑了”。不过，他丝毫没有流露出他的这种思想变化。相反，他积极伪装进步，1956年10月，进入苏联外交人民委员会国际组织司工作。1958年加入了苏联共产党。同年以裁军问题专家身份随苏联代表团到联合国参加裁军会议。他与葛罗米柯的儿子是国际关系学院时的同学，由于这层关系，他结识了葛罗米柯，在葛罗米柯任主编的《国际生活》上发表关于国际裁军问题的文章，受到葛罗米柯的赏识。谢夫钦科在外交部平步青云，晋升之快令人吃惊。60年代，他曾在苏联驻美使馆工作，熟悉美国事务。1969年担任葛罗米柯的顾问。1973年，出任联合国副秘书长、第一总局副局长，晋升为副部级干部。在赴美上任前，葛罗米柯和克格勃第一总局副局长鲍里斯·伊万诺夫将军分别接见了他，指示他在联大为克格勃活动提供方便。

在联合国工作期间，谢夫钦科同克格勃驻纽约的负责人鲍里斯·索洛马季内和格鲁乌的负责人维克托·奥西波夫上校共事。由于谢夫钦科对苏联的制度日益不满，同时又对西方，特别是美国的生活方式非常向往，于是向美国人寻找帮助。1975 年的一天，谢夫钦科在联合国的走廊里和一位早已认识又有着工作关系的美国人不期而遇。谢夫钦科也知道他在美国政府和机构中有着相当多的关系。他告诉这位美国人他有要事商谈，并建议在第二天午饭时候和他散步。天公不作美，当他们次日在联合国总部休息室的门口见面时，外面下着大雨，他们只好取消了原定的计划。他们商定在下一个星期的一场外交晚宴上联系。

到了那天晚上，谢夫钦科在郊外把那位美国人拉到一旁紧张地说："我有件不同寻常的事有求于你，我已作出决定和苏联政府决裂。但我想事前了解，如果我向美国寻求政治避难，美国将作出什么样的反应。"

这位美国人听后异常震惊，问道："此事当真吗?"谢夫钦科说："当真，这种事是开不得玩笑的。"这位美国人表示尽全力帮忙，但不想让外人知道他介入此事，他说："我在下星期到华盛顿，我会替你探明情况的。"两人最后商定在联合国图书馆里以"偶然相遇"的方式会面，届时只是传递纸条，不做任何交谈。

二

几天后，谢夫钦科如约在联合国图书馆见到那位美国人，对方把一张纸条小心地夹人他拿在手里的书中，把书合上，放在原来的书架上。等那位美国人走出图书馆，谢夫钦科取出纸条。纸条上写着要他第二天下午 2 点钟左右到联合国大厦附近的一家书店，届时这位美国人和华盛顿方面的来人将在那里等候，见面后的第二天下午 3 点半，这位美国人将在联合国图书馆中留下另一张纸条，写明谢夫钦科和这位华盛顿来人会面的地点。谢夫钦科的任务是在纸条上写明自己方便的时间，以便由这位美国人转给华盛顿方面的来人。

第二天下午 2 点谢夫钦科来到那家书店，发现那位美国人带来了一个身材高大、肩膀宽阔、神情开朗的先生。谢夫钦科记住了那人的相貌。次日下午 3 点半，谢夫钦科发现那位美国人在联合国图书馆里留的纸条上写着一个地址，他记住后，又加了几个字："本星期五晚上 8 至 9 时之间。"通常，每逢星期五，谢夫钦科都是让司机去度周末，他自己开车。他的妻子莉昂金娜通常是在这天午饭后去格伦科佛的别墅。由于联合国在周末都比较繁忙，所以他的妻子对谢夫钦科的晚归早已习以为常，在外人看来，谢夫钦科在星期五开车到长岛的格伦科佛也是常事。谢夫钦科在确认没有人跟踪后，返回纽约市里。

谢夫钦科开车来到纽约东区北部的一条阴沉黑暗的街道，找了个角落把车子停下，然后叫了辆出租汽车，到达东区 50 街和 70 街之间的一个角落。来到约会地点，按响了门铃。铃声响后马上出来一位先生，身材高大，肩膀宽阔，身穿剪裁合身但式样过时的深色西服。他自我介绍，说他叫罗伯特·约翰逊——就是谢夫钦科的那位美国相识在联合国大厦附近的书店里让他见的那位华盛顿来人。谢夫钦科解释了自己要投靠美国的原因。他说在苏联他什么都有，地位、金钱、别墅、汽车一应俱全，还可在内部商店购物，住高级医院就医等。他投奔美国是不想参与虚伪的政治，不执行任何政府的命令。

约翰逊告诉谢夫钦科，美国政府将接受他政治避难的请求，不过要求他在原来的岗位上呆一段时间，同中央情报局合作，为美国作出更大的贡献。

谢夫钦科听了这句话大吃一惊，问道："您要我充当间谍?"约翰逊说："不完全是这样，只是经常给我们提供一些情报罢了。"约逊翰说美国人不会让谢夫钦科陷入困境，他们不会让他去跟踪某人，窃取或偷拍文件，不会要他做人们在书籍报纸上读到的那些需要特殊技术的事，包括使用隐蔽的情报传递站，使用各种新奇的武器等。但是，约翰逊告诉谢夫钦科，美国方面想弄清苏联的政策问题，政策内容和决策的各种程序，他们希望得到有关谢夫钦科的生平，他的同僚们及来自联合国秘书处的材料。并说美国在时刻保护着他。谢夫钦科明白，他现在已身不由己了，中央情报局是同克格勃一样不择手段的，如果他不就范，美国人必定会对他进行讹诈，后果将不堪设想，他只得接受约翰逊的建议。

三

第二次会面时，美国人给他照相、取指纹。谢夫钦科明白，他身上的枷锁更沉重了。谢夫钦科度日如年，惶恐不安。潘可夫斯基等叛逃者和许多流亡分子的悲惨命运，总是浮现在他的脑海之中。他本来打算同中央情报局作短期合作，少则几周，多则数月。然而，时光飞逝，转眼之间已是1976年夏季，该轮到他回国度假了。他担惊受怕地回到莫斯科，生怕当局逮捕他，但未发生异常情况，也没有受到监视，一场虚惊就算是过去了。后来，联合国派他到古巴去出差，他又担心克格勃在古巴下手。真是惶惶不可终日。

谢夫钦科把克格勃在苏联驻美大使馆的人员、克里姆林宫的内幕新闻都告诉了约翰逊。谢夫钦科阅读密码电报以及从莫斯科通过外交邮袋寄来的其他机密文件，此外，谢大钦科也不放过同苏共中央委员会、外交部及其他政府及学术界的官员的接触机会，他还利用“口袋邮件”（为了逃避克格勃检查官的强制性开封和审查而由外交官和其他访问者往返携带的大量私信）来跟踪在苏联发生的事情。他把通过这些渠道得到的重要经济情报提供给美国人。如伏尔加到乌拉尔地区最早开发的油田不久将减产，但在若干年内苏联又难以扩大那些小型的、交通不便的油田的产量。作为苏联的裁军问题专家和联合国高级官员，谢夫钦科对苏联关于军备控制谈判中限制战略武器和其他类似的谈判的立场，包括苏联对作出让步的方案的指示都了如指掌。美国得到谢夫钦科提供的这些情报自然如获至宝。

1977年初，苏联人为美国政府对苏联在限制战略武器谈判中所持立场和政策摸得异常清楚感到很惊奇。随着美国政府在裁军谈判中继续表现出如有神助的预见性，使莫斯科的怀疑与日俱增。1978年，克格勃通过调查得出了一个令人震惊的结论，能够提供情报使美国政府具有如此惊人的预见性的，不外以下三个人：苏驻美大使多勃雷宁，苏联驻联合国大使特罗扬诺夫斯基和联合国副秘书长谢夫钦科。克格勃奉命对这三个显赫的嫌疑者进行了考查：让他们三个人每人都收到了一份原始的绝密文件，内容是苏联关于限制战略武器谈判的最新政策立场，同时派人对他们三个人分别进行监视。在下一次的苏美双方非正式谈判时，苏联政府发现对方已知道了那份绝密文件的内容。莫斯科明白了：问题出在谢夫钦科身上。

四

1978 年 3 月 31 月，也就是谢夫钦科同中央情报局挂上钩的 2 年零 8 个月之后，苏联外交使团收到一份来自莫斯科的急电，通知谢夫钦科回莫斯科开会。谢夫钦科马上意识到自己已经暴露了。据他了解，根本没有开会的计划，叫他赴会无疑是一个圈套。他表面上装着准备回莫斯科，暗中却抓紧准备叛逃。他本想说服妻子莉昂金娜同他一起留在西方，但这简直是妄想。对莉昂金娜来说，唯一的生活目标是丈夫的前程、出国和购买物品，如果对她说出自己的心事，她必定会告发他。再说，要她抛弃国内的儿女留在西方生活也是不可想像的，所以他没敢对妻子提此事，最后给妻子留下一封信，说明自己叛逃的原因，劝她同自己一起留下来，并给她留下一大笔钱。然后急急忙忙跳上等候在街上的中央情报局的汽车。

中央情报局把谢夫钦科安置在宾夕法尼亚州的一所秘密房子里。第二天早上，他给家里打电话，企图说服妻子。接电话的是一位男子，说她不在家。谢夫钦科明白，克格勃人员已在那里。谢夫钦科企图利用自己在联合国的职位给苏联最高当局写信，并通过自己的律师同苏联驻美使团交涉，以便解决家庭问题，但得到的回答是：第一，苏联当局已把莉昂金娜召回莫斯科，一个月后，她服安眠药自尽；第二，要求谢夫钦科立即回国，往事可以一笔勾销。谢夫钦科的最后一线希望破灭了。

克格勃调查了谢夫钦科过去几年在美国的活动情况，发现从谢夫钦科叛逃前大约 30 个月左右的时间起，他每天在旅馆的支出常常超过 500 美元，这大大超过了他的工资所能允许的限度。最后，他们还发现，谢夫钦科为美国中央情报局和联邦调查局工作的时间也是30个月左右。如果美国方面想了解苏联领导人之间的内幕、苏联政策的详细内容和做法，这位联合国副秘书长就索性直接求助于苏联政府或者他的恩主葛罗米柯。作为联合国里的第二号人物，谢夫钦科轻而易举地把苏联驻纽约代表团的一切详情告诉了美国方面。在苏联的上层人士和驻外人员中，谁有可能被收买，谢夫钦科的点子也不少。由于谢夫钦科和一些苏联要人关系密切，美国人得到了许多经济情报。作为苏联一流的裁军问题专家，谢夫钦科不仅能提供有关问题的可靠判断，而且还可以做出权威性的解释。

叛逃后不久，谢夫钦科来到华盛顿，改名恩迪，在联邦调查局特工的监护下，住在一家大旅馆里。1978年底，谢夫钦科同一个叫艾伦的女子结了婚，在华盛顿的近郊买了一所房子定居下来，开始从事教学工作，讲授国际政治，月薪7000美元。谢夫钦科认为，失去以前的荣誉和地位不要紧，能够和常人一样正常公开地生活，不要躲躲藏藏就行。但在美国特工的“保护”监控下生活，不但未能实现原来追求的“自由”目标，甚至想求得常人过的生活都难以做到。

1985年3月，谢夫钦科叛逃美国7年后出版了《与莫斯科决裂》一书，将他沦为中央情报局的间谍以及最后叛逃美国的内幕公之于世。

对克格勃失望的背叛者
——列夫钦科

列夫饮科曾在莫斯科大学东方语言学院攻读日本政治，研究生毕业后在苏联和平委员会、亚非团结委员会工作。1966 年被召入苏军格鲁乌，1968 年进入克格勃，1974 年以《新时代》杂志记者身份到日本从事间谍活动，1979 年 10 月叛逃美国后失踪。1981 年 8 月，苏联特别军事法庭经秘密审判，以“重大叛国罪”，缺席判处列夫钦科死刑。

一

1941年6月28日，列夫钦科生于莫斯科，毕业于莫斯科大学东方语言学院。在大学读书的最后一年里，他已经能用日语流利地会话了，于是他考取了日本政治的研究生。这期间，他曾在苏渔业部所属的日本海巡逻艇上从事过审讯日本渔民的工作，还受聘为苏共中央国际部做翻译。1964年他毕业后，继续受聘在苏共中央国际部任翻译，1965年底将他招进苏联和平委员会，后来调到亚非团结委员会工作。1966年春被苏军总参谋部情报局（格鲁乌）招入，接受了格鲁乌军官的训练，学习使用武器、跳伞，学习密码技术、使用特工电台和其他专业技术。1968年春克格勃第二总局将列夫钦科从格鲁乌借调过去，与日本驻苏外交官周旋。工作的勤奋加上天赋，使他受到了上司们的好评。后来他得到第一总局的青睐，于1971年7月被第一总局调至情报学校接受系统间谍训练。从此列夫钦科正式成为克格勃的在编军官，被授予上尉军衔。

1973年11月，克格勃决定派列夫钦科到东京任《新时代》杂志社的驻日记者。《新时代》创刊于1943年，该杂志的主要任务就是为苏联驻外情报官员提供掩护。一年后，列夫钦科赢得了主编纳乌莫夫的赞赏和同事们的尊敬。他能编辑加工那些原本发不出去的稿件，他为亚洲问题写了饶有趣味的解答性文章，从而使问答专栏活跃起来……日本和其他国家保安人员就开始在《新时代》杂志上看到斯坦尼斯拉夫·列夫钦科的名字。他们都认为，他可能真的是个记者。

二

1975年2月，列夫钦科以《新时代》杂志社新任驻东京记者的身份来到了日本。起初，他集中全力使日本和西方情报机关深信他是个真正的新闻记者。他与他的前任物色的日本人一起吃饭，采访日本国会议员、政府官员，联系新闻记者，出席外交招待会，参加新闻界的宴会。他估计自己的电话已被侦听，就给日本各政治派别的领袖都打去电话，要求采访，并提出很有分寸的问题。使日本政治家吃惊的是，他在举行选举的当天深夜2点出现在自民党总部，举止言行完全如同其他任何一个严肃认真的记者。为了使人更相信他的身份。他经常让《新时代》杂志社发出稿件，而在稿子里尽量不涉及那些会冒犯日本人的问题。一天，他来到日本最大的伊势丹百货商店，正碰上进行火灾或地震演习。警报响过后，数千名顾客很从容地撤离了商店大楼，既不惊慌，也没出事故。这促使列夫钦科写了第一篇报道。他把这一场面描述为日本人民的纪律性和社会责任感的写照。他的身份掩护得如此巧妙，使他成为颇有声望的日本全国新闻俱乐部接纳的第一个苏联记者。

有了合法的掩护身份，列夫钦科便开始他的本职工作了。前任交给列夫钦科接触的十几个人当中，有一位是日本社会党的领袖之一，克格勃给他的代号叫“国王”。从背景材料上列夫钦科了解到，“国王”是个受尊敬的知识分子，一度曾是共产党员，现在仍然信仰马克思主义——不过这并不意味着他一定对苏联抱有好感。“国王”的薪水不少，另外他没有什么异常的个人欲望，因此，他身上似乎没有什么缺陷可以利用，以迫使他就范，但列夫钦科在跟他交往中仍然尽量想方设法在他身上引起“MICE”（金钱、思想、妥协、自私）动机。这是在情报学校学习时一位上校讲的，通常这些动机中的一种或几种可使一个外国人向克格勃屈服，最理想的情况是，特工应当同时利用四种动机。

列夫钦科用他对日本文化和民众心理方面的研究得出的看法来指导自己的工作。日本人工作勤奋，每天的日程安排得很满，他们最讨厌浪费时间。因此，列夫钦科每当跟“国王”一起吃饭时，总是用巧妙的奉承和透露一点可能有用的消息来使他满意。列夫钦科向他透露了《新时代》杂志社实际是苏共中央国际部主办。他还根据自己插在社会党领导集团的克格勃情报员的报告提问，显示对该党和日本一般政治的了解。有时，“国王”为了显示自己所了解情况的可靠性和权威性，会对有关事情详加说明，从而也就给克格勃提供了新的情况。列夫饮科则诚恳地对他所给予的启发表示谢意，感谢他使自己从而也使苏联领导人了解了情况。作为回报，列夫钦科偶尔也向“国王”透露一点苏联政策上即将发生的变化或《真理报》上很快就要发表的苏联内部问题。这些情况的泄露，对苏联无所损失，而“国王”却能比同地位的人早知道几天。列夫钦科还两次告诉“国王”关于执政的自民党的一些秘密，社会党可以以此反对他们的政敌。列夫钦科以一个富有同情心的、通情达理的人的面目出现，慢慢地赢得了“国王”的信任和友谊。一次“国王”在提到他多年以来一直想出版一份新闻通讯，但困难是缺少钱，列夫钦科很快从克格勃中心支出一百万日元交给了他。就这样，他们建立了一种秘密的关系。列夫钦科从他那里总能获得所希望得到的准确情报。经莫斯科中心同意，“国王”被正式编入东京站情报网。列夫钦科也被克格勃晋升为上尉高级专案官。

不久，列夫钦科再次运用他的“MICE”理论招募了《读卖新闻》的高级记者托马斯。托马斯是一位受人尊敬的政治评论家。他与一位内阁成员私交很深，还和几位前首相有交情。他对政府官员中谁贪污受贿，谁可以被收买，都了如指掌。他的被成功招募，使克格勃能够通过他，决定《读卖新闻》发表或不发表某些报道，能了解日本领导人真实的态度和情绪，从而加以利用。列夫钦科再一次显示了他的能力，又受到了嘉奖。

三

克格勃东京站领导层因闹矛盾，年轻的站长叶罗辛少将被解职了，另一负责人普洛尼科夫调回莫斯科任中心第七处（主管日本）的副处长，新任站长奥列格·古里扬诺夫是个外貌讨人喜欢的中年人。他上任第一天就把在情报站的每个人都叫到他的办公室，列夫钦科从那时起就喜欢他了，他没有特别谈论站里近来的混乱情形，只是声明，他不能容忍站里的人互相倾轧。从此，东京站的情形才慢慢好转。

1976 年 9 月，中心指示列夫钦科去办一件危险的事，即有关“阿瑞斯”的事。“阿瑞斯”是十多年前由普洛尼科夫招募的，曾大量提供日本反间谍机关的秘密文件。但在过去五年中，克格勃每月照付“阿瑞斯”大约1300美元报酬，他却没有起到什么作用。

“阿瑞斯”是个单身汉，身材修长，衣着考究，长得很漂亮。在列夫钦科与他联络中，他态度异常冷漠，有关政治和思想意识方面的话题使他感到厌烦。列夫钦科于是跟他谈起女人。他曾坦率地说过他最喜欢的就是女人，尤其是出自书香门第，受过教育的女子，因此他多半从外务省和法务省挑选女人。为了表明两人兴趣相同，列夫钦科故意吹嘘自己过去在莫斯科搞女人的本事有多大。列夫钦科递给他一封伪造的安德罗波夫给他的嘉奖令，同时按照中心的指示，要他两个月写出一份日本政府对最近发生的米格—25型飞机事件的最后态度的权威性报告。两个月后，列夫钦科与“阿瑞斯”会面时交给他一封信，里边装的是当月薪金，却有意不给他前两个月的钱。“阿瑞斯”提出了抗议道：“我们不要再见面了，这是最后一次。你对待我不公平。你不在的时候，我照样努力干，但是却拿不到一分钱。”列夫钦科装作不知道，表示可能是技术差错，回大使馆要查一查。

回馆后，他叫醒了古里扬诺夫，合拟了一个电报稿，说明东京站有失去“阿瑞斯”的危险。次日清晨，中心回电：批准付给“阿瑞斯”那两个月的报酬，并对列夫钦科的工作给予表扬。

第二天夜里，列夫钦科告诉“阿瑞斯”，确实是技术上出了差错。如数把钱给了他，并软硬兼施地要求他作出回报。

大约三个月之后，“阿瑞斯”开始回报了。他陆续交给列夫钦科上千页的文件胶卷。其中有一份文件记录着克格勃在东京的一位大有前途的联系人在过去一周内每天的活动情况，这说明此人已处在日方的严密监视之下。克格勃立即通知此人停止活动，从而使克格勃东京间谍网避免了来自日本反间谍机关的渗透。在这些文件中，还发有一份有关住在日本的外国人的国籍、数目和所在地的统计报告。这有助于中心“S局”的工作，以决定如何使间谍混入日本社会。以后列夫钦科又收到一份文件，其中列出了东京站部分成员名单，并注明他们都已被确定为克格勃和格鲁乌分子。列夫钦科高兴地注意到他本人还未被列入。更重要的是，从以往的文件中分析，列夫钦科得出一个结论：这些情况来源于日本谍报机关内一个地位很高的人。

根据列夫钦科、古里扬诺夫和中心的判断，“阿瑞斯”的活动既有新的进展，又有很大的危险，如果向他提供情报的人能被正式招募进来，那么在未来岁月里将发挥不可估量的作用。可是那个人是一个情报老手，其所受的训练使他能识别出谍报活动中任何微小的变化并及时作出反应。日本人可能已经识破或做了圈套，有意通过他传出一些极有价值的真文件，以获取信任，将来遇到国际上的某个危机时，他就有可能送给克格勃一份导致灾难性后果的假文件。克格勃对此人不了解也无法控制，而“阿瑞斯”又固执地不肯说出那个人的名字。

列夫钦科从中心调来有关“阿瑞斯”的全部档案材料进行研究。发现十年前“阿瑞斯”曾在他的关系中未指名地提到一位好友。那人受训于一所高级情报学校，毕业后留在东京充当密探。由于工作出色被调至外地。如果他再获提升，最终会回到东京反间谍机关。在列夫钦科与“阿瑞斯”再次接头时，列夫钦利·巧妙地提到了这一点。“阿瑞斯”终于透露了此人的情况：他是个有业务能力的课长，40 岁，经常受到上司表扬，前程远大。他是个忠于祖国的人，但不关心政治，既对自民党没有好感，也不喜欢社会党。他的妻子是个裁缝，对他的寻花问柳并不介意。他的大部分薪水用来支付房租，因而需要额外收入和“阿瑞斯”的热情帮助来满足他对女色的不懈的追求。这就是他向“阿瑞斯”提供情报的动机。

列夫钦科要求“阿瑞斯”加深同此人的友谊，表示将每月多付“阿瑞斯”6 万日元。他向中心报告了此事。中心立即回了电，对他的工作取得重大突破予以表扬，指示进一步获得提供情报者的姓名和职务，并注意进行考察，但绝对不要忘记这也可能是设下的圈套。

列夫钦科继续从这两人那里不停地得到情报材料。如果克格勃想要调查某个日本人，就先查查日本秘密档案。如果东京站担心某项行动的安全，可以通过日本情报机关来证实其危险程度。有一份文件里有日本情报机关负责人的绝密会议记录，会上讨论了一系列对付苏联集团的反间谍行动。根据这些文件资料，东京站向中心呈送的报告，有些甚至送到了克格勃主席手中和政治局里。

中心再三表扬这次行动的成功，对所获情报给予很高评价。不久，中心要求把这一专案工作必须移交“KR 科”负责。列夫钦科知道这一命令是发自疾贤妒能的普洛尼科夫。坐享其成地接受这项任务的“KR 科”军官将会受到嘉奖，列夫钦科将不会受到嘉奖和随之而来的晋升了。

四

如果列夫钦科相信他所以没有公正地得到承认和嘉奖仅仅是因为普洛尼科夫一个人使坏，他也就可能只烦恼一时罢了。问题在于，他并不认为这是个别的不正常现象，而是由于苏联社会以及克格勃固有的、普遍的腐败所造成的必然恶果和典型表现。他的妻子娜塔丽娅在领事馆任女职员的负责人，列夫钦科的那些想法不能跟她讲。他沉默寡言，同妻子很少说话，这使他们的关系变得紧张，感情恶化，越来越没有共同语言。

1978 年 8 月下旬，当他们回到莫斯科休假时，列夫钦科通过《新时代》杂志社得到了一张疗养证，去莫斯科以东约 60 公里的《真理报》的疗养院去休养两周。列夫钦科看到和听到的使他的情绪更加低落。他假期结束后再度回日本工作。在离开莫斯科前的最后一个晚上，他挑战性地公开去了教堂。他这种反叛行为完全是精神上的因素造成的。在物质上，他处于苏联社会的顶点，他挣的钱相当于苏联专业人员平均工资的两倍，由于他在日本的工作成绩显著，所以他在事业上的前景也是好得无以复加。像他这样如花似锦的前程，他的大多数同胞是想像不到的。然而当伊尔—62 型客机离开地面朝东京飞去的一刹那，他心里已经很清楚，这是最后一次俯瞰自己的家乡了。回到东京，他就开始考虑叛逃。他憎恨克格勃这个机构，鄙视作为克格勃化身的普洛尼科夫及其同伙。但他仍忠诚于祖国和他的同胞，在激烈的思想动荡中，他经常心跳过速，医生查不出病因。大使馆的一个医生给他开了些镇静剂。但考虑到这种药会使人上瘾，列夫钦科没有服用。他知道借酒浇愁不能真正治病，于是干脆全力以赴地工作。不管思想上如何抵触，他必须不停地工作，和情报员接头，发展关系，招募新情报员。因为一旦他显露出不忠或动摇，就可能突然被调回莫斯科，失去叛逃的一切机会。

由于他的出色工作和勤奋，1979 年 5 月 9 日，他被晋升为少校。

五

1979 年初，社会党党员“拉姆西斯”向列夫钦科推荐了一个人——新闻记者山田晃一，克格勃给山田定的代号是“瓦辛”。“拉姆西斯”说“瓦辛”是个思想健康的前共产党员，也是个能干的记者，他个人编辑出版一份外交事务新闻通信，取名“知情者”。“拉姆西斯”认为他的潜力在于，他在外务省、在中美两国记者和搞日中贸易的日本商人中间，有一批很有用的朋友。另外，由于他曾是共产党员，他不让大多数人知道他的真名，而用笔名山川启雄。由于另外有几名优秀情报员也推荐了他，列夫钦科决定招募他。列夫钦科很快便同此人建立起秘密关系。他们每月会面三至四次，通常都是在一些小咖啡馆里。“瓦辛”提供的情报的质量、数量都有所提高，他报告说，日本经济团体联合会的一个部门建议日本在 20 世纪 80 年代末开始向亚洲国家出售军火。对克格勃来说，这意味着日本实业界赞成重新武装日本，而且，随着轻武器生产的发展，很可能将在 20 世纪 90 年代生产重武器。他还报告美国在冲绳秘密部署了精锐的突袭部队，并把做好战斗准备的军舰派到了印度洋。有一次他交给列夫钦科一份 100 页的机密文件，详述了整个中国军队的战斗序列。中心表扬了东京站，称这些电报和材料为最高级情报。

到 1979 年夏天，“瓦辛”已经成了东京站一名最起作用的情报员，虽然他不是东京谍报网的正式成员。于是古里扬诺夫向中心郑重建议招募“瓦辛”。但得到的回电称：“……我们感到对‘瓦辛’仍有必要作进一步的考查。”

“我想，我们会看到的，10 月之后，就没有进一步审查的必要了。”

古里扬诺夫恨恨地说："很抱歉，斯坦尼斯拉夫，普洛尼科夫太卑鄙了。"大家都明白了，列夫钦科是1975年5月到东京工作的，按正常轮换制度，应于1979年10月返回中心工作。把正式招募拖到10月以后，就使列夫钦科得不到任何奖赏和晋升了。而普洛尼科夫已经夺走他一次晋升机会。

不久，可能出自普洛尼科夫的诬告，中心认为东京站担任"积极措施"的官员瓦列里·乌曼斯基品行不端，将他召回莫斯科。古里扬诺夫把列夫钦科叫去，交给他记录隐蔽行动的登记册，宣布说由他担任"积极措施"官员。古里扬诺夫指出，列夫钦科在东京站的任职将于10月末结束，所以指示他立即把由他负责的所有情报员和关系都交出来，减少《新时代》杂志的活动，集中力量从事"积极措施"方面的工作。

六

9、10两个月，列夫钦科把他所有的情报员和关系介绍给前来接替的军官。10月24日，他最后一次与"阿瑞斯"见面，告诉他以后不可能再联系了。列夫钦科虽然尚未收到要他返回莫斯科的命令，但他知道再也见不到"阿瑞斯"了。因为他已经决定当天采取行动了。

克格勃有没有人打进中央情报局，并身居高位，而把他抓捕回来呢?这是他最惧怕的一点，他记得有一位上校准备叛逃英国，却被打入英国情报机关的一名地位很高的克格勃间谍菲尔比报警而被克格勃抓获。列夫钦科根据以往的工作和材料研究，使他有理由抱有成功的希望，最起码可以肯定在东京的美国情报机关没有克格勃人员。上午11点钟，他从公寓楼开车出来，一路仔细观察是否有人盯梢。他在新闻俱乐部停了一会儿，看看电传打字的新闻，然后驱车向国会驶去。下午：2点30分左右，他从国会出来，在大路上疾驶，又穿过狭小的街道。他有时停下车，在书店和百货店走进走出，没有发现跟踪。晚上8点，他驱车来到美国大使馆附近的山王旅馆。这个旅馆像是个美国官员的俱乐部和社交中心，几乎天天晚上有聚会。

列夫钦科来到一间正在举行鸡尾酒会的大房间，找到一位海军中校，求见美国的情报负责官员。过了不到30分钟，一位身材高大，头发灰白，相貌、举止和服饰都挺有气派的人走了过来，领他进入一间空屋，两名宪兵在门外警戒，这人是美国大使馆情报官员罗伯特。列夫钦科如释重负地对他说：“我不只是《新时代》杂志的记者，我还是一名克格勃少校，我请求到美国政治避难。”

罗伯特在证实了他的身份之后，立即向大使和华盛顿报告。不到二十分钟，华盛顿同意了他的避难请求。罗伯特将列夫钦科带到郊区一个花园别墅休息了一夜。第二天，罗伯特带来一张当天由成田机场起飞的泛美班机头等舱的机票和签证，送列夫钦科登上飞机。

列夫钦科抵达美国后声明，他不拿中央情报局和任何美国机构的一分钱。他知道对于准许他避难的回报，他必须如实回答他的一生、他的事业及叛逃动机等问题。他也知道，在回答问题时，将不能不揭露克格勃的一些秘密。他主动谈出了关于普洛尼科夫的所有情况。但是，他不愿出卖克格勃里的那些正派的朋友，因为他认为自己对他们负有个人的以及道义上的责任，他要求中央情报局真正保证将不利用他所提供的情报来危害任何人。最后，他要求允许他找一个东正教神甫忏悔。

然而，在他打电话给他仍留在苏联的妻子娜塔丽娅之后，他改变主意了。娜塔丽娅告诉他，她的处境很糟糕，银行存款和汽车被没收了，工作也没有了。所有的人甚至亲戚们都躲着她。除了年迈的母亲，没有人和她说话。他们的儿子在学校也成了被取笑和侮辱的对象。她被作为同案犯而接受审判。两次通话以后，娜塔丽娅就失去了消息。

在极度悲伤之下，列夫钦科通知中央情报局，他要报复克格勃。他拆散了克格勃数十年经营起来的东京谍报网，揭露了在日本以外的克格勃的重要间谍。他向中情局具体讲解了苏联的“积极措施”和假情报的理论以及做法。他说出了过去从没人涉及过的事——准确披露出政治局、国际部和克格勃之间的相互关系。在他主动提供的材料中，有些被中央情报局认为是十分重要而深刻的，一直送到了美国总统那里。

列夫钦科的叛逃无疑使克格勃和苏联遭受严重损失。克格勃极力想对他实施惩罚，但他已经在美国谍报机构的安排下“融化”在美国社会中，从克格勃的视野里永远消失了。1981 年 8 月，莫斯科组织了一个特别法庭，以“重大叛国罪”判处列夫钦科死刑。

有间谍癖者——汉布尔顿

休·汉布尔顿，加拿大人，出生于加拿大一个外交官家庭。他在自己家庭宴会上认识了克格勃特务从此成为一名苏联间谍。他是学者、教授，又是一名间谍。他在北大西洋公约组织工作时，第一次出卖大量机密。此后30年，他以教授身份为苏联从事间谍工作。1982年事败，被英国法庭判处有期徒刑10年。

1982 年 8 月 29 日，英国奥德贝利第一刑事法庭对一起间谍案进行了审判。在法院执事宣读的起诉书中说：“1956 年 9 月 4 日至 1961 年 10 月 30 日期间，为了损害英国安全或利益休·汉布尔顿向苏联人提供了情报，即北大西洋公约组织的绝密、机密、秘密材料……从 1956 年 9 月 1 日至 1979 年 11 月 5 日，为了损害英国利益或安全，汉布尔顿搜集了大量情报……可以说是直接帮助了敌人，或者说可能是有意或是原本就有意直接或间接帮助了敌人。”经过一周法庭激烈的辩论，12 月 7 日，英国法院宣判大会召开。被告人汉布尔顿被判处有期徒刑 10 年。

一

休·汉布尔顿是什么人？他是如何成为一名苏联间谍的呢？

事情要从 1949 年 4 月渥太华的一次家庭酒会说起。举办这个家庭酒会的主人是贝西·汉布尔顿夫人——休·乔治·汉布尔顿的母亲。

年轻的时候，汉布尔顿太太随丈夫去法国，在那里，她对俄国及其进行的革命发生了强烈的兴趣，她凭着非凡的记忆力，很快熟练地掌握了俄语，学习俄国历史，出入白俄社会，在以后的岁月中，她跟俄国人保持着密切交往。20 世纪 30 年代，老汉布尔顿作为一名旅欧的加拿大籍记者，敏锐地看到欧洲大地即将燃起战火，他把家人送回渥太华。

弗拉基米尔·鲍罗廷是唯一一个接受贝西·汉布尔顿夫人邀请的苏联人。苏联人对接受邀请到加拿大的私人家作客仍然很敏感。他们并不特别急于在公开场合露面，仅是偶尔出席一下私人招待会，一般都要两人同行。一个苏联人独自参加私人酒会是件极不寻常的事，但鲍罗廷还是决定来了，这是一件高兴的事。鲍罗廷长休·汉布尔顿 6 岁，今年 32 岁，能讲一口流利的英语，身材修长，一头褐发，一双蓝色的眼睛看上去十分友善。汉布尔顿听母亲夸鲍罗廷是个优秀青年。

鲍罗廷是克格勃主管国外行动第一局的一个官员。他的英语和法语是在莫斯科的克格勃外语学校学习的。苏联人精心策划他在智利大使馆鸡尾酒会上与汉布尔顿夫人“邂逅”，并给她留下一个很好的印象。鲍罗廷在北美的任务是招募间谍，建立起一套间谍网络。事先了解到汉布尔顿一家的情况后，鲍罗廷发现休·汉布尔顿身上的许多优点。他认为：汉布尔顿家庭背景好，政治上天真幼稚；他的性格是一个易于驾驭的人，他生性守口如瓶，神秘莫测；而且，休·汉布尔顿性格的另一方面将会使他把同苏联人合作视为一种富有浪漫色彩的冒险；加拿大的国籍便于隐藏。

酒会后两个星期，鲍罗廷给休·汉布尔顿打电话，邀请他共进午餐。这是汉布尔顿第一次一个人单独与苏联人约会。午餐之后，二人沿着渥太华里多运河的河畔小径漫步。汉布尔顿容易接受他人建议，尽管他确实不太爱透露自己对事物的内心想法，但是他的一举一动含有愿意接受合作的意思。鲍罗廷与汉布尔顿握手言别，希望不久再次相会。

1949 年 5 月的一个周末，风和日丽。下午，汉布尔顿合家出动，驱车来到米奇湖。车上，苏联客人鲍罗廷与休·汉布尔顿谈笑风生，亲密无间。汉布尔顿说他打算辞去加拿大国家影业董事会的工作，到法国巴黎大学攻读高级学位。

鲍罗廷对汉布尔顿的决定表示支持和赞扬，略一停顿，他把话锋一转：“在我国，我们很想与加拿大人民建立联系，他们懂得资料共享的重要性。你可以为我们两国做一点有益的工作。”一席话打动了休·汉布尔顿，他同意，双方合作的原则是对两国都有益。鲍罗廷并没有急于提出确切的建议。他暂时把话题搁在一边。在走回别墅的路上，鲍罗廷说道，“我们的谈话，最好只限于咱们两人知道”。

“不必多虑，”休·汉布尔顿许诺说，“你的话到我这儿为止”。并没有意识到自己已经中了鲍罗廷精心设计的圈套，开始走上危险的间谍之路。

二

1955 年 3 月的一天，在巴黎南郊一座农舍式的房屋里，鲍罗廷带着一个人找到了正在读学位的汉布尔顿。其实，他的行踪克格勃掌握得很清楚。

鲍罗廷从中介绍说："他叫保罗，苏联人，我的朋友。这位是休·汉布尔顿先生。"

几天后，保罗与汉布尔顿在巴黎大学法律系附近的一俄式饭馆会面。保罗问汉布尔顿今后打算干什么。汉布尔顿说他已被伦敦经济学校录取，他打算在巴黎学完西班牙的经济理论课后，到伦敦获取一个哲学博士学位，保罗大加褒扬："我非常钦佩你的计划，也愿意出资资助你学习。"他把话锋一转："但在目前，你也许应该暂时停止学习，好好休整一下，去伦敦经济学校学习的计划可推迟一两年，相反，应在巴黎申请为北大西洋公约组织工作。只有在那里，才能实现数年前在渥太华与鲍罗廷商谈的相互合作。"

汉布尔顿接受了这一建议。1956 年 11 月 14 日，经过在蒙邦大学认识的美国朋友劳埃德·德拉米特的帮助，他被北约组织聘用。保罗规定了与汉布尔顿的接头方式。时间在星期五，两周一次。地点定在地铁车站，不过是灵活的。会面从某一星期五开始，直至所有的地铁车站全部用完为止，然后重新开始。如果由于某种原因不能如期赴会，会面将延到下一周，时间不变，但地点要按照顺序改为下一个地铁车站。计划简单易行又周密妥当。

北约组织的文件分为四个秘密等级，最重要的是绝密，其次是机密，再次是秘密，最后是内部。开始的时候，保罗指示汉布尔顿："在新的岗位上要谦虚谨慎，不要惹人注目，务必不得急于搜取情报。不得孤注一掷地冒险从事。"头一个月，保罗要求汉布尔顿用口头简要汇报秘密等级低的文件的内容，具体选择由汉布尔顿自定。到 1957 年 4 月，汉布尔顿在他的农舍别墅里拍照了 70 多份文件。

1957 年 5 月，保罗与汉布尔顿在一家小饭馆里接头。保罗对汉布尔顿的顺利进展夸奖一番后提出，汉布尔顿今后送回的文件必须升格为绝密一级。"仅在偶尔的情况下"，保罗提醒道，"定期签名借阅文件也许会引起过多的怀疑。"保罗说他要回国一段时间，并要汉布尔顿不要离开巴黎。汉布尔顿当然不知道，苏联克格勃少校阿纳托利·戈利岑在芬兰的赫尔辛基叛逃，向美国中央情报局泄露了克格勃派驻在巴黎的所有主要间谍的秘密，保罗此次是紧急调离巴黎的，以躲避西欧的追捕。不过，汉布尔顿并没有牵连到此案之中。离开饭馆时，保罗诡秘地交给汉布尔顿一个信封，里面是1000美元。汉布尔顿接过信封，迅速放进衣兜。二人什么话也没说，匆忙告别离开。

三

1961年克勃格变得更加贪得无厌，不顾一切地要求汉布尔顿提供情报。多年以来，汉布尔顿提供了成百份文件，加起来有上千页。现在苏联疯狂地坚持要提供更多的文件，把交情报的频率提高到每周一次。更为糟糕的是，他们命令他从指定的北约档案里窃取特定的超级机密文件。

他感到自己从事活动的严重性。克格勃的外部压力，他自己良心的责备，使他终于决定与之一刀两断。5月的一个雨天，他约保罗在一个咖啡馆见面。汉布尔顿谎称，由于安全原因，自己被解职了。保罗惊异地问出了什么事？汉布尔顿说："我姐姐从渥太华秘密地到古巴去了一次，某个西方情报机关发现了她。不过我的头头说我本人并没有问题。"

"你一定要聘请一位律师为你的权利，为你恢复职务进行斗争。"保罗义愤填膺地说，"你去请巴黎最好的律师。不管他要多少钱，我们都照付。"

"我怕这样做没有用。"汉布尔顿说，"北约组织是一个不受任何民法约束的超国家的军事组织，就算我恢复了职务，还是免不了被怀疑。"

一个星期以后他们再次见面，保罗建议汉布尔顿跑到苏联去，通过莫斯科电台向全世界发表声明，揭露北约组织反对和平的种种阴谋诡计。"在你学会俄语之后，你可以在我们的大学里教书，搞研究和写文章，并在其他方面帮助我们。"

汉布尔顿谢绝了苏联人的"好意"，他说他还是想留在西方。伦敦经济学院他还希望去，"我已经决定，在他们改变主意之前接受奖学金了。"

克格勃这一次也被骗住了，由于汉布尔顿被认为是失去了北约组织的职务，克格勃对他的控制也暂时解除了。1961年最后一次见面，保罗要给他钱，汉布尔顿表示谢绝。出于礼貌，他还是记下了保罗的话：如果今后要联系时，可以在每个月的第三个星期天的中午在巴黎某条街的拐角处去接头。

休·汉布尔顿十分庆幸自己终于逃脱了克格勃的魔掌，他如释重负地松了一口气，他从北约组织辞职进入伦敦经济学院攻读博士学位去了。

四

1975 年 6 月，根据克格勃的指示，汉布尔顿来到了维也纳。在这些年里，汉布尔顿的变化太大了，为了与克格勃合作，他与妻子离婚了，1962 年他又娶了第二位妻子，后者为他生了几个孩子。自从在伦敦拿到博士学位以后，他在加拿大拉瓦尔大学任教授，学术水平有了很大提高。

他是在 1962 年主动与克格勃恢复联系的。1962 年一个星期天，他来到巴黎那条街道拐弯处，本来是想看看克格勃是否真的在等候。没想到克格勃的耐心如此大，一等就是一年多。接上了关系后，他帮助克格勃收集了大量情报，其中有以色列的核弹问题、中国的经济问题、秘鲁的人口问题。他的报告是苏联政治局委员的必读材料。他也自觉飘飘然起来了。此次，克格勃指令他在维也纳等候新的任务。汉布尔顿先飞往希腊，从雅典乘火车，等到他赶到维也纳一家药店门口时，克格勃的罗拉早已等候在那里。第二天，汉布尔顿在苏联人的安排下，经捷克斯洛伐克前往莫斯科。

在莫斯科西北区一幢高层公寓楼里，克格勃对汉布尔顿进行了间谍活动训练。他们想让他能用多种方式接收莫斯科发出的信息。一名技师教他密写和使用克格勃准备在加拿大交给他的药剂显示字迹；另一名教官给他讲解无人交接点的概念和使用密藏器具的方法，教给他有关在无人交接点附近发现跟踪的基础知识。他还学会了鲁米夸尔密码，那是专供那些不愿意学或环境不宜用莫斯科密码的王牌情报员使用的，其特点是无声，简单，不受空中干扰。在莫斯科期间，汉布尔顿还得到了安德罗波夫的接见，并与他共进晚餐。不过当时汉布尔顿并不知道那就是安德罗波夫。他向汉布尔顿提了一些国际事务方面的问题，诸如美国有无可能突然把军费开支增加到远远超过现有水平；犹太人在美国是否受到严重迫害；美国青年人的态度，进步的美国青年是不是把苏联看作未来的希望等等。汉布尔顿很谨慎但也是客观地回答了这些问题。话题转到西欧，安德罗波夫预言，共同市场终归是要失败的，汉布尔顿表示不同意，安德罗波夫再也没说什么。

在提到汉布尔顿的未来时，安德罗波夫说：“您过去的贡献很大。您是否能使自己在加拿大的政界中成为一股势力？您能不能以某个政党的代表的身份竞选议员？”

“不大可能，”汉布尔顿说，“我在政治活动中一直是不大活跃的。我没有经验，也没有基础。”

“您能不能到美国去，在某个秘密研究中心工作，比如说，哈得逊研究所?”

汉布尔顿说他有可能找到这类工作。安德罗波夫劝他去争取一下，并且说，克格勃将继续让他在某些禁区活动，并表示往那些地方派遣情报员是有困难的。一个小时后安德罗波夫带着随从离开了公寓。这时罗拉才告诉汉布尔顿刚才同他谈话的是克格勃主席安德罗波夫。

一周后，汉布尔顿秘密地从原路返回到维也纳。

五

1978 年 11 月中旬的一天，汉布尔顿在加拿大收到一张风景明信片，上面写着几行字：“亲爱的乔治，我的妻子和我希望您在 11 月末来维也纳参加我们的结婚纪念日。”这是克格勃用暗语紧急通知他下个星期一去维也纳接头的。

按照预先约定的程序，汉布尔顿坐在一辆停在一家饭馆门前的空车里。几秒钟后，一辆不带标记的大型卡车突然停在他坐的汽车后面，过了一会儿，另一辆卡车又在他的车前 30 码处停下。在他周围立刻出现一些人，他们两三个人一组，汉布尔顿意识到，他已经被一支苏联小部队包围了，卡车里肯定还有人。罗拉突然闯进他坐的汽车前座，他不像以前那样的亲热，而是严肃他说："我们就在这里谈话。"

罗拉神经质地向四周望了一眼，好像马上就要被逮捕枪毙似的。他问道："有人跟踪你吗?"

"我想没有，我没有仔细检查。"

"这是你的老毛病，从来不检查!"罗拉说。他声音粗暴、愤懑，这使汉布尔顿甚为吃惊。他告诉汉布尔顿，"情况很严重。你从伦敦寄来的信已被保安机关拆过。"

"倘若仅仅为此而不安，那就不必了。是我自己拆开的。为了加上几句话，告诉你我要在伦敦住到12月，后来又用胶水粘上了。"

"这没关系，我告诉你，这封信是被保安机关用专用技术拆开的。你可能被监视，也许还没有，但你必须认为自己已经受到监视了。我们知道，西方保安部门正在彻底清查像你一样在情报机构干过的一些人的背景。他们对这些人都要详加审查。"罗拉说，"你可以到东方去，也可以留在西方。如果你到东方来，我们欢迎；如果你留在西方，那就得靠自己了，但是，不管怎样，你得停止一切活动。"罗拉递给汉布尔顿一个白色信封，对他说："这里有一些钱以供你度过难关。我得走了，再谈下去不安全，他们很可能正在监视。如果你不到东方来，那就离开维也纳……"

罗拉连一句告别的话也不说就走了。瞬间消失在黑暗中。汉布尔顿回到旅馆打开信封，里面装着5000美元。他迅速地心算了一下，突然张开嘴，痛苦地笑了。5000被22年除，然后再除12个月，从1956年算起，他为克格勃服务每月挣不到19美元。他明白他的生活完全毁了。

1979年9月，汉布尔顿回到拉瓦大学。开头几天，一切似乎都很好。但是，一天夜里，当他走在校内连接两幢楼之间的长廊时，他听到身后不远处有脚步声，他停下来，那脚步声也停了，这一次，他确信自己被监视了。他从此处在惊恐不安之中。直到11月的一天，他终于受到加拿大警方的正面调查和讯问。但鉴于汉布尔顿从未在加拿大领土上从事过违法活动，也没向苏联人提供过任何加拿大的机密，加拿大当局对于是否能对汉布尔顿进行起诉，并无把握，于是他们决定放弃起诉，以换取汉布尔顿无保留的合作，把他与克格勃长期关系中所涉及到的重要细节都交待出来。

3 年后，即 1982 年，当汉布尔顿带着他的儿子飞往伦敦旅游时，他即被英国警方逮捕。他毫无顾虑地主动地讲了自己全部间谍生活，同在加拿大讲述的一样。但是英国官方保密法规定，任何时间、任何地点从事反对联合王国的间谍活动都是犯罪。于是，他被起诉，并且被判了刑。

汉布尔顿被克格勃拉下水中后，他本可以停止其间谍活动，然而，他又自动与克格勃联系，继续被克格勃利用。他被人戏称为“有间谍癖者”。

南非军中的鼹鼠——格哈特

格哈特毕业于南非军事学院，1952年加入南非海军。1956年被派往英国受训。曾先后任南非驻英国等几个国家的武官。还是南非总理博塔的军事顾问，担任过海军基地的指挥官，是南非重要将领之一。从20世纪60年代起，他一直为克格勃工作，出卖了大量西方机密。后被一名叛逃到西方的苏联间谍出卖，1983年1月在美国纽约大学进修时被捕。

一

1983年11月14日，联邦德国当局应美国的要求，在汉堡港扣留了3个货箱。17日，瑞典赫尔辛堡港海军又扣留了另外4个货箱。这些货箱装有美国制造的高度精密的VAXll—782型电子计算机，货运最终目的地是苏联。据北约高级官员说，这种计算机可直接用于军事方面，从而使苏联在半年内即可拥有极为先进的导弹制导系统。此事令西方感到震惊，美国、瑞典、联邦德国、南非、英国及加拿大等6个国家的情报机构立即展开行动，追查这批货物的订购者和发货人，结果查明竟是早在1983年1月在纽约被捕的迪特尔·格哈特所为。

据调查表明，VAXll—782型电子计算机是格哈特在欧洲的一家公司于1982年洽购的，而且订了3套。成交后该公司即突然消失。这批货一般要经过6至8个地方，才到达最后目的地。据估计，其中一套运往民主德国，可能已经落到苏联人手中。在联邦德国和瑞典扣留的这一套，首途南非，未曾卸货即转运联邦德国。第3套可能还在其神秘的旅途上周游各国。

二

格哈特是何许人？他为什么要这么做呢？此人被捕时的身份是南非海军高级将领，1934年出生于柏林，二战后随父亲移居南非，毕业于南非军事学院，1952年，他加入南非海军，1956年以海军中尉军衔被派在英国受训。因其表现出色而得以参与南非与英国的军事合作计划。后来，由于他相继担任南非驻英国等好几个国家的武官，因此结识了许多军火商和武器专家，他还是南非总理博塔的军事顾问，有一段时间在国防部主管武器发展计划。南非官员说他是南非最重要的将领之一，相当受重用。被捕前的10年内至少负责过8项重要军事计划。因此，他不仅熟悉南非的防务情况，而且对美、英等国先进武器有丰富的知识，并且对南非与英国、美国、以色列和台湾的军事合作也十分了解。近几年，格哈特担任开普顿附近西蒙斯顿海军基地指挥官。被捕时他正受命在纽约一所大学进修。

这么一个深受器重的高级军官怎么会成为苏联间谍呢？其原因在于他的贪财、好色和政治野心。据格哈特被捕后供认，1964 年在英国工作时，有一天被一个神秘人物邀请到苏联驻伦敦大使馆。接着的一个星期，他又连续去了两次，每次均有美女陪伴，从此不能自拔。

格哈特结过两次婚，第二次是由苏联情报机构促成的。女方是一位日内瓦律师的秘书，会 5 种语言，早就是苏联间谍，结婚后即成为格哈特与苏联情报机构之间的联络员。在南非时，她每年两次赴瑞士，表面上是回娘家，实际上是秘密会晤苏联情报人员、递送情报和听取指示。格哈特几乎每个月都向苏联提供情报。一名叛逃到西方的苏联情报官员说，他曾亲自看过格哈特写的有关英国和法国核武器实力和发展计划的情报。10 多年来，苏联付给他约 1000 万美元的赏金。格哈特野心极大，想当南非总理。苏联则答应给予支持，包括以军事力量帮助他上台。

在 20 世纪 70 年代，格哈特至少两次秘密赴苏。他从瑞士经伦敦、维也纳等地，再持假护照化装后去莫斯科，在苏联，他受到安德罗波夫的热情接待。有一次他还被带到黑海宁养区，当时勃列日涅夫正在该地度假。据推测，勃列日涅夫可能接见了格哈特。格哈特手里经常有几张苏联航空公司的机票，在瑞土银行里还收藏着几本备用护照，一旦失手，即可在任何时候从非洲或欧洲直飞莫斯科。

三

10 多年来，格哈特帮苏联搞到了大量的西方军事情报和尖端科技成果。据南非官员估计，经格哈特偷运到苏联的西方先进军事科技装备重逾百吨。向苏联提供的情报包括法国“飞鱼”式导弹及发展中子弹的秘密，法国若干种战斗机和“北极星”导弹部署情况；英国海军的实力及发展计划；至少有 4 种美军方使用的电子计算机和多种导弹的秘密，以及太空武器和海军发展计划；北约最新军事部署及美国中程导弹在西欧的部署详情；荷兰、瑞典和挪威军事发展计划，特别是有关潜艇的秘密；南非军事机密及发展计划等。受震动和损失最大的是英国，因为通过南非与英国的军事合作，格哈特洞悉英国军事秘密。据说马岛战争期间，格哈特将英国舰队的位置及活动情况告诉了苏联，苏联又转告阿根廷，致使英舰多艘被击沉。在格哈特被捕前的 8 个月中，由于格哈特为苏联窃取了最先进的导弹技术，使苏联能够发展一种可与美国“潘兴”Ⅱ式导弹和巡航导弹对抗的新武器。北约官员认为，这是苏联在中程导弹谈判桌上态度强硬的重要原因。西方反间谍机构认为格哈特是向苏联提供西方情报和武器秘密最多的间谍之一。

格哈特还为苏联招募大批间谍。据英国官员估计，格哈特在英国任职期间，至少为苏联招募了 120 名间谍。格哈特以南非发展潜艇为名，在英国报刊上公开征聘有关专业技术人才，应征者达 1800 人，格哈特在饭店接见了他们，而后逐一审查，选出 100 名条件最好的人，写出详细材料送给苏联。同时，格哈特还邀请许多朋友组织“海洋情人俱乐部”，约有 80 人参加，其中包括外国驻英武官及英退休海军军官等。据说，每次活动都有美女陪伴，经费由苏联情报机构支付。英国反间谍机构相信，这些人中，有些很可能成了苏联间谍。瑞士反间谍机构也怀疑格哈特在日内瓦建立了苏联间谍网。

另外，格哈特还为苏联向非洲推销武器和扩大影响。20 世纪 60 年代末，格哈特在南非成立了一个名为“东非解放运动”的地下组织，搞政治活动。同时，又将大量有关罗得西亚及安哥拉的情报送给苏联。格哈特在欧洲有许多家公司，用来掩护其搞间谍活动和做军火买卖。10 年中，他为苏联向非洲推销的军火平均每年达 3 亿美元。他还将东欧国家的武器卖给非洲的地下游击队。通过这种活动，他帮助苏联间谍机构与非洲地下组织建立联系，后来，又在安哥拉、埃塞俄比亚等地帮助建立亲苏政权。古巴军队进入非洲，也可能与格哈特的这些活动有关。

1982 年，一名叛逃到西方的苏联情报官员供出了格哈特的间谍身份，美国中央情报局和联邦调查局会同英国反间谍机构立即设法诱捕格哈特。

1983 年 1 月的一天，他们让格哈特的一位同学（实际上是联邦调查局特工人员）约他到纽约某酒店喝酒，在那里将他逮捕。不久，又逮捕了格哈特的妻子。美国对逮捕格哈特一事严加保密，并布下罗网，令他妻子约苏联驻瑞士官员尼科拉尔夫接头，1 月 25 日，尼科拉尔夫果然如约赴接头地点，瑞士警方按美国、英国和南非有关当局的要求将他拘留，当场搜出其间谍罪证。美国对格哈特进行讯问，获得大量对美国来说非常有用的重要秘密之后，将此案转交给了南非当局。

主动投靠苏联的美国特工
——霍华德

霍华德曾是中央情报局的工作人员，在苏联东欧处任过职。但此人品操不佳，不具备坚定的政治信仰和从事秘密情报工作的纪律与忠诚。所以当他因有酗酒、吸毒和偷窃行为被中央情报局解雇后，便为了报复，向苏联出卖情报，后又叛逃苏联。与谢夫钦科出于政治立场的改变与莫斯科决裂不同，霍华德的背叛完全是出于个人的恩怨。不过，苏联以及俄罗斯对待霍华德的态度和作法是明智的，他们没有鸟尽弓藏、卸磨杀驴。

一

1985年9月的一天，在美国南部新墨西哥州的沙漠里，一名向苏联克格勃出卖情报的前中央情报局官员——此人一直处于美国联邦调查局严密监视下——突然失控，不见踪影了。第二年的8月7日，苏联塔斯社发布了一则消息，宣布一名叛逃的美国人请求“在苏联政治避难”，苏联“基于人道主义的考虑”，已批准这一请求。

这位叛逃者就是前美国中央情报局官员——爱德华·李·霍华德。他是美国中央情报局的第一个主动叛逃者，并因此而声名大噪。

霍华德1951年出生于美国新墨西哥州。父亲是空军人员，美国人，母亲是西班牙人。他很小就随同父母在国外生活。先后在得克萨斯大学获学士学位、华盛顿美国大学获硕士学位。霍华德天资聪明，富有才华，大学毕业后，他在美国和平队、国际开发署和几家公司工作，但他最大的愿望是到中央情报局工作，以满足他冒险的渴望。经多次申请，终于在1980年获得批准。中央情报局对他进行了严格的测谎检查，虽然发现有问题，但仍然录用了他，并对他进行了从事间谍活动的全套技能训练。这年底，美国中央情报局最核心的部门——行动部苏联东欧处调用了他，接着又对他进行了严格的语言和技能训练。

霍华德隐瞒了自己的不良嗜好：吸毒和酗酒，但同事们发现了他的毛病。1982年11月30日，在一架飞机上霍华德运用中央情报局教会他的技巧，偷了邻座一个女人的化妆包，里面有40美元和一个身份证。后来他把化妆包拆了，把那40美元捐给了一家电视台。这次小小的偷窃事件毁了霍华德的前程，改变了他的一生。

本来中央情报局决定派他去莫斯科美国驻苏大使馆工作，并已由总统签发了任命书。但偷窃事件使中央情报局觉得有必要重新审查霍华德。他接受了四次测谎检查，都没有通过，最后中央情报局解雇了他。同在中央情报局工作的妻子玛丽·塞达利夫也同时被解雇。他无法忍受中央情报局对他的处置，他恨透了中央情报局的人，他决心要对中央情报局进行报复!

解雇不久后的一天，霍华德采取了第一个行功。那天下午7点钟，他利用他知道的一条特别线路给美国驻莫斯科大使馆打了一个电话，那时莫斯科是凌晨3点钟，接电话的是一个海军陆战队士兵。“我叫爱德华·李·霍华德，请你告诉卡尔·格布哈特，我由于身体原因不能前去报到了。”

卡尔·格布哈特是中央情报局驻莫斯科站站长，克格勃知道这点。如果霍华德去了莫斯科，卡尔·格布哈特就是他的顶头上司。驻莫斯科使馆的电话被克格勃日夜监听，这样苏联人就会知道这位已拿到签证的美国人不是什么外交官，而是中央情报局的；如果他来不成了，为什么呢？中情局一定要另派人接替霍华德，那个接替者将会受到监视。

霍华德对自己这个报复性的玩笑电话很得意。两天后，中央情报局苏联东欧处一位负责安全的官员找上门来，将霍华德训斥了二十来分钟。“我们知道你给使馆打了电话，”他说，“希望你不要往那儿捎话了。否则，我们饶不了你。”对这种无力的威胁，霍华德根本不在乎。

不久，霍华德用使馆的专线又往莫斯科打了一次电话。这次他找在使馆工作的一位苏联女人。霍华德在苏联东欧处工作，他知道她是一位克格勃上校，叫拉娅，是一个迷人的金发碧眼的女人，霍华德和她聊了一通。

1983年年底，即霍华德被解职六个月之后，他又往莫斯科打了一次电话。他认识使馆的二秘约翰·贝尔，他是他学习俄语时的同学。霍华德跟他聊了几句，说“代我向弗兰克问好”。约翰·贝尔在使馆里认识的唯一一个叫弗兰克的人正好是中央情报局的。当约翰·贝尔碰见弗兰克时对他说，“霍华德向你问好。”弗兰克吃了一惊，因为旁边就有苏联人，他急忙把贝尔拉进一间密室，详细询问了情况，然后报告了站长卡尔·格布哈特。苏联东欧处的人很快就知道了霍华德打的这些电话。他们和安全科、反谍报科商量后决定把事情压在情报局内部：家丑不可外扬。他们没有向联邦调查局报告霍华德的事，因为中央情报局和联邦调局的关系一直不好，它们互不服气。

二

为了找工作，霍华德夫妇回到了霍华德的故乡——新墨西哥州的圣菲市。他们卖掉了在华盛顿的房子，在圣菲市郊的埃尔多拉多买了一幢平房居住。霍华德很快就被新墨西哥州议会金融立法委员会雇用，充当一名经济分析员，起始年薪为3万美元，以后视工作情况再增加。他干得很不错，金融立法委员会主席柯蒂斯·波特很赏识他，不久就给他加了薪。但是，他心里并不高兴，抑郁、愤恨一直盘踞在心底。他又开始酗酒，比以前更厉害。下班后，他常常去一家酒吧灌上好多威士忌借酒消愁。日子一天天过去，报复中央情报局的欲望也一天比一天强烈。

1983年10月20日，霍华德出差去华盛顿参加一次经济会议。这是他被情报局开除后首次回到华盛顿。一天下午，他出去散步。不知不觉他走上了康涅狄格大街——苏联领事馆就位于这条大街上。他买了点东西，走进了苏联领事馆对面的一个公园，他在公园里慢慢走着，犹豫着是否走进苏联领事馆。他知道自己掌握的高级机密的价值。但是，苏联人会怎样对待他呢，也许会怀疑他是中央情报局故意抛的一个诱饵；也许会以为他是个疯子……他徘徊了几个小时，还是没有勇气走进领事馆。这可是决定着他、玛丽甚至孩子一辈子命运的事啊。

夜幕降临了。凭着在美国中央情报局学到的知识，霍华德知道联邦调查局对苏联使馆进行监视，但对苏联领事馆却并无监视，他走进去不会被怀疑，人们可能以为他是去莫斯科做生意的商人，或者是在领事馆工作的美国人。反正，没有人会注意到他。最后，他把心一横，快步走进了领事馆。他留下一封信，信中说，他是一位前中央情报局的官员，半年前由于莫名其妙的原因突然被解雇了，为此他非常气愤；他熟知中央情报局在莫斯科的各种机密情况，如果感兴趣可以与他联系，他留下了在圣菲的地址和电话号码。然后他回到了圣菲。

苏联人对霍华德的信极为重视，驻华盛顿的克格勃高级官员反复研究了这封信，他们暗中调查了霍华德的情况，准备和他接触。

在霍华德走进苏联领事馆几个月后的某一天，位于圣菲州议会大厦的霍华德办公室的电话响了，他拿起话筒，传来一个陌生的声音；“您好，霍华德先生。今天中午 12 点半邀请您到希尔顿饭店进午餐。请务必按时到达。”说完电话就挂了。

霍华德有些迷惑，但马上他就意识到来人非同一般。霍华德满腹狐疑，按时来到那家餐厅。这是一间装饰幽雅的餐厅，地方也较偏僻。他刚走进去，一个中年男子就热情地招呼他：“伙计，你来得真准时。”霍华德走过去，坐在他对面。他们边吃边聊。两人都是间谍出身，知道如何谈自己的事而又不引人注目。交易很快达成，从此霍华德成了苏联的间谍。

三

1984 年 7 月初，霍华德兑现了在克朗人寿保险公司的保险单。这是一种全家的保险单，他保留了限期保险以保护玛丽和儿子。同时，他告诉玛丽：他们将去欧洲旅行。这次欧洲之行是克格勃安排的并由他们出钱。在美国，霍华德的任何行动都是危险的，谁知道中央情报局是否还在监视他呢？所以克格勃把接头地点安排在维也纳。

9 月，霍华德申请了 9 天的休假。9 月 15 日，霍华德一家三口飞抵联邦德国法兰克福，他们租了辆汽车，第二天驱车去了苏黎世。租车是为了行动自由，不受注意，万一以后调查，也无从查找。到苏黎世后，他们又马不停蹄地驱车前往伯尔尼，经伯尔尼抵达奥地利首都维也纳。霍华德把玛丽和儿子安顿在一家舒适的旅店里，然后驾车出去了。六个小时后他才回来，手里拿着一份有关米兰的旅游手册。他刚会见了一位克格勃高级官员，霍华德透露了一些有价值的机密情报。克格勃给了他美元、黄金，还有一些证券。苏联人对他很热情，出手也大方爽快，霍华德很满意。他把钱交给玛丽，嘱咐她不要说去过奥地利。他说他们应该赶到米兰参加一个材料资源公司的会议。第二天早上他们便离开了奥地利回到伯尔尼去找一位老朋友，告诉朋友说他们刚从米兰回来。夫妇俩在那儿住了四天，9月23日，霍华德一家顺利回到圣菲。

自从霍华德被解雇后，中央情报局就从没对他放心过。苏联东欧处时而有人来看看他，并建议他去看心理医生，医疗费由他们出。他们总觉得这样就能把霍华德拴得紧一些，却不知霍华德早就拿了苏联人的大量美钞了。

10月底，霍华德和上司柯蒂斯·波特去波士顿参加全国税务官员协会的一次会议。有一天，霍华德突然不见了，怎么也找不着，到了下午，他头上裹着纱布回来了。他说头在玻璃门上撞破了。当天晚上，有一个鸡尾酒会，霍华德不等酒会结束就溜回了房间。他把衣物塞进一只皮箱，给旅店办事处打电话要订一张当晚到维也纳的机票，恰好此时波特回来撞见了，他问他去维也纳干什么。“不，不干什么。我有一个毛病：喝醉了酒就想去维也纳。”他顿了顿，“只有玛丽了解我这个毛病。”他当然没有这么个古怪的毛病。这次，他也没去成维也纳。

第二年春天，儿子过了两岁的生日，霍华德夫妇告诉邻居，他们将去联邦德国旅行。4月28日，他们飞抵慕尼黑，随即换机到维也纳。在那里，夫妇俩度过了一个美好而温馨的周末，只是有一天霍华德突然出去了，玛丽不知他去干什么，也没敢问他，回美国后，霍华德在瑞士银行有了一个帐户，里面存有10万美元。这是克格勃替他存的。和两年前相比，霍华德平静多了，好像他已适应了新环境。

一天，霍华德在《华盛顿邮报》上看到一则消息：据苏联塔斯社宣布，美国驻苏使馆的一名官员斯托姆鲍在从事间谍活动时被苏联安全人员当场抓获，同时抓住的还有一位苏联公民。这位苏联公民在美国情报机构的威逼、利诱之下，向中央情报局出卖了有关航空技术的高级机密情报。霍华德得意地笑了，两年来他第一次感到一丝宽慰。斯托姆鲍是他的继任者，是他顶替了霍华德去苏联，现在他可没得到好果子吃。至于那位苏联公民，霍华德知道得清清楚楚：他叫阿道夫·托尔卡切夫，十多年前就开始为中央情报局效劳，是情报局在莫斯科最有价值的谍报员之一。他曾经是霍华德的谍报员。在维也纳，霍华德把那可怜的苏联人的姓名出卖给了克格勃，为此他得到一大笔报酬，那位苏联人却被处决了。

四

得意洋洋的霍华德没有料到，危险已悄悄向他靠近。1985 年 7 月 24 日，一架苏联民航班机飞抵罗马的菲马米努齐诺机场，一位中年男子随着人群走下了飞机。看上去他像个体育运动员，实际上是克格勃的一名高级官员，名叫维塔利·尤里琴科。尤里琴科负责华盛顿、纽约、旧金山以及加拿大的奥塔瓦和蒙特利尔五座城市的克格勃的间谍活动。他的英语讲得非常流利。由于 8 月 20 日在意大利将举行一次核国际会议，他是为了苏联代表团的安全而来的，然而，8 月 1 日他离开苏联使馆就再也没有回来。在克格勃满世界找寻他的时候，他却来到了驻罗马的美国大使馆。在和中央情报局罗马站站长进行简单的交谈后，站长将这一重大消息报告了总部，总部随即指示：立即送到华盛顿来。

8 月 2 日，星期五清晨，尤里琴科在一位美国人的陪同下飞抵美国。尤里琴科向美国人揭露出了两只“鼹鼠”。第一个是个叫“朗先生”的人，是美国国家安全局的雇员。联邦调查局立即根据尤里琴科提供的该人具体情况开始了大规模的搜捕。第二只“鼹鼠”是中央情报局的，代号叫“罗伯特”，1984 年秋天他在维也纳和克格勃特工接了头，并拿走了钱，“罗伯特”曾经被打算派到莫斯科工作，后来没去成。“罗伯特”熟悉中央情报局与莫斯科的谍报员接头的复杂程序，还知道他们的代号，并能帮助确定这些谍报员的真实身份。

尤里琴科的情报让中央情报局的官员们吓了一跳。如果他讲的是真话，那么在中央情报局最秘密、最敏感的部门——苏联东欧处，有一只鼹鼠。这太叫人害怕了。是的，已经有迹象表明莫斯科情报站出了问题。就在 6 月份，谍报员阿道夫·托尔卡切夫被捕了，联络官保罗·斯托姆鲍也被苏联人抓住，后以间谍罪被驱逐出境。那么，这个“罗伯特”是谁呢？苏联东欧处的人，只有霍华德符合尤里琴科所讲的各项条件。中央情报局尤其是苏联东欧处感到极为狼狈，他们不愿意承认这个事实，拖延了五天才遮遮掩掩地告诉联邦调查局："罗伯特"可能是霍华德。

8 月 6 日星期二，当联邦调查局还等着中央情报局确定"罗伯特"的身份时，霍华德已再次到了维也纳。去奥地利之前，他跟新上司菲尔·巴卡说，他祖母病重，他要去看望她。第二天，他又告诉菲尔·巴卡说，他的祖母已经去世，他得提前两天去参加葬礼，巴卡准了他的假。实际上，他的祖母一直健在。在维也纳，克格勃告诉他尤里琴科叛逃，提醒他要时刻保持警惕，他们建议他不要再回去了，回美国肯定凶多吉少。霍华德说妻儿在国内，还是得回去安排一下，他认为联邦调查局的行动不会太快。

联邦调查局正在担心他不会回来时，8 月 12 日，他出人意料地回到了圣菲，第二天就开始照常上班了。最令联邦调查局头疼的是，霍华德受过全面的反监视训练，联邦调查局的那套他很熟悉。到 8 月下旬，霍华德嗅出了不正常的气味：他感觉到了监视。他注意到房子附近常有一些无事可干的人，有一架直升飞机常在该地区低空盘旋。尽管能肯定霍华德在向苏联人出卖美国的机密情报，但中央情报局和联邦调查局都拿不出法律所认可的证据来。他们无法逮捕他。

9 月中旬，霍华德和妻子去旧金山参加一次会议，联邦调查局非常紧张，他们担心霍华德会趁机逃跑，在整个旅行中，不论在地上还是在天上，霍华德都受到了最严密的监视。联邦调查局没有耐心再这样捉迷藏了，他们决定和霍华德正面交锋，他们要找他"谈谈"。局里派审讯员瓦格斯帕克到圣菲对他进行讯问，霍华德否认自己去过维也纳，更不承认自己是苏联间谍。霍华德回家时，他看见一男一女正在盘问玛丽，他打断了他们的谈话，把他们撵走了。

联邦调查局认为霍华已经是网中之鱼了。8 月 20 日是星期五，这天凌晨联邦调查局在审讯霍华德的朋友博希时得到了重大发现。联邦调查局决定周一逮捕霍华德。

五

就在联邦调查局起草逮捕申请时，霍华德正在思考出逃计划。经过一夜的苦思冥想，一个大胆的计划形成了。9月21日，一大早，霍华德就开始了秘密的准备工作。他知道他的一切活动都受到严密的监视，要出逃，只能采取跳车的方式，几年前，他和玛丽练习过无数次跳车，现在还没忘记。跳车时需要有个假人，受训时发的那个皮包假人交回去了，玛丽有个用来安放假发的白色苯乙烯泡沫像，霍华德弄断了一把扫帚柄，上面架个衣架，固定好那个头像。他给头像戴了假发和帽子，又给假人穿了一件米色军用野战夹克衫，这样就做成了一个假人。上午9时，霍华德一家开车上了圣菲，他开着车到处转，寻找合适的跳车点。霍华德在地图上把它们标了下来，并选中了一个最理想的地点，州议会以南数英里处的一个急拐弯处，路边有灌木丛和房子，便于隐藏。

中午他们回到家，霍华德把玛丽叫到户外，向她谈了出逃计划，他担心室内有窃听器。对霍华德的出逃，玛丽既伤心但又无可奈何，他毕竟是她丈夫，她不愿意丈夫因间谍罪而终身呆在监牢里。霍华德开始做最后的准备。他用一盒空白磁带录了一段与家庭医生的讲话，并详细指示玛丽在什么时间怎么样在电话上放录音，最后他放了1000元美钞在钱包里，又拿了美国捷运公司信用卡和护照，还有一张环球航运公司的登机卡。

下午4点半，霍华德像往常一样抱起儿子，亲了又亲。把孩子交给保姆后，夫妇俩开车离开了弗拉诺环道108号。联邦调查局的监视车就停在附近。可是当霍华德夫妇驾着暗红色的奥尔卧车离开时，监视车竟未发现他们。当时监视车里只有一位新手。他偶然低下头干其他的事，霍华德就在光天化日之下从联邦调查局特工的鼻子底下溜过去了。不过霍华德并不知道这件意外的事情，他一直以为联邦调查局的人盯着他。到了阿方索饭店，他们选了一个隐蔽的角落坐了下来。霍华德点了昂贵的鱼子酱和上等香槟酒。也许，这是夫妇俩在一起的最后一次晚餐了。霍华德努力安慰玛丽不要伤心，也许过几个星期或几个月他就会回来。他嘱咐玛丽一些事情：把房子卖了，搬到他父母或她父母那儿去住，一定要好好照顾儿子。另外，不要为他担心，要爱惜自己的身体。玛丽哽咽着，一句话也说不出来。

霍华德往家里打了电话，询问儿子的情况，霍华德打电话是为了告诉监视者他在哪里，但这个电话好像没有被监听。在这几个小时里，霍华德没有受到任何监视。这真是奇怪，也许是他的运气好。天黑之后，夫妇俩离开饭店走进汽车，霍华德灭了刹车灯。他们最后一次紧紧拥抱亲吻。玛丽驾车驶到了预先选好的跳车地点，在车急拐弯的那一刹那打开车门，霍华德跳了下去……玛丽驾车继续前行，然后驶上回家的公路。

看到霍华德的车回来，监视人员大吃一惊，他并没有看到他们离开啊！好在车里还是两个人，霍华德还在。

几分钟后，玛丽开车去接儿子回家。回家后，她把那盒录了音的磁带放进录音机，拨了医生的电话号码，听见对方的声音，说大夫不在，请留言。玛丽便将录音机放音键按下，“霍华德”开始说话了，他说他感觉紧张，希望下周去看病。监视车里的特工监听到这个电话，他再次放心了：目标仍在屋里。

霍华德乘了去阿尔伯克基机场的末班公共汽车到达机场，他买了一张到塔克森的机票，晚上 9 点 10 分飞机起飞。到塔克森后，霍华德用假名订了一间房子，然后出去买了一些化妆品。他把黑头发染成了淡黄色，这样别人不易认出他。

第二天早上，霍华德用环球公司的登机卡买了一张去哥本哈根的机票，早上 7 点 55 分，环球航空公司的 388 次航班起飞了。下午 5 点 16 分，飞机在肯尼迪机场着陆。他换乘晚上 6 点 26 分的 730 次航班飞往伦敦。晚上 7 点 15 分，霍华德乘坐的飞往伦敦的飞机已离开了美国，联邦调查局的人此时才知道霍华德已经跑了。星期一，圣菲地方官签署了一项逮捕霍华德的命令，通缉令发往全国和世界各地，但已经无济于事了。

六

霍华德到哥本哈根后，连机场都没出，又换乘飞机飞到赫尔辛基，接着从那里去了法兰克福。少年时代在德国的生活使他知道在哪儿能弄到假护照。他花 2000 美元买了一份假护照，然后去了拉美。在随后的九个月内，他游荡在美洲和欧洲两个大陆上。霍华德随身携带的现金并不多，又不敢去瑞士取钱，他不得不干些临时工维持生计。他教过英语，当过司机，也干过管理员。他留起了大胡子以防止被人认出。1986 年 6 月的一天，他走进了苏联驻匈牙利大使馆，从而结束了九个月东躲西藏的生活。

苏联人热情地欢迎他的到来。霍华德和克格勃进行了广泛而深入的合作。他提供了三个方面的情报：一是为美国服务的苏联谍报员的姓名。由于工作需要，给霍华德看了几乎所有的材料，他当然了解这些谍报员，他知道他们的代号和联络方式，还知道谁提供的是哪一方面的情报。仅凭最后一点克格勃就能知道这些谍报员是何许人。二是在莫斯科的中央情报局官员。霍华德对此是了如指掌的，苏联人可根据霍华德提供的名单进行跟踪，既可抓住美国人，也可抓住那些苏联卖国者。三是中央情报局在莫斯科的行动方式，他知道联络方式、接头暗语和行动地点的代号。仅这三方面就够中央情报局受的了。此外还有些损失无法估价，霍华德了解中央情报局在莫斯科采取的技术上的行动，如何装窃听器，如何偷听克里姆林宫最高领导人在汽车里的电话，等等。

继 1985 年 6 月小保罗·斯托姆鲍被驱逐出境至 1986 年 3 月 14 日，苏联人以间谍罪驱逐了另一名中央情报局官员迈克尔·塞勒斯；5 月 7 日，克格勃又逮捕了埃里克·赛茨和他的妻子，夫妇俩都被驱逐出了苏联。后来，又有两名情报局官员被赶出了莫斯科……这些都是霍华德的功劳。

霍华德在匈牙利呆了一周后被送往莫斯科。苏联人待他很不错。他们给他检查了身体，发现他患有胃溃疡和前列腺炎后给予了极好的治疗。但他精神紧张，他想念玛丽和孩子，希望他们能来看他。苏联人热心地帮了忙，给玛丽写了一封信，邀请她和孩子来莫斯科并保证他们能回到美国，接到信，玛丽找到联邦调查局的官员，要求去莫斯科，但遭到拒绝。他们说苏联人肯定会把他们母子俩扣下，他们还拿走了她的护照。8 月 5 日，霍华德从莫斯科给玛丽挂了电话，他讲了自己的情况，诉说了对玛丽和孩子的思念之情，希望能早日团聚。

1986 年 8 月 7 日，在霍华德失踪近一年后，塔斯社发了一则消息：前中央情报局官员爱德华·李·霍华德被准予在苏联政治避难，苏联“基于人道主义的考虑”批准了这一请求。消息还说，霍华德要求在苏联居住。9月14日，霍华德第一次在苏联电视上亮相。他蓄着小胡子，接受了记者亨里克·博罗维克的采访。

1987年4月末，玛丽和儿子终于获准去莫斯科。一家三口在经历了一年半的分离后在莫斯科团聚了，他的儿子此时已是四岁了。

1991年12月苏联解体，霍华德愈来愈担心自己的命运。他担心俄罗斯会用自己同美国做什么交易。他开始设计新的前途。1991年底，他设法来到瑞典，取得了6个月的居留证。霍华德在斯德哥尔摩市郊开了一家公司，做起了进出口生意，从独联体进口木材，从巴基斯坦进口服装和香料，然后转手出口。

霍华德前脚进瑞典，联邦调查局的人后脚就跟了进来。他们取得瑞典警方的支持对他进行严密的监视。在瑞典特工的帮助下，他们和霍华德谈了一个小时，要他回美国。霍华德拒绝了。他犯的是间谍罪和叛国罪，回去不会有好果子吃。1992年8月17日，霍华德要求长期定居瑞典的申请被驳回。8月20日，霍华德和前来探望的妻子、儿子到动物园玩时，50名瑞典警察抓住了他，把他送到孔格肖尔曼岛监狱。瑞典人仔细调查了霍华德的活动，找不出他在瑞典从事间谍活动的任何证据，最后，他们很不情愿地释放了霍华德，但表示他在瑞典不受欢迎，勒令他离境。瑞典反间谍负责人奥马布莱德亲临机场监督霍华德飞离机场。

莫斯科现在还没有抛弃霍华德，他又回到莫斯科。俄罗斯负责国外情报工作的机构的发言人尤里·克巴拉兹表示：欢迎霍华德回来，并继续向他提供住房和工作机会，因为他“曾和苏联情报部门合作过多年”。而同时，美国司法部发言人称：即使霍华德逃到天涯海角，也要把他捉拿归案！

给中情局造成最大损失的内奸——埃姆斯

埃姆斯1962年至1994年在美国中央情报局工作了30多年，并在中央情报局苏联东欧反间谍处处长和缉毒中心等重要岗位上任职。苏联间谍情报机关利用他的贪欲的弱点，用金钱将其收买，成为克格勃在中央情报局内部的鼹鼠，1985年开始为苏联和俄罗斯情报机构提供中央情报局的秘密达8年之久，给美国中央情报局的工作造成巨大损失，被人们称为“世纪谍案”。

一

1994年2月23日夜间，美国联邦调查局在位于阿灵顿市郊的一幢豪华住所里，逮捕了在美国中央情报局供职达32年之久的奥尔德里奇·埃姆斯及其妻子玛利亚。

埃姆斯1941年出生，他的父亲是一名中央情报局特工。他从小就受到间谍意识的熏染，从而对情报工作产生了兴趣。1957年，他便在父亲的支持下参加了中央情报局为雇员子弟举办的夏季就业计划。1962年，他正式成为中情局成员，接受为期6年的间谍招募培训。1968年，作为一名合格的专业特工，他被分配到中央情报局苏联东欧处工作。后来他被派到土耳其首都安卡拉执行招募间谍的任务，但他在招募工作中的表现不佳，他似乎有心理障碍，在与他不认识但必须控制的人当面打交道时，表现得紧张心虚缺乏自信。这被他的上司评价为“永远不会成为高超特工的人”。但这并没有影响他在中情局的升迁。

从土耳其回到美国后，埃姆斯被派到一所外语学校进修俄语。1974年学习期满后被派到拉美监视一名苏联外交官。这个名叫亚历山大·奥戈罗德尼克的苏联中层外交官搞女人，把一名哥伦比亚妇女的肚子弄大了，急于把这个女人搞定的他急需一笔钱。埃姆斯抓住机遇，成功地控制并招募了奥戈罗德尼克。此人后来成为中情局最重要的间谍之一，化名“特里贡”，先在苏联驻波哥大外交机构工作，后来回国在苏联外交部任职。

由于这次招募奥戈罗德尼克马到成功，上司对埃姆斯的表现非常满意。接着他又被派到纽约执行两项重要任务。一项是做苏联驻联合国代表团成员谢尔盖·费多伦科的工作，一项是策反苏联驻联合国大使、苏联常驻联合国使团的第二号人物谢夫钦科。此人后来受中央情报局控制，向美国提供了大量苏联政治、军事和外交方面的重要情报。

1981年，埃姆斯成为中情局驻墨西哥城情报站负责人。在这里，他的工作没有什么建树，最大的收获是认识了一个女人。她是哥伦比亚驻墨西哥的文化专员，名叫玛丽亚·罗萨里奥，埃姆斯很快爱上了她。1982年，埃姆斯将罗萨里奥招募为中央情报局的雇员。虽然埃姆斯此时已是有妇之夫，但与其妻纳恩之间已经出现裂痕，婚姻实际上已经名存实亡。自从罗萨里奥成了他的部下后，便与她有了暧昧关系。两人一发不可收拾，经常在中央情报局为埃姆斯提供的秘密住所内纵情放浪。来自工作的压力和家庭的烦恼，在与这个女人的偷欢中可以得到暂时的缓解。

1983年9月，埃姆斯升任中央情报局苏联东欧反间谍处处长。在这个职位上，他可以调阅中情局有关苏联方面的秘密档案，其中包括中情局在苏联境内的潜伏间谍的详细材料。这是他后来与苏联间谍机关做交易的最重要的资本。但这时这些资本还没有机会换成钞票，他的经济越来越紧张。因为与妻子的关系无法修复，他提出离婚。离婚的诉讼几乎耗光了他的积蓄。1983年圣诞节他与女友罗萨里奥搬进了美国弗吉尼亚的一所普通公寓。女友也不是省油的灯，她的消费开支很大，一个月内仅给住在波哥大的母亲打电话的长途电话费就达400美元。埃姆斯手头没有现金，各种支出皆用信用卡，不久信用卡就出现严重透支，透支额达3.4万美元。办理了离婚后，他还被判付给前妻1.26万美元。为了弄到钱，他想来想去，没有想出什么来钱的出路。埃姆斯性格内向，不善于处理上下左右的人际关系，所以在中央情报局混得并不怎么样，工作20年后，才得到一个中等职位，这意味着他的事业似乎走到了头，指望从中情局获得肥差发财已不可能了。而钱的问题又时时刻刻困扰着他。在此情况下，他想到了他的对手——苏联克格勃间谍。

二

1984年，他执行对一名苏联大使馆官员的招募任务时，借机透露自己愿意为苏联工作的意愿。这年12月的一天，那位苏联外交官告诉他，也许苏联大使馆另一名外交官愿意与他建立联系。他是一名军备控制专家，名叫谢尔盖·丘瓦欣。后来几经试探，苏联人终于了解了他的真实情况和意图，看到这是一个很有潜在利用价值的策反对象。埃姆斯本人具备一个标准的潜在变节者的条件：刚刚离婚，很孤独，嗜酒，他公开向新结识的苏联酒友抱怨他所承担的大额离婚赡养费和自己的低收入给他造成的沉重经济负担。苏联人通过调查发现了他的真实身份，同时也了解到他的事业走到了尽头——年龄已40出头，再难有晋升的机会。他的工资水平是飞黄腾达的同事们12年前就已达到的。因此苏联人认为埃姆斯是一个可以立即被利用的人，决定招募他。

案发后美国联邦调查局的调查结果表明，埃姆斯于1985年被克格勃收买，8年中他利用在中央情报局有机会接触几乎所有机密文件之便，向前苏联和俄罗斯提供了许多绝密情报，其中包括中央情报局对俄反间谍机构人员名单和身份、中央情报局海外执行任务的计划、中央情报局在苏联和东欧招募的情报人员、中央情报局在海外的情报人员名单等等。这是一些绝对高度机密的情报。调查结果还表明，20世纪80年代中期以来发生的美国中央情报局不少工作人员在海外神秘“失踪”或被捕，正在接受秘密调查的外国谍报人员突然逃跑等事件，都同埃姆斯有关。1985年以来，至少有10名美国间谍在苏联和东欧国家暴露了身份，进而被处决。还有一些人被关进监狱，如莫斯科美国和加拿大研究学院的裁军专家弗拉基米尔·波塔绍夫，20世纪80年代初被中央情报局发展，但1986年7月，他被苏联逮捕并被送到35号监狱，在那里他遇到另外两个为美国情报部门工作的间谍。

1991年“8·19”事件时，由于中央情报局在莫斯科的内线基本上都被打掉，没有谍报人员可从苏内部提供有关策划者的动机和意图的情报，布什总统的高级助手们不得不主要靠窃听政变策划者之间的电话来获取情报。中央情报局的一名调查人员透露，在20世纪80年代中期的短短两年时间内，美国至少有10起重大的间谍行动遭到破坏。最引人注目的莫过于尤里琴科叛逃事件。尤里琴科当时是克格勃负责美国和加拿大事务的高级谍报人员。在美国情报人员的策划下，他于1985年秋天叛逃到美国，出卖了一些苏联的机密情报。可是，一个月后，尤里琴科神秘失踪了，最后在莫斯科露面。调查认为，当时正在华盛顿与罗马两地来回穿梭的埃姆斯在此事件中起了作用。据说他通过某种手段向受到严密保护的尤里琴科施加了巨大压力，迫使他不敢再吐露情报，最终还得乖乖地返回苏联。尽管当时许多人猜测在尤里琴科事件中有苏联“鼹鼠”起作用，但没有人想到身为苏联东欧反间谍处处长的埃姆斯会是一个苏联间谍。

1986年7月，他被派到美国驻罗马使馆工作，负责中情局当地情报站工作。在那里，他与克格勃人员频频接头，1989年7月调回中情局总部后，进入反情报中心，负责对克格勃的活动的分析工作。不用说，克格勃又得到了许多宝贵的情报。

埃姆斯向苏联及后来的俄罗斯提供了如此高度机密的情报，克格勃也付给了他相当丰厚的报酬。调查显示，从1985年到1993年，克格勃先后向他提供的活动经费达260多万美元，他每次出差或同苏联驻华盛顿的“外交官”碰面之后都会得到一笔酬金，有时收获甚丰，如1986年2月14日，埃姆斯同苏联使馆的一位官员秘密接头，一手交钱，一手交货。几天之后，他便在不同的三家银行分别存入了5000、8500和6500美元。他在美国和瑞士都有银行户头，以便把存款调来调去。

三

本来，中央情报局有一套严格的管理制度，对文件和机密情报采取的保密措施不可谓不严，其工作人员还须定期接受测谎检查，外出旅行必须得到批准。既然如此，埃姆斯又是怎样获得并出卖情报的？又怎样会频频活动而长期不被察觉呢？这可能是中央情报局管理方面的一大疏忽。他们大概没有能料到，在中央情报局干了二三十年的员工会背叛中央情报局，所以对他的一些反常情况没有及时发现和引起注意。其实，埃姆斯早在1985年同罗萨里奥结婚时就显露出了可疑之点。他当时在墨西哥城举行的婚礼场面之大，令他的上司感到惊奇。事后，埃姆斯说婚礼是用他妻子的钱来操办的。直到破案之后才调查清楚，他结婚的花费正是克格勃向他提供的第一笔活动经费。

在1991年的一次例行的测谎检查中，技术人员曾发现测谎器上埃姆斯的波纹反常，几乎是在同时，他的上司还发现他有几次去拉美国家旅行都没有报告。另外有一次，他以到哥伦比亚首都波哥大探望其岳母为名向上司请假。但联邦调查局随后查明，当时他岳母在美国。此后，中央情报局就把他从敏感的苏联东欧处处长岗位上撤下来，调任负责黑海地区缉毒工作，同时，联邦调查局同中央情报局联手对埃姆斯进行秘密调查。

调查人员在他房间里安装了窃听器，在其电脑中装上了监视装置，在过道上安了微型摄像机，并通过无线装置窃听他家的电话。特工人员还不时潜入他家，检查其打字机和电脑打印机的色带。调查人员从他的电脑中获取的一份电脑文件中发现了十分重要的证据。另外，特工人员还每天检查他家的垃圾，从中捡到一张便条，内容是有关他没有按规定向中央情报局报告他前往南美的一次行程，而在这次行程中他与俄罗斯情报人员进行了接触。联邦调查局还从叛逃到美国的前克格勃特工那里得到一些线索，但这名变节者并不知道埃姆斯的身份和姓名。对埃姆斯经济状况的调查表明，长期以来他的支出大大高于收入。埃姆斯当时的年薪是6.9万多美元，从1985年4月至1993年8月，其总收入不过34万美元，可是同期他支出的费用高达130万美元。1989年他用54万美元买下了华盛顿郊外阿灵顿的一处住所，同时装修和购买家具又花了10.6万美元。联邦调查局从这所住房里搜出的财富实在令人瞠目，一对精美的刻有设计者姓名的金手镯，一条嵌有7颗钻石的婚礼饰带，119件法国古董银器、一幅马克·夏加尔签名的版画、退休后在俄罗斯得到一处湖畔夏季别墅的许诺和一份在8家银行存有270万美元的财务清单。他还花了1.95万美元为其妻子买了一辆“本田”牌汽车，不久又买了一辆价值2.5万美元的“美洲虎”牌轿车。在过去8年中，他还购买了16.5万美元的股票，为妻子支付学费2.5万美元。在此期间，他通过信用卡支付各种费用45.5万美元，付电话费2.98万美元。

1993年6月23日，调查人员在埃姆斯外出时进入其办公室进行秘密搜查，共查出144份机密或绝密文件，其中大多数同苏联和东欧国家的情报和反情报活动有关，有些还涉及美国高度的军事机密，而这些文件同他当时的缉毒工作毫不相干。

另外，调查人员通过对其打字机色带处理后发现了这样一句话，“除了在阿拉斯加要得到一笔现金之外，我还希望你们以更安全的方式给我汇一大笔钱”。果然在他从阿拉斯加回来不久，他在当地两家银行以其妻子的名义存了一笔钱，总计 8.67 万美元。

本来联邦调查局还想进一步寻找证据，让更多的接头人出洞亮相，可是恰恰在这一节骨眼上，埃姆斯根据早就安排好的日程将出国公干，而且还将前往莫斯科。此外，还有迹象表明，他可能乘机出逃。联邦调查局只好提前行动将其捉拿归案。

1994 年 4 月 28 日，埃姆斯被判处终身监禁。

职务最高的中情局叛徒
——尼科尔森

尼科尔森，曾任美国中央情报局驻罗马尼亚站站长和马来西亚站站长、弗吉尼亚州训练中心教官，1996年下半年调任中央情报局反恐怖中心组长，就在他上任后不久，1996年11月15日，他被美国联邦调查局以间谍罪逮捕，联邦调查局指控他向俄罗斯出卖了大量的美国秘密。在级别上，中央情报局反恐怖中心组长的职位要比中央情报局官员埃姆斯处长的职位还要高，这使尼科尔森案成为美国中央情报局有史以来最大的间谍案。

尼科尔森1950年出生。父亲是军官，家庭条件比较优越。他在大学中获得地理学和教育学学位证书后，于1973年入美国陆军服役，1980年进入中央情报局工作。1982年，尼科尔森被中央情报局派到马尼拉负责招收双重间谍工作，1985年在曼谷工作，1987年又被调到东京，1990年他成为中央情报局驻罗马尼亚首都布加勒斯特情报站的站长，1992—1994年又在吉隆坡担任重要职务。同事和上司都认为他是很有前途很能干的人。而且，尼科尔森在中央情报局长达16年的工作中，与人为善，可谓“谦谦君子”，口碑很好，同事对他的评价相当不错，当时的中央情报局局长说，尼科尔森和臭名昭著的特工埃姆斯不一样，埃姆斯的行为透露出这个人有各种不良的习气，让人觉得他很容易走上邪路，而尼科尔森的行为没有一点劣迹，他的上司和家人及同事从来没有怀疑过他的品行。甚至联邦调查局的特工接到命令要调查他时也不解地说：“尼科尔森是中央情报局的模范特工，无可指责，怎么会成为俄罗斯的间谍呢?”美国情报界的上上下下万万没有想到，他们称誉的这位“君子间谍”早已被俄罗斯情报机关发展为“内奸”了。

1995年10月，尼科尔森在中央情报局的测谎检查中两次都没有通过，这引起了中央情报局的怀疑。调查人员很快从他每年的旅行状况和财务收入上发现了破绽，开始对他进行秘密调查。经过一段时间的调查，联邦调查局发现，尼科尔森自1994年6月就开始为俄罗斯情报部门工作，他是在任中央情报局弗吉尼亚州训练中心教官时被俄罗斯情报机关策反的。从1994—1996年7月，尼科尔森一直在这个训练中心工作，他的主要工作是教导情报员如何在国外吸收、策反当地人刺探情报，以及如何避免被国外反间谍人员抓住。但是，他不但没有成功地吸收俄罗斯情报官员，反而被俄方给策反了。尼科尔森工作的特殊使命与任务，使他更能隐蔽地为俄罗斯从事间谍活动。联邦调查局的调查表明，他不但将中央情报局外派人员的个人资料和任务出卖给了俄罗斯，而且还将中央情报局搜集到的有关俄罗斯军事、国防计划方面的情报，以及美国中央情报局审讯间谍埃姆斯的资料等情报都出卖给了俄罗斯。

对金钱的贪婪是尼科尔森成为俄国情报机构谍报员的主要原因，女律师海伦说："尼科尔森是为钱而背叛祖国的，他不是受思想的驱使，而是太贪婪了。"尼科尔森前后收了俄国情报部门12万美元的酬金。1994年他接受了俄方给他的第一笔钱，不久就将这笔钱存进了银行。而平常，尼科尔森的开销也远远超出了他的工资收入，他的开销包括花在三个子女身上的费用、旅行费用以及在女人身上的费用。仅据联邦调查局的调查发现，尼科尔森曾以现金支付过大笔帐单，还给他的孩子开立了好几个上千美元的联合帐户，并曾拿出1.2万美元给他的孩子买车。而且他是一个"空中常客"，一年要飞往国外好几次，旅行期间他的银行帐户上就会有大量来历不明的钱存人。联邦调查局发现，有一次尼科尔森一次性存了8300美元的现金给他的美国运通卡帐户后，接着便从美国飞往泰国曼谷与一位身份不详的女子相会，并把这名女子接到夏威夷度假，同样以现金的方式付了所住旅馆的高额费用。调查人员还截获了尼科尔森寄给俄方联络人员的明信片，并发现尼科尔森经常躲在办公桌后面用中央情报局的照相机拍摄一些机密文件。这些都是极为不正常的事情。

1996年3月17日，俄罗斯对外情报局联络处打电话给联邦调查局华盛顿办事处，要求他们给俄国提供有关车臣游击队的恐怖分子的情报，并称正对车臣游击队恐怖行径进行全球跟踪。联邦调查局满足了俄方所求，又把事情告诉了中央情报局，让中情局记录在案。4月26日，尼科尔森突然向中情局总部要求看一看车臣方面的背景资料，声称是招募人员的工作需要。但中情局发现，尼科尔森训练间谍的计划，与车臣问题毫无关系。7月6日，中情局一位经验丰富的老特工发现，尼科尔森利用自己的电脑寻找过中情局的资料，所查询的关键词竟是"俄罗斯"和"车臣"。8月11日，联邦调查局密探搜寻了尼科尔森的电脑资料，又惊奇地发现，他竟已盗去了中情局有关车臣问题及车臣游击队活动的机密报告，可能是准备提供给俄国情报部门用的。联邦调查局与中央情报局知道事态非常严重，但仍按兵不动，以求获得更确凿的证据。

联邦调查局在监视过程中还发现了尼科尔森与俄情报人员联系的情景。1996年6月27日，早上10点11分，尼科尔森背着一个装着摄影机的袋子，离开他们那间新加坡香格里拉酒店每日租金300美元的客房，偷偷地溜到外面的街道上，他漫步走过林荫道，不时地停在商店的窗口，通过玻璃窗的反射来察看身后的情形，他时而急转弯，时而走回头路，以摆脱跟踪者，然后，他突然钻进一个地铁站，接着很快又回到了酒店。当天傍晚，他又从酒店出来，还是背着一个摄影机袋子，装着若无其事的样子走在早上走过的路上，又来到了地铁站，在那里，他会见了一名白人男子，然后他们一起走到一个出租车停车站。这时，一辆车开过来，停在他们身旁，尼科尔森把装着摄影机的袋子放进车后的行李箱，然后钻进车子，车子开走了。此时，在后面跟踪的联邦调查局人员简直不敢相信自己的眼睛：开走的那辆车是属于外交官专用的。

鉴于这些情况，1996 年下半年，中央情报局从安全方面考虑，在不惊动尼科尔森的前提下把他调往中情局反恐怖中心任组长，以避免他再接触到过于机密的情报。尼科尔森在反恐怖中心工作期间，虽然接密范围和级别受到了一定限制，但是，他仍然把接触到的一些机密材料，其中包括外国线民的资料和工作任务等情报都送给了俄罗斯情报机构。

至此，尼科尔森为俄罗斯充当间谍的活动证据已经足够，联邦调查局决定逮捕他。1996 年 11 月 16 日，尼科尔森在华盛顿杜勒斯机场准备登机前往瑞士时被联邦调查局逮捕。11 月 18 日，美国法庭在弗吉尼亚正式起诉尼科尔森，指控他出卖美国情报给俄罗斯。在证据面前，尼科尔森承认了向俄间谍机关出卖机密情报的犯罪事实。在法庭上，尼科尔森对出卖自己的国家的行为深感悔恨，他说：“我痛心之极，我不求得到同事们和同胞们的宽恕，他们也是不会宽恕我的。”说到为俄罗斯充当间谍的动机，他说是为了挣钱给自己 3 个得不到母爱的孩子以补偿。经法庭审理，尼科尔森被判处 23 年零 7 个月监禁。

投靠美国的波兰谍报官
——戈列涅夫斯基

俄国沙皇尼古拉二世的儿子戈列涅夫斯基，从俄国逃到波兰，改名换姓，混入波兰情报机关，1958 年与美国间谍机关建立联系，向美国泄露了大量苏联集团的秘密。1960 年圣诞节逃往美国。

1958年4月，美国驻瑞士大使亨利·泰勒收到了一封由苏黎世寄来的信件。泰勒打开信件就立即把它转交给了中央情报局驻伯尔尼站站长。中央情报局人员发现，在寄给泰勒的信中还装有一个信封。收信人是埃德加·胡佛。信是用德文打字机打的。只有两句话："我愿意就共产党在西方的间谍活动提供有价值的情报。如需要，请在《法兰克福日报》的'人物'专栏上登一则收到信件的启事。"信件署名斯尼珀。

此案最终由中央情报局处理。中央情报局一名懂德语的官员奉命审查了斯尼珀的信件，发现所用句子全是波兰句法。据此推断，他不是土生土长的德国人，很可能是一个波兰人。中央情报局还分析了斯尼珀使用的打字机和信纸上的墨迹，确认为东欧产品。斯尼珀究竟是什么人，中央情报局无从知晓，他是精神病患者？是一个圈套？还是真有其人？中央情报局最后对斯尼珀案下了结论，无论是什么人，都不能掉以轻心，即使他是奸细，为了骗取信任，也会提供一些有价值的东西。

中央情报局按写信人的约定，在《法兰克福日报》的"人物"专栏上登了一则小启事：信已收到。此后，斯尼珀开始了与中央情报局的通信联系。最初，隔很长时间通一次信，逐渐，斯尼珀的胆子越来越大，信件频频而来，两年间中央情报局共收到14封信。中央情报局决定加强同斯尼珀的联系，于是又在《法兰克福日报》上登了一则启事，给了斯尼珀两个联系信箱。第一个是西柏林的信箱号码，第二个投信点是西柏林蒂尔加滕区的一家公共浴池。这样斯尼珀既可向那里投寄信件，又可收到密写的搜集情报的指示信。斯尼珀还得到了中央情报局给他的一个在紧急情况下使用的电话号码。斯尼珀的来信，由中央情报局设在柏林的基地负责拆阅、拍照，然后转回华盛顿进行分析和答复。

在充当隐身的双重间谍两年半之后，斯尼珀终于现出真面目。1960年的圣诞节，斯尼珀带妻子出现在美国驻西柏林的军事代表团驻地。美国人这才知道这个主动为他们提供情报的人竟是波兰军事情报局副局长米哈伊尔·戈列涅夫斯基。他之所以出逃西方，是因为当时克格勃发现有人充当美国中央情报局的双重间谍，让斯尼珀协助查找。因为他还是一个苏联间谍，向克格勃报告他的波兰同事企图隐瞒苏联朋友的任何事情。他警觉地感到，中央情报局里一定有克格勃的坐探，这个情况就是坐探报告的。他觉得危险正在向自己逼近，于是决定立即采取行动逃离危境。

戈列涅夫斯基在逃离华沙之前的几个月里，把几百份事先拍照下来的文件藏匿在每天晚上下班回家时路过的一棵大树的树洞中。他把叛逃的日期选在圣诞节假期的第一天，这样，在他的失踪被对方发觉并发出通缉之前，他能早已逃之夭夭，同时，也可给中央情报局足够的时间通知其在华沙的官员把树洞中的文件胶卷取走。中央情报局发现，戈列涅夫斯基足足藏匿了300多张米诺克斯微型相机拍摄的文件胶卷，其中有波兰情报人员名单和组织编制表。

西方根据戈列涅夫斯基提供的情报，破获了一系列苏联间谍案，挖出了多名钻进北约国家谍报机关内部的苏联间谍。

戈列涅夫斯基在给中央情报局的信件中提到克格勃从波兰情报机关手中夺走了一名波兰打入英国海军部的间谍，这个间谍最初在英国驻华沙海军武官处工作过。中央情报局把这一情报通报给英国方面后，英国人查到了曾在华沙任过职的哈里·霍顿，此人当时在波特兰海军基地当职员。1960年6月，伦敦警察厅派出的特工人员发现，霍顿及其女朋友埃塞尔·吉在伦敦滑铁卢路上的老维克剧院前，把一个包裹交给了一个名叫戈登·朗斯代尔的自动电唱机售货员。此后，伦敦警察厅又发现每次会面后，朗斯代尔都到伦敦市郊的赖斯利普区登门拜访彼得和海伦·克罗格夫妇。

斯尼珀还暗示苏联人已获得了一份列有英国军情6局（M16）拟在波兰征募的26个对象的名单。中央情报局东欧处一个分析研究人员发现，英国情报机关在一年前向美国提供了一份同样的名单，这就证实了斯尼珀所提供的情报的准确性。

斯尼珀又在一次报告中称，听一个克格勃高级官员讲，联邦德国情报局已经完全被苏联间谍渗入。他指出，在1956年访问过中央情报局的联邦德国情报局官员中，有两名是克格勃的“鼹鼠”。戈列涅夫斯基叛逃后，伦敦警察厅便着手侦破打人英国内部的间谍网，因为再不担心暴露这个情报来源了。在一个月的第一个星期六，朗斯代尔、霍顿和吉照例每月一次地走上滑铁卢路时，一名侦探盯上了他们。当朗斯代尔殷勤地帮吉提购货草篮时，伦敦警察厅逮捕了他们 3 人。在赖斯利普区，保安人员彻底搜查了克罗格的家，发现了一个中间是空筒的打火机，里面装有一次性密码便条，上面写有联络时间和频率；还发现一个贴着房檐架设的无线电天线，长达 74 英尺；在厨房地板的活板下面，有一部 150 瓦的大功率发报机。克罗格夫妇被逮捕。

戈列涅夫斯基抵达美国之后，一队英国审讯人员也赶到美国，以进一步调查苏联人是怎样弄到那份 M16 在波兰拟征募的间谍名单的。戈列涅夫斯基坚持说，那份名单不像 M16 所相信的那样是被人盗走的，而是由一名在柏林的间谍交给苏联人的，这就是说，所牵涉的范围很小，M16 通过中心登记科查找，在这里，每一项有关的事情都可得到充分的复查。M16 处在中心登记科查出了引人瞩目的疑点。就这样，挖出了深深埋藏在英国 M16 里的苏联双重间谍乔治·布莱克。

戈列涅夫斯基的情报还导致了苏联双重间谍费尔弗被揭露。费尔弗是联邦德国反间谍机关的副首脑。通过对他的监视，又挖出了在波恩负责侦察工作的头头汉斯·克莱门斯等一批双重间谍。早在 1954 年，一个名叫彼得·杰里亚宾的苏联叛逃者就曾警告说，联邦德国联邦情报局里有两个化名彼得和保尔的克格勃间谍。1957 年，美国中央情报局对联邦德国联邦情报局进行了一次安全分析，结果发现负责针对苏联的反情报行动的费尔弗可能是一个渗透间谍。在以后的两年里，对他的怀疑有增无减。在早期收到的戈列涅夫斯基的一封信警告说，苏联向波兰人通报联邦德国情报机关报告的概要。这个消息加深了中央情报局对费尔弗的怀疑，但证据仍然过于含混。戈列涅夫斯基在后期的一封信中提供了一些十分具体的情况：他曾听到克格勃反情报头目说，1956 年，6 名联邦德国联邦情报局官员由中央情报局承担旅费，访问了美国，在这 6 人当中，有两名是苏联间谍。经过查阅档案，很快列出了 1956 年曾是中央情报局座上客的 6 名联邦德国联邦情报官员名单，其中之一便是拉因茨·费尔弗。通过对费尔弗电话的窃听，发现他同联邦德国联邦情报局驻波恩监视队队长汉斯·克莱门斯通过几次电话。对克莱门斯监视表明，他可能是一个苏联间谍网的交通员，他的行动与苏联秘密广播总有一些奇怪的巧合。1961 年 9 月的一个星期五，克莱门斯给费尔弗打电话，抱怨说有一份电报破译不出，费尔弗让克莱门斯用挂号信把那份电报寄给他。联邦德国安全人员截收了这封信，发现在一张纸上用密码写着费尔弗的苏联专案官员发来的指示。信封被重新封好，于星期一上午寄到费尔弗手中。那天晚些时候，费尔弗被逮捕，他的口袋里还揣着那封信。

戈列涅夫斯基被中央情报局称为“美国有史以来所拥有的最佳叛逃者”。据说，后来戈列涅夫斯基对中央情报局说，他是俄国末代沙皇尼古拉二世阿历克赛·尼古拉耶维奇·罗曼诺夫大公的儿子。他从俄国逃到波兰后改名换姓混入了波兰情报机关。戈列涅夫斯基要求美国中央情报局帮他弄回沙皇在俄国失去的财产，但中央情报局表示无能为力。1964 年中央情报局同戈列涅夫斯基中断了联系，此后他更名换姓一直生活在美国。

获得中情局奖章的波兰叛逃者
——库克林斯基

库克林斯基先后毕业于波兰军官学校和莫斯科特种军事学院。曾任波兰总参谋部战略防御规划部第一局局长和波兰总统雅鲁泽尔斯基的军事顾问。他主动投靠美国情报机关，向美国提供了华约及苏联的大量军事秘密。1984年他的间谍活动败露，逃到美国，被中央情报局授予“杰出情报工作奖章”。

一

1984年5月的一天，位于华盛顿的中央情报局兰利总部大会厅里座无虚席，美国情报界头面人物聚集在这里，欢迎一位刚从波兰来的贵宾——库克林斯基。美国中央情报局局长威廉·凯西亲自将一枚奖章挂在这个外国人的身上。这枚奖章——“杰出情报工作奖章”是美国中央情报局最高荣誉之一，能得到此项殊荣的人是不多的。在发给他的荣誉证书上，美国中央情报局是这样评价这位外国人的：

“在面对巨大生命危险之时，库克林斯基上校连续不断地向美国提供了敌方武装部队情况、战略计划和苏联与华约其他国家紧张关系等诸方面的最宝贵、最机密的情报，为维护和平做出了他人无法比拟的巨大贡献。”

库克林斯基是波兰人，1930年出生。少年时代他既经历了纳粹德国入侵的家破国亡的劫难，又目睹了苏联红军的英勇反击赶走德寇祖国获得解放的过程。他的父亲在战争时期因参加地下秘密活动被德国秘密警察盖世太保发现，被捕入狱，最后惨死在德国的集中营里。父亲在他的心目中留下了非常深刻的印象，他暗暗下决心要像父亲那样做一个对自己的国家有贡献的人。1947年，17岁的库克林斯基加入了波兰人民军，进入军官学校学习。他勤奋好学，成绩一直是全校第一。共产主义的理想激起了他的向往，他入党了。

1968年，库克林斯基来到莱格尼查。这是一个位于波兰南部的城市，苏联设立的华约国家准备入侵捷克斯洛伐克的指挥中心就在这里。他的任务既简单又很重要，他要将参与入侵行动的波兰指挥员的报告送到总统雅鲁泽尔斯基手中。苏联的大国沙文主义倾向，苏联的极端民族利己主义的做法，苏联的“老子党”作风，使库克林斯基受到强烈的震慑，他担心自己的祖国也会出现如此可悲的厄运。他觉得自己的祖国波兰并没有获得解放，前门赶走了德国法西斯这条恶狼，后门又迎来了苏联霸权主义这只饿虎，只是苏联人取代了德国人。

1970 年，库克林斯基来到莫斯科。他获准到莫斯科特种军事学院，参加只有高级军官才有权接受的特种专业课程的学习。学成回国之后，库克林斯基被提升为战略防御规划部第一局局长，成为总统在军事方面的助手。他不仅是波兰总统雅鲁泽尔斯基的军事顾问，还是总统与莫斯科和其他华约成员国的军事领导人交往时的助手和联络员。他参与全面规划波兰全国的武装力量，为雅鲁泽尔斯基总统起草军事讲话稿等，工作中显示了他过人的精明和才干。

二

1970 年，波兰最大城市格但斯克爆发了大规模的工人示威运动，示威工人打着红旗，喊着口号，抗议政府的妥协软弱，要求改善待遇。抗议运动很快波及到全国。他的内心对工人运动是同情和赞成的。后来工人运动遭到政府的镇压，波兰军队向示威的群众开枪，数十人被打死。这一事件对库克林斯基刺激很深。不久，他又亲眼看到一件更令他震惊万分的事：苏联将满载核导弹的车辆开进了波兰的国土。他感到自己的国家正在陷入毁灭的灾难。他认为阻止这种危险来临只有依靠美国。于是他决定与美国人尽快建立联系。

在此后的一年多时间里，库克林斯基偷偷摘抄了苏联战略计划中的大量机密数据，准备交给美国人。他意识到在境内与美国人建立联系的可能性很小，因为秘密警察可能发现每一个与外国人联系的波兰公民。因此他决定寻找机会在波兰境外与美国人联系。库克林斯基向上司建议，选几名军官到欧洲海岸收集一些有用的情报。上司采纳了这一建议，并指派他去做这件事情。

1972 年 8 月的一天，库克林斯基带领手下一批下级军官，身着便服，以普通游客的身份乘游船抵达北海沿岸联邦德国的威廉敏娜港。他们在导游的引导下同其他游客一起上了岸。别的军官上岸后借执行化装侦察使命去游览异国风情，这对他们来说机会太难得了。库克林斯基借故分头单独行动，避开同伴，在一个商店里购买了一支铅笔、一沓信纸和两个信封，在一个小邮局用英语写了一封短信：“我是华约的一名军官，希望在德国会晤一位美国军方代表。该代表的军衔应不低于上校，且能说波兰语或俄语。五天或十天后，我也许会在荷兰首都给你们使馆打电话。”信的署名是“P. V”。他把信装入一个信封，上面写明“美国使馆武官收”，再把信封套上另一个信封，写下地址：美国驻波恩大使馆收。

一个星期以后，库克林斯基一行到达荷兰。按信中的约定，库克林斯基打电话给美国驻波恩使馆武官处，他用俄语说：“我是P. V，你们收到我的信了吗?”对方回答说收到了，并约定碰头地点时间和联络标记。晚上，库克林斯基借口有事，单独出来，在火车站准时与一名身材高大的美国男子接上头，跟那个美国人乘车来到一家小旅馆二层的一个房间。那人自我介绍说：“我叫亨利克，美国上校。”库克林斯基也做了自我介绍，然后对美方人员说：“在超级大国的争斗中，波兰只能是牺牲品，当欧洲地面战争全面爆发时，波兰将成为苏联横跨整个欧洲大陆的通道，毫无疑问，一旦美国使用核武器实施报复，波兰就会处在被攻击的中心，即使华约赢得胜利，我们得到的又是什么呢?”他说他希望波兰能摆脱苏联的控制，为此他可以向美国提供苏联的重要军事情报。

谈话后，美国上校用车把库克林斯基送回码头，分手时约定下次接头的时间和地点。几天后再次碰头时，美国上校已经从美国中央情报局得到证实，波兰总参谋部确有库克林斯基这个人。他对库克林斯基进行了盘问，证实了库克林斯基的确切身份。他告诫库克林斯基：“回到波兰不要主动与我们联系，由我们与你联系。当你停车时记住把车窗留一个小缝。”

五个月后的一天，库克林斯基在自己的车内发现了一个封信，信中告诉他接头地点和等候汽车的标志。这次接头他交给美国人拍有苏联情报资料的九个胶卷。此后，库克林斯基依靠早已存在的美国间谍网和被称为“死投”的秘密情报交接点以及安全通讯系统，向美国军事部门和中央情报局发送他所得到的各类机密情报。在此后的十多年里，库克林斯基在波兰国防部内有过多次提升的机会，但他拒绝了，甚至拒绝出任某部队司令一职。因为他明白，自己一离开波军的神经中枢——总参谋部，就不能接触到更多的核心机密了。库克林斯基的谦让不仅丝毫不影响他在上层人物眼中的印象，反而却歪打正着地赢得了波兰领导人物的尊重。他得到上司们的信赖，同事们也把他当作朋友。雅鲁泽尔斯基总统在谈到库克林斯基时曾说："我对他百分之百地相信，他是位积极上进的党员，是位杰出的男子汉，而且工作兢兢业业。"波兰前内政部长切斯瓦夫·基什查克也说："（库克林斯基）是我最亲密的朋友，假如站在一批军官面前，他将是我最不愿意怀疑会成为间谍的人。"

20 世纪 70 年代，美苏争霸到了夺最紧张的时候。西方观察家和战略专家普遍认为，常规战争是西方面临的最大威胁。从 1971 年起，库克林斯基几乎每天都有情报送出。他先后将华约 1971—1975 年、1976—1980 年、1981—1986 年间三个战略防御五年计划提供给美国，并在其他的情报中注明美侦察卫星图片上的战略设施哪些是真的，哪些是欺骗物。

1975 年，美国中央情报局收到一份库克林斯基送出的绝密情报，这个情报说，苏联集团正在实施一项代号叫"信天翁"的工程。按照这个工程计划，苏联集团将为欧洲战场建立三个秘密地下暗藏式指挥控制中心，内部均建有错综复杂的隐蔽式密室和只在战争爆发时才启用的最先进的通讯系统。这是苏联最高机密的军事工程。从 1975 年起，库克林斯基一直使美国情报部门对"信天翁"工程了如指掌，他甚至连在苏联和保加利亚境内的另两个中心的概况也都提供给美国人。

库克林斯基的情报源源而来，苏联军事科学人员费了九牛二虎之力研制而成的新型主战坦克的资料，迅速送到了美国情报人员手中。库克林斯基送来的情报 90% 是苏联的原始材料，具有很强的说服力，这些情报资料为美国军事专家了解苏联领导人的思想和意图提供了非常重要的依据。由此，在美苏争霸战中，美国总能抢先一步制定出反措施，研制出反击武器。甚至波兰总统的讲话稿还没有最后定稿，其复印件已送到了美国中情局人员的手中。

三

最高军事机密屡屡泄露，苏联集团认为有一个巨大的间谍网正在华约各国内部积极地活动。在美国中央情报局，绝大多数情报官对情报的提供者也是一无所知。库克林斯基成为雅鲁泽尔斯基的助手、总统与华约总司令苏联元帅威克多·库利科夫的联络官后，他的情报数量和质量又有很大提高。五角大楼的领导人精神振奋，他们在楼内辟出密室并指派专人研究这些情报。他们虽然不知道这些情报的来源，但是他们知道这些情报来之不易。对于库克林斯基的评价，美国情报官员说：“库克林斯基超过了60年代的潘可夫斯基。”潘可夫斯基自20世纪60年代以来，在美国情报界一直被视为传奇式人物。他于1963年被捕。他提供的战略情报在古巴导弹危机中发挥过十分重要的作用。

1980—1981年间，波兰国内局势变化日趋剧烈，团结工会势力异军突起，要求政府进行改革的压力越来越大。波兰军队参与执行了军管和镇压团结工会运动的任务。那些日子，库克林斯基要求中央情报局派人每天取走他放在密点的情报。这个时期，他报告说：“苏联人正在向雅鲁泽尔斯基施加压力。莫斯科计划一旦波兰总统拒绝苏联的要求，就取而代之，另行筹组一个影子政府。”1980年12月，库克林斯基警告美国说，苏联15个旅与民主德国、捷克斯洛伐克军队集中在一起，准备入侵波兰。美国国家安全事务顾问布热津斯基由此证实了其他来源的情报的观点。美国总统卡特向克里姆林宫领导人勃列日涅夫发出警告，于是，苏联只好放弃执行这个行动计划。

连续9个月，库克林斯基还不断地将有关军事管制的详细计划内容送给美国人。美国对波兰军管前后的局势了如指掌。美国情报界一名高级官员说：“库克林斯基可比墙上窃听器强多了。他简直是放在机密会议桌上直通华盛顿的传声器。”

1981年9月15日，美国中央情报局收到一封加急电报，电报写道：“由于调查正在进行之中，我不得不停止提供逐日局势变化报告，请求你们在使用我所提供的情报时务必格外小心。我担心我在这里的使命即将结束……我并不反对将我的情报用于能使波兰获得解放的正义事业之中——这也是我多年的愿望，我已作出了为此付出最高代价的准备，但是要想获得理想的实现，我们只有行动，而不是牺牲……自由波兰万岁！团结工会万岁！将自由带给所有被压迫的民族！”

原来，就在这一天，在高级秘密会议中，波兰最高领导层说，军管计划可能已经泄露，而且是将消息透露给了团结工会，因此，会议决定要追查泄密源。智者千虑，必有一失。长期潜伏在波兰最高层的库克林斯担心自己在个别问题和环节上有失误，出于对查出自己是泄露者的担忧，他于当晚 8 时发出了以上电报。为了减少不必要的麻烦，在此后数周内，库克林斯基基本停止了窃取和传送情报的活动，只是将至关重要的最后一稿军管计划送出。

四

11 月的一天，和蔼可亲的上司召见库克林斯基。上司在他那间宽敞明亮的办公室雷霆大发："军管计划又泄露了！必须加紧追查，尽快揪出泄密人。"库克林斯基立即答道："是。保证圆满完成任务。"走出上司的办公室，库克林斯基掏出手帕，擦拭手掌上的虚汗。两个月来，自己那颗忐忑不安的心一直在悬着，他在失眠状态之中度过 60 多个漫漫长夜，睡梦中的他常常被恶梦惊醒，他预感到自己要出事了。今天，上司在办公室的那番谈话，的确太扣人心弦了，"是时候了"，他暗暗决定离开波兰。

库克林斯基清楚，出逃美国，不仅几十年辛苦积累起来的政治资本就会丧失，而且自己会落得个身败名裂的叛国间谍罪名。但如果不逃走，等待他的也只有死路一条。他不愿意做无谓的牺牲。危险一步步在向他逼近，他必须赶快行动。

星期天，工作了一周的波兰人都在休息。上午，当墙壁上的挂钟敲响 9 下的时候，库克林斯基叫醒自己的妻子和两个儿子，说是一家人要出外郊游。看到丈夫一直在忙碌，难得今天他主动提出郊游，妻子同意了。一家人高高兴兴地坐上小车。这天晚上，在一个汽车修理店里，他们换乘美国使馆的一辆封闭货车。妻子、孩子莫名其妙，库克林斯基只说情况紧急，不要多问。他们来到美国使馆内，接着库克林斯基被单独偷运出境，妻子和两个孩子则藏在装在货车上的装着家具和使馆杂物的板条箱里，经民主德国到达西柏林，一家人团骤后乘一架美国军用飞机飞抵美国。到美国后在情报部门的保护之下秘密生活在美国某处。两年后，库克林斯基全家获得美国国籍。

库克林斯基的突然出走，震惊了波兰，更震惊了苏联。波兰政府被迫应付这件突如其来的大事变。在美国中央情报局给库克林斯基授奖带勋章的时候，波兰国内则是一片讨伐鞭挞之声。1984 年，库克林斯基被认定在波兰军管期内犯了叛国罪，并在被告缺席情况下被判处死刑。5 年以后，他被改判 25 年徒刑。

在谈及库克林斯基长期为美国效力时，已退休的雅鲁泽尔斯基说："他了解的机密太多，……所发生的一切令我感到双重的失望，首先是他的叛逃造成的巨大损失——军事的和政治的；其次是我个人的失望——你最信赖的人却一直在出卖你。"他甚至仍然认为库克林斯基一定是遭到美国的讹诈后才被招募并从背叛的行动中得到了中央情报局的巨额金钱。

由对苏联的憎恶，从对波兰民族解放的关心出发，库克林斯基走上了间谍的道路。他在总统身边官居高位，成为一枚埋藏在波兰总统身边的定时炸弹。这无论在世界间谍史上，还是在国际共产主义运动中，都是很有影响的大事。他成为美国杰出的间谍，被视为英雄。他的行动使他最终离开了他的祖国。这是他当初所始料不及的。但山不转水转，国际风云变幻出人意料，大概库克林斯基做梦也想不到，表面上看去坚固的柏林墙一夜间会突然倒塌，貌似强大的苏联帝国说垮就垮，华约组织转眼已成了过眼烟云。随着波兰政局变化改朝换代，他这个往日的叛徒从新的角度看上去成了波兰的民族英雄，成了与美国发展友好关系的先驱和使者。1997 年，波兰军事法庭重新审理这个案子，宣布库克林斯基的行为是出于波兰的最高利益，恢复了他的国籍和军衔。1998 年他应波兰当局之邀回国旅行，受到热烈欢迎。但作为为外国间谍机关服务、叛逃外国间谍，有几个能得到库克林斯基这样的机遇呢?

以色列谍报神话的创造者
——哈雷尔

伊塞尔·哈雷尔是一名摩萨德的传奇英雄。他从小接受犹太复国主义教育，青年时加入“哈加纳”，并成为它的一名情报员，开始情报工作生涯。1948 年被任命为国内安全总局局长。四年之后，再任摩萨德首脑。在任期间，大力开拓情报业务，努力振兴摩萨德。摩萨德短短几年之内以其辉煌的战绩成为世界谍报机构中的明星，哈雷尔功不可没。

一

1960年5月23日下午4时，以色列总理本—古里安在议会大厅庄严地声明：以色列特工人员不久前抓获了最大的纳粹罪犯之一——阿道夫·艾希曼。此人在所谓的“最终解决犹太人问题”上，和其他纳粹领袖负有同样的罪责。艾希曼现在就关在以色列的监狱里，依据1950年惩治纳粹分子及其合作者的法律，不久将送交以色列法庭审判！

在本—古里安总理的旁边，坐着一位皮肤黝黑、肩膀很宽的中年人，他饱满的脸上嵌着一双深蓝色的眼睛，目光阴冷，高深莫测。他就是生擒艾希曼的有功之臣——以色列秘密情报局摩萨德、同时也是国内安全总局头头的伊塞尔·哈雷尔。就是他亲自率领一个特遣行动小组，远涉重洋，进入阿根廷，绑架和押送艾希曼回到以色列。整个行动实施得相当出色，使他无愧于“间谍王子”的雅号。在此之前，哈雷尔从未在公众场合露面，他属于那种只能躲在帷幕后面的人。现在，他居然公开露面了，为的是要在允许的范围内，耳闻目睹一下公众对他取得的巨大成功所作出的强烈反应，终于，他那冷峻的脸上微微露出了一点笑容。

哈雷尔原名伊塞·霍尔柏林，1912年出生于俄国维切布斯克镇的一个犹太家庭，父亲是个富有的小工厂主。十月革命后举家移居拉脱维亚，在那里小哈雷尔随犹太社团一起生活，接受犹太教育。15岁时加入了一个犹太复国主义青年运动组织，幻想着有一天回到祖先的所在地。17岁那年，他生平第一次伪造了一些证件，证明自己是18岁，已经到了取得去以色列移民护照签证的法定年龄。1930年1月，他告别双亲，带了一支秘密搞到的左轮手枪和一些子弹踏上了奔向以色列的道路，他指望这支枪能让那些仇视犹太人的家伙尝尝厉害。当他远远看到他久已向往的土地时，一位犹太移民局官员来到船上说：“英国托管当局将要检查你们是否带了武器。如果带了，请立刻扔到海里，因为一旦查出来，你们都下不了船。”别人都按这位官员的话去做了，但哈雷尔却挖空了一块面包，把枪和子弹藏在里面，然后小心翼翼地把面包放在一堆脏衣服下面，混过了海关。

哈雷尔成了特拉维夫的赫兹利亚集体农庄的修水渠工人，几个月后结识了一位名叫瑞夫卡的犹太姑娘。哈雷尔素来沉默寡言，只爱干活，不爱社交，而瑞夫卡却那么漂亮风趣，爱跳舞，爱交际，出乎乡亲们的意料，这一对看来并不般配的年轻人居然结为了鸳鸯。

1936 年哈雷尔辞了工匠活，承包了柑桔园，开始发财了。由于经营的需要，他同邻村的阿拉伯人常在一起厮混，很快学会了他们的语言。他在夜间时常向犹太地下军“哈加纳”的情报机构“沙伊”（希伯来文“情报部”的意思）介绍一些有关阿拉伯人村庄的情况，例如村长的品行，发生的纠纷，以及不满犹太人的言论等等。这位年轻人逐渐进入了犹太地下军的谍报网。大约在 1939 年，他起了个希伯来的名字哈雷尔，加入了巴勒斯坦警察后备队——一个由英国托管当局承认并扶植的犹太国防军，负责刺探英国托管当局的情报。有一次，一个英国官员进行了有关犹太宗教信仰方面的无礼谈话，哈雷尔重重地揍了他一耳光。后来上司命令他向那名官员道歉，他拒绝这样做，因此被开除了。

不久，他正式成为“沙伊”的一名情报员。他的新上司戴维·沙尔蒂尔（后来是以色列驻荷兰大使）很快发现了他在情报分析方面的非凡才能，就让他负责地下组织的国内安全工作，后来让他当特拉维大地区“沙伊”组织的首脑。在这里他遇见了诸如“哈加纳”领导人伊塞尔·加利利——1968 年任不管部部长和以后的以色列国总理本—古里安。

在这几年里，他积累了许多秘密情报工作的经验和知识，从中也摸索出一条适用于各种秘密行动的原则，这一原则使“哈加纳”的头头逃脱了英国军队于 1946 年 6 月 29 日为从军事上消灭犹太复国主义冒险分子而进行的大搜捕和大扫荡。

1948 年 5 月，在以色列国宣告成立前几天，将要成为国家首脑的戴维·本—古里安接到哈雷尔送来的一份非常重要的情报报告。报告说约旦王国将联合其他阿拉伯国家在以色列宣告建国之日对以色列发动战争，并详列了约旦军队的进军计划。在当时，大多数以色列人以为约旦不会参加战争，甚至还会制止阿拉伯国家将要发起的战争行动。然而哈雷尔对和平不抱幻想，他派出了一名年轻的间谍，混在逃离即将成为战场的以色列国的人群中，来到了安曼。年轻的间谍是个阿拉伯人，他正热恋着一位美丽的犹太姑娘。他的一位表兄在阿卜杜拉国王的政府中担任要职。5 月 12 日夜，他从安曼穿过胡尔达前线阵地，带回了约旦即将参战和阿拉伯军团就要发动进攻的重要情报。

1948 年 5 月 14 日，英国托管当局从耶路撒冷的市府大厦降下了英联邦“米”字旗，与此同时，本—古里安在特拉维夫向全世界庄严宣告以色列国成立。次日夜里，埃及、叙利亚、黎巴嫩、伊拉克和约旦的联合军团跨过了这个新生国家的边界，向以色列大举进攻。然而，早有准备的以色列打赢了建国以来第一场战争。本—古里安慧眼初识哈雷尔，哈雷尔晋升为中校，这在当时以色列军队中是第二级军衔。

以色列建国后，“沙伊”分成了三个部门：军事情报局外交部政治司和国内安全总局即“辛贝特”。哈雷尔中校当上了辛贝特的头头，把主要精力放在清除本—古里安的政敌上，还向本—古里安提出“应该狠狠打击犹太恐怖分子”，以清除以色列统一的潜在危机。在 1948 年到 1952 年期间，哈雷尔组织了一支秘密政治警察队伍，采取了大规模的搜集情报的行动。对反对本—古里安的人进行盯梢监视，窃听电话，追查所有知名的“恐怖分子”的财政来源，派遣特工打入恐怖组织的核心部门，将其一锅端。哈雷尔先后在全国各地逮捕了 200 多人，为本—古里安巩固权力地位立了大功，因此成为本—古里安的心腹亲信。哈雷尔又说服了本—古里安，使他确信必须结束以色列特工部门群雄割据的局面，建议所有国内外安全事务最好由一个特工机构负责。总理也想把所有的秘密情报机构置于总理府的控制之下，于是 1951 年 9 月 1 日成立中央情报和特殊使命局，简称“情报局”或“摩萨德”。它的职责是搜集国内外所有情报，从事各项必要的特别行动。然而第一任局长鲁本·西洛缺乏领导才能，使得摩萨德几乎陷于停顿。1952 年 9 月 19 日，他向总理提出辞呈。以色列总理提议由辛贝特头头伊塞尔·哈雷尔接任。从此，哈雷尔独揽情报机构大权。

二

1956年2月25日，苏联发生了一件震惊世界的大事：新上台的苏共中央总书记赫鲁晓夫对刚去世的苏联领袖斯大林发动了一场异乎寻常的攻击。他在苏共中央秘密会议所作的政治报告不啻是放了一枚政治炸弹。鉴于它对了解苏联政治经济形势极有价值，美国中央情报局决心不惜一切代价弄到全文。

哈雷尔也想弄到这份秘密报告，他指示以色列在苏联和东欧的谍报网投入行动，这个谍报网外围有个波兰驻苏大使馆的官员，他私下复制了一份讲话，并通过外交邮袋送往本国外交部。在那儿，他有一个朋友等着拿走这份东西，他被告知，把包裹带到一家旅馆，在那儿把包裹脱手，便可得5万美元酬金。几个小时以后，这份讲稿就到了西欧，交给另一个摩萨德代表，他又把讲稿带到了以色列。经鉴定，文件真实可靠。起初，政府曾想公布这一报告，这不但可以提高摩萨德的威望，也将提高以色列的地位，但是权衡利弊，以色列如果公开报告，苏联有可能会对国内的犹太人和以色列国进行某种报复。哈雷尔于是亲自飞往美国，磋商转让事宜。他要求以此为交接条件，同美国情报当局正式签订一项情报交换协定，即除涉及最高安全的机密材料外，双方应主动交换关于阿拉伯世界的情报。艾伦·杜勒斯同意了哈雷尔的建议。

赫鲁晓夫的这份报告文本交给了中央情报局分析处，确认了文件的真实性后于是决定发表。文件由国务院交由《纽约时报》在6月4日全文发表，使得苏联极度的难堪，更在当时的社会主义阵营内掀起了轩然大波。

以色列同美国达成的这个协议中，把这次自二战以来最成功的间谍活动的全部功劳让给了中央情报局。即中央情报局得“名”，摩萨德得“利”。此后，中情局在中东的间谍网的特工在执行中情局的使命的同时，也间接地为以色列服务。

1956年7月13日，开罗的《金字塔报》一则简明新闻报道说，加沙埃及驻军高级军官哈菲兹上校因汽车触雷身亡。其实这是以色列间谍机关的一次谋杀行动。

哈菲兹上校为人小心谨慎，在加沙地区实际从事了36年的谍报工作，控制着埃及派到以色列的全部间谍。以色列人早就想除掉他。两天前，他正在加沙市的一座情报局大楼旁的树荫下乘凉，哨兵说有一位下属紧急求见，正在大门口的小客厅内等候。来者名叫穆罕默德·特纳卡，是军队情报人员。他说自己刚从以色列来，以色列的情报官员交给他一项绝密任务，要他把一项密码指令的信件交给一位重要的以色列情报员。上校接过信件，困惑不解。刚刚打开，伪装成信件的炸弹爆炸了，上校当场毙命，那个叫特纳卡的双重间谍则负了重伤……

同一天，埃及驻约旦安曼大使馆也收到了一个邮包。邮包寄自东耶路撒冷，上面盖有联合国驻该市办事处的印章，里面放的是原德国陆军元帅冯·伦德斯泰德的著作《红色指挥员》。安装了爆炸装置的书在收件人手中爆炸了，武官穆斯塔法上校当场身亡。

这些打击，都是以色列实施“迷雾”行动计划的一部分，该计划是用来掩盖苏伊士运河战争的，当美国风闻消息后，中情局局长艾伦·杜勒斯命令犹太组组长安格尔顿与哈雷尔联系，直截了当地问他：“你们在准备打仗吗?”以色列谍报头子不想对杜勒斯说谎，于是下令将本—古里安总理上周在陆军高级军官学校发表的讲话送给杜勒斯。那个讲话似乎要教训一下约旦和埃及，并不是战争。

10月29日，以色列分三路向西奈半岛埃及驻军发动攻击。这天中午从特拉维夫摩萨德总部发出电报告诉华盛顿的杜勒斯：以色列对埃及采取了军事行动。杜勒斯大发雷霆，当着助手们骂道：“他们把我骗了!”哈雷尔居然敢跟美国人玩游戏，做交易，可见他确有过人之处。这次战争结束以后，在各国情报机构的头目中，哈雷尔已小有名气。

三

更能体现哈雷尔秘密行动才能的，是从阿根廷将纳粹分子艾希曼绑架回以色列受审的传奇行动。艾希曼二战时期任希特勒法西斯冲锋队队长，是对犹太人进行屠杀的具体实施者之一，是一个双手沾满了犹太人鲜血的刽子手。德国战败后他秘密逃往阿根廷，更名换姓生活在那里，逃过了惩处。1959 年一个偶然的机会，一个居住在阿根廷的德国犹太人，得知艾希曼潜藏在布宜诺斯艾利斯住址。他写信把这一情况告诉联邦德国法兰克福总检察长鲍威尔博士。博士秘密地将这个消息报告给以色列。哈雷尔认真研究了艾希曼的案卷，很快制定出了追捕艾希曼的行动计划。哈雷尔派出特工人员前往阿根廷侦察，找到了艾希曼的住处后，他亲自到阿根廷指挥绑架行动。1960 年5 月11 日20 点5 分，当艾希曼在其住所附近的一个公共汽车站下了车向家里走的时候，被摩萨德的特遣队员擒获，塞进早已准备好的一辆汽车里，押到他们的隐蔽据点。5 月 20 日 22 点左右，哈雷尔带领他的特遣行动小组成员和艾希曼身着航空制服，乘坐有“以色列国家航空公司”标志的大轿车开进布宜诺斯艾利斯机场。艾希曼被注射了一针药量很大的镇静剂，昏昏欲睡地夹在特工人员中间被连拖带扶地弄上了以色列的一架政府出席阿根廷建国纪念活动的代表团的包机。这架飞机于 1960 年5 月 21 日凌晨 0 点 5 分起飞，24 小时后降落在以色列利达机场。以总理当即决定向议会宣布此事，于是 1960 年 5 月 23 日，议会大厅便出现了本文开头那一幕。

艾希曼于 1961 年 12 月 15 日被定为“灭绝人类罪”处以绞刑。1962 年5 月 31 日，他被绞死在拉姆勒监狱。为避免玷污以色列国土，他的骨灰被倒在了公海之中。

四

哈雷尔在情报界掌握大权之后，成为本—古里安总理最高深莫测和最信任的顾问。但“贝尔事件”的发生给他和本—古里安的关系上投下了难以抹去的阴影。

本—古里安总理的军事顾问伊斯雷·贝尔，当时也是官方雇用的军事历史专家。哈雷尔怀疑他的忠诚，不顾总理反对对此人进行监视，不久贝尔终于承认，他为一个社会主义强国进行了几年的间谍服务。在以色列的这些时间，他还接触了国防部的最高国家机密。哈雷尔于是下令逮捕了他。这件事使哈雷尔的威望倍增，却使本—古里安总理十分尴尬，在政治上陷入困境。哈雷尔和本—古里安两人在相互钦佩和完全信任15年之后，终于出现了裂痕。他们之间的矛盾最终在对德国科学家采取行动的事件上爆发了。

自从1956年埃及军队在西奈沙漠战败后，纳赛尔总统雇用了一批曾为纳粹服务过的一批联邦德国科学家。这批联邦德国人包括皮尔茨和戈尔克两位著名教授以及其他在战争时期搞过V1导弹和V2导弹研制工作的专家。纳赛尔给他们提供巨额资金，让他们研究、生产中距导弹，欲借此给以色列以致命打击。到1962年7月21日，埃及成功发射了四枚地对地导弹，纳赛尔总统宣布，这种导弹能“击中贝鲁特以南的任何目标”。两天后，在庆祝埃及革命十周年阅兵式上，又展示了几十枚埃及国产地对地导弹。这一切使得哈雷尔深感意外和不安，他立刻组织了一场大规模的调查和恐怖活动——给在联邦德国的科学家的家庭寄发恐吓信和进行绑架；在汉堡将爆炸包裹邮到埃及；在欧美策动反埃及的宣传，给埃及以外交压力等等。

哈雷尔搜集关于联邦德国科学家的情报，本—古里安总理给予他放手处理的权力。但总理和国防部的参谋们很快意识到，哈雷尔的这种活动将会影响国防部与联邦德国之间的一笔秘密交易，当时联邦德国向以色列提供大量的防御性武器。本—古里安不得不紧急召回正在紧张工作的哈雷尔，向他解释这项工作在政治和军事方面造成的危险，他要求哈雷尔提出令人信服的证据来证明联邦德国科学家确实已经向纳赛尔提供了“决定性的武器”。

哈雷尔当了十年备受总理信任的顾问，已经不习惯别人对他的情报工作进行质问或对他的话产生怀疑。盛怒之下，他转向总理说：“你可以从我的继承者那里得到你所需要的所有证据！”说完，就砰地一声关上门走了。

第二天，大家听说他辞职了。以色列历史上最伟大的间谍王子之一——伊塞尔·哈雷尔，就这样结束了他的间谍生涯。

“专偷飞机的间谍首脑”——阿米特

阿米特青年时期参加过犹太地下军。20世纪50年代在以色列国防军中任职，1962年被任命为军事情报局“阿穆恩”局长，第二年任“摩萨德”首脑。他改组整顿了“摩萨德”，使之成为更加注重效率和科技的世界著名谍报机构。

一

梅厄·阿米特原名梅厄·斯洛茨基，1926 年出生于以色列。阿米特上中学时，就报名加入了犹太地下军“哈加纳”（希伯来语“防御”之意），后来奉命打入英国人创建的巴勒斯坦警察预备队，刺探英国托管当局的情报。独立战争时期，他当上了“哈加纳”的连长。在 1948 年第一次中东战争中，有一次他率领部队在伤亡惨重的情况下，仍然强行对敌方阵地进攻，结果遭到前线司令部的严厉批评。可是当摩西·达扬将军了解此事后，认为应该对阿米特予以嘉奖。因为目的已经达到，而且在进攻中官兵们表现出了那种在最不利的条件下仍然勇往直前的精神。阿米特受到了嘉奖和晋升。以色列建国后，他在新成立的以色列军队中平步青云。1956 年爆发苏伊士运河战争时，达扬任总参谋长，委任年仅 35 岁的阿米特任他的作战部长。

阿米特深信“将军应会打仗”的观点，力求做一个“会打仗的将军”。1958 年他到伞兵部队进修实习，一次跳伞时，降落伞只张开了一部分，他身负重伤。在去美国疗养期间，他力攻学业，在哥伦比亚大学获得企业管理学硕士学位，同时也同美国中央情报局建立了初步联系。

二

1960 年，阿米特回国后被任命为军事情报局局长。军事情报局实际上是从属于摩萨德的，但阿米特不是那种唯唯诺诺的人，当他认为上司的指挥有悖常理时，他就会直抒己见，绝不吞吞吐吐。他有一个很有利的条件，可以胜过当时以色列情报机构中的任何人，这就是他曾经是一位战场上的指挥官，懂得有用的情报对从事实战的指挥官所具有的重要意义。由于他在军事情报局的出色工作，三年之后，他接替哈雷尔坐上了摩萨德第一把交椅。

他上任后，立即逐一拜访以色列军界要人和政府各部部长，一方面他希望给这些当权者们造成一些心理影响，解释一下摩萨德已经确立的工作目标；另一方面，他想知道各部门到底希望摩萨德提供些什么样的有用之物。结果，实权者们并不能说出个所以然来，只有空军司令莫德克·霍德将军提出了一项具体要求。他对阿米特说，如果摩萨德真有本事的话，就应当为他搞一架米格—21 战斗机来，这是他迫切需要的，是日后空战中的宝贝。

几个小时后，阿米特召来了他的行动处长，劈头就问："你知道什么地方可以搞到米格—21 吗?"

这个问题使他的部下目瞪口呆。米格—21 是苏联制造的喷气战斗机，在当时是世界上速度最快的、设备最先进的攻击型飞机之一，米格—21 只供苏联空军部队的优秀、行员驾驶，连华沙条约组织成员国的空军都未装备这种飞机。不过，苏联为了在中东施加影响，1961 年以"绝对保密"为条件，开始把这种飞机引入中东地区。埃及、叙利亚和伊拉克空军都装备了米格—21。而西方国家和以色列对此几乎是一无所知。另外，苏联知道，把米格—21 战机派往国外，就要冒泄密的危险，所以采取了极为严密的安全措施。接受苏联训练的飞行员都是经过精心挑选的；有关飞机的安全、空勤和地勤人员的训练以及飞机的维修都由苏联人负责。

一心想要弄到一架米格—21 的阿米特成立了一个特别小组，专门研究制定如何劫持一架米格——21 的行动方案。阿米特叮嘱特别小组，为完成任务可以不惜任何代价，但行动务必万无一失。

特别行动小组经过一段时间初步调查，选中了伊拉克作为主要目标。在伊拉克，他们用了一年多时间挑选了一个能够"叛逃"成功的伊拉克飞行员——伊拉克一位空军副中队长穆尼尔·雷德法少校。他是伊拉克最有经验的优秀飞行员之一，最初在美国受训，后来又被派往苏联深造，学习更高级的驾驶技术。苏联和伊拉克的保安部门对他进行了细致的甄别测验，当他晋升到少校后，就选拔他去驾驶米格—21 战机。穆尼尔出生在一个信奉基督教的犹太人家庭，20 世纪 50 年代初期，伊拉克犹太人遭到迫害。穆尼尔的父母虽未受过迫害，而且像真正的伊拉克公民那样对以色列有着某种程度的憎恨感，但总觉自己与那个国家的人民有着千丝万缕的联系。不过他们的儿子穆尼尔没有这种想法，他是在阿拉伯学校接受教育和成长起的，信奉基督教，而且他目前受到重用，驾驶着世界上最先进的米格—21战斗机。不过，穆尼尔也有块心病——对参加政府空军与北部叛乱的库尔德人作战感到厌恶和内疚；同时，他对苏联顾问在空军基地表现出来的傲慢和专横颇为反感。摩萨德精明的特工还发现他身上的一个弱点：喜欢女色。

阿米特根据了解到的情况，制定了一个代号为“首饰行动”的行动方案，派出一位出生在纽约、持有美国护照的漂亮的犹太姑娘，用美人计将穆尼尔拉下水，并在摩萨德暗中安排下将穆尼尔带到以色列。阿米特许诺让穆尼尔及其全家人取得以色列公民的资格，保证他们全家人以后的安全，并拥有一栋房子和终生享有的年金，同时请美国人出面说服穆尼尔，最后答应穆尼尔提出加付100万美元酬金的条件。1966年8月15日，穆尼尔将一架米格—21开至以色列，从此，这架米格—21被喷上了以色列空军的标志。以色列空军通过多种模拟演习来分析研究米格—21性能上的优点和弱点，并通过穆尼尔少校了解了苏联人的训练科目和空战技术的全部秘密。此外，摩萨德还整理出有关阿拉伯空军的详细资料。1967年6月5日，以色列突然向埃及、约旦和叙利亚发动进攻。在这场实际只打了六天的第三次中东战争中，埃约叙三国损失飞机约440多架，其中大部分是米格战斗机。而以色列只损失40多架飞机。不言而喻。这场胜利在很大程度上应归功于“首饰行动”。

三

以色列从1957年起向法国购买“海市蜃楼”战斗机，从而逐渐建立起一支强大的空军，以色列的军械师将这种飞机加以改良，使之适应中东特有的气候条件，并使之具备应有的专门的战术和战略用途，加上以色列人对米格飞机十分了解，因而以色列空军逐渐取得了空中优势。第三次中东战争爆发后，戴高乐总统为制裁以色列，下令禁止向以色列出售武器。法国不但取消了已经付款的50架“海市蜃楼”战斗机的订货，还停止向以色列提供飞机的关键零部件。以色列空军当时几乎完全是按“海市蜃楼”飞机的体制编队的，而且已经建立起一整套专门用于这种飞机的地勤设备，如果不能继续得到这种飞机，造成的损失很大。更为严重的是，随着战争的深入，飞机的损坏不断增多，如不能得到及时补充，一旦制空权丧失，战争形势将出现逆转。

以色列内阁迅速作出一项决定：筹集资金，生产可与世界上最好的飞机相匹敌的以色列战斗机。可是一个专门委员会迅速提交了一份悲观的报告：让一架完全由以色列生产的战斗机飞上天，估计需要十年时间，到那时，就算生产出来了，它能与那时现役的国外先进战机并驾齐驱吗？内阁又一次专为此事举行会议，决定仿制“海市蜃楼”飞机。对于这样的建议，内行们不禁嗤之以鼻。一架现代化的喷气式战斗机有一百多万个零件，每个零件都要进行反复测试，制造时又要使其误差减到最小的程度，因此，没有飞机设计师绘制的图纸，零件是制造不出来的。看来，最迅速和最理想的办法，就是设法偷到“海市蜃楼”战斗机的生产图纸。这种“梁上君子”的活儿，当然责无旁贷地落到了摩萨德的头上。内阁指定要摩萨德头头阿米特亲自负责这项行动。

阿米特派出的和潜伏在法国的摩萨德特工没找到下手的机会，却了解到瑞士持有“海市蜃楼”飞机的特许制造证，按照法国人提供的图纸制造这种飞机。摩萨特的特工设法收买了瑞士得到特许制造“海市蜃楼”飞机的佐尔泽公司总工程师阿尔弗雷德·弗劳亨克内希特。弗劳亨克内希特向总经理建议用缩微胶卷把所有的图纸资料复制下来，然后原图纸在严密的监视下加以销毁，这样图纸所占的地方就能腾出来派大用场。总经理很快批准了这一建议，则派弗劳亨克内希特负责这项工作。弗劳亨克内希特拍了缩微胶卷后，与以色列特工密切配合，在销毁原图纸的途中，用“调包计”将飞机图纸搞到手。接着收买了瑞士罗欣格运输公司的高级雇员汉斯·斯特瑞克尔，他是负责在海关办理罗欣格公司汽车的过境手续的。在汉斯的帮助下，摩萨德装有图纸的汽车顺利通过海关，进入联邦德国后迅速开到斯图加特，在那里装上一架意大利籍飞机运到意大利的一座南部城市，再由等候在那里的一架以色列飞机运回到以色列。从1968年10月15日运出第一批图纸，到第二年9月20日事情败露，以色列大约先后运走引擎图纸2万张，机身图纸8万至10万张，仪表图纸3.5万至4万张，有关说明、配件、保养须知之类的文件1.5万份。这些图纸加在一起，数量、重量大得惊人。1975年4月29日，以色列参照“海市蜃楼”III—E战斗机图纸制造的超音速“幼狮”战斗轰炸机终于飞上了蓝天。

梅厄·阿米特主持摩萨德成功地两次“盗窃飞机”，使他声名大振，被情报界称为“专偷飞机”的间谍首脑。不过，他对以色列情报工作的贡献远不止这些。他是一名富有远见的情报首脑，进入摩萨德以后，他果断地对这个机构进行整顿，并将计算机和其他技术手段引入了摩萨德，从而大大提高了摩萨德的效率。由于他的“宁折不弯”的军人性格，使他难以处理上下左右的关系。1986年他从摩萨德领导岗位上辞职，离开了情报界。

交换人员最多的以色列间谍——洛茨

沃尔夫冈·洛茨是以色列著名间谍。他以富有的德国游客、养马专家的身份，在埃及结交了大批军界、政界、警界甚至情报界的重要人物和社会名流，为以色列搜集了埃及军事部署、最新火箭、导弹、飞机研制情况等重要情报，为以色列取得“六日战争”的胜利起到了重要作用。1965年3月洛茨被埃及反间谍机关捕获后，被判处25年徒刑。1968年2月，以色列用5000名埃及战俘（包括10名埃及将军）将洛茨换回以色列。

一

沃尔夫冈·洛茨 1921 年出生在德国曼海姆，父亲汉斯是柏林一家戏院的戏剧导演，信仰基督教；母亲海伦是一个犹太演员。在他 12 岁的时候，他的父母离婚了。那时正值希特勒上台，推行迫害犹太人的政策，为躲避纳粹的迫害，母亲带他来到巴勒斯坦。到那里不久，他进入本西蒙的一所农业学校。在学校里，他对马表现出了特殊的兴趣，几年时间，他学会了骑马、养马、相马等关于马的许多知识。这些知识成了后来他从事间谍活动的掩护专业。

1937 年，洛茨加入了以色列地下武装组织“哈加纳”。第二次世界大战爆发后，他涂改了自己的出生日期，志愿参加了英国部队。由于他会讲德语、希伯来语、阿拉伯语和英语，因此英国人将他派到埃及，帮助英国人打入德国在北非的占领地。二战结束后，他参加了地下组织的武器走私活动。1948 年战争爆发后，他报名参加了以色列军队，被晋升为少尉。以后在军队中连连晋升至少校，1956 年以某步兵旅长的身份参加了苏伊士战争，指挥部队攻占了内格夫沙漠中的拉法市。

苏伊士战争结束后，洛茨被以色列军事情报局（阿曼）选中，因为他的长相看上去不像以色列人，他是白皮肤、金发、身材粗壮，能喝酒，一副标准的前德国军官形象。以色列军事情报局要他隐瞒他的犹太血统和以色列人的身份，甚至让人相信他曾是一名纳粹分子，以便潜入埃及从事间谍活动。以色列间谍机关为他编造了假履历，他将以一个曾在希特勒的北非部队中服过役，后在澳大利亚养过 11 年马的联邦德国富商的面目出现在埃及。经过紧张的间谍活动训练，他先回到出生地，在那里生活一年时间，取得联邦德国公民身份。这期间，他在言谈中表现出自己是一名对联邦德国现政府持批评态度的前纳粹德国国防军军官。他于 1960 年 12 月经意大利进入埃及。

二

以色列情报机关给洛茨提供了一大笔经费，他以联邦德国富商为掩护身份，使用的是真名实姓。到达开罗的时候，他带着自己的豪华轿车，他给人的印象是，这个对埃及有好感的德国富翁想在埃及建立一个养马场。

为了搜集情报，他开始着手结识新的“朋友”，建立情报关系网。他向所入住的扎哈拉旅馆的老板表示，自己是一个骑马爱好者和马迷，希望被引荐到当地某个骑马俱乐部去。老板很热情地把他介绍到附近的一个骑兵俱乐部，凑巧这个俱乐部是埃及骑兵军官主办的，来到这个俱乐部的当天，他就结识了一个名叫尤素福·阿里·古拉卜的警察局将军，此人是该俱乐部的名誉主席。他性格开朗，善于交际，尤素福每天偕他一道骑马，他也接受尤素福的建议买了几匹马放在俱乐部里。不久，通过尤素福结识了许多有影响的名流。他很快与尤素福成了好朋友。他通过送给尤素福本人及其家人礼物，博得他们的好感，也经常“借”钱给尤素福。尤素福则热情给他帮忙，给他联系办理居住证的事，并将他引荐给一些要人。

6 个月后，洛茨觉得自己已经在埃及社会安全立足，便返回欧洲，同驻巴黎的以色列情报机关的上司秘密接上头。也递交了一份附有若干文件和照片的详细报告，上司对他的表现和成绩表示满意。给他作了进一步的指示，并交给他一笔数额可观的经费和一台巧妙地装在马靴里的新电台以及一个密码本。他下一步的主要任务是确定埃及防御工事的方位，了解它的军事价值，并对即将抵达埃及的奥地利等国的飞机和导弹设计师进行监视。

这次回欧洲，洛茨交上了桃花运。1961 年 6 月，在旅行的列车上他与一个名叫瓦尔特劳德的美貌德国女子相识，两人一见钟情。他没有向以色列情报机关报告，便同她结了婚。他把自己的以色列间谍身份告诉了新婚妻子，瓦尔特劳德支持他的事业，并很高兴能与他共担风险。

三

他们度完蜜月后，洛茨回到埃及。因为有尤素福及其手下人员热情迎接，所以入境非常顺利，自然那部藏在马靴中的电台也没有出任何问题。三个星期以后，他的新婚妻子也来到埃及。从此，洛茨在同埃及军警高官及各界社会名流的周旋结交中有了一名得力助手。他们经常宴请那些达官贵人，也经常应邀参加“朋友”的家宴，给他们送礼品，或借给他们钱，或通过其他方式行贿，让这些人乐意同他们交往并心甘情愿地利用其职务之便为他们在埃及的生活提供帮助。这些人当中除尤素福外，有埃军后勤专家阿卜杜·萨拉姆·苏来芒将军，有德国曼内斯曼公司驻开罗的代表弗朗苯·索基，有导弹基地和军工厂安全部门的首脑福阿德·奥斯曼将军，有在农业部担任高级职务的穆罕默德·法赫米博士，还有一名在飞机制造厂当厂医的前纳粹德国军官冯·雷斯。洛茨通过同这些人聚会喝酒交谈收集到有用的情报后，及时用电台加密发往总部。

一次，在冯·雷斯家聚会时，冯·雷斯把洛茨当成了另一个人：纳粹党卫军的一名冲锋队员。他对这一点越是否认，对方越相信自己的记忆。而埃及谍报机关也相信洛茨曾是一名党卫军的队员，并因此对他另眼相看。他也利用这个故事做文章，把设法搞到的可证实雷斯的说法的材料锁在抽屉里小心保存，结果埃及谍报机关密取了这些材料后，对他的纳粹分子身份更加深信不疑。

除了用交谈方式套取情报外，洛茨还经常实地观察埃及军队的动向和军事设施。除运河地区的若干武装部队外，埃及的军队主要集中在赫利奥波利斯附近沙漠中的一个庞大的基地中。洛茨以让妻子学骑马为名，每天早晨都带一副高倍望远镜登上骑兵俱乐部的瞭望塔，观察基地部队的活动。每当有坦克或装甲车队开出，他观察清楚车队的行驶方向，过一会便开车跟踪远去的车辆，以确定它们的目的地。他的军旅生涯经验可以使他辨明出动车辆的类型，并判断出是战术调动还是演习，是出队训练还是把军队的车辆开出来修理。他还多次同妻子一起以游泳、钓鱼、郊游为名，到苏伊士等一些军队驻地、导弹基地附近观察、刺探军事情报。以色列总部对他的情报活动非常满意。

除了搜集情报外，洛茨还为以色列间谍机关物色发展对象。不过，他并不亲自收买某个人，而是将他认为合适的争取对象的情况电告总部，由以色列情报机关做策反发展的工作。

有一天洛茨和妻子在骑兵俱乐部见到联邦德国在埃及的导弹专家福格尔桑，福格尔桑说他要到慕尼黑参加一个重要会议，想让洛茨帮他买一个好一点的公文包。洛茨马上投其所好说自己正好有一个新公文包可送给他，何必花冤枉钱去买呢。并表示关心说慕尼黑的旅馆要提前预定，听说那里正在开一个什么会，旅馆早定光了。福格尔桑说这些已经办好了，并把一张通知信给他看。洛茨暗中记下了旅馆的名字和房间号，从俱乐部出来后立即到一家商场购买了一个高档公文包，托人将公文包送给福格尔桑，而将包锁的钥匙留了一把，连同旅馆名字和房间号一起交秘密交通送给以色列间谍机关，随后将福格尔桑抵达慕尼黑的时间电告以色列总部。素以"偷"功见长的以色列特工自然从慕尼黑旅馆里福格尔桑的公文包中，毫不客气地获取了有关埃及发展现代化武器的重要文件。

洛茨警觉性很高。有一次他在开罗的一个社交晚会上碰到了一个名叫卡罗林·博尔特的女人。她自称是一个联邦德国考古学家的妻子，有一半荷兰血统，一半匈牙利血统。她经常找联邦德国导弹专家攀谈，打听导弹工程的情况。洛茨注意到她每次喝多了酒就会无意识地讲依地语——犹太人使用的一种国际语。后来她在一个科学家的住所拍照被人抓住。这个女人因此受到联邦德国专家和埃及军方有关人士的怀疑。洛茨也怀疑她是以色列间谍，便给总部发了一份电报，说如果博尔特太太是一个以色列间谍，那么最好立即将她撤出。几天后，这个女人从埃及消失了，洛茨的判断得到了证实。

四

1964年春天，洛茨又要按约定以去欧洲旅行为由同以色列情报机关的官员接头。这次他出行的借口是妻子瓦尔特劳德得了良性脑瘤，去德治疗。对一个欧洲人来说，经常出入埃及不是件容易的事，每次都得办理申请，而且程序繁琐复杂，费时费神。幸有尤素福帮忙，给他开了一份常住旅游者的证明。每过三个月他把护照交给尤素福，很快就给他办好了特别停留许可。

一个意大利富翁刚从洛茨手中买了两匹阿拉伯纯种马，这个百万富翁特地租了一架运输机，他得知洛茨夫妇要去欧洲，便热情地请他们搭他的飞机同行。接着洛茨由开罗飞到巴黎，与他的上司接上了头。他汇报了有关情报的细节和埃及导弹基地建设的情况，上司对此表示很满意。接着他证实了以色列空中侦察拍到的埃及亚历山大公路附近机场上排列的大批飞机是真正的飞机，而不是像以色列情报分析人员判断的那样是飞机模型。这对以色列来说也是非常重要的。

洛茨的运气总是那么好，他们在返回埃及的轮船上，他同一个年轻的德国人寒暄，了解到此人名叫埃里希·特劳姆，是一名电子工程师，要为联邦德国承建的一个项目在埃及工作6年。他已经猜到此人是去埃及导弹基地工作的。回到开罗后，洛茨和妻子经常去联邦德国专家克尼泼费尔家里喝茶。自从此人接管负责导弹计划之后，洛茨便试图同这对夫妇结成朋友。一次，克尼泼费尔的妻子发现洛茨袖口上的金质纽扣，打听从哪儿买到的，因为过几天是她丈夫的生日，她想买这样的东西送给丈夫做生日礼物。洛茨说在开罗某商场买的，并说那地方比较难找，主动要求陪她一道去。在进城的路上，他们聊到他回联邦德国的见闻，他不经意地说："从欧洲回埃及的途中我还凑巧认识了你丈夫的新同事。""您一定指的是特劳姆和埃伯哈德。他们就住在纳赛尔住宅区，离我们的住处不远。"克尼泼费尔夫人说这两人都是她丈夫的助手，并详细介绍了这两个人的情况。

自从洛茨与导弹基地的负责人和几名联邦德国工程技术人员交上朋友后，关于埃及导弹发展方面的情报源源不断地发回以色列。与此同时，以色列的空中侦察也得到了许多埃及导弹基地的情报，只是怀疑其中有些为导弹模型。总部指示洛茨设法对此加以核实。

一次，洛茨和妻子携带鱼竿，假装是要到苦湖去垂钓和野炊走错了路，把车拐进一条通往一个导弹基地的路上。当时正巧禁区路口值勤士兵在一旁解手，等发现后车已过了哨卡。当一队士兵乘一辆吉普车从后面追来时，洛茨叫妻子把车开出道路，陷入路旁的沙漠中。他们演了一出好戏：洛茨大喊大叫骂妻子把车开入沙中。当埃及士兵追到面前时，他假装无奈地用英语和德语请他们帮忙将汽车弄出来。埃及士兵中一名领头的上尉听不懂他说的话，用阿拉伯语并打着手势让他们上吉普车，要将他们带走。他们僵持一阵被推上吉普车，吉普车一直开往基地司令部，这正是洛茨求之不得的事。他借机对基地及其周围的情况认真进行了观察，并把看到的情形记在心里。

基地司令官听说把抓到的两个可疑外国人带到了基地里面的司令部，而且居然没有把眼睛蒙起来，气得大骂那个上尉笨蛋蠢货。但事已至此，只得把两个人带进来审问一番。洛茨坚持说他们从开罗来，本来是要去苦湖游泳的，路上自己在车上睡着了，妻子开着车走错了路，结果开进了沙地里。他妻子没有注意到这里是军事禁区，而进入禁区时也确实没有任何人来阻拦。洛茨告诉基地司令官自己是德国人，育马专家，在埃及经营养马场，同埃及上层许多大人物是好朋友。他抬出了警察局的尤素福·古拉卜将军，福阿德·奥斯曼将军，国家安全局的穆赫辛·萨布里上校，并提供了他们的电话让司令官核实。两名将军不在办公室未能联系上，最后与国家安全局的穆赫辛·萨布里通上了话。在穆赫辛的干预下，司令官立即对洛茨夫妇客气起来。正好到了午饭时间，上校司令官请他们一起共进午餐。奥斯曼将军也从穆赫辛那里得知了洛茨的事，打来了电话，表示问候。他在电话中向基地司令官透露了洛茨“纳粹党卫军上校”身份的秘密，所以司令官尊敬地称他“洛茨上校”。在餐桌上，这位司令官又向洛茨谈了许多基地的情况。不用说，这次出行发生了意外，却因此收到了比预期更好的效果：深入到基地核心对有关情况进行了有效的核实。

晚上回到住处后，洛茨在约定的发报时间向总部发去了一份重要电报："亲眼目睹导弹基地，位置准确。"第二天早晨总部发来回电："401 收悉。祝贺你做出了出色的工作。谢谢。"

五

洛茨在向以色列源源不断地发出重要情报的同时，自己也一步步走到危险的境地。他的电台信号把埃及情报总局的视线引到了他的身上。如果不是无线电信号泄露了天机，他还会在埃及潜伏更长时间。就在这几天，联邦德国来了几名导弹专家考察，奥斯曼将军还请洛茨给他做德语翻译。

埃及情报总局的特工对洛茨的住所进行了秘密检查，发现了藏在浴室磅秤里的电台、密码本和发报指令。1965 年 2 月 22 日，当洛茨和妻子像往常一样，跟他的那些朋友宴饮聚会之后回到住处时，被早已守候的埃及特工逮捕。

在证据面前，洛茨承认自己是为以色列做间谍工作的联邦德国人，他这样做纯粹是为了钱。他隐瞒了自己的以色列人身份和犹太人血统，他没有进行过犹太习俗的"割礼"，以及他极力否认在埃及传言认为的他是纳粹党卫军身份，使他的联邦德国人身份得到埃及当局相信。

摩萨德设法派去了一名联邦德国律师，以便在开罗的法庭上帮助洛茨夫妇。这名律师公开宣称他是受洛茨在德国部队里的老战友之托来的。洛茨心里明白真正派他的人是谁，因为他根本没有在德国军队中服过役。经过审判，1965 年 8 月，埃及法庭判处洛茨终身监禁并罚款 33 万联邦德国马克；他的妻子被判处 3 年监禁并罚款 1 万联邦德国马克。

1967 年 6 月 5 日，以色列发动了对埃及等阿拉伯国家的突然袭击，埃及空军的飞机未来得及起飞迎战便被以军飞机炸毁在机场上；导弹还没有发射便被摧毁在基地上。而洛茨的情报在这次战争中无疑发挥了重要作用。这次战争仅进行了 6 天，以以色列的巨大胜利告终，埃及等阿拉伯国家丧师失地，埃及有5000名官兵，包括10名将军，当了以色列的俘虏。这为以色列营救被埃及关押的洛茨等人提供了筹码。1968年2月3日，即洛茨被捕三年后，以色列用这批战俘换回了洛茨夫妇和其他几名被埃及关押的以色列人。

摩萨德以自己拥有洛茨这样杰出的间谍而自豪。以色列政界领导人不愿意公开承认洛茨是以色列间谍，时任摩萨德首脑的阿米特不惜以辞职相威胁，以色列国家领导人也为之让步，终于公开承认洛茨的以色列间谍身份。

洛茨回到以色列后，脱离了谍报界在一家负责银行和企业安全的私人侦探办事处工作，在移居联邦德国后，又移居美国加利福尼亚。

被绞死的以色列间谍
——伊利·科恩

伊利·科恩，犹太人，20岁时在埃及亚历山大参加了犹太复国主义青年组织。1957年初，抵达以色列，加入以色列间谍组织，被派遣到叙利亚从事情报活动。1965年被叙利亚反间谍机关抓获并判处死刑，绞死在大马士革烈士广场。

一

我的妻纳迪亚和亲爱的家人们：

这是我写给你们的最后的话，我请求你们生活在一起。纳迪亚，请你宽恕我，你要保重自己和照料好孩子，要设法使孩子们受到良好的教育。不要让他们缺少什么，和家里人要永远和睦相处。……吻别了……祝一切安好！

伊利·科恩。1965 年 5 月 18 日

这是以色列著名间谍伊利·科恩写给家里的最后一封信。1965 年 5 月 19 日星期二凌晨 3 时半，在叙利亚首都大马士革的主要广场——烈士广场，在阴森漆黑的夜幕下，他从容地走上了绞刑架，结束了他扑朔迷离的一生，时年 41 岁。

科恩 1924 年冬天出生在埃及一个普通犹太家庭。此前他有一个姐姐，后来又有了一个妹妹和 5 个弟弟。科恩身材修长，头发乌黑，一双大眼睛里透着聪慧和机敏。他聪颖过人，上学后学习成绩出类拔萃，很快就升入高年级。但是勤奋好学的科恩并不满足于仅仅成为一个正统的犹太学者，他用大量的时间来研究阿拉伯语言和文学，同时还学讲优美纯粹的法语，他讲起法语来流利程度丝毫不亚于使用希伯来语和阿拉伯语，不知情的人总会误认为法语是他的母语。

1937 年，别人送给他一部小型的柯达照相机，这个神奇的小黑匣子完全迷住了科恩，从此摄影成了科恩的一种业余爱好，这个爱好后来达到了狂热的程度。后来，这个爱好成了一种十分有用的本领。他不论走到哪儿，总是随身带着他心爱的相机。

由于有良好的基础教育，科恩进入了高等希伯来语研究学院。在学校里进修几年后，他成为犹太法学博士学位的主要候选人。但他对物理更感兴趣，并幻想有一天能成为一名工程师。于是他考入了亚历山大法鲁克一

世大学，专修应用电力学。

由于家庭环境和所受教育的影响，科恩对生活在埃及的犹太人及当时由英国人管理着的巴勒斯坦犹太人产生了浓厚的兴趣。1944 年发生在巴勒斯坦的犹太人的斗争给他留下了难以磨灭的印象。“斯特恩帮”行动小组的两名年轻的巴勒斯坦人在开罗暗杀了英国的莫因勋爵，他注意着对这两个恐怖分子的审判。“斯特恩帮”的两名年轻人在开罗被判处死刑。科恩对他们至死拒绝透露同志姓名的精神钦佩不已。1944 年，仅有 20 岁的科恩在亚历山大参加了犹太复国主义青年组织，给复国主义青年组织提供了有价值的帮助。他凭借自己的年龄、知识和教养，使一批男女青年集结在他的周围。科恩的热情终于导致了埃及当局的怀疑。当局发现他不仅已经加入了犹太复国主义的组织，而且还卷入了从 1945 年开始的组织犹太移民迁居巴勒斯坦的活动。于是，1947 年当科恩即将完成他的学业之前，被迫离开了法鲁克一世大学。那以后，他找到了一个在亚历山大的伐木场做会计师的工作，并以这个身份为掩护，继续从事犹太复国主义的地下活动。

二

1956 年 10 月下旬，以色列部队入侵西奈沙漠。苏伊士运河的战役一开始，科恩就被埃及当局逮捕，拘押在亚历山大一所犹太学校里，直到英法联合作战失败后，他才获释。这年年底，他过完 32 岁生日，便设法通过曾经帮助其他许多移居者使用过的秘密渠道，离开了埃及，途径欧洲，于 1957 年初抵达以色列与家人团聚。科恩一家其他成员早在 6 年前就到了以色列。年底，科恩才找到一份工作，凭着他的语言知识，被国防部聘任为翻译员。可惜好景不长，经过一段时间的试用后就被“炒”了鱿鱼，原因很简单，尽管他的古典希伯来语非常之标准，但是他的现代口语化的希伯来语知识却不足以胜任剪报的翻译工作。

新年过后，科恩找到了新的工作，被以色列的营业工会组织聘为会计师。在这里，他的工作非常受重视，在获得上司的多次表扬后，科恩迅速得到晋升。这年他去内格夫·索多姆和埃拉特港等地作短途旅行，逐渐对以色列熟悉起来。1959 年他第一次到叙利亚边境察看，这个地区自从西奈战役与埃及边境的磨擦停止以后，已经变得十分敏感了。

科恩在特拉维夫俱乐部里有几个熟人，这个俱乐部是为休假士兵和他们的朋友设立的，没事儿的时候，他就待在俱乐部里与朋友喝酒、聊天，或者玩玩保龄球。就是在这个娱乐世界里，科恩与他未来的妻子纳迪亚相遇。纳迪亚当时刚从伊拉克来到以色列，年轻漂亮。两人很快坠入情网。1959 年 8 月，他们结了婚。

一天晚上，科恩对他温柔的妻子说："我已经找到了一个更好的工作，给一家大商行当代办，这就是说，我要一次接一次地到国外去旅行。"在他宣布了工作调动几天以后，他开始蓄小胡子。实际上，他说的那个"商行"，就是以色列秘密情报局。

以色列情报局准备将他派到大马士革开展间谍活动，为此对他进行了一系列特殊训练。1960 年夏，科恩接受了严格的反跟踪训练，然后他获得一张法国护照，姓名是马塞尔·考恩。他被要求持此护照到耶路撒冷去，举止要像护照的真正主人，给人的印象是只会讲法语和阿拉伯语。在考核过程中，他必须尽量接触那些能提供有关以色列情报的人——商人、文职官员，甚至部长们。这是一种典型的"隐蔽活动"。"马塞尔·考恩"被预先告知，他在耶路撒冷的所有落脚地方都有秘密情报局的情报人员跟踪，他越能巧妙成功地避开他们，就越能受到好评。10 天的"耶路撒冷"训练很快结束，"考恩"已经认识了众多的商人和官员以及一些高等院校的学生。他的上级对他从耶路撒冷传来的情报非常满意。这次考核证明，科恩有能力伪装成另一个人并长期进行活动。

1960 年秋，科恩接受了另一项训练：伪装成耶路撒冷的一名大学生，跟着一个正统的伊斯兰教教长穆罕默德·萨尔曼学习《古兰经》。治学严谨的教长有些喜欢这个勤勉好学的学生，他当然不会知道这个学生何以如此虔诚，为什么对伊斯兰教怀有如此强烈的兴趣。科恩潜心地背会了五种常用的祈祷文和著名的"法塔"——祈祷开始前的开场祈祷文。他总是随身携带着一本《古兰经》，每逢星期五，他总同其他礼拜者一起，朝麦加的方向拜倒在地，没有人对他的穆斯林身份表示怀疑。

经过前期系统的训练后，科恩又接受了内容更复杂的训练。从凌晨开始，一直安排到深夜。他每天几次收听大马士革电台的广播，以学会叙利亚口音和掌握时局的变化。秘密情报局的专家们教他使用各种类型的发报机，从普通型号到便于间谍掩藏的小型发报机。他的指导者欣赏地发现他动作敏捷。过去作为业余爱好的摄影技术现在也成了专业手段，而且还学习了使用小型相机进行显微照相。此外，科恩认真观看了大量叙利亚的影片，包括反映叙利亚日常生活的纪录片，甚至还有秘密拍摄的短片。同时，他还阅读了大量希伯来文和阿拉伯文的小册子，熟记其中的内容，还一遍又一遍地阅读报纸，背下重大的政治事件的日期和发生的背景。最后，科恩还接受了根据战利品和各种缴获的武器对战斗作出判断的训练。

三

各项训练获得通过后，科恩化名卡迈勒·阿明·塔贝斯，执行去叙利亚长期潜伏的使命。以色列为这个化名编造了一段生活经历——在埃及亚历山大出生，生活到17岁，然后移居南美的布宜诺斯艾利斯。为适应这个新身份他已经作了充分准备。但还需要到布宜诺斯艾利斯实地演习，以防将来露出破绽。

科恩的出发被作了精心周密的安排。他告诉至爱亲朋们，他尽可能地经常写信，不久就能结束国外旅行回家。纳迪亚收到了科恩曾经许诺要写的信，但这些信都并非发自阿根廷，而是盖着欧洲的邮戳。

踏上了布宜诺斯艾利斯这座繁华城市的地面后，“塔贝斯”结识了阿勒桑。此人身材矮胖，已开始秃顶，50岁左右，蓄着漂亮的小胡子，是《阿拉伯世界》周刊的主编，他在阿根廷的阿拉伯社会中享有崇高的威望。阿勒桑与“塔贝斯”一见如故，他们有惊人“相似”的观点，阿勒桑非常喜欢这个年轻的“阿拉伯人”，向“塔贝斯”保证说，“当你决心去大马士革的时候，打电话给我，我把我的朋友介绍给你。在此期间，你可以随时来找我。”

“塔贝斯”赢得了这位报界人士的信任，通过其牵线，他很快成了布宜诺斯艾利斯的阿拉伯代表团举行的各种外交招待会上的常客，这些集会大多是伊斯兰教俱乐部安排的。他还出席阿拉伯使馆的鸡尾酒会。科恩尽量地扩大接触面，为今后的工作打基础。

阿勒桑没有食言，当塔贝斯再次出现在他面前，并告诉他已经决心去叙利亚时，阿勒桑当即表示高兴和支持，他给在大马士革的儿子写信介绍塔贝斯，他还用同样赞扬的语气写了其他三封信交给塔贝斯，这三封信分别写给他的三位朋友亲戚，一个叫黑尔布、大马士革的一个著名商人，一个是贝鲁特的著名银行家，还有一个是在亚历山大的堂兄弟。“塔贝斯”在布宜诺斯艾利斯的阿拉伯朋友中收集了相当一批信件，这些信大部分是朋友们写给他们在黎巴嫩和叙利亚的亲戚的。科恩感到自己去大马土革的准备已经就绪，欲即刻动身。但是特拉维夫来电，他必须回“根据地”巴特亚姆。

于是他再次回到以色列，向一位无线电秘密发射专家学习如何操作那种他将在大马士革使用的装置。很短的时间内，他就成功地达到了一分钟发 40 到 50 个字的速度，专家们对他的评价很不错。他还学习了怎么配各种不同种类的隐显药水，怎样设计在一个平面上藏东西的位置，怎样把秘密器材隐蔽在各种各样的家用器具里，以及怎样携带武器、文件、信件和缝在衣服里或紧贴在皮肤上的缩微胶卷，这一切看起来是那样令人激动、富有刺激性。

科恩现在已经是万事俱备，整装待发。上司告诫他，到了大马士革后，切不可匆忙行事，而是要循序渐进地逐步打入叙利亚统治集团。科恩此行担当着双重重任，他要向特拉维夫提供关于叙利亚军队、叙利亚经济的高级情报。

四

科恩终于踏上了他的梦想之旅，他再次告诉妻子，“公事”需要他在欧洲逗留几个月。

科恩顺利抵达大马士革。他在旅馆的房间里给好朋友沙伊赫——来大马士革的船上认识的热心人——打电话说："我决定在大马士革不走了，因为我感到这儿和我的家一样。你难道不能马上陪我去内政部吗？这样我就能申请永久性居住了。"沙伊赫在内政部官员面前高度评价塔贝斯，而且随后的几天，塔贝斯都由沙伊赫陪伴着，拜访了一些房地产经纪人和房产主。在寻房的过程中，科恩熟悉了大马士革周围的每一条路，在咖啡馆、酒吧间那些喧闹的地方，当沙伊赫刚把他介绍给那些巧遇上的朋友时，敏感的科恩就意识到这些热闹之地是大马士革公众舆论与各种观点的汇集处。塔贝斯注意听着大马士革咖啡馆里的闲话，他精明的头脑仿佛是一个去伪存真的筛子，小心谨慎地收集着那些令人感兴趣的信息。当然，他恪守"沉默是金"这句名言，没有加入沙伊赫与其朋友们的谈话。塔贝斯在到达后的两天之内，无论他漫步街头，还是和好朋友沙伊赫同坐在拥挤的咖啡馆里，竟然都没有引起对外国人异常敏感的大马士革人的怀疑，这一点令塔贝斯心里暗暗高兴。

塔贝斯在大马士革逗留了十天之后，《阿拉伯世界》周刊编辑的儿子阿尔赫申帮助他在阿布鲁马纳地区租到住房。科恩安置好他的一整套工作和生活用具后，晚间9点，第一次使用他的发报机向以色列发出了一组短信号。他清楚地告诉特拉维夫，他正住在"总参谋部对面"。他曾毫无顾忌地凝视着正对他房子的叙利亚陆军总参谋部，观察着总参谋部的屋顶上竖立着的一根根天线，四周环绕着的铁丝网，以及各个角落的全副武装的哨兵。

五

一天，科恩突然听到大马士革电台广播，"今天我们英勇的士兵给犹太复国主义者以粉碎性的打击，叙利亚军队摧毁了在加利利海面上犹太复国主义的战船……"第二天，塔贝斯第一次试探着与阿尔赫申谈叙利亚的政治和军事形势。阿尔赫申没有表现出乐意讨论这个问题的兴趣，同平常一样，塔贝斯十分小心翼翼，没有继续这个话题，转而谈起自己所谓的进出口生意。晚上，塔贝斯就在窗边观察对面的动静。他注意到：自加利利海上事件发生以来大马士革街头的军车特别是装甲运输车的数目增加了。他思考着大街上的军事动向，同时设想：首都的军队状况是由于以色列边境上的紧张局势引起的。

第二天晚上，塔贝斯根据总参谋部一反常态的频繁活动，决定向特拉维夫发出第一份情报。他上了前门的两道锁，拉上厚重的窗帘，把小型发报机从吊灯的天花板处取出来。发出了第一份密电：

“总参谋部很忙，灯光连续亮了三夜。大街上有反常的部队调动，确信叙利亚军队处于戒备状态，没有任何要发生军事政变的迹象。地方报刊上充满了恶意的反以色列情绪，以上这些都应视为是直接针对以色列的。”

科恩的情报不仅证实了来自以色列前沿阵地的报告，而且使事情更加明朗化，即军队的调动并非地方指挥官自作主张，而是来自叙利亚总参谋部的最高指令。

努凯卜战役之后，局势变得紧张起来。塔贝斯又开动脑筋，要把最新消息和有关幕后人物的传闻从来自咖啡馆杂乱无章的闲聊中提取出来。塔贝斯还和阿尔赫申的朋友马阿齐·扎赫雷丁（其叔叔是叙利亚总参谋长）倾心交谈，成功地获得了第一手资料。塔贝斯凭着他超人的交际手腕，不断地从朋友那里得到可靠消息，然后把这些情报发回特拉维夫，给予总部满意的答复。整整一个月，他的情报一到，就立即被破译，当晚由情报局送到以色列总参谋部，情报的摘要经常第二天就放在总理的办公桌上了。

1963 年 5 月的一个星期五，塔贝斯乘坐着总参谋长侄子的陆军小车，跟随去视察叙利亚的防御工事。从大马士革到前线的 60 英里路途中，塔贝斯“好奇”地问了各种有关问题，马阿齐为叙利亚在战争中获得的战利品感到十分兴奋，特别是以色列的装甲车。

汽车到达目的地，面前的大栅栏被打开了。塔贝斯睁大眼睛观望着，心里默默地记下了他所看到的一切。因为他心里很清楚，今后再也不会有像这一次离叙利亚防御工事如此之近的机会了。他们察看了库内特拉前线地区，叙利亚的地区指挥部就设置在那儿。

那个星期五的夜里，获得了一大堆情报的塔贝斯回到了大马士革，他在他总参谋部对面的房间里迅速地追记下在边境看到的一切，草拟成电文。同以往一样在发报时间里将电文译成密码发向特拉维夫。

几个月以后的一天，塔贝斯的好朋友沙伊赫向他透露：不久之前，沙伊赫曾与一名埃及籍的犹太女人作了一段露水夫妻。塔贝斯装出好奇的样子，问他是否认识住在大马士革的前纳粹分子，沙伊赫回答说："我当然认识他们，其中一个还是我的好朋友！"塔贝斯表示很想去拜访一下现给叙利亚保安局当顾问的这名前纳粹分子。沙伊赫答应了他的要求。几天后，沙伊赫带塔贝斯拜访了拉德马歇·弗兰茨。拉德马歇谈到与两名前纳粹分子保持着经常的联系，而其中的一个是冯·汉特克，曾任希特勒的外交部阿拉伯处处长。塔贝斯不动声色地静听老人絮絮叨叨地讲述那些前纳粹分子的现状。拉德马歇被指控有协助杀害贝尔格莱德的1500名犹太人和把比利时的犹太人驱赶到奥斯威辛集中营的罪行，但在执行判决之前，他趁着被保释的机会逃跑了，随后就再也没有他的消息，想不到现在被塔贝斯发现了隐匿之处。当他了解到许多秘密情报后，有礼貌地告辞赶回家中，给特拉维夫发了一封急电："遇到前纳粹分子拉德马歇·弗兰茨，现年60岁，为叙利亚情报机构工作。"在发报将结束的当儿，塔贝斯想了想，又加上了一句话："建议干掉拉德马歇。"但第二天特拉维夫就回电说："无论如何要避免对拉德马歇采取任何行动。此人是艾希曼的主要助手。"

1964年的时候，科恩首先报告以色列，叙利亚决定成立巴勒斯坦突击队。随着时间的推移，科恩已经搜集到了这支部队建制情况的所有材料，并迅速地报告了以色列。这些情报非常有效，以色列军队立即在所有主要灌溉渠道上布置了保安队，在所有的抽水机附近都设了双岗，尽管叙利亚曾多次计划破坏以色列灌溉系统，但是一次也没有成功。

六

就在这时，他的一位好朋友把他介绍给了这个好朋友的挚友，这位挚友本人是个令人肃然起敬的人，但是他才 19 岁的女儿不禁对科恩一见钟情，年轻的女孩子有无穷的浪漫主义情绪。科恩不得不与他们小心地周旋起来。但是女朋友和他的父亲不能容忍长期调情而不订婚。他把这一情报报告特拉维夫，他的指导官指示：不要作出明确答复，既不说“可以”，也不要说“不行”。除此之外，还建议他买辆小汽车，便于工作。

但是，科恩已经没有时间去买车了。一个月后，他的妻子纳迪亚收到他的名信片；1965 年初，又接到科恩从意大利发出的贺卡。这是纳迪亚直接收到的他寄给她的最后东西，这以后，科恩杳无音信了。实际上，1965 年 1 月 21 日科恩就被捕了。叙利亚反间谍机构向他张开捕网时，精明而自信的他还一无所知。那天晚上他像通常那样，发报完毕后，打开收音机，等待特拉维夫的指示。突然，公寓大门轰然一声被砸破，科恩束手就擒。直到他临刑前才写了那封与妻儿的诀别信。

以色列得知科恩被捕的消息后，在世界范围内发起了一场大规模的营救科恩的政治和外交活动。教皇保罗四世，乔治·奥·拉·皮拉（当时的佛罗伦萨市长），安托·比内和埃德加·富尔（均任过法国首相），比利时女王伊丽莎白，约翰·迪芬贝克（加拿大前总理）等国际著名人士在请愿书上签名或发出呼吁，其中有几位甚至直接与大马士革当局进行了接触，但都无济于事。1965 年 5 月 18 日，大马士革电台播出消息：“以色列间谍伊利·科恩将被处以绞刑。”5 月 19 日，科恩就被绞死了。

主动为以色列效劳的美国情报人员——波拉德

波拉德，美籍犹太人。1979 年受聘为美国海军文职情报分析员。他利用职务之便，将几乎所接触到的秘密都提供给以色列。1985 年事发叛逃未果被捕，1987 年美国法院判处其无期徒刑。1998 年，以色列与美国进行了一项交易：以色列同意在中东和平协议上签字，美国答应释放波拉德。

一

1985年12月21日清晨，一辆福特野马牌轿车急速开到位于康涅狄格大街的以色列驻华盛顿大使馆门口，车上跳下一个身材矮胖、头顶光秃、大约有30岁出头的男子和一个女人，一只波斯猫拥在女人怀中。他们自称是犹太人，受到联邦调查局追捕，要求避难。这时跟踪而至的美国联邦调查局特工人员已经出现在大使馆门口。他们向大使馆提出要对刚才乘野马牌轿车进入院子的男人问话。以色列大使馆负责人担心收留一名被通缉的人员会产生外交纠纷，拒绝了这对男女的避难请求。于是，秃头男人被捕了。这名秃头男子就是波拉德。

杰伊·波拉德于1954年8月7日出生在美国得克萨斯州加尔维斯顿的一个犹太家庭。1972年，18岁的波拉德进入斯坦福大学这所世界著名的美国第一流大学学习，主修国际关系。1976年，他从斯坦福大学毕业，又上弗莱切法律与外交学院学习。1977年，波拉德向中央情报局提出工作申请。中央情报局对他作了一番审查，结论是：“一个奇异的说谎者、善于空谈的间谍、狂热的复国主义者。”因此拒绝聘用。两年以后，他又向海军情报局提出工作申请，结果顺利地进入该局工作。

1981年，波拉德因没有解释他的“古怪行为”而被海军取消了他接触机密的权利，其实，背后还有一个更主要的原因。原来，波拉德曾声称自己是一位南非高级情报人员的密友。没想到，当那位官员真访问美国的时候，波拉德的上司很快发现他说的是谎话。他的上司提出“建议”，他应该进行精神治疗，停止工作6个月。波拉德心中十分不服，他向有关组织提交了一份正式报告，为自己的冤屈申诉。“精神治疗”的6个月，他并没有休息，他一直为自己受到的“不公正待遇”奔走。对他的处理决定终于被推翻了。

二

波拉德犹太复国主义情绪十分强烈，他老是梦想为以色列进行谍报活动。1984 年 5 月，一个偶然的机会，他与一个以色列男人相识了。后来，他通过那个以色列男人的介绍，认识了一个名叫塞勒的以色列空军上校，塞勒是以色列最优秀的飞行员之一，曾参加过 1981 年对伊拉克核反应堆的空袭。波拉德对塞勒说："我有充分的证据可以说明美国并没有让以色列分享应该与其分享的情报资料。我为此十分气愤。"塞勒很快将这个情况向特拉维夫的空军司令部作了汇报，又给以色列技术情报机构"拉卡姆"负责人拉菲·艾坦写了一份报告，告诉他一位受到挫折的美国人愿意帮助以色列。

艾坦心里明白，自从以色列 1948 年建国以来，美国对以色列是恩宠有加的。尤其是 1981 年里根出任美国总统后，早已明确表示，以色列不需要为它的所作所为付出代价。时下的美以同盟关系处在黄金时代、蜜月时期。尽管如此，艾坦更清楚地知道，美以两国的情报机关仍然相互猜疑，联邦调查局一直在提防以色列人非法攫取技术的活动。然而，艾坦对这个"找上门"来的美国人的兴趣太大了，他十分明白波拉德身上的巨大价值。他认为美国并没有按照两国之间签订的交换中东情报的协议把所有的东西让以色列分享，以色列也只有在美国内部安插一名密探，才能弄清自己缺少什么。

美国对处在中东战略枢纽地位的以色列也派过间谍。在 20 世纪 70 年代末 80 年代初，以色列在机密的核工业部门发现了 5 名美国间谍。其中一人一直在以色列著名城市海法的国营武器开发公司——拉菲尔公司收集情报。另一位是美国科学家，在奈雷克河核反应研究站工作。两名间谍自然受到审讯，后被假释，驱逐出境。

艾坦认为：波拉德在美国海军情报局工作，能够接触各种文件；他是一名犹太人，愿为其热爱的以色列工作。经过认真的考虑，最后艾坦向以色列总参谋长摩西·列维和空军司令阿莫斯·拉皮多特作了报告。在征得二人同意之后，艾坦命令塞勒空军上校承担这项特殊的任务，具体负责波拉德的工作。

三

从1984年起，塞勒上校穿梭飞行于纽约和华盛顿之间，与波拉德接头，接取文件。年轻的空军上校虽然没有接受过谍报训练，在两个城市的“拉卡姆”人员帮助下，冒着没有外交豁免权的危险开始了他与波拉德合作进行的情报传递工作。

自从和以色列情报人员建立起联系之后，波拉德似乎平静了，他一改往日的怪癖，全力以赴地投入到他的工作之中。他很快给塞勒提供了第一份文件，这个文件是他从海军情报局获得的。后来，波拉德加入了“反恐怖主义警备中心”，该中心位于马里兰州的苏特兰。加入警备中心不久，他又向塞勒提供了一份情报，这个情报远远地超出了他在反恐怖中心的工作范围。塞勒很快将这两份情报用外交邮袋快递到以色列首都特拉维夫。

波拉德提供的文件令以色列十分震惊，其内容包括叙利亚发展化学武器；伊拉克设法重建核工程；还有一些以色列的阿拉伯邻国，包括埃及、约旦、沙特阿拉伯最近购买的武器清单。

1984年10月，波拉德在反恐怖主义警备中心的职位被提升了，他接触到的机密的等级也提高了。他热情极高，对塞勒轻描淡写地说：“我可以接触到美国情报网络里几乎所有的文件。甚至还可以借到美国间谍卫星拍摄的照片，但由于终端机不能复制，所以只能借用一两天。”塞勒知道“空中间谍”的价值。3年前，他带领战斗轰炸机袭击巴格达核反应堆之前，曾经研究过美国卫星拍摄的照片，照片上指出了轰炸的确切目标。然而，这东西是不多见的，美国只在进行战略性情报合作时，才偶尔让以色列分享一下此类珍品。塞勒竭力掩饰着自己内心的激动，他对波拉德大大地赞扬一番，马上又显出一副很遗憾的神态，对波拉德说：“我已经在纽约学完了计算机课程，要回以色列了，为了便于以后的工作，请您等着一位新来的协调官吧!”他紧握波拉德的手说，“谢谢您的帮助，我们合作得很好，配合得很默契。为了我们的友谊，我愿意陪同您及您的未婚妻到巴黎旅游一趟，所有费用由我方付。”

波拉德欣然接受了塞勒的邀约。1984 年 11 月，波拉德携其漂亮的未婚妻来到巴黎，塞勒在“光明之城”举杯欢迎他们的到来，他的身边站着一位高个子的犹太人。四人落座之后，一边呷着饮料，一边聊天。桌上的气氛一下子轻松活跃了起来。塞勒介绍波拉德及其未婚妻安妮·亨德森小姐与新的协调官约西·耶格相识。从谈话中他知道，耶格是“拉卡姆”在以色列驻纽约领事馆的科技领事，是个享有外交豁免权的外交官。自 1980 年以来，耶格一直担任领事职务。他习惯于参加学术会议，与美国国防工业和其他行业的美国科学家交朋友，他给特拉维夫的“拉卡姆”分析专家寄去过大量从报纸和专业杂志上收集的剪报材料。

随后，波拉德经塞勒介绍，他认识了拉菲·艾坦。见到艾坦，波拉德怀着近乎崇拜的心情与他谈话，波拉德早就听说过艾坦这个英雄人物的传奇式的故事，在捕捉艾希曼这个纳粹战犯时，艾坦立下了汗马功劳。作为整个行动的指挥官，艾坦和耶格、波拉德讨论了下一步行动计划，包括以色列国防部需要的特殊文件。

会谈过后，塞勒鼓动杰伊·波拉德和安妮一起去观赏法国首都最豪华的珠宝商店。塞勒给安妮买下了一枚她喜欢的价值约 1 万美元的大蓝宝石戒指。显然，这是以色列政府送给波拉德夫妇的订婚礼物。塞勒递给波拉德夫妇一张条子说：“这是‘乔大叔’送的礼物。”塞勒让他们准备华盛顿有人问起他们如何买得起这么贵重的东西时以防不测的措施。

游完了巴黎，塞勒和耶格又安排波拉德夫妇秘密去了特拉维夫，在那里，他们再次见到了他们倾慕已久的大英雄拉菲·艾坦。艾坦告诉波拉德道：“为了补偿您必要的花销并表达我们的感激之情，以后，您每个月将获得一笔 1500 美元的酬金。”艾坦递给波拉德一张 1 万美元的支票，说：“这是作为以前您与我们合作的酬金。我们已为您开立了一个瑞士银行帐户，您的经费将直接存入该帐户，供您 10 年以后使用。”波拉德表示到那时希望在以色列生活。耶格随即拿出早已准备好的护照，上面有波拉德的照片和他的假名“潘尼·科恩”。“科恩”一名取自以色列著名的间谍伊利·科恩。艾坦和“拉卡姆”人员特地选用此名，是因为他们早已知道波拉德对这位被叙利亚处死的以色列间谍十分崇拜。艾坦和耶格说：“您这位无名英雄，无论在什么时候来，都将受到以色列的欢迎。”

四

波拉德从欧洲回来之后，全力以赴地投入到工作中去。不久，他带着一个手提箱，来到马里兰州的一栋房子里与耶格接头，手提箱里装满各种文件和中东地区的照片。耶格告诉他：“进行联络或取消约会的时候，使用秘密口令是完全必要的。”约定以后每个星期五见面一次，并约定了见面的地点。新的接头点是以色列大使馆的一名“拉卡姆”人员的秘书艾里特·厄尔布的住处。这里早已备好一套特殊的影印设备，一套特殊电子防护系统，能够很有效地防止产生可能被邻居在电视上发现电磁干扰的信号。

此后每隔两周，波拉德就给艾里特·厄尔布带来一大堆文件。起初，由他自己挑选。后来，耶格事先选定文件。波拉德持有华盛顿地区最高价值的图书借阅卡——“信使卡”。他能够在6个受限制的档案馆借阅文件：中央情报局、联邦调查局、国务院、国防情报局、他所在的海军情报局以及控制极为严格的国家安全局。他强烈地感到，国防部长温伯格和美国情报界并没有把他们知道的对以色列国具有潜在威胁的事告诉以色列。波拉德认为，无论是什么情况，只要与中东问题有关，以色列都应该知道。

1985年10月1日，地中海南岸的突尼斯。巴勒斯坦解放组织的执委会主席阿拉法特早早起来，离开他苦心经营的基地，到中东某国去访问。上午11时，一队飞机从地中海的水面迅速掠过，飞临到基地的上空。刹那间，一颗颗重磅炸弹直泻而下。轰炸持续了短短的10分钟，基地被夷为平地。这次空袭是以色列精心策划的。为了确保成功，以色列命令耶格让波拉德偷到有关材料。波拉德窃得巴勒斯坦解放组织驻突尼斯总部的照片。他窃取的材料还反映了位于以色列与突尼斯之间的北非国家，包括利比亚所建立的防空系统情况。

美以两国定期交换的原始数据加工分析的过程中，卫星照片一直是一个难以解决的特殊向题。以色列只能在暂时的战略合作中分享阅看部分照片的权利。于是以色列指使波拉德窃取了卫星照片。

中央情报局有一份极为重要的文件，它详细地记录了巴基斯坦试图建立核武器——“伊斯兰炸弹”的情况。波拉德轻而易举地提供了这个文件。他还提供了关于伊拉克和叙利亚储存化学武器的详细材料。波拉德送来数千页的材料，内容包括阿位伯国家恐怖分子的威胁、苏联武器的运送、电子通讯以及阿拉伯国家的武器系统。间谍头子艾坦及由他指派的几位“拉卡姆”分析专家简直难以赶上他的速度。波拉德对自己为以色列提供情报的行为甚为自豪。被捕以后，波拉德这样对记者沃尔夫·布·利泽尔说：“以色列情报机关并不是一个雄居中东地区的无所不在的巨人。以色列将其最优秀的人员和技术设施用来对付对他们的生存构成最大威胁的叙利亚。我则把注意力集中在以色列的外国敌人身上：利比亚、阿尔及利亚、伊拉克和巴勒斯坦。”他认为自己是以色列在大西洋到印度洋之间这片广阔区域的耳目。

五

1985年10月25日，星期五，下午5时左右，波拉德又去与耶格约会。他走后不久，一位同事向上司杰里·艾吉报告：“波拉德下班时从计算机中心带走了一大捆材料。”艾吉立即警惕起来。他命令查寻波拉德拿走了什么材料。报告迅速反馈上来，“波拉德刚才‘接触’的是中东的情报材料”。

艾吉从此对波拉德注意留心观察。在此后的两个星期五，即11月1日和8日，他发现波拉德收集了一些机密数据。海军反间谍机构在波拉德的工作区秘密安装了摄像机。他们对他进行暗中监视，最终确认，他在建立自己的私人情报库。11月18日，他被拘留受审。海军情报局特工人员对波拉德断断续续地审讯了3天，并没有什么结果。他告诉特工人员：“我将帮助你们揭穿一项我所了解的多国谍报阴谋。”这一说，特工人员麻痹大意了。就在第一次审讯期间，他们让波拉德给他的妻子安妮打电话，他假装说，“我晚上要晚点回去。请把仙人掌给朋友拿去”。

“仙人掌”是他们事先约好的暗号，波拉德说出此话，表明他遇到了麻烦，家里所有秘密文件都必须马上转移。18日这天，正好阿维姆·塞勒邀请波拉德夫妇一起共进晚餐。此时，塞勒在美国访问，他想告诉波拉德夫妇，空军已决定提升他为空军准将，他们去庆祝一下。安妮准备赴宴时，已是慌恐不安了。她家中那个装满文件的手提箱，如同一枚随时可能爆炸的炸弹，15英寸厚的文件就是杰伊所说的“仙人掌”。她急忙把手提箱交给她的好友、邻居埃斯范迪阿里夫妇，说是丈夫杰伊工作的文件，请她把它送到华盛顿四季青旅馆，她在那里等着。谁知，埃斯范迪阿里夫人是一位美国海军职业军官的女儿，她对安妮的这一举动感到可疑，于是打电话报告海军调查局。

此时，安妮正与塞勒一起在一家中国餐馆里共进晚餐，安妮紧张不安地说道：“杰伊碰到了麻烦。”她将事情经过讲述了一遍。塞勒察觉到事情严峻，他告诉安妮：“不要说我们曾经见过面。”吃完晚饭，二人分手道别。他们从此再未见过面。

安妮回家后，发现波拉德已经初审过后回来，两人都十分焦虑，波拉德对妻子讲述初审时的恐惧，他们决定给协调官打电话，要求耶格帮助他们到以色列定居避难。耶格让他冷静下来，同时提醒他说，“你可能已经被跟踪，如果你能够摆脱跟踪的话，就到这儿来，我们会设法帮助你。”

挂断电话，耶格和塞勒都从纽约飞回国内，艾里特·厄尔布和她的上司、华盛顿使馆的第二号人物艾拉姆也离开美国飞回以色列。12月21日早晨，波拉德前往以色列驻美国大使馆请求庇护，但被拒之门外，于是落人联邦调查局之手。波拉德被捕3天之后，以色列承认与波拉德事件有牵连。以色列情报机关则对以色列使馆让其间谍在大使馆门口被捕的愚蠢行为感到吃惊。美国联邦检察官对美国地区法院法官奥布里·鲁宾逊说：“被告人承认他向以色列出卖了大量秘密文件，这些文件如果摞在一起，有10英尺长，6 英尺宽，6 英尺高。”美国国防部长卡斯珀·温伯格在给鲁宾逊法官的亲笔信中写道：“我很难想出，还有什么会比这位被告对国家安全造成的危害更为严重。”温伯格私下对人说，波拉德应该被绞死或枪毙。

1987 年 3 月 4 日，美国分别判处波拉德和他的妻子安妮无期徒刑和 5 年有期徒刑。

美以两个亲密的盟国之间这场间谍风波，使得以色列政府陷入尴尬境地。塞勒被迫辞去特尔诺夫空军基地司令的职务，“拉卡姆”头子艾坦也被迫辞职。但以色列情报机关一直没有放弃营救波拉德的努力。1991 年 1 月，波拉德的妻子获释后请求与波拉德离婚，被获批准。1993 年波拉德在狱中与一名崇拜他的女子埃丝特·蔡茨重结连理。1995 年，波拉德通过新的妻子向以色列政府申请以色列国籍，被以内政部拒绝。不久以色列最高法院批准了波拉德的申请，波拉德成了以色列公民。1995 年，以色列总理拉宾向美国和俄罗斯提出了一个三方间谍交换的建议，试图把波拉德换回以色列，美国方面没有答应。1998 年，当美国主持举行中东和平会谈时，以色列总理内塔尼亚胡不失时机地提出，要想达成和平协议，美国必须释放波拉德。美国从其国际战略利益考虑，为了不影响其主导的关系世界安全的中东和平进程，同意在适当时候释放波拉德。波拉德终于有了出头之日。

杰出的埃及间谍——拉法特

拉法特可以说是埃及历史上最成功的间谍。他少时在许多国家流浪，后被埃及情报局招募，冒名犹太人载维德·夏尔·赛姆胡尼，在以色列苦心经营20年，建立起一整套平民情报网和军事情报网，窃取了以色列大量机密。拉法特的成功使素以精明狡诈著称的“摩萨德”大蒙羞耻。

一

1952年，纳赛尔率领自由军官组织发动革命取得成功，建立了新政权。为了对付以色列的威胁，埃及决定向以色列派遣特工。埃及情报局为此探讨了数月，他们决定物色一个能像犹太人那样至少能讲两种外语的埃及流浪汉，但直到1954年底仍未找到合适人选。一天晚上，埃及情报局负责官员之一穆赫辛·孟姆塔兹接到一个电话，电话是一位受他之托但又不明底细的警官从自新监狱里打来的，说发现一个他想要找的小伙子，是在利比亚被英国人逮捕送来的，他身上有5本不同姓名的护照，审讯时拿起美国护照问他，他就用英语说他是美国人；拿起法国护照问他，他又说是法国人，另外3本护照都是埃及的。检察机关取了他的指纹，查出那指纹的主人叫拉法特·希加尼，跟那3本护照不一致。后来只好去问国际警察。不想国际警察说此人另外还有好几个名字，而且英国、美国、德国的警方都在找他。

一种直觉驱使穆赫辛立刻驱车直奔监狱。晚上10点钟，为穆赫辛专门安排的审讯开始了。穆赫辛有意坐在记录员的身边，使自己看上去像记录员的助手。他叮嘱在场的所有人，在审问过程中谁也不要朝他看，以免引起被告的怀疑。一个约25岁的年轻人带着手铐走了进来。他中等身材，相貌平凡到令人吃惊的地步，使人一看就觉得以前曾经见过上百次，但又熟悉得让人难以记住。他两眼无神，像是吸过了麻醉品还没有醒过劲来。他环视着室内。当他的目光扫过穆赫辛时顿了一下，眼内闪出一星火光，唇间现出一丝神秘的笑容。年轻人玩世不恭地回答着审讯官的问题，觉得气氛比较宽松，挺直了松松垮垮的身躯说："我看今天的审讯可不像往常那么凶神恶煞的啊！在这种气氛里，我看我就不必再戴这副镯子吧?"说着，他朝众人举起戴着手铐的双手，铁链子在空中晃荡着，只见他敏捷地朝桌前迈了一步，刹那间便把手铐褪下来放到桌子上，嘴边随即浮上一丝自得的微笑。

监狱官呼地站起身，一步跨到桌前，见手铐依然锁着，又不相信地叫了声："真是见鬼！"

年轻人一笑。接下来，他又给众警官表演开了魔术，并讲解着每套魔术的谜底，大家都被他那层出不穷的花样吸引住了。直到午夜1点半，近似聊天晚会似的审讯才结束。

从那天夜里的审讯以后，年轻人被接二连三地转移了4个警察分局的监狱，每转移一次，他的档案里的记载就模糊一步，到最后简直含混到根本看不出他有什么罪名了。年轻人被送到最后一个监狱是在9月里的一天中午，检察官宣布："交20镑保释金，当庭释放。"穆赫辛以年轻人"表哥"的名义交了保释金，将他领走。

二

自从那次夜间审讯之后，穆赫辛带领情报局的一些精兵强将对年轻人的国籍、民族和身世展开了一番艰苦而复杂的调查，查出年轻人名字叫拉法特·希加尼，是个地地道道的埃及阿拉伯人，他自幼父母双亡，有3个同父异母的哥哥和一个同母的妹妹，18岁那年，他被哥哥们赶出了家门，开始自谋生路……他认为这个年轻人正是埃及情报局最需要的人。他们要把他培训后派往以色列长期潜伏。

穆赫辛把年轻人带到了苏里曼帕夏广场后面的一条大街上，让他住进了一套小型单元房。第二天，拉法特对穆赫辛讲述了自己出走后的经历。拉法特离家后在好几家公司谋职，但屡遭他人暗算。最后，他决心报复社会。他从一家美国旅游公司骗了5000美元，逃到加拿大换成支票本，在几天之内取出全部存款后，带着多半本空头支票又逃到了欧洲，开始在德国、法国和荷兰等国使用假支票行骗。在德国饱尝了3个月的铁窗滋味后，他回到埃及继续偷窃和行骗。最后，他用偷来的护照逃到了利比亚。可是在边境检查站他向英国人递上护照时，没料到护照上的照片被汗水泡湿了，引起了英国兵的怀疑，于是便被送回埃及。在亚历山大的监狱里，拉法特认识了一个叫伊夫拉伊姆的犹太人。由于他装得很像，那个犹太人把他也当成了犹太人，而且还告诉他，自己正在从事为犹太人和以色列服务的秘密工作。

穆赫辛的心兴奋得咚咚直跳：“你还认得出那个伊夫拉伊姆吗?”

“当然认得出。”

接下来的3天里，穆赫辛一人扎进了护照国籍登记处那庞杂的卷宗堆里。3天后，他将一个在二战前移居马格里布而且再也没有回过埃及的犹太家庭的情况详细讲给年轻人听，这个家庭有父母亲和一儿一女，儿子恰巧与年轻人同岁，根据判断，这家人很可能在二战中家破人亡了。“从今后，你就是这家的儿子，你要像一个真正的犹太人一样生活，不仅外表要像，而且还要深入到他门中间去。你还要表示你逃出监狱后身无分文，急于找份工作。”

“这很容易。”乔装打扮是拉法特的绝活。他接着问道：“我叫什么?”

“雅库弗·宾亚米·哈纳尼。”

接下来，穆赫辛又告诉拉法特，他俩每星期将秘密会面两次。他必须按照规定的复杂方法去接头。他将学习如何判断身后有没有人跟踪以及甩掉尾巴的办法。经过几个月的训练，拉法特已掌握了收集情报、发现跟踪和甩掉尾巴等一些技术。每次接头，他都要交给穆赫辛一份书面材料，上面记录着他对犹太社会观察和了解的内容。

在这几个月里，拉法特时常光顾犹太人爱去的伊斯坦比卢斯咖啡馆，使人们相信他是一个在利比亚被英国人抓住送到埃及的犹太人。他在亚历山大监狱里认识的那个伊夫拉伊姆不仅做了他的义务宣传员，而且还帮他找了份推销员的工作。由于他成功地帮一些犹太人转移出去一些资金，他的名气很快传遍了犹太社会，人们都把他视为一个勇敢的民族斗士。

在情报局的安排下，埃及警方加紧了对拉法特顶替的雅库弗的骚扰和“迫害”。一天晚上，他正在咖啡馆里跟伊夫拉伊姆交谈，警察突然闯了进去，将他俩带走了。在等候审讯时，他显得很镇静，严肃地小声对伊夫位伊姆说：“如果我出了事，你必须知道我是谁。我叫雅库弗·宾亚米·哈纳尼……”

半夜，一个警官来审讯他俩。警官嘲讽地问他：“你叫什么?”

"利基·考希尼。"

警察呼地站起来，高声问："你是利基·考希尼还是乔尼·达尔兰奇?"

伊夫拉伊姆一听到乔尼·达尔兰奇，惊愕得差点晕了过去。原来，这个利基·考希尼竟是那个大名鼎鼎的犹太英雄！当时，乔尼·达尔兰奇在犹太人的心目中是一个传奇人物。他为以色列募集资金，并组织了帮助犹太人向国外转移资金的活动。但是，埃及警方和国际警察都找不到他，甚至连犹太人也不知道他的姓名、身份和相貌。伊夫拉伊姆当夜就被放了出去，天还没亮，开罗的犹太社会都把拉法特当成了他们的民族英雄。他出狱后拒绝了人家的帮助，继续认真做好他的推销工作。他的名声越来越大。人们眼见他一次次申请移居国外都被驳回，而且多次遭到逮捕，不由得越发敬佩他。

1955 年 1 月的一天晚上，拉法特来到接头地点，他兴奋地对穆赫辛说："长官，我现在能向你提供埃及所有犹太人的情况了。"但穆赫辛对他说："这并不是我需要你做的！我不是想让你了解埃及的犹太人，而是想让你去了解以色列的犹太人！"

三

拉法特毫不犹豫地接受了潜入以色列的任务。由于拉法特已经成了一名屡遭警方迫害的犹太民族英雄，不少犹太家庭都纷纷邀请他去避难。1955 年 4 月底，"把雅库弗救出埃及"便成了犹太团体的当务之急。由于开罗庇护过他的家庭都受到了警方的监视，亚历山大的犹太金融巨头夏尔·赛姆胡尼邀请拉法特去他家住。一天晚上，一群犹太人来到他的住处，用吵架转移开了警察的视线。拉法特趁着夜色悄悄离去，登上了去亚历山大的火车。他那温文尔雅的性情和那特有的魅力使得赛姆胡尼全家人都喜欢上了他。

一天晚饭后，赛姆胡尼和拉法特走进书房。拉法特觉得年过花甲的老人用一种交织着爱与温情的奇特目光看着他，与往日有些异样。拉法特说：

“看来我只有去以色列一条路了。”赛姆胡尼问他怎么才能脱身，拉法特说他还在考虑这件事。

“我倒有个办法。”老富翁说，“我有过一个儿子，跟你年纪差不多，他叫戴维德。在他出生时我们给他领了出生证，可他3岁得伤寒死去时我们没有领死亡证。”老人脸上显出一丝忧伤。戴维德死去已有24年了，但埃及官方一直以为他活着。“我把我儿子的名字送给你。从明天起，你就叫戴维德·夏尔·赛姆胡尼。你不要申请移居，而是申请出国旅行，只要一离开埃及你就没事了。”

1955年7月的一天，拉法特登上了开往意大利那不勒斯的油轮。两天后，轮船驶进了那不勒斯港，第三天上午，拉法特到维苏威火山顶上去见穆赫辛在开罗介绍给他的那位穆斯塔法，两人核对了今后互相写密信打密电的暗语。几天后，拉法特乘上了驶往以色列的海轮。

到特拉维夫后，他很快认识了背景极其神秘的老律师尤素夫·艾资拉尔，并跟他去参加了一个大学教授家的晚会。晚会上，拉法特结识了一个名叫杰德欧尼·沙巴泰的商人和一位名叫比胡尔·沙脱莱特的以色列国防军中校。拉法特告诉杰德欧尼·沙巴泰，他想办一家旅游公司，需要找一个既能理财又能打通以色列社会各关节的合伙人。杰德欧尼一听便表示想谈细节，二人约定两天后到尤素夫的律师事务所见面。仅用了7天，两人合伙经营的玛吉·图尔茨旅游公司便开张了。公司成立伊始，拉法特招聘了一位名叫艾斯蒂尔·别林斯基的女秘书。她的未婚夫是个飞机工程师，而且还是总参谋部的一名预备役少校。

1956年10月的一天晚上，拉法特在自己家里请艾斯蒂尔和她的未婚夫捷杜斯基少校吃饭。他知道捷杜斯基是个心里装不住事的人，就接连给他斟酒。两人天南地北地聊了起来。当谈到纳赛尔打破了西方重新占领运河的梦想时，捷杜斯基咬牙切齿地说：“他硬不了几天啦！”

拉法特心头猛然一惊，他说，“你别忘了，他已经给他的军队买到武器了”。

“但不光是咱们自己来对付他。”

拉法特震惊得差点叫出声来！他控制着自己：“但英国人已经撤走了！”

“他们就要回来了，还有法国人也跟着他们一道来……”

1956年10月22日，埃及情报局驻罗马情报站的官员穆斯塔法紧急飞抵开罗，他带回了拉法特的密信：英国、法国和以色列将在近日联合进攻埃及！一小时后，这份情报就送到了国家总统的手中。

由于事先有所防备，1956年英、法、以三国侵略埃及的行动遭到了失败。

四

1958年7月的一天，拉法特接到了一封要他去热那亚洽谈旅游业务的电报。他一看电报上的暗语便知道，让他前往热那亚与一个系着颜色艳俗花哨、有小船图案领带的人接头。

经过埃及情报局的安排，拉法特在内线的暗中护送下，来到了热那亚。在约定地点等了两个多小时仍不见接头人露面，拉法特便进了一家酒吧，要了一杯啤酒。这时，有一个高大的海员摇摇晃晃地进了酒吧。那海员一边打着嗝儿，一边晃着朝拉法特这边走来。突然，那海员没站稳，撞在了拉法特的身上，一下跪在了地上。拉法特双手架在海员的腋下，想帮他站起来，可海员的腿不听使唤，一双大手在胸前乱挥着，就在这一瞬间，海员系的那条颜色花哨、有小船图案的领带跳入了拉法特的眼帘！海员眯着醉眼用英语咕哝了一句：“现在几点了?”这是接头暗语。“零下5度。”拉法特也用英语小声回答。“这天气太热了。”海员不耐烦地挥了挥手，终于站了起来。拉法特邀请海员喝一杯，海员说他已经喝得太多了，他得在明晚7点钟赶回捷布法尼·阿勒杜大街704号914单元去。说完，便又摇摇摆摆地朝外走去。拉法特明白，他说的地址正是要他接头的地点。

第二天晚上，拉法特准时到达接头地点。等待他的是埃及情报局官员纳迪姆·哈希姆。他要求拉法特利用现有的关系网，集中收集以色列军队方面的情报，并设法在军队中发展组织。

回到以色列后，拉法特经过较长时间的努力，与比胡尔·沙脱莱特中校、伊扎克·本·阿尔塔少校以及丹·拉比努菲茨上校成了密友。

有一天，伊扎克无意中告诉拉法特说，他们正在重新铺设和加长军用机场的跑道，用的是一种加有特殊混合剂的新型沥青。拉法特虽然不懂这条消息是否有用，但他认为还是应报告给国内。于是，他将有关这种沥青的数字方程式和一些原料名称传给埃及。开罗的有关专家在召开了一系列秘密会议之后，确认那种沥青只能证明以色列将购买一种先进的法国战斗机。果然，不久从欧洲某国首都发回情报说，以色列军事代表团已抵达巴黎，正在采购法国的战斗机。当纳赛尔在一个公共场合透露此事时，以色列和法国顿时一阵恐慌：如此机密的行动怎么让埃及知道了?

拉法特经常有意安排一些人随一些旅游团去欧洲玩上个把星期。其中便有那 3 位军人和他们的家人。埃及情报局暗中给他们拍了不少照片或电影，并对他们进行了大量的调查，然后把结果告诉拉法特，便于他控制他们。

拉法特为了公开策动伊扎克少校出卖情报，不仅慷慨地借给他一笔又一笔的钱，而且还带他参加一些上层晚会，让他品尝一下富裕的滋味。当少校手中借据越积越多，以至于永远也偿还不起时，拉法特开始向他发起了进攻。拉法特说，有个为和平工作的秘密组织，可能是东欧人，他们想要点情报，他们付报酬极慷慨！这个组织十分关注中东的紧张局势。伊扎克何不为他们业余干点事情挣点外快呢。伊扎克权衡再三，在钱的诱惑下终于接受这一“工作”。拉法特用同一方法说动丹·拉比努菲茨上校。这位谨慎的上校经过周密考虑，与那个“组织”的一个人员（当然也是埃及情报局间谍）会面，最后同意“合作”。

拉法特在开罗总部的领导下，谨慎而又极其精细地管理着已初步建立起来的军事情报网和平民情报网，定期向开罗发回大量有关以色列各行各业的极有价值的情报。上级对拉法特的信任与日俱增，1964 年初，拉法特被正式任命为情报局的官员。到 1966 年底，埃及已掌握了以色列武装力量的全部情况。

拉法特的社会名望也日益提高。他不仅是以色列总工会中一颗耀眼的明星，有权威的工会活动家，而且还是执政党以色列工党的一名重要的党员。有一天，他突然要求紧急会见。开罗感到有些意外，不知他出了什么事。原来，工党鉴于他的威望和社会活动能力，想提名他竞选国会议员！开罗专家们经过慎重研究，认为他不进入上层政治圈会更安全些，不容易暴露情报来源，于是命令他谢绝了。

五

1967 年 5 月 31 日，欧洲某国首都的一家埃及公司的电话铃响了。值班的职员拿起听筒，突然听到有个声音打听“玛丽·露易斯小姐”，这意味着拉法特没经事先约定便到达当地，并要求尽快面谈。接头安排在 6 月 1 日凌晨 1 点。拉法特交上了一份详细的重要情报。上面非常明确地说，以色列决定于 6 月 5 日凌晨空袭埃及，目标是埃及所有的军用机场和开罗国际机场。交完情报，他满怀必胜的信心返回了以色列。

然而 6 月 5 日拉法特听到的却是令他心碎的消息——以色列人的空袭使埃及空军遭到重创！为什么会这样？6 月 30 日，拉法特平生第一次走进了埃及情报局的大门，他悲愤地失声质问：“我不是告诉你们他们要在 6 月 5 日进攻吗？为什么会是这样的结果！”他激动地像个孩子似地大哭起来。“13 年了，我天天梦见绞索。你们派我到那儿就是为了这个吗？”他觉得既然他冒着生命危险搞到的情报不被重视，那他留在那儿还有什么用？他提出要回埃及，再也不回去了！当然，他还是又回到以色列。拉法特比以前倍加努力地工作着。他竭尽全力发展他的公司，使公司的利润完全能够支付各情报网的开销，而不用再让国内掏一分钱。以色列人占领西奈半岛后开始开发那里，他也把公司的旅游业务扩展到了西奈，在祖国的土地上建立了好几处度假村和旅游点。

埃以两国军队在运河区时常发生激战。拉法特及其他敌后情报人员加紧收集国家所需的情报。到 1968 年 8 月，他们已经获得了以色列在西奈兵力部署的详细情报。由于埃以两国都接受了 1970 年 6 月 19 日由美国提出的“罗杰斯倡议”，运河两边停止了战斗。埃及利用停火的机会加强前线地区的空防，以色列也利用这个机会巩固西奈的军事设施。拉法特为了深入了解西奈的每一块地方，招募了更多的军人，并在西奈开办了更多的旅游项目。

在纳赛尔于1970年9月28日去世以后的两年里，拉法特所领导的情报网，同时还有埃及在西奈半岛上的其他组织和眼线们，收集了以色列在西奈的每一个中心、每一个区域，特别是被吹嘘为不可逾越的巴列夫防线上每个工事的详细情报。拉法特告诉开罗："他们正在打瞌睡，现在就该动手了！"他说得很有把握，因为他对以色列人太了解了。他已经兑现了他在1967年"六·五"战争后回埃及时许下的诺言，写出一本介绍以色列的书。书中全面分析了以色列国民的种族结构、政党之争、宗教冲突和思想分歧。拉法特以极大的耐心等待着进攻，但是，他仔细观察周围，一派平静，丝毫没有打仗的迹象。

突然间，战争爆发了1973年10月6日下午2点整，埃及和叙利亚的军队以破竹之势同时发起了进攻。为了这次突然袭击，萨达特总统以极大的耐心，亲自领导埃及情报局和埃及军事情报局，进行了长期的准备和巧妙的伪装。

当广播里传来埃及军队强渡苏伊士运河摧毁巴列夫防线的消息时，拉法特感到从未有过的激动和自豪。近20年在艰难岁月中的奋斗，终于取得了辉煌的成就。

长期在敌人心脏里从事谍报工作，为了安全保密，拉法特牺牲了个人的爱情和家庭，经常处在高度紧张之中，使他身心憔悴。在他为祖国做出重大贡献之后，埃及情报局批准他退役，在联邦德国定居休养。他在那里跟一位联邦德国女子结了婚，过了一段美满幸福的生活。直到他在那里病逝，他的埃及间谍的身份都没有暴露。拉法特的成功被视为埃及情报史上的一个奇迹，拉法特也被情报界誉为埃及的"谍魁"。

愚弄中情局的古巴间谍
——阿科斯塔

古巴情报安全机构在同美国的隐蔽较量中有许多精彩之作，阿科斯塔对中央情报局的渗透活动就是一个典型案例。他经过古巴内务部专门训练之后，以船长身份为掩护从事情报工作。美国中央情报局看中了他，他顺势打入中央情报局的间谍组织，骗取信任，为古巴进行反间谍活动达十几年之久，直到古巴政府决定将美国对古巴的间谍破坏活动公布于世时才结束这场游戏。

胡安·路易斯·阿科斯塔·古斯曼1944年生于古巴，身高6英尺，长得英俊而强壮。他性格内向，少言寡语，但思维敏捷，机智勇敢，富有冒险精神。中学毕业后被古巴国家安全机关选拔到内务部下属的一所学校全面接受谍报知识和技能学习和训练，1968年以优异成绩毕业后正式成为一名特工人员，化名为“马特奥”，被派往西班牙加那利群岛首府拉斯帕尔马斯工作。

1970年，阿科斯塔成为渔船船长。他以这一身份为掩护，来往于有关国家之间，从事情报活动。中央情报局觉得阿科斯塔是个合适的招募对象，从1969年就开始设法接近阿科斯塔，对他进行试探。美国中央情报局派出驻马德里站站长埃伯特·埃伦·莫里斯对阿科斯塔实施招募。莫里斯在经过一番接触后提出要他为美国中央情报局工作。阿科斯塔采取欲擒故纵的策略，表示他没有精神准备，需要好好考虑一下才能决定。此后莫里斯在不同地点多次与阿科斯塔接触，两人在“民主”、“自由”和反对古巴卡斯特罗“独裁政权”方面的共同语言越来越多。1974年，阿科斯塔终于答应莫里斯，被招募为中央情报局间谍。中央情报局给他取了一个美妙的代号——“天使”，每月付给他250美元作为他的情报费。

从1958年以来，美国政府一直通过中央情报局对古巴进行颠覆和恐怖性间谍活动，从政治、军事和经济方面反对古巴政府。1977年9月11日美国利益代表处在哈瓦那开始工作以后，中央情报局充分利用这一机构所建立的一切设施进行工作，建立了中央情报局驻哈瓦那情报站。从1981年开始，中央情报局又加强了向古巴派遣间谍的活动。到1987年6月，中央情报局在古巴工作过的正式官员达到38人，临时官员113人。中央情报局哈瓦那站的任务之一就是物色和发展间谍，为美国的总目标服务。阿科斯塔后来也成为受这个情报站指挥的间谍之一。

阿科斯塔有从事情报工作的智谋和胆量，他曾经过美国中央情报局的三次测谎检查而没有暴露自己的身份，他在与美方周旋中，赢得了中央情报局的信任和赏识，从而使美国特工人员将最先进的联络方法传授给了他，每月支付给他的情报费也增加到1700美元，在他打人中央情报局的13年中，美国在为他设立的银行帐户上的存款数额达到了9.3万美元。

阿科斯塔从1980年4月30日起开始接收无线电报，同年8月，以到拉斯帕尔马斯旅行的名义，在那里同一名美国中央情报局的官员接上了头。那名官员告诉他，中央情报局对他提供的古巴在中美洲、加勒比地区的活动及古巴与苏联的军事合作的情报很感兴趣。当年，中央情报局总部又给他发去指令，让他到国外去旅行，以便借此机会接受新的联络方法训练。1981年5月，阿科斯塔旅行去了圭亚那，在那里他同中央情报局官员罗伯特和胡安接上头，胡安是中央情报局的较高级负责人，由他具体安排阿科斯塔的活动。另外还有一个测谎专家和一个分析专家，他们共同要求对阿科斯塔进行一次测谎检查，阿科斯塔顺利通过了检查。之后他们交给他一套新型的高级设备，随即开始了有关通讯技术的培训。

1981年11月，美国交给阿科斯塔一套RS804型设备，这套设备可以不经过美国利益代表处而直接通过卫星转发电报。但是这套设备从一开始就因存在技术问题不能使用，中央情报局为此准备在古巴搞一次秘密交接，更换设备。1982年6月8日，以外交官身份到古巴工作的理查德·迈克尔·布伦南负责此次交接活动。由于交接方式不当而引起火灾，零件全部被烧毁。1982年9月和次年2月，阿科斯塔又两次收到了新的零件，但技术问题仍然没有得到解决，于是中央情报局决定重新给阿科斯塔送去一套新的设备。1984年1月1日，布伦南夫妇开车前往皮卡杜拉峡谷，把一套新通讯设备放在秘密无人交接点里。过了4天，阿科斯塔取回了那些东西。取回的东西除了一套RS804型无线电系统外，还有备用电池、附件和使用说明书。中央情报局还送给阿科斯塔两件不同颜色和款式的运动衫，其中一件表示正常，另一件表示危险。要求他必须按照指令，经常穿上与其本人自认为所处的状态相应的运动衫去哈瓦那的德尔普拉托大街的一个特殊地方，以便中央情报局人员观察和掌握情况。而他们从阿科斯塔那里得到的信息总是“平安无事”。中央情报局对此颇感满意。

一段时间后，中央情报局指示阿科斯塔，要他设法征募他的妻子，以保证他今后的活动安全。他告诉中央情报局说，他的妻子已在帮助他工作。中央情报局也为阿科斯塔的妻子在美国开了一个银行帐户，每月酬金为250美元。经古巴安全机关的批准，阿科斯塔的妻子特雷沙·马里内斯·特伦科便以“迈特”的化名从事双重间谍工作，她的主要任务是发电报并配合阿科斯塔在古巴的活动。后来发报机又出了毛病，阿科斯塔夫妇未能修理好，便将此情况报告美国驻哈瓦那的间谍。中央情报局知道后决定予以更换。1984 且 8 月 25 日，负责交换物品的美国驻哈瓦那副领事约翰·约瑟夫·勒博，扮成骑自行车旅行的样子视察情况，确定无异常情况后则再驾车前往投放。1985 年 5 月 11 日，阿科斯塔和妻子按中央情报局总部的指令把旧发报机放在了一个无人交接点里。次日由美国利益代表处二秘克莱德·迈伦·本福德和妻子（二人均为中央情报局官员）取走。

1986 年，阿科斯塔作为船长乘坐轮船到了拉斯帕尔马斯，在港口停留了 25 天。在此期间，他与中央情报局的官员埃克托尔·雷耶斯接上了头。此人真名为马多·拉蒙·阿里斯蒂德斯·加约尔·塔瓦雷斯，出生在古巴的拉斯比利亚斯，1960 年离开古巴，曾参加过猪湾入侵行动。雷耶斯像对好朋友一样，详细告诉了阿科斯塔有关美国将对古巴实施的计划。他说尽管美国从未放弃过暗杀卡斯特罗的企图，但短期的目标是在政治上使卡斯特罗在拉美和世界其他地区的名誉扫地。雷耶斯还告诉阿科斯塔，美国将对洪都拉斯和哥斯达黎加采取军事行动，具体做法是在轰炸的同时，要用装甲车攻击洪都拉斯和哥斯达黎加的边界，美国军舰将从太平洋和大西洋的海面上开炮，还将派出舰只在古巴附近巡弋，以防止古巴向尼加拉瓜增援。

在美国中央情报局对古巴进行秘密战期间，古巴情报安全机构依靠像阿科斯塔这样的谍报人员，渗入对方营垒内部，进行了耐心和顽强的工作，发现和挫败了直接对古巴主席和总司令卡斯特罗的阴谋；获得了美国中央情报局通讯联络使用的高科技设备；发现了来自中央情报局总部，特别是美国中央情报局哈瓦那站的美国间谍人员；掌握了美国中央情报局对古巴情报活动的手段和工作方法；及时发现了美国从军事、政治、经济和社会领域针对古巴的意图和计划，使古巴政府能够采取必要的措施粉碎这些阴谋。如果不是古巴考虑到斗争的需要将这些事实公布于世，美国的间谍机关仍然还会蒙在鼓里，自以为得计。

为了揭露和打击美国反对古巴的间谍破坏活动，古巴情报安全机构决定以阿科斯塔作为反击的武器。1986 年 8 月的一天，古巴反间谍部门通过阿科斯塔，用美国中央情报局交给他进行间谍活动的最后一部发报机，向美国中央情报局总部发去了一份“最后的电报”，结束了这场长达 13 年愚弄美国中央情报局的游戏。这封电报全文是：

“最后电文。以古巴安全人员和战士的人民的名义，从我们历史革命广场发出最后电报。我们将不惜一切同企图杀害我们总司令的人，同经济封锁、颠覆宣传、军事威胁，同阻挠我们的国际大团结的阴谋家，同所有旨在消灭我们社会主义革命的任何诡计作斗争！菲德尔万岁！誓死保卫祖国！马特奥。”

同美国间谍机关斗智的古巴间谍
——加西尔

古巴国家安全机关特工加西尔，受命以船长身份在海外吸引美国中央情报局的注意，并成功地打入中央情报局的间谍组织中，对中央情报局实施侦察和谋略欺骗达9年之久，直到1987年古巴决定对美国的反古巴间谍情报和破坏活动进行公开揭露，这场秘密战线的斗智较量才告一段落。

安东尼奥·加西尔·乌尔基奥拉出生在古巴比纳尔德里奥省一个贫穷的渔民家庭，从小同父亲一起打鱼为生。古巴革命胜利后，他进入马姆比萨航运公司当上了一名打字员。后被送进马列尔海运学院。他头脑聪明，上学后非常珍惜这个学习机会，刻苦努力，几年之后，他以船长资格毕业，在海运公司当上了远洋商船的船长，并加入了古巴共产党。

1966 年，他被国家安全机关选中招募，进行了一段时间的学习和严格训练后，成为一名间谍人员，化名胡利奥。为了便于将来向敌方渗透，经组织批准，他退了党。后来美国中央情报局盯上了他，引诱他参加美国间谍组织，他便顺势打入美国中央情报局，成了一名双重间谍，接受美国间谍机关的任务，在古巴从事间谍活动。

他最初是在荷兰同美国间谍机关搭上线的。1978 年 3 月，加西尔有一次在阿姆斯特丹港停靠期间，一位上了年纪、头发花白的美国人主动与他接触。此人叫诺曼多，是美国驻荷兰使馆官员，其真实身份是中央情报局驻荷兰的间谍。他告诉加西尔，说美国中央情报局对他印象很好，多年来一直想与他建立联系。这次会见的目的，是建议他为中央情报局服务，当然是有偿的，每月报酬 350 美元。显然，美国中央情报局早就将他作为招募目标了，并已经暗中考察了很长时间。对古巴反间谍机关来说，这是送上门的机会，他们等的就是这一天。但对加西尔来说，这个事情来得突然了些。他必须向组织汇报后才能做出决定。加西尔没有立即表态，他表面上冷淡而不失礼貌地对这名美国间谍官员说，这个事情请容他考虑一下。后来他把此情况向古巴情报安全机关作了汇报，得到批准答应美国人的要求。当他的船再次到了阿姆斯特丹时，这个美国人又找到了他。美国人与他见面后，急切地问他考虑得怎么样了。这次美国人得到了他们所希望的回答，加西尔说同意接受他的建议。于是他成为一名中央情报局的间谍，中央情报局对他进行了秘密培训，并给他取了个化名：亚历杭德罗。

1979 年 1 月，加西尔按约定在日本与一名自称迈克的美国中央情报局情报官见面，一起见面的还有一名中央情报局的技术人员。他们要求加西尔接受测谎检查。加西尔表示同意，于是他们对他进行了两个小时的测谎试验，他们对所测结果十分满意，说他基本通过，但表示这个结果还要经中央情报局总部的计算机和专家进行分析检查。不久，中央情报局得出结论，认为加西尔是可靠的。中央情报局对他放心了。

20世纪80年代，美国试图把一种用于间谍与美国中央情报局总部联络的CDS501型发报机带进古巴。当时此种发报机是中央情报局最先进的发报机。这是美国驻哈瓦那美国利益代表处通讯联络中心的任务之一。中央情报局总部经过分析认为，在美国中央情报局的古巴间谍中，学习和使用这种发报机的最佳人选是亚历杭德罗。于是加西尔成了第一个将这种发报机带进古巴的人，而且是通过海关带进的。此设备是准备用于向驻哈瓦那的美国利益代表处发报用的。这套设备刚带进古巴时，古巴安全机构就发现它无法使用，因为发报机的遥控开关接错了。

1980年2月11日，中央情报局要求加西尔开始使用CDS501发报机，并要他将发报地点选在美国利益代表处的办公楼东面。在那里有一个空旷的广场，可使美国特工人员在车上或步行看到，发报机必须随时对准美国利益代表处的大楼。但几个星期过去了，美国利益代表处始终没有收到任何电文，中央情报局意识到建立联络不容易。直到1980年5月，中央情报局要求亚历杭德罗在代表处办公楼附近不同的方向冒险试了几次后，这才认识到是发报机出了问题。经过几次修理无济于事，于是在5月25日指示他停止发报，准备更换设备。

1981年7月27日上午8时，美国中央情报局将一部经过反复测试没有任何问题的新发报机放在通往圣克拉拉的国家高速公路20公里处的一个密投点。天黑后，加西尔从一处无人交接点收到秘密指令，次日上午他从指定的密投地点取回那部新的无线电发报设备。7月31日，加西尔用新发报机发出了第一份电报，报告他已按中央情报局的指示把旧发报机销毁了。1982年3月29日，中央情报局告诉他又在秘密交接点给他投放了两盘发报机用的磁带、两本密码本和1.5万比索。中央情报局给亚历杭德罗布置的任务是，搜集包括有关古巴对非洲国家的援助的情报，核实古巴舰只和潜艇的军事活动情报，并搜集能进一步被美国中央情报局用来加强反古宣传的有关古巴经济和社会情报。

1983年4月，在巴拿马一家豪华饭店里，加西尔与一名年约60岁、秃头的美国中央情报局官员接上了头。此人名叫罗伯特，过去在中情局从事反古巴活动，后来一段时间曾离开中情局。里根时期他又回到中央情报局，重操对古巴敌对活动的旧业。他对亚历杭德罗的每一个行动都进行了审查，在接触中罗伯特对刚刚驶入古巴的苏联新型舰艇很感兴趣，要求亚历杭德罗搞到这方面的情况。他同时还透露，美国中央情报局计划在公海上炸沉古巴一艘运载苏联货物的商船，然后还要把意外事故的责任推到古巴政府身上，目的是要影响古巴人民的士气，使古巴同非洲国家的合作破产。罗伯特告诉亚历杭德罗的目的是让他那艘船注意安全。

1985 年 11 月 11 日，美国中央情报局又向亚历杭德罗提供了一部新的设备，古巴情报安全机构发现是一部 CDS501 型发报机。

加西尔打人美国中央情报局工作了 9 年。9 年间，他先后在日本、墨西哥、西班牙和巴拿马等国的一些城市、港口同中央情报局派去的多名官员会过面，他用密写剂和现代化的发报机向美国中央情报局发送了上百份情报——当然都是古巴反间谍部门精心炮制的假情报。由于他工作出色，美国中央情报局给他的月酬金也提高到了 1500 美元，并存入了美国银行。美国中央情报局做梦也没有想到，他们的这一切都是处在古巴安全部门的监视之下。直到 1987 年古巴对中央情报局的行径公开揭露，将这个案件公布于世，中情局才明白他们精心设计的一系列活动并不高明。

美国中央情报局之父
——杜勒斯

被称为美国中央情报局之父的艾伦·杜勒斯，是美国情报史上最具传奇色彩的人物之一。他于1953年2月26日就任第三任中央情报局长兼第5任中央情报主任，1961年11月卸任，是任职时间最长的一位局长。他十分重视间谍情报活动和情报分析研究工作，他更热衷于开展秘密活动，同僚们称他是“伟大的白皮军官”，克格勃内部对这位对手也给予很高的评价，说他是“能干的经验丰富的情报官”，是一位“深谋远虑的专家”。

艾伦·杜勒斯于1893年4月7日出生在纽约州沃特敦一个基督教传教世家和名声显赫的外交世家。其外祖父、姨父和哥哥3人先后担任过美国国务卿。杜勒斯天资聪颖，在其外祖父这个著名外交家的影响下，他很小就对国际事务产生兴趣，8岁时就写出了《布尔人自卫战》一书。1910年考入著名的普林斯顿大学，1914年获学士学位后，远涉重洋经欧洲到印度、中国以及日本占领下的朝鲜半岛等地旅行，于1915年夏末回到美国。在漫长的旅途中，他反复阅读了一部当时非常流行的英国人吉普林写的间谍小说《金》。主人公金机智勇敢的间谍传奇故事对杜勒斯今后的人生道路产生了重要影响。他回到学校又经过一年的研究生学习，1916年戴上了硕士帽。毕业后他便投身到外交界。先后到美驻奥地利和瑞士使馆任职并参加过巴黎和会。这期间，他通过结交各类人物收集情报，尤其是他参加了1918年美国派到欧洲的“战后纾困团”这个以公开的外交活动掩护秘密情报工作的机构工作，积累了情报工作的一些重要经验。1922年，不到30岁的杜勒斯升任为国务院远东司司长。

由于外交官薪金太少，出于经济的考虑，杜勒斯于1926年退出公职，在华盛顿大学获法学学士学位后改行当了律师。1930年他又重返外交舞台，以半官半商的身份参加美国在欧洲的外交活动，结交了不少朋友。当10年后他作为战略情报局的一员重返欧洲开展情报工作建立情报网时，他在德国的关系和背景为他提供了很大便利。

1941年日本偷袭珍珠港成功，令美国情报部门感到在欧洲加强情报工作也十分迫切。1942年11月，杜勒斯被杜诺万招到战略情报局派往欧洲建立情报网。他的公开头衔是美国驻伯尔尼公使助理，实际上是战略情报局驻瑞士伯尔尼情报站站长，主持美国在欧洲的全部情报活动，代号“110”。不久，杜勒斯便与德国外交部几名反纳粹的官员，以及一些德国军官建立了联系，获取了大量德国政治、军事秘密。其中包括有关袭击伦敦的V型导弹等上千份重要情报，发现藏在英国驻土耳其使馆内的代号为“西塞罗”的德国间谍。在战争末期，杜勒斯还与德国驻意大利军队司令部进行政治交易，促成驻意大利北部德军投降，从而加快了战争进程。他还与盖世太保头子舒伦堡进行秘密接触，以保证其安全为条件，得到了德国秘密警察组织的重要档案，从而掌握了德国的秘密间谍网。这些法西斯的间谍在战后成了美国控制欧洲、与苏联进行秘密战的力量。

二战结束后，美国情报界许多人主张建立国家情报机构——中央情报局。杜勒斯是这些人中最具有代表性的人物之一。就中央情报机关职能、性质、特点等问题，在许多人向国会提出的证词中，他的意见最为详尽。他主张中央情报局应当有权控制自己的人员；局长有权选择自己的助手；该局有自己的预算，由国务院和国防部补助经费；该局应当是唯一有权监督一切情报活动、获知一切有关外国情报的机构；该局应当是有权同外国的中央情报机构打交道的“被认可的机构”等。在美国《国家安全法》的出台与修改、中央情报局的正式成立以及成立后为争取中央情报局的特殊地位的努力中，杜勒斯都参与其中并发挥了重要推动作用。1948 年，杜鲁门总统指派三人小组对美国情报界进行全面检查，杜勒斯是小组之首，该小组提出的建议，对美国后来的情报工作发展极有价值，影响颇大。

1950 年史密斯将军出任中央情报局局长后，把杜勒斯调到中央情报局，并委以重任，掌管秘密行动方面的工作。杜勒斯是情报局最高层领导人中对秘密情报工作最感兴趣、最了解秘密行动的奥秘的人。在他的努力下，中央情报局的特别行动处和政策协调处合并，成立了规划处，实际上就是一个专门从事秘密行动的机构。1958 年 8 月，杜勒斯被任命为主管规划处的副局长。艾森豪威尔当选总统后，于 1953 年 2 月 10 日任命杜勒斯为中央情报局局长。2 月 26 日，杜勒斯正式宣誓就任。1961 年肯尼迪当选总统后，仍任命杜勒斯继续担任中央情报局局长。杜勒斯出任中央情报局局长开了文官担任此职的先河，同时，杜勒斯也是“第一位有过情报工作实战经验的局长”。杜勒斯统领中央情报局达 9 年之久，是迄今为止任职时间最长的中央情报局局长。

杜勒斯对谍报工作充满常人少有的热情和信心。他把自己的任务看做是为美国在困难的世界中寻找永久“挺立”的道路。《华盛顿邮报》评论说杜勒斯是带着“幻想、热情和冒险癖”进入情报局的。他曾对妹妹说：“你知道我的责任吗？我能向国外派人去干杀人的行当！和平时期在这个国家还有谁有这样的权力？”中央情报局在杜勒斯领导下，在美国的对外政策和国际事务中的作用越来越重要，成了被人们称之为“无形政府”的秘密帝国。杜勒斯坦称：“1947 年的《国家安全法》使美国情报工作在政府里产生的影响是世界任何国家情报部门无法比拟的。”当然，中央情报局受政府的重视和保护也是其他国家少有的。虽然中央情报局的绝大部分工作是搞公开情报的收集和分析研究，为总统提供决策所必需的参考依据，但杜勒斯本人酷爱秘密行动。长期的情报工作，特别是在二战中的间谍活动经验，使杜勒斯对秘密情报工作的重要性以及隐蔽行动的特殊意义具有特别深刻的认识。所以在他掌管中央情报局期间，秘密行动处于核心重要地位。中央情报局的许多重要理念和风格，都是在杜勒斯影响下形成的，打着深深的杜勒斯烙印。中央情报局热衷隐蔽行动的传统，就是从杜勒斯任职副局长和局长期间形成的。

在他任内，中央情报局积极投入美苏冷战，杜勒斯本人则大搞隐蔽行动。中央情报局在杜勒斯领导下干的政治谋杀、武装入侵、阴谋颠覆他国政府等秘密行动遍布全球。在意大利大力帮助非共产党政治家竞选，保证了国家政权没有落在共产党手中；在伊朗策划政变推翻摩萨台，扶植巴列维国王，不但使美国取得了伊朗石油开发权，而且确立了美国在中东的领导地位；在南美，颠覆了危地马拉民选政府，扶植了一个亲美傀儡政权；在中美洲，不但策划并采取各种手段谋杀古巴领导人卡斯特罗，而且组织实施了一次数千名武装分子登陆入侵古巴的军事行动；在东非将刚果政权搞垮，并将亲苏的卢蒙巴总理杀害；在多米尼加，中情局特工与黑社会势力一起策划狙击行动，将不愿做美国傀儡的政府首脑特鲁希略枪杀；在北非对阿尔及利亚开展阴谋颠覆活动；在中东向埃及进行渗透，对约旦王室亲近行贿；在印度尼西亚，支持反政府势力发动的推翻苏加诺政权的武装暴乱，并多次组织暗杀苏加诺的行动；在中国，支持西藏分裂势力，策动袭击解放军的武装暴乱，达赖集团武装叛乱失败后出逃印度也是得到中央情报局帮助的；20 世纪 50 年代台湾国民党特务图谋暗杀周恩来总理炸毁“克什米尔公主”号飞机的事件，也是杜勒斯在背后操纵的。后来中央情报局又多次策划暗杀周恩来的秘密行动，但均以失败告终。

作为冷战的重要工具，中央情报局在杜勒斯手上的“惊世之作”也层出不穷。为了窃听苏联集团的电话通讯，经杜勒斯批准，中央情报局与英国间谍机构合作，在柏林修建了“柏林隧道”，对苏联东欧集团在东柏林的一处地下通讯电缆进行窃听，代号“黄金行动”。1954 年这项秘密行动计划开始启动，1955 年 5 月这个耗资 3000 多万美元的窃听工程全面投入使用。隧道现场安装了 600 台录音机，工作人员昼夜轮流值班，每天录制 800 多盒录音磁带的原始情报。1956 年 4 月的一天，苏联人对电缆进行检修，发现了这条间谍隧道的秘密，遂对此进行曝光揭露。而至此为止中央情报局窃录的情报资料，花了两年时间才翻译整理结束，成了中情局的一大笔资产。

从柏林隧道建设已经可以看出，中央情报局不惜血本重视情报技术的开发。出于对所谓“铁幕国家”的情报的需要，1954 年杜勒斯说服艾森豪威尔总统批准，花巨资研制 U—2 高空间谍飞机。1956 年春这种飞机制造成功，同年 7 月开始执行侦察飞行任务。这种飞机多次侵入苏联东欧国家以及中国领空侦察飞行，苏联方面多次提出抗议、警告，中央情报局置若罔闻。1960 年“五一”节这天，早已做好准备的苏联军队终于击落了一架侵入苏联领空的 U—2 飞机。杜勒斯以为机上飞行员必死无疑，于是编造谎言由美国国务院发表声明，说那架飞机是在土耳其上空进行气象侦察飞行时出故障失控进入苏联领空的，随后又以国家航空航天局的名义进一步说明飞机是在土耳其空域作业时出现氧气故障的情况，企图掩盖入侵苏联领空进行侦察飞行的事实。不料飞行员鲍尔斯被苏联生擒，苏联人从他身上缴获了飞机拍摄的照片、录音磁带、无声手枪以及用于令飞行员在万一飞机出事时自杀的毒针。杜勒斯越描越黑，弄得中央情报局和美国政府十分狼狈。事关形象，面对无法回避的事实，艾森豪威尔不得不站出来承担全部责任，承认是自己下令对苏联进行侦察飞行的。这是美国总统第一次公开承认自己对和平时期一起重大间谍活动负有明确责任。

杜勒斯还有一笔冷战得意之作，那就是获取赫鲁晓夫在苏共 20 大上的秘密报告，并将它公开发表。报告内容是通过以色列摩萨德从波兰搞到的，此前中央情报局的间谍费了九牛二虎之力，花了不少金钱，只搞到一些片断。从以色列人手里得到那个秘密报告后，杜勒斯在它上面作足了文章：先是提供给《纽约时报》全文发表，同时在中央情报局资助的“自由欧洲电台”和“自由之声”一连向东欧和苏联播了 3 天，还用气球向东欧和苏联散发传单进行心战挑拨和煽动。此举造成了东欧一场社会政治风暴，广大民众情绪激昂，苏联与其卫星国之间的裂痕加深。波兰波兹南造船厂工人举行大罢工，并发展成了武装骚乱。杜勒斯对这个结果甚为得意，他后来把获取秘密报告称作他本人“情报生涯中最辉煌的成就”。

杜勒斯对秘密行动钟爱有加，但他毕竟是一个经验丰富的情报机构首脑，也十分重视公开情报资料的搜集和分析。他说公开途径获取的情报占美国情报的 80%。杜勒斯于 1947 年在一份备忘录中就说过：“由于所谓秘密情报所具有的魅力和神秘气氛，通常总是对它给予过分的重视……但在和平时期，大部分情报可以通过公开途径获得……它可以通过许多美国人、企业家和专家以及在外国居住的美国人获得。”中央情报局不但聘请各行各业的专家学者进行情报分析研究，而且与社会上的研究机构合作开展研究。中央情报局还在美国国内 20 多个城市设了分局，在一些大学派驻情报官员，以便于在国内搜集外国情报。

1961 年 12 月 29 日，杜勒斯因大举入侵古巴的“猪湾登陆计划”彻底失败，肯尼迪总统不得不将其革职以对国内民众及议员的指责作出交代。但不管怎么说，在杜勒斯的领导下，中央情报局在地位、规模和权力上都有了极大发展，奠定了该局在美国情报界的领导地位，已是不争的事实。

从局长宝座上跌下来以后，杜勒斯把大部分时间和精力用于有关谍报工作的回顾、思考和总结，先后撰写了《德国秘密组织》、《谍案传奇》、《秘密投降》、《情报术》等书。尤其是《情报术》，以一个情报内行的身份，完整而系统地论述了情报工作的指导思想、规律特点、工作方法、指挥艺术等，可以说是其一生的经历和经验的总结。1963—1964 年间，他受聘参加了肯尼迪总统被刺案调查委员会的调查工作。1969 年 1 月 28 日，杜勒斯病逝。在他去世的前一年，中央情报局在他任局长期间亲手主持建成的兰利中央情报局总部的前厅，为他树了一座浮雕像，以便人们睹像思人，让他的情报思想和才华永远激励中情局人员的士气。事实上，即使没有这个浮雕像，杜勒斯也早已是中央情报局的象征。

苏俄国家情报保卫工作的创始人
——捷尔任斯基

十月革命中，捷尔任斯基是斯莫尔尼宫起义指挥总部的领导成员，十月革命胜利后任联共（布）中央委员，致力于保卫苏维埃政权的工作。1917 年 12 月，他担任苏俄契卡主席。在他的领导下，契卡粉碎了一系列重大的反革命阴谋活动和叛乱，保卫和巩固了新生的苏维埃政权，为苏联革命作出了重要贡献。1926 年 7 月捷尔任斯基因心脏病猝发而去世。斯大林称他是“十月革命的英雄”、“党的忠实的儿子”。

费里克斯·爱德蒙多维奇·捷尔任斯基 1877 年 8 月 30 日出生于波兰维尔纳省一贵族家庭，学生时代就投入波兰和俄国的革命运动，1895 年加人“波兰和立陶宛社会民主党”，后参加社会民主工党。1897 年到 1916 年他从事地下革命斗争 20 年间，曾遭沙皇政府 6 次逮捕，3 次流放，经受过 10 年的牢狱之苦。1917 年 10 月 10 日，捷尔任斯基在彼得堡参加了具有历史意义的布尔什维克中央委员会议，关于准备举行武装起义的决定就是在这次会议上作出的。会上根据捷尔任斯基提出的建议，在中央委员中选举成立了中央政治局。政治局一直存在到 1991 年 8 月苏联解体。随后捷尔任斯基进入领导十月革命起义的军事革命党中央，负责领导占领邮局和电报局的行动。革命成功后，他担任了保卫革命大本营斯莫尔尼宫安全的卫队队长。12 月 12 日，他受命建立并领导全俄肃反委员会——简称“契卡”，即后来的克格勃的前身。

契卡是取得政权初期为保卫和巩固政权而建立的镇压机关，反间谍以及情报工作只是它的一小部分职能。捷尔任斯基认为契卡并不是秘密侦察机构、反间谍机关或政治警察机构，而是有权独立消灭敌人的特殊部门。他写道：“契卡工作人员是革命的士兵，他们用不着做什么侦察或暗探的工作……不应把警察的工作交给契卡这样的战斗机构去做。对契卡来说，有枪决犯人的权力是无比重要的。”捷尔任斯基之所以持这样的态度，是因为他厌恶并不情愿把这个机构降低到沙皇暗探局的水平，他被监禁和流放的经历，使他特别憎恨奸细。然而斗争的复杂性和残酷性，又迫使他采取特殊的调查手法。所以他规定这个机构可以利用秘密侦察人员。比如那种“放鸭入笼”的方法——把密探装扮成犯人送人牢房探询犯人在审讯时不肯招供的情况——就是他开始实行的。对政治案件的侦察，他要求从一开始就利用特情关系打入敌人内部卧底的办法来进行。告密者、“线人”、密探，被认为是侦察的主要工具。

1918 年 3 月 3 日，苏维埃俄罗斯与德国签订了布列斯特和约。当时包括捷尔任斯基在内的很多人是反对同德国媾和的。不过他还是从大局出发，服从中央决定的。但在 7 月发生了德国驻俄国大使被刺的事件。作案人员是持伪造的捷尔任斯基签发的委任状求见德国大使时作案的。事后作案人及其支持、包庇者包括捷尔任斯基的副手都被查处。作为契卡的领导人，捷尔任斯基也因此事受到审讯。事实澄清后，捷尔任斯基继续担任契卡的领导工作。

就在这一年，捷尔任斯基领导契卡经过缜密侦察，基本上消灭了西方国家在苏维埃俄国的情报网。

布列斯特和约签订后，英国等西方协约国就下决心推翻布尔什维克政权，以便让一个继续与德国打仗的新俄国政府上台。英国派驻俄国的外交代表洛卡特和英国间谍赖利与俄国社会革命党武装分子联系，制定了一项秘密行动计划，打算在协约国军队在俄国登陆的当天晚上刺杀列宁及所有布尔什维克领袖。捷尔任斯基派出两名拉脱维亚的契卡人员打人他们内部，取得了他们的信任。在彼得格勒契卡主席乌里茨基被社会革命党人刺杀和列宁遇刺后，这个特别大案也很快侦破，洛卡特和数名英国人被捕，后被押解出境。赖利侥幸逃脱，但后来他还是落入了契卡的圈套，以地下反苏人员的名义于1925年诱其入境后将其逮捕，后秘密处死。

契卡的重要职能之一是开展对外情报工作，情报官以外交人员身份为掩护派驻国外的做法，从捷尔任斯基时期就开始了。在驻外机构中的契卡人员还负有监视其他外交官员的职责。特工头目警惕地注视着大使们的一举一动，并把他们的失误报告契卡。为此，驻外人员对他们的恐惧要比对大使的恐惧更为强烈。

1919年8月，捷尔任斯基被任命为全俄肃反委员会一个特别部门的负责人，这个部门是要监督军队的。10月，他还担任了内卫部队的军事委员会主席。捷尔任斯基在这个职位上，为契卡争取到了与部队军官相同的地位。1921年，捷尔任斯基建立了警卫部队，负责保卫列宁，其后则是保卫列宁陵墓以及国家一些重要机关。1922年他在一次探视列宁后，下令搜集所有著名知识分子代表的材料，其中包括作家、医生、工程师、农艺师等。所有这类情报都集中在“知识分子处”。他要求对每一个知识分子都应建立专案卷宗。每一份材料都应由“在行的同志全面研究”，“材料应经过各方面的核实，以使我们得出的结论是准确无误和不可更改的”。他说：“我们的任务不仅仅在于把一些人驱逐出境，而且在于修正对付专家们的路线，也就是说要分解他们的队伍，把那些准备无条件支持苏维埃政权的人提拔起来。”

20 世纪 20 年代肃反委员会在工作中的简单化和滥用权力大肆捕人杀人，由于权力过大，使契卡人员产生了傲慢、爱虚荣、残忍、冷酷和利己主义倾向。到捷尔任斯基时代晚期，国家安全机关更力图控制社会生活的各个方面了。如禁止报刊刊登政府和党中央领导人出访路线和演说地点，指出这类信息事先见报“对间谍活动很有利，而给保卫工作造成了极大困难”。规定没有国家保卫总局的特许证明，严禁派记者、摄影师等工作人员尾随出访的政府成员前往莫斯科以外的访问地点，否则报刊编辑部要受处罚，并要逮捕文字和摄影记者。

捷尔任斯基任内务人民委员期间还担任过交通人民委员和苏联最高国民经济委员会主席的职务。相比之下，捷尔任斯基更乐于从事经济方面的工作。他甚至把契卡中最能干的人员调到国民经济委员会搞经济工作。他在实践中认识到市场在国家经济中的作用，认为执行政策应该从“苏维埃政权加市场”这个公式出发。

早年的监狱生活和多年的紧张工作，使捷尔任斯基的健康受到严重损害。1926 年 7 月 20 日，正当他在中央全会上发言时，突然支持不住，从此一病不起，没过几天就去世了。此时他还不到 49 岁。

间谍鸳鸯——科切夫妇

科切和汉娜是一对相敬相爱的夫妻，他们被捷克情报机构招募后，经克格勃严格培训，以受政治迫害而叛逃的名义派遣到美国，后来受聘进入中央情报局，向苏联提供了大量重要情报。他们还到一些色情场所搜集情报，被认为是“最奇特的鸳鸯间谍”。后被美国联邦调查局破获，一年以后被苏联以交换方式营救回捷克。

卡尔·科切是一名犹太后裔，1934 年 9 月 21 日出生在捷克布拉迪斯科发市，先后就读于首都布拉格市内的英语语法学校、法语中学和查尔斯大学，1958 年获普通物理学硕士学位。从在查尔斯大学读书的最后一年起，科切开始在布拉格研究院学习电影理论和剧本创作，同时兼任布拉格电视台文字编辑，负责为教育节目拟定稿件。1961 年，科切应聘到捷克斯洛伐克技术学院任数学副教授。一年后，他又进入了布拉格广播电台，成为一名节目主持人。1963 年春，科切与比自己小 9 岁、祖籍奥地利、在一家杂志社当英文翻译的汉娜小姐结为伉俪。

科切对多种工作的适应能力及与人沟通的才华，引起了当时正为克格勃物色新生力量的捷克情报部门的注意。1962 年底，当捷克情报部门代表第二次与之接触时，极想成就一番伟业的科切便立即同意到“神秘领域”内闯一闯。汉娜也喜欢冒险和挑战，得知夫君已入谍门的消息后，也希望能到情报部门效力。在科切请求下，捷克情报部门对汉娜进行了详细的背景调查和全面能力考核，并在征得克格勃批准后，正式将汉娜作为科切未来工作的助手招募。从此，科切和汉娜二人便成了克格勃旗下的一对“间谍鸳鸯”。

克格勃招募科切和汉娜的目的，是要将他们派到美国长期潜伏。为此，他们被送到莫斯科郊外的一个秘密营地，接受克格勃专家“一对一”的特殊技能训练。在大约三年的受训期内，科切与汉娜除强化英语能力和学习美国地理、风俗等一般知识外，还重点研究了美各情报部门的任务、职能、特点及人员招募程序等。然而，他们接触最多的训练课程则是对付测谎器的技巧、混入美安全部门的窍门、通讯器材等间谍工具的维护和使用，及秘密联络点的选择与建立等。此期间，克格勃相关部门还为科切夫妇分别编撰了一份假历史，并伪造了相应证明文件。

1965 年夏，科切与汉娜完成训练后，在捷克情报部门和克格勃精心安排下，各自经由不同路线先后返回捷克。同年 9 月，两人在布拉格再度聚首，随后一起到奥地利去“看望”汉娜的双亲。在假期行将结束时，他们没有回国，而是手牵手地走进美驻奥大使馆申请政治庇护。其理由是，科切对本国政府的某些政策曾多次表示不满，并因散布反政府言论受到过严历批评，担心会被关进监狱。为证明自己所言不谬，科切还出示了克格勃为其准备的一份《警告处分决定书》复印件及其他资料。12 月 4 日，其请求获准。一周后，两人登上赴美班机，正式拉开了其谍海冒险的序幕。

克格勃交给科切的任务是：站稳脚跟，长期潜伏，而后设法打人美有关部门，伺机窃取秘密。3 个月后，科切经移民局推荐被美新闻署雇用，成为反共的“自由欧洲电台”专职撰稿人。1967 年，科切获得政府奖学金，进入布鲁明顿的印第安纳大学研究院攻读历史和哲学专业，获得历史学硕士学位，后又转入哥伦比亚大学并于 1970 年拿到了哲学博士学位。当科切潜心深造时，汉娜也在辛苦地创业。她利用从“朋友”那里借贷的款项，独自开了一家商店，并经营得有声有色。

科切学有所成后，顺利地被威格纳学院聘为哲学系助理教授。他不仅能熟练地以 4 国语言讲课，而且在分析共产主义制度和社会主义国家政体特点时“观点独特”，因此很快便赢得了系内老教授们的青睐和器重。

1972 年 4 月，科切趁美中央情报局春季例行征招人员之机，将精心打印的个人履历和申请书寄到该局招募办公室。中情局很快就有了回音，要求科切几天后到华盛顿市内的一建筑物内接受面试。接着，他顺利通过了必要的测谎检查、背景调查及其他多项审查，1973 年 2 月被正式雇用。

起初，科切十分专心于分管的工作：把中情局获得的俄文和捷克文资料翻译成英文。在出色完成本职工作任务的同时，他还设法向上司和同事讨好，以博得信赖。自从位置稳固后，科切开始以分管的业务过于简单、与其博士身份不符、难以施展才华等为由，连打数份报告请求调职。当时的局领导认为，此要求既合情又合理，因此将科切调到了研究部门。从此，他开始以情报分析员身份介入美情报系统的“屏风”（SCREEN）计划，具体工作是评估和预测苏联集团各成员国的政治、军事、外交和经济政策变化趋势与特点等问题，同时向有关部门提供政策建议。此时，科切既有权调阅中情局特工获得的公开资料和秘密情报，也可名正言顺地查看同行的研究成果，还能不时地约谈即将外派或刚结束海外使命的秘密行动人员。

从这时起，科切开始在自己过目的大量资料中筛选有价值的东西，然后，将其转交给捷克情报部门，再由它呈送克格勃。他的窃密手法很简单：

看到有价值的资料、文件或情报时，就用微型照相机拍下来，下班时带回家。他总是随身携带那架克格勃研制的外观像一支自来水笔的微型照相机。科切的工作性质犹如一柄坚固的保护伞，为其提供了极好的保护，致使他得以连续窃密而没有被及时发现。经由科切之手流向捷克情报部门和克格勃的秘密情报，数量之大甚至连他自己也说不清，既有中情局人员自世界各角落发回的重要情报、秘密报告，也有总部情报专家的各类研究成果。科切还了解到多名藏身于苏联和东欧国家的美国间谍的情况，致使不少人被捕入狱，或永远“失踪”，亚力山大·奥戈罗尼克便是其中较为典型的一个。

奥戈罗尼克是一名出生于莫斯科的外交官，20 世纪 70 年代初奉命调到当时的苏联驻哥伦比亚大使馆后，在那里被美国中央情报局策反。1974 年初，奥戈罗尼克回国，被安排在苏外交部的国际司，有机会接触往来于莫斯科与各驻外使馆间的机密文件和资料。此后，他常利用工作之便将案头的秘密文件、电传等复印或拍摄在显微照片上，然后寻机交给美中情局接头人。在 20 多个月的时间内，奥戈罗尼克先后向美输送了上百份价值颇高的苏外交部内部文件和秘密资料。1976 年底，根据科切送来的情报，克格勃安全部门很快就确认出藏于外交部的奸细。在初次接受盘问后，奥戈罗尼克吞下美中情局提供的特制笔内所藏毒药自杀身亡。

科切之所以能长期窃密而不被发现，除合法职业掩护外，就是有妻子的配合。汉娜不仅漂亮，而且聪慧能干、处事老练、待人热情、善于交际。随夫定居美国并成为钻石店主人后，长期为科切充当联络员和助手。为掩人耳目，汉娜总是趁到国外洽谈生意或采购货物的机会，与捷克情报机构的代表接头，领取指示、活动经费并传递情报，既减少了科切本人因与上司直接见面太多而招致身份暴露的可能性，又保障了其与上司的联络畅通、及时和准确。

汉娜的作用远不止这些。在夫妻俩居住的纽约市内，有几家隐蔽却被圈内人熟知的性游戏场所。闲暇时，科切和汉娜经常流连其间。另外，他们也不时参加诸如“性群交俱乐部”、“换妻俱乐部”之类所谓自由性交团体的活动。到换妻俱乐部寻找配偶之外的“性伴侣”，也是科切和汉娜这对

“间谍鸳鸯”进行情报活动的独特手段。然而，正是他们二人如此让人无法理解甚至厌恶的“奇特嗜好”，引起了美国联邦调查局的注意。

大约在1979年的秋季，纽约市内连续发生的数起间谍案分别牵扯到几个秘密群交或换妻俱乐部，联邦调查局因此开始派特工对上述场所实施全面监视。结果发现，出没其间的不仅有律师、医生，还有现役军官和政府雇员，其中不少人甚至享有高保密度政府文件的接触权。进一步监视发现，科切与汉娜几乎每周都要造访这些淫秽场所，有时竞连续出现四、五个晚上，是露面率最高、最引人注目的一对。有时，他们成双人对，一起与同类人共欢同乐；有时则独自前往，或分别与各自相中的“伴侣”外出过夜。如此怪异行为反复发生在情报部门雇员身上，使联邦调查局反间谍部门的疑心越来越重，遂决定对科切和汉娜实施全面监视和调查，并将其戏称为“换妻俱乐部的间谍鸳鸯”，同时向中情局作了通报。其实，这已是科切第二次因间谍嫌疑而成为调查目标了。1975年，科切因提供的情报量大质高从克格勃处获得3万美元奖金。他用这笔钱购买了纽约中央公园大道旁的一套单元房，同时进行了“豪华装修”。当时，其同事几乎都认为他在悄悄地挣外快。道理很简单，科切薪水不高，又没有什么积蓄，怎么能一下子拿出这么多钱？1976年奥戈罗尼克自戕的消息传来后，中情局安全部门开始怀疑科切与之有关，遂进行调查，后因证据不足而放弃，让科切躲过一劫。这次因科切夫妇的怪异行为，再次警觉起来的中情局决定，全面协助联邦调查局，将事情弄个水落石出。为降低风险，该局寻找借口“合理”地将科切的全日制工作转为半日制。而在此时，已成为被调查对象却浑然不知的科切仍一如既往。工作时间内在兰利大楼（中情局总部）内寻机窃密，闲暇时则携妻到淫秽场所搜集情报。

1984年11月15日，美联邦调查局将科切和汉娜拘留。关押中，两人承认了自己的身份，并交代了从事秘密活动的事实。科切在被问及为何出没换妻俱乐部等淫秽场所时说，某些政府雇员常到那里寻求刺激，甚至玩交换性伴侣游戏。其中不乏担任要职者，仅中情局雇员就有10人。他与汉娜常去这些地方，并非是因为夫妻情感不和，相互不满，而是为了趁机搜集情报和了解某些人的情况，包括他们的姓名、单位、工作性质及嗜好和性生活习惯等。然后，将有价值的东西报告给远在布拉格和莫斯科的上司，以便其选择讹诈对象或布置陷阱诱使其中的某些人为克格勃效力。

一年后，就在此案审理行将结束时，苏联政府提出了以狱中的纳坦·夏伦斯基交换科切夫妇的建议。夏伦斯基是原苏联犹太人、莫斯科眼中不可饶恕的“持不同政见者”。9 年前，他因无法移民以色列而企图劫持飞机，并因此被捕。起初，苏联政府判其死刑，后在强大国际舆论压力下改判无期徒刑。自那以后，以美国为首的西方国家一直在设法营救夏伦斯基。1986 年，美、苏达成交换协议。随后，科切和汉娜回到捷克。抵达布拉格时，他们受到了英雄般的欢迎，并获得捷克与苏联政府颁发的多枚勋章。

贪色大使——克罗特可夫

1982年初，法国《世界报》公开披露了法国政府一位高级官员的沉浮史。文章的开头这样说道：1955年至1964年，法国驻苏联大使莫里斯·德让位高轻浮，经不住克格勃施用的美人计的诱惑，竟然投靠外国间谍机构，干起了一桩桩触目惊心的出卖法国的勾当。因此人是当时执政的戴高乐总统的密友，致使法国外交史上的这幕闹剧被当局长期掩盖起来，迄今鲜为人知。法国百姓闻之震惊，各地舆论沸沸扬扬，齐声谴责当局的欺骗行为，那么，此事究竟是怎样发生的呢？

人们可能还记得在1982年初，法国《世界报》公开披露了法国政府一位高级外交官的桃色事件。文章的开头这样说道：1955年至1964年，法国驻苏联大使莫里斯·德让位高轻浮，经不住克格勃施用的美人计的诱惑，竟然投靠其间谍机构，干起了一桩桩触目惊心的出卖法国的勾当。

由于此人是当时执政的戴高乐总统的密友，致使法国外交史上的这幕闹剧被当局长期掩盖起来，始终不为一般人所知晓。事件披露后，法国百姓无不震惊，各地舆论沸沸扬扬，齐声谴责当局的欺骗行为，那么，此事究竟是怎样发生的呢?

起因

第二次世界大战以后，苏联为了在法国政府的最高决策机构中安插一名有影响的间谍，以影响法国政策的制定和离间西方集团，克格勃策划了战后以来最大的一次行动。克格勃的100多名特务，其中包括一些杰出的知识分子和交际花，都参加了这次阴谋活动，对法国驻苏联大使馆进行了疯狂的围攻，导致了一直受人尊敬的莫里斯·德让的堕落。当参与此次阴谋活动的克格勃主要人物逃离苏联，揭露了此事时，策反行动也进行到非常危险的地步。由于他的证词，再加上其他叛逃者的补充，以及西方进行的调查，才摸清了这一庞大计划的来龙去脉。

1956年6月，一个烈日当空、酷热难耐的日子，尤里·瓦西里耶维奇·克罗特可夫被召到莫斯科大旅馆一间舒适的房间里，去见他的克格勃上司昂里德·彼得罗维奇·库纳维尔上校。库纳维尔身材高大，褐色的头发，栗色的眼睛，满脸横肉，以热情和残忍著称，在一次足球赛上，克罗特可夫亲眼看见他把两个辱骂克格勃队的球迷狠狠地揍了一顿。库纳维尔出类拔萃，才干超群，对克格勃的阴谋手段驾轻就熟。

参加克格勃以后，克罗特可夫参加过克格勃的许多阴谋活动，自以为见过大世面，再没有什么可以使他惊叹的了。然而，当库纳维尔声称克格勃决定引诱法驻苏大使下水时，他不禁大吃一惊。“这是最高当局的命令。”

上校说道，显然是跃跃欲试。克罗特可夫问大使姓甚名谁。“莫里斯·德让，”库纳维尔答道，“他的情况，我们全都掌握。”他充满信心地赶忙插话。

克格勃确实对法国大使了如指掌。自第二次世界大战之初，德让还是戴高乐将军在伦敦建立的自由法国政府的一名重要成员时，克格勃就建立了他的档案。尔后，苏联特工从德让任职的城市——纽约、伦敦和东京——收集到的情报，使这只档案袋慢慢地鼓了起来。自从1955年12月大使伉俪到莫斯科住所以来，克格勃一刻也没有放松过对他们的监视。秘密安装在大使私寓和官邸内的窃听器，将他俩的谈话，甚至私房话，都录了下来。苏联外交部派给大使的司机以及德让夫人的贴身女仆，都是克格勃的情报员。在外交招待会上，以“官员”身份出现的克格勃人员，观察、分析着大使夫妇的一言一行。然而，经过严密的调查，克格勃从德让身上找不出丝毫背叛法国的迹象。但是，很明显，素有教养、名声显赫的大使，虽五十有六，两鬓花白，却很迷恋女色，克格勃便决定从这儿下手，打开缺口。

策反工作对于克罗特可夫来说，可是再内行不过了。自第二次世界大战以来，他就在竭力引诱为数众多的官员和记者上钩，特别是美国、澳大利亚、英国、加拿大、法国、印度、墨西哥、巴基斯坦和南斯拉夫的外交官。

然而克罗特可夫却并不是克格勃的正式间谍，他其实是一个职业剧作家和电影编剧。但从幼年起，就与克格勃长期来往。他是在格鲁吉亚的第比利斯长大的，父亲是一个画家，而母亲则是一个演员。1936年，他的父亲为贝利亚画过一张肖像。斯大林十分欣赏贝利亚的工作，提拔他当了国家保安机关——“苏联秘密警察”、后于1954年改称为克格勃——的首脑。从此以后，苏联各地便都挂起了贝利亚的这幅肖像。因此，克罗特可夫的父亲生前一直受到贝利亚的庇护。

当年克罗特可夫到莫斯科学习文学时，常去拜访他父亲在情报部门工作的老朋友，理所当然地得到了他们的帮助。战争中，当德国军队兵临莫斯科城下时，按照党组织的安排，他和其他同学一起疏散到西伯利亚。莫斯科保卫战胜利后，他返回莫斯科，发现住房被另一家所占。他借助与“苏联秘密警察”的关系，把那家赶走了。后来“苏联秘密警察”又帮他在塔斯社找了份差事，以后又把他介绍到莫斯科广播电台工作。

战争结束后，克罗特可夫开始与法国人接触。情报部门为此专门找到他。那时他28岁。他同意成为克格勃的编外成员。这样，他仍然能继续学习文学。从这时起，他就被牢牢地掌握在苏联情报部门的手里了。作为作家、知识分子和鲍里斯·帕斯捷尔纳克家的朋友，克罗特可夫在莫斯科的外国人中间深受欢迎。他身材颀长，一头褐色头发，富于情感，能熟练地用英语或俄语谈论各种诸如艺术、历史或者高官政要等方面的问题。他完全掌握并利用了外国人渴望与苏联人勾通的心理。

克格勃让克罗特可夫物色一些可供苏联情报部门用来引诱外国人的美丽女郎。他主要在他从事电影创作时结识的女演员中挑选。克格勃用扮主角、金钱、时装等当时社会生活中极具诱惑力的东西来激励她们。这些招来的姑娘被称作“燕子”。执行任务时，她们有权使用被称为“燕窝”的特殊公寓，也就是两个房间相连的特殊公寓。一间供“燕子”勾引猎物，将其拉到床上；另一间则专供克格勃技术人员对隔壁房间发生的一切进行秘密录像和录音。

这次任务的计划制定后，克格勃主管库纳维尔把克罗特可夫叫去，对他作了进一步指示。“我们的最终目标是大使，”库说，“但是，大使馆的那位空军副武官，我们也颇感兴趣。”

库纳维尔向他详细地介绍了大使夫妇的经历，还多次引用了窃听来的他们夫妻谈话的内容。

几天后，库纳维尔又将负责引诱空军副武官妻子的另一名克格勃关系人介绍给克罗特可夫。此人名叫米哈依·奥尔洛夫，是一位深受莫斯科青年崇拜的演员和歌唱家。他魁梧的身材和茨冈人的相貌，使他成为理想的勾引外国女人的诱饵。不久前，克格勃分给他一幢住房，作为对他勾引一名美国女人的奖赏。对他进行具体指导的是克格勃的一位年轻中尉——切尔卡申。他的掩护身份是外交官，化名加列林。

实施

暑期又到了。切尔卡申和奥尔洛夫受命化装成度假的单身汉，前往黑海边，去尾随一批度假的法国人。整个计划的第一步，即先将大使夫人搞定。在海边散步时，切尔卡申“偶然”认识了德让夫人。回莫斯科后，在官方招待会上，他仍继续与她周旋。克格勃眼见时机已经成熟，便让他邀请大使夫人和几个“朋友”一起郊游，以便使克罗特可夫能结识她。与丈夫商量后，德让夫人接受了邀请，还说将带两个女友同往。

为此，库纳维尔和克罗特可夫精心安排了这次郊游。他们与公安部门密切配合，要求基姆基水库的警察局为他们提供一艘游艇，并让一名警察驾驶。为了不让人看出是警察局的，还把游艇重新油漆和改装。派克格勃的内部特供商店送来葡萄酒、奶酪、水果和糕点，还准备了精选的羔羊肉，供熏烤用。

在一个风和日丽的上午，水库上碧波荡漾。明朗的空中，只有几朵飘动的白云，像棉花一样美丽。游艇快速前进，先把水一分为二，然后又在艇尾交汇成一条长长的尾巴。远远望去就像一串珍珠璀璨耀眼。这时候，克罗特可夫严格按照克格勃的指令，开始与德让夫人闲谈。

“夫人，请您告诉我，您对苏联的印象如何?”他问道。“我们很高兴，”大使夫人答道，“我们所遇到的所有人，对我们都十分亲切。那天，我和谢皮洛夫你们的外长谈了很久，我觉得他真是一位了不起的人物。”

游艇驶近佩斯多夫斯科维水库附近的一个幽静美丽、郁郁葱葱的小岛。他们在岛边停稳后，陪着法国客人相继下艇登岸。开始了散步、游泳。中午时分，大家席地而坐，品尝起各类美食：烧烤、点心、菜肴、葡萄酒等。

大家不停地碰杯，看上去都兴致勃勃，留连忘返。眼看天色将晚，只得登艇起航，归途中，大家又说又笑，又唱又跳。

“非常感谢你们的盛情款待。”上岸之后，德让夫人对陪同她的这些别有用心的人们说，“能来参加我们 7 月 14 日的国庆招待会吗?”

对克格勃来说，德让夫人的邀请不啻为他们的一个巨大胜利。在巴黎逗留期间就被法国识破的克格勃人员切尔卡申，为了免得引起怀疑，坏了大事，谢绝了邀请。而克罗特可夫和奥尔洛夫则欣然答应前往。

7 月 14 日法国国庆节的招待会上，德让夫人将他们两位介绍给她的丈夫——法国驻莫斯科大使。大使同他们用蹩脚的俄语交谈了起来。尽管大使个头不高，也不英俊，但他目光炯炯、满面红光。虽然头发灰白，但使他看起来却像一位持重、敦厚的长者。招待会快结束时，克罗特可夫看到德让和贵宾赫鲁晓夫一边喝着香槟酒，一边讲着笑话，不时地笑着互相拥抱。

招待会结束人们即将道别时，德让夫人和她的朋友们答应下周再去野餐。这对克罗特可夫来说，又是一个胜利，使他心中大喜过望。

为了在暑期结束后迅速开辟对付大使的“第二战场”，克格勃加快了工作进展。这是该计划最重要的一个步骤，因此需要整个行动的总指挥——克格勃第二管理总局局长奥莱格·米卡洛维奇·格里巴诺夫中将——亲自出马，参加法国使馆的外交活动。

格里巴诺夫相貌实在可怜。他个子矮胖，还有点秃顶，穿着邋遢，戴着一副无框眼镜。一副典型的苏联官僚相。但他却是个敢作敢为的人，是克格勃中七八个实力人物之一。

他与库纳维尔都荣获过勋章。他智谋超群，老谋深算，性格刚毅，有“小拿破仑”之称誉。

作为掩护，也为了赢得德让夫妇的好感，格里巴诺夫扮作“部长会议的一名重要官员”，化名奥列格·米哈依洛维奇·戈尔布诺夫。他还让克格勃上校维拉·伊凡诺芙娜·安德烈耶娃假扮他的“妻子”。为了使与德让夫妇的相识是自然的，他设想了一个复杂的计划：通过他的“妻子”去结识他们。他选定克格勃的两名重要的情工人员——作家、苏联国歌歌词作者之一，1970 年 3 月任俄罗斯加盟共和国作协主席的谢尔盖·米哈尔科夫的妻子；著名的童话作家塔利娅——来搭桥。在一次外交招待会上，他们把维拉介绍给大使，称她“戈尔布诺夫夫人，文化部的翻译，部长会议高级官员的妻子”。

维拉体态性感，胸高臀大，皮肤洁白光滑，外表高贵魅力十足。她曾作为克格勃情报员被派往巴黎，能说一口流利的法语。她对法国那段美好生活的回忆，使德让夫妇感到十分惬意。她还大讲特讲她的“丈夫”，把他吹成大忙人，说他是赫鲁晓夫的心腹，完全是任何外国使节都想要结识的那种人。所以德让夫妇很高兴地接受了到“戈尔布诺夫夫妇”家做的邀请。

为了营造舒适的氛围，克格勃以“为了国家利益”的名义征用了一套宽敞的住宅，配备了高档家具，以此作为戈尔布诺夫夫妇在莫斯科的住宅。为使计划成功，当时的克格勃首脑伊凡·亚历山德罗维奇·谢罗夫还把他坐落在离首都20公里的私人别墅奉献了出来，借给格里巴诺夫实施这项计划之用。这是一座木结构的老式俄罗斯建筑，房间宽敞，窗明几净，古色古香。

很快，连这座别墅也成了他们吃喝玩乐的场所。“戈尔布诺夫夫妇”千方百计地使德让夫妇置身于一个由作家、艺术家、男女演员及“官员”们组成的自由融洽的社交圈子里。实际上，这些人都是些克格勃的特工和“燕子”。格里巴诺夫还经常有意无意地向大使泄露一些对他有用的真实情报，而维拉则领着大使夫人去“领略农村风光”。

格里巴诺夫在上级指导下和其他的协助下，不断与德让夫人周旋。到1958年初，计划进行了大约一年半之后，克格勃制定的计划没有产生任何结果。但克罗特可夫和德让夫人的关系依然是一张主要的王牌。格里巴诺夫决定由克罗特可夫把德让夫人变成情人。

同时，格里巴诺夫选中了莉季娅·霍凡斯卡娅来完成引诱大使的任务。她年近30岁，离婚独居，性格活泼开朗，谈笑风生，而且走起路来摆胯扭臀，极其性感风骚。她曾随当外交官的丈夫在巴黎呆过，精通法语，谙熟西方礼仪。格里巴诺夫选中了她接近德让。

格里巴诺夫要求文化部举办一次电影招待会。招待会上放映芭蕾舞舞剧《吉赛尔》，并邀请大使参加，与苏联影坛名流见见面。克罗特可夫被指定主持招待会。他列了一份客人名单，其中就有“莉季娅·霍凡斯卡娅——翻译”。为了使晚会增辉，克格勃还邀请著名的玛娅·普莉谢茨卡娅等十几名莫斯科大剧院的芭蕾舞女演员出席。

电影招待会在格涅兹德尼科夫小巷的一座古老宅邸举行。会上，婷婷玉立、香气袭人的莉季娅紧挨着德让坐着。然后，她又走近克罗特可夫，替克罗特可夫与德让夫人的交谈当翻译。

招待会后的一天，克罗特可夫给大使夫人打电话，邀她聚会。

“星期五，我请您共进晚宴。”他开门见山地说，“我的朋友们对大使的印象很深。如果您能说服大使赏光，我将感到十分荣幸。”克格勃在布拉加饭店预定了一个餐厅，用1000美元准备晚宴。虽然这次晚宴的目的是为莉季娅提供进一步引诱大使的机会，可是库纳维尔和克罗特可夫向大使又推荐了两只“燕子”：娜佳·切列德尼钦科和拉丽萨（洛拉）·克朗伯夫·索鲍列芙斯卡娅。

这天，晚宴进行中，库纳维尔还在饭店里安插了克格勃外线人员，进行严密监视，以防出差错。莉季娅、娜佳、洛拉一个个花枝招展，楚楚动人，荡魂销魄。为克格勃秘密工作的另一名艺术家、著名剧作家奥尔基·姆季瓦尼，用妙趣横生的讥讽社会主义的祝酒辞，使晚宴洋溢着一种不拘礼节、反对铁幕的轻松气氛。饭后大家开始跳舞。随着美妙的乐曲，一对对男女翩翩起舞。

晚宴十分成功。法国大使莫里斯·德让一副典型的外交官派头，彬彬有礼，舞姿轻盈。他对这次晚会十分赞赏，作为酬谢，他邀请大家下周去大使馆赴宴。

使馆晚宴的那天晚上，大使夫妇十分热情。这种气氛竟然使克罗特可夫和三只“燕子”几乎忘了自己的使命。与这些“真诚的”苏联朋友在一起，德让夫妇感到幸福万分，他们领着客人们参观用法国古董装饰得富丽堂皇的使馆。

德让夫人终于接受了维拉的邀请，一同外出旅行。

“我家的一位老朋友，是格鲁吉亚的一位画家，名叫拉多·卢佳什维利，他正在举办画展。”克罗特可夫抓住机会，给德让大使打电话，“他在法国学习过，对贵国推崇备至。现在他人已老了。如果您星期日能抽空去看看他的画展，对他将是极大的安慰。”

大使接受了邀请，坐着由克格勃司机驾驶的黑色雪佛莱轿车，来到画廊。他在这里见到克罗特可夫和莉季娅，并十分高兴莉季娅替自己当翻译。由于过于浪漫，缺乏“现实主义精神”，这位老画家当时已失宠，德让对他恭维了一番。参观结束后，德让正准备离去时，莉季娅借机要他送她回家，一起喝杯咖啡。

“大使送莉季娅回家了。”次日上午，克罗特可夫高兴地打电话告诉库纳维尔。

但是，克格勃并不认为已经到了火候，根本不打算在此时开始策反德让。“要巩固关系，但首先要掌握进度和细节。让莉季娅对大使总是既显得亲切而又不失礼仪。”

得手

随着时局的发展，到 1958 年 5 月，克格勃对法国大使的作用看得更加重要了。因为戴高乐马上就要重新上台。苏联认为，德让一直是戴高乐的心腹，因此他勿庸置疑地也将得到更高、更重要的职位。于是，库纳维尔对克罗特可夫说：“我们的行动现在变得更为重要了。”

一个月后，在克罗特可夫参加的一次法国使馆的晚会上，德让竟提议，为戴高乐和他所许诺的法国伟大的新时代干杯。

克罗特可夫认为克格勃现在就应该收网，可库纳维尔却反对他说：“我们将把莉季娅撤下来。”

“为什么?”克罗特可夫惊诧地反问。

“因为她的过错，也是我们考虑不周。”库纳维尔平静地说。“要想计划获得成功，参加这次行动的女人应该有丈夫。可惜莉季娅的前夫在巴黎很有名，法国使馆肯定有人知道他们已经离婚了。”

他命令莉季娅告诉德让大使，她要离开莫斯科一段时间，去拍电影。为了找人顶替她，格里巴诺夫便从大使已经认识的女演员中——几个“燕子”，选中了拉丽萨（洛拉）。

按克格勃为她编造的简历，洛拉已婚，丈夫是地质学家，一年中大部分时间在西伯利亚搞勘探。格里巴诺夫还让她告诉德让说，她的丈夫醋劲很大，而且性格暴躁，凶狠残酷。

莉季娅“走了”之后，洛拉便在克罗特可夫为大使举行的宴会中露面了。出乎意料的是，大使对洛拉的身体更加感兴趣，竟然与洛拉一拍即合，大有相识恨晚之态，比与莉季娅打得更加火热，难舍难分。很快两人就有了偷偷摸摸的性关系。

不久，德让夫人返回法国度假。于是格里巴诺夫决定，这场演了两年多的戏该收场了。

克格勃故意让洛拉不见德让大使。格里巴诺夫将一个名叫米沙的人叫到莫斯科，他是鞑靼人，是克格勃的一个外线抓捕格斗高手。同时，又把正在休假的库纳维尔也召了回来。

克格勃成立了特别监视组，安排技术人员在即将使用的屋子的隔壁房间，安装了各种设备。

地点选在大都会饭店的一个房间里，格里巴诺夫已集齐他的人马，其中有库纳维尔、洛拉和其他一些克格勃特工。他们经过充分准备之后，格里巴诺夫作了最后指示。

“我要你们狠狠地揍他。”他对库纳维尔和米沙说，“让他尝点苦头，好好吓唬一下，但得注意，绝不能伤及他的脸，否则，就把你们关进监狱。”

翌日清晨，克罗特可夫的车子在前，德让和洛拉的车子在后，一起向郊外驶去。两辆车都在克格勃的严密监视之下，最后，克罗特可夫将车子停在溪流潺潺、幽静怡适的地方。

他们开始野餐。此时在几公里外，洛拉的隔壁房间里，克格勃技术人员正在给藏在树林中的洛拉的“丈夫”米沙和他的“朋友”库纳维尔发信号。

当天傍晚，克罗特可夫按照原定时间安排，提议回去。“哎呀，我丈夫来了电报，他明天回来。”回到洛拉的公寓时，洛拉对德让说。

德让听后，不免有点惆怅。眼见明天也许就不能再与洛拉偷欢，便觉得今日应该加倍作乐。

格里巴诺夫仔细地听着洛拉房间的动静，焦急地等待着发出的信号。“为什么不说暗号?”他一遍又一遍地嘟哝着。突然，传来了洛拉发出的信号。说时迟，那时快，米沙在前，库纳维尔随后，立刻冲到门口，推开了门。

两人扑向德让，狠狠地揍他。库纳维尔本来就讨厌法国人，拳头似雨点一般，大打出手，连洛拉也未能幸免。

假戏真做，洛拉又哭又喊："别打了，你们快打死他了。他是法国大使啊!"米沙也大声嚷嚷着要去告状。

德让气急败坏地离开了房间，坐着使馆的车，狼狈不堪地回去了。

此刻，公寓里闹翻了天，那场面就像刚刚取得了世界杯赛冠军的足球队的更衣室一样，一只只杯子里，斟满了香槟酒，连地上也撒了不少。

当晚 8 点整，德让来到谢罗夫的别墅，参加一个外交晚宴。而 3 小时前，那个暗中指挥殴打他的人，此刻却笑容可掬地迎候他。几天前，格里巴诺夫就故意安排了这次晚宴，想给德让一个机会，以便他不得不请求帮助。

晚宴上，大使忍住浑身上下的隐隐疼痛，装出一副若无其事的样子。可是深夜之后，他把格里巴诺夫拉到一旁，终于说出了克格勃早想要他说的话："我遇到了麻烦事了，想请您给帮忙。"他把当时的情况一五一十地全都说了，求他帮忙让洛拉的"丈夫"别去控告。

此时，克格勃专门在阿拉格维饭店宴会厅举行一次晚宴，授与库纳维尔一枚金星奖章，并嘉奖了克罗特可夫。宴会桌子上摆满了冷盘、熏鸡、奶酪、格鲁吉亚葡萄酒和上等的白兰地。饭后，一位将军说道："此次行动，是国家安全委员会最光辉的杰作之一，克罗特可夫，如果没有您的卓越贡献，我们是很难达到目的的。"

将军讲完话，从口袋里掏出一只纯金的名牌手表（是没收一个外国人的)，对克罗特可夫说："我十分高兴地将这一礼物赠送给您。请把它视作表彰您的爱国行动的象征。我们只是感到遗憾，不能在表上刻上你获奖的原因。"

反叛

格里巴诺夫和德让之间的秘密，使他们两人之间建立了一种特殊关系，大使对这位将军感激涕零，深怀歉疚之感，因为那位揍他的“丈夫”同意不提那事了。

当然，克格勃这时的策略是巩固他们两人之间的情谊，两人关系越亲密，最后胜利也就越大。从此，格里巴诺夫不再提德让的事。而大使做梦也没想到，他完全信赖的好友格里巴诺夫，实际上是克格勃的一个头子。所以，德让很自然地和他的这位苏联朋友一起谈论他在莫斯科经常会面的其他西方外交官的表现和个性，并汇报他们相互交谈的内容。同样，德让也自然而然地将他的苏联朋友向他“透露”的情报报告给巴黎。

格里巴诺夫选了一位英俊潇洒的克格勃军官阿宁克谢·松佐夫协助他。1960 年 5 月，德让去巴黎参加四大国会谈，参加会议的有美、苏、法、英四国代表，这次会议试图解决在苏联领空击毁一架美国U—2 型飞机出现的危机，松佐夫也去了巴黎。而在莫斯科，凡是格里巴诺夫不能去的场合，都由松佐夫代表他负责“照管”德让大使。

与此同时，克格勃继续在法国使馆的工作人员中寻找猎物。尽管克格勃特工知道不太可能得逞，但还是尝试过好几次。例如，克罗特可夫受命引诱一位年轻的女秘书，可她甚至拒绝见他，尽管如此，克格勃仍不断地对使馆人员进行监视和窥探，物色能够上当的对象。1961 年夏天，机会来了。克格勃选中了使馆武官，这位法国上校很快就上了克格勃的色情圈套。然而，不久后他在使馆自己的化验室内饮弹自杀了。

他的死使克格勃陷入了几小时的混乱，担心他留下什么信件，说明自己是怎样上圈套的。特工们查明并无这样的遗言时，克格勃才松了一口气，并开始散布消息说，武官是因精神忧郁症自杀的。

物极必反。从事这项秘密使命的克罗特可夫的思想却发生了深刻的变化。他认为，上校不是自杀，而是他杀。这促使他作出几个月以来一直在考虑的抉择：同虚伪的“作家生活”、同每日的欺诈勾当一刀两断！他开始把自己作为克格勃情工关系的生涯偷偷记录下来，并拍成缩微胶卷。与此同时，他在寻找逃离苏联的机会。

1963 年 9 月 2 日，他随同一个作家、艺术家旅游团抵达伦敦。11 天后，他悄悄地溜出下榻的伦敦一家小饭店，混进贝斯沃特街上的人群，一直跑到海德公园，销声匿迹了。当晚，在严密的保护下，他开始向英国情报部门道出了自己的秘密。克罗特可夫披露的情况令英国人大惊失色，目瞪口呆，他们马上请来一位法国反间谍机关的高级官员。

听了他两小时的叙述之后，这位法国人惊异不已，匆忙赶回巴黎，报告了法国情报机关。上司叫他立刻秘密地向戴高乐的助手作了汇报。随后，气愤异常的戴高乐将军亲自下令，要情报机关彻底查清整个事实的真相。

英、美、法三国认真地研究了克罗特可夫揭露的事实，因为这对三国来说都事关重大。叛逃者讲的是实话吗？如果属实，克格勃与德让的关系是否比克罗特可夫所了解的还要深呢？或者，克罗特可夫会不会又是克格勃派到西方的一名间谍，为了毒化盟国间的关系，并嫁祸一名无辜，以转移反间谍机关的视线？

1964 年 2 月 9 日，《世界报》报道说，莫里斯·德让大使奉召从苏联回国述职。文章指出，德让大使向苏联领导人告别，是在“诚挚的气氛中进行的，这一切应归功于在莫斯科任职的 8 年期间，同他们建立了良好的个人关系”。由于他在莫斯科工作多年，所以对他的奉召回国，并没有谁感到惊奇。

德让回国后，法国反间谍机关的官员花了好几天的时间，对他进行了严格的盘问，仔细检查了从莫斯科发回的所有外交电报，询问了他的同事以及克罗特可夫提到的所有的人。

全面分析了所有的材料之后，法国情报机关得出结论，克罗特可夫讲的基本属实，但是，没能发现德让有任何背叛法国的行为。克格勃过高地估计了德让在戴高乐心目中的地位，克格勃失算了。因为过于期待德让能官居要职，使克格勃大为失落。其实，戴高乐并没想过要重用德让。

监护克罗特可夫的英国人既然得知他说的是实话，就必须决定如何处理他，克罗特可夫一再宣称，他抛弃自己的祖国和文化，是为了悔过自新。西方反间谍机关的专家们对这一事件的影响却很担心。事实上他们怀着无奈的心情，眼看着克格勃一步一步地实现着苏联的基本目标：把法国从大西洋联盟中拉出来。在巴黎，克格勃的特务在不停地试图唤起藏在戴高乐心头的怨恨——与西方盟友之间难以调和的矛盾。

就在克罗特可夫讲述他的故事期间，克格勃的特务还在图谋使戴高乐相信，美国人和英国人合谋反对他。英国人担心，假如将此事公布于众，戴高乐便会认为这是针对他的一次阴谋，是想通过整他的一位老朋友，将他卷进一件丑闻中去。因此，他们要求克罗特可夫保持沉默。

在巴黎，戴高乐看了反间谍机关的最后报告后，把自己的老友德让召到了爱丽舍宫。他抬了抬眼镜，眼神顺着高大的鼻梁看着面前的朋友："好啊，德让，睡得真舒服啊！"说了这么一句话之后，就把他解职了。

库纳维尔在克罗特可夫叛逃之前，因酗酒和腐化而被撵出了克格勃。但是后来，他又在格里巴诺夫的帮助下，当上了苏联国际旅行社一个专门接待外国人的旅馆经理。

那位布达佩斯的英雄、布设种种圈套陷害对手的格里巴诺夫，回到了克格勃，继续担任要职。

可怜的法国大使德让被解职后，在巴黎的公寓里依旧过着舒适的生活。对自己在莫斯科发生的一切，他拒绝任何评论和提供证词。但他心里一直在回味着与那个美女的缠绵。几年后，他担任了法苏工业合作协会主席，返回了莫斯科……

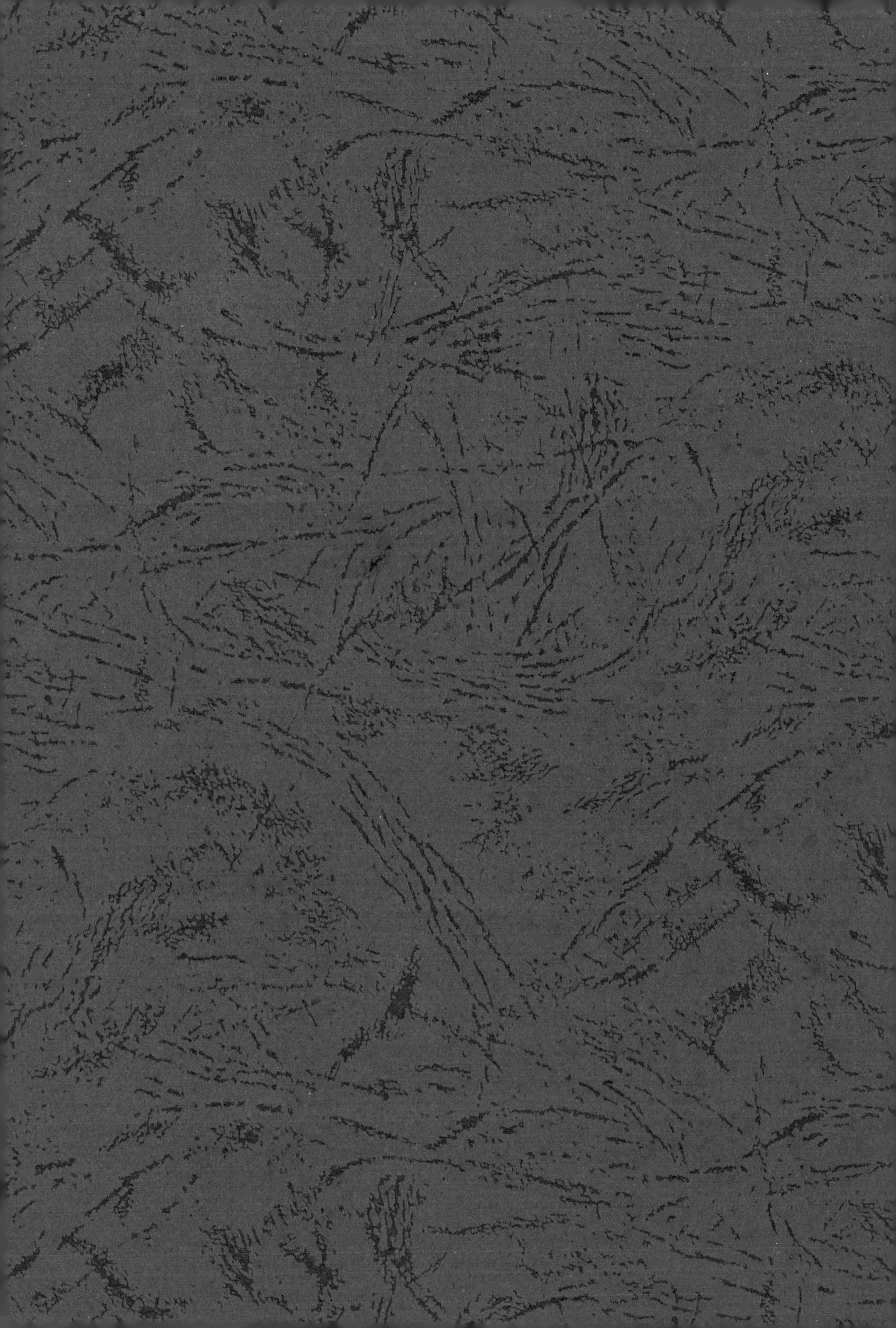